Les jumeaux du nouvel an

*

Son vœu pour Noël

*

Celui qu'elle aimait encore

LOUISA HEATON

Les jumeaux du nouvel an

BLANCHE

HARLEQUIN

Collection : Blanche

Titre original :
MIRACLE TWINS FOR THE MIDWIFE

HARPERCOLLINS FRANCE
83-85, boulevard Vincent-Auriol, 75646 PARIS CEDEX 13
Service Lectrices — Tél. : 01 45 82 47 47 - www.harlequin.fr
ISBN 978-2-2804-8954-6 — ISSN 0223-5056

Composé et édité par HarperCollins France.
Imprimé en novembre 2023 par CPI Black Print (Barcelone)
en utilisant 100% d'électricité renouvelable.
Dépôt légal : décembre 2023.

FSC www.fsc.org MIXTE Papier issu de sources responsables FSC® C159065

Pour limiter l'empreinte environnementale de ses livres, HarperCollins France s'engage à n'utiliser que du papier fabriqué à partir de bois provenant de forêts gérées durablement et de manière responsable.

1

New York, le 31 décembre

Le Dr Henry Locke aurait préféré rester chez lui. Il s'y sentait bien. C'était son refuge. Il y avait ses livres, son piano, son lit. L'appartement était situé assez haut pour qu'on n'y entende pas trop le bruit de la circulation. Et si Henry s'y trouvait à l'heure de pointe, il lui suffisait d'écouter de la musique classique en montant le volume pour échapper au vacarme des klaxons et des sirènes venant de la rue.

Mais on était la veille du jour de l'An et il avait fini par céder à son frère Hugh qui, arrivé d'Angleterre, avait insisté pour qu'ils sortent tous les deux faire la fête.

— Allez, frérot ! Mets-toi sur ton trente et un, on va aller s'amuser !

Il avait bien tenté de protester, mais Hugh n'avait rien voulu entendre.

— Tu crois que je vais sortir boire un coup tout seul en te sachant chez toi, le nez plongé dans tes livres ? Allez, viens ! Tu n'es pas à l'hôpital, ce soir. Pour une fois que tu as ta soirée de libre, nous allons en profiter.

Ils s'étaient d'abord rendus dans un pub appelé Shamrocks et Hugh était tombé par hasard sur des gens qu'il connaissait, des camarades avec qui il avait fait ses études. Tandis que son frère buvait bière sur bière, Henry s'était contenté d'un verre de vin. Il avait souri et bavardé avec les autres, tout en ne rêvant que d'une chose : rentrer se coucher chez lui et plonger dans un sommeil réparateur.

Le travail l'avait retenu très tard à l'hôpital. Beaucoup d'accouchements difficiles, beaucoup de cas d'urgence. Chaque fois qu'il pensait pouvoir se reposer un peu dans la salle de garde, son téléphone sonnait et il devait retourner dans le service. Le manque d'effectifs n'arrangeait rien. La Covid avait poussé certains soignants à démissionner, d'autres étaient partis travailler dans d'autres établissements.

Idéalement, il aurait fallu recruter un gynéco-obstétricien de plus, un autre interne et deux sages-femmes. Ils avaient bien recours à du personnel intérimaire, mais ce n'était pas la même chose. Ils avaient besoin d'avoir une équipe stable. Cela leur permettrait peut-être de souffler un peu.

Il aurait préféré ne pas sortir ce soir. C'était sa première soirée de libre depuis des lustres et il n'avait pas envie de perdre son temps en faisant quelque chose qu'il détestait. Et voilà maintenant qu'il se laissait entraîner dans un club où la musique était si tonitruante qu'il sentait des vibrations dans tout son corps. Le genre de sensation qu'il avait en horreur.

Ah, pourquoi Hugh n'avait-il pas plutôt proposé d'aller au cinéma ?

Il regarda l'extérieur du club Liquid Nights. Un portier se tenait devant la porte, filtrant les entrées.

— Cet endroit a l'air génial ! s'exclama Hugh. Je parie qu'il y a là un tas de jolies femmes qui rêvent de se laisser séduire par nos manières anglaises absolument irrésistibles.

Henry en doutait sérieusement. Même s'il avait constaté que son accent anglais semblait plaire à ses patientes et à ses amis, il ne voyait pas comment une femme pourrait succomber ce soir au charme de son frère qui avait déjà tellement bu qu'il avait du mal à tenir debout.

Mais qui sait ? On était le 31 décembre et peut-être que Hugh réussirait à convaincre une ravissante créature de l'embrasser pour fêter le nouvel an.

Il consulta son téléphone. 23 h 32. Dès que minuit aurait

sonné, il annoncerait à son frère qu'il allait rentrer chez lui. Il ne voulait pas jouer les rabat-joie, mais il avait prévu de s'offrir une bonne nuit de sommeil.

Après avoir fait la queue un bon moment, ils finirent par entrer dans le club. Henry se retrouva dans une salle sombre, humide et extrêmement bruyante. La musique y était si assourdissante qu'il ne comprit pas un mot de ce que Hugh essayait de lui dire. Visiblement, tout ce qu'on pouvait faire ici, c'était boire et danser, ce à quoi se livraient la plupart des clients. Serrés les uns contre les autres, ils se trémoussaient et sautaient, agitant les bras en l'air. Cela sentait la sueur, l'alcool et la neige carbonique. Tandis que son frère se dirigeait vers un trio de jeunes femmes qui semblaient venues enterrer la vie de jeune fille de l'une d'entre elles, Henry s'approcha du bar. La foule était si dense qu'il lui fallut attendre avant de pouvoir commander un verre de vin blanc.

Quel plaisir les gens trouvent-ils à s'entasser dans un endroit pareil ?

Une fois servi, il chercha à s'éloigner du bar pour se réfugier dans un coin plus calme, le plus loin possible des haut-parleurs, quand il sentit que quelqu'un lui marchait sur les pieds et renversait sur lui le contenu d'un verre d'alcool.

Voyant que la responsable de ce geste malheureux, déséquilibrée, menaçait de tomber, son premier réflexe fut de la retenir en lui saisissant le bras. Puis il regarda sa chemise pour constater l'étendue des dégâts.

J'aurais mieux fait de porter autre chose qu'une chemise blanche.

Une tache rouge s'étalait au beau milieu de sa poitrine. L'inconnue formula quelques mots qu'il ne comprit pas tant il y avait de bruit autour d'eux. Puis, secouant ses boucles blondes, elle fouilla dans son sac pour prendre un mouchoir avec lequel elle commença à éponger la tache, tamponnant la chemise ici et là, avec application. Elle s'arrêta brusquement et, levant la tête, croisa son regard.

Il éprouva aussitôt *quelque chose* d'étrange, une sorte de choc, tandis qu'elle le fixait d'un air hésitant. De nouveau, elle articula des mots qui restaient inaudibles pour lui. Voyant qu'il ne la comprenait pas, elle inclina la tête, les yeux braqués sur son pantalon.

Suivant la direction de son regard, il constata qu'un morceau de citron était resté collé à l'endroit de son entrejambe. Il l'enleva aussitôt, mais ne sut qu'en faire. Allait-il le jeter par terre, tout simplement ?

C'était comme si son cerveau était à l'arrêt, incapable de fonctionner normalement, car la femme qui se tenait devant lui était *superbe*. Pourtant, il avait pris la ferme résolution de ne plus jamais se laisser piéger. Il s'interdisait de tomber amoureux, et même de s'intéresser aux femmes. Les seules auxquelles il prêtait attention désormais étaient ses patientes, et la relation qu'il entretenait avec elles restait strictement professionnelle.

Il n'était pas doué pour les histoires romantiques. Elles finissaient toujours mal. Peu doué pour faire face aux émotions d'autrui, il préférait les fuir !

Il restait là, debout, tenant d'une main son verre de vin blanc et, de l'autre, le morceau de citron. Il ouvrit la bouche pour demander à l'inconnue si elle allait bien, mais elle lui fit signe qu'elle n'entendait rien, à cause du bruit ambiant !

Il posa son verre et le bout de citron sur le bar, et indiqua à la jeune femme une porte marquée *sortie*. Elle hocha la tête et le suivit dehors.

Henry apprécia la fraîcheur de l'air après l'atmosphère étouffante qu'il avait connue dans le club.

— Je suis désolé de ce qui vient de se passer, dit-il. Permettez-moi de vous offrir un autre cocktail. Ou du moins de vous rembourser celui que vous avez renversé.

— Non, merci. Je n'avais pas envie de rester dans ce club et vous m'avez fourni l'occasion de m'échapper.

Il sourit.

— Ah, vous aussi ? Je pensais être le seul à n'avoir aucune envie de me trouver là.

— Les clubs ne sont pas votre truc ?

Elle était presque aussi grande que lui. Il mesurait plus d'un mètre quatre-vingt et elle devait approcher le mètre soixante-quinze. Peut-être un peu moins si l'on tenait compte de son opulente chevelure blonde.

— Non, pas vraiment.

— Moi non plus. Vous êtes... anglais ?

— Oui. Je suis né et j'ai grandi à Oxford. Je m'appelle Henry. Henry Locke.

Il lui tendit la main. Quand elle la saisit, il ressentit à nouveau quelque chose d'indéfinissable. Elle le rendait nerveux et le poussait à remettre en question la promesse qu'il s'était faite de ne plus s'intéresser aux femmes.

— Moi, c'est Natalie.

— Enchanté, Natalie. Ravi de faire votre connaissance.

— Moi aussi. J'espère que je n'ai pas ruiné votre chemise.

— Oh ! ne vous inquiétez pas pour cela.

— Permettez-moi au moins de payer les frais de blanchisserie.

— Vous plaisantez !

Derrière eux, la porte du club s'ouvrit, laissant passer un flot de musique assourdissant, et Hugh apparut, un bras passé autour du cou d'une jeune femme. Il adressa un signe de la main à Henry tout en titubant.

— Hé, je te présente Brandy ! Elle et moi, on va continuer la fête ailleurs ! Je peux te laisser rentrer tout seul, frérot ?

— Mais oui, pas de problème !

Hugh jeta à Natalie un regard trouble.

— Qui est-ce ? Ta nouvelle conquête ?

Henry se tourna vers elle, l'air mortifié.

— Permettez-moi de vous présenter mes excuses pour l'incroyable grossièreté de mon crétin de frère. L'alcool semble lui avoir embrumé le cerveau.

Natalie éclata de rire.

— Je lui pardonne bien volontiers. Si on ne peut pas boire ce soir, alors quand le ferait-on ?

— Je suis désolé.

— Il ne faut pas.

Tous deux regardèrent Hugh s'éloigner avec sa compagne d'un soir. Natalie se mit à trembler.

— Vous avez froid ? dit Henry. Alors, permettez-moi...

Il ôta son veston et le lui posa sur les épaules.

— Merci.

Il savait qu'il ferait mieux de s'en aller. Tant pis pour le veston : elle pouvait le garder. Il devait écouter la petite voix intérieure qui lui soufflait : *prends tes jambes à ton cou pendant qu'il est encore temps ! Sauve-toi !*

Mais il restait là sans bouger, la dévorant des yeux, fasciné par ses boucles blondes et son ravissant visage, avec son petit nez retroussé, ses lèvres pleines... Elle était vêtue d'une robe bleu nuit pailletée, maintenue par de fines bretelles, et portait des sandales à hauts talons qui laissaient voir des ongles vernis. Elle avait un bracelet de cheville et, sur le pied gauche, un mignon tatouage dont il ne pouvait détacher son regard.

Il réalisa soudain qu'elle pouvait sans doute prendre ombrage d'un regard aussi insistant.

— Allez-vous... heu... adopter de bonnes résolutions à l'occasion du nouvel an ?

Il n'avait rien trouvé d'autre à dire tant il avait l'esprit confus.

— Oui. J'ai l'intention de repartir de zéro, en laissant le passé derrière moi. Je vais m'investir dans mon nouveau job, me faire de nouveaux amis, me conduire en bonne voisine et tenir les hommes à distance. Et vous ?

— Ah... heu... oui. Pareil. Je veux rester célibataire, ne pas laisser le passé me faire revenir en arrière, mais en tirer la leçon... vous voyez, ce genre de choses...

Il ne la quittait pas des yeux. De quelle couleur étaient les siens ? Bleus ? Verts ? Difficile à dire. Mais ils étaient brillants et respiraient l'intelligence, avec cependant une zone d'ombre qui l'intriguait. On eût dit qu'elle cherchait à cacher quelque chose. Peut-être une partie de ce passé qu'elle avait évoqué ?

— *Dix ! Neuf ! Huit !*

Ils entendirent le décompte qui commençait à l'intérieur du club. Henry sentit croître sa nervosité. Visiblement, Natalie et lui allaient célébrer ensemble l'arrivée de la nouvelle année. Deux parfaits inconnus.

— *Sept ! Six ! Cinq !*

Qu'allait-il faire ? Le 31 décembre, à New York, la tradition voulait qu'aux douze coups de minuit tout le monde se prenne dans les bras et s'embrasse. Mais Natalie et lui venaient de s'avouer mutuellement qu'ils ne voulaient ni l'un ni l'autre d'une histoire sentimentale, alors...

Et s'il devait l'embrasser, comment était-il censé le faire ? Un baiser sur la joue ? Sur la bouche ?

— *Quatre ! Trois ! Deux !*

Il la regarda dans les yeux, comme pour lui demander conseil. Ou simplement la permission. Il avait vraiment envie de l'embrasser, malgré la ligne de conduite qu'il s'était fixée. Peut-être parce que, justement, il ne s'agissait que d'un baiser, d'accord ? Un baiser sans conséquence. Il lui souhaiterait la bonne année et, après, il s'en irait. Il ne la reverrait jamais.

— *Un ! Bonne année !*

Les cris de joie, les applaudissements et les sifflets venus du club les firent rire, tant toute cette excitation leur paraissait folle. Natalie leva timidement les yeux vers lui, d'un air presque coquet, et il comprit qu'elle ne lui en voudrait pas s'il lui donnait un petit baiser rapide. Il sourit, fit un pas vers elle et se pencha pour l'embrasser sur la joue.

Elle avait la peau très douce et un parfum fleuri émanait de ses cheveux. Cette douceur, cette senteur excitèrent ses sens.

Natalie l'observait d'un air interrogateur, son visage tout proche. Elle regardait alternativement sa bouche, puis ses yeux. Avec hésitation ? Espoir ? Désir ?

— Je...

Il ne put continuer sa phrase. Le souffle court, le corps en ébullition, il se laissa faire quand elle prit son visage entre ses mains et approcha les lèvres des siennes.

Il ferma les yeux et l'embrassa.

Quand il se réveilla, le lendemain matin, le soleil était déjà haut dans le ciel. Il battit des paupières, essayant d'y voir plus clair, envahi par une délicieuse sensation de contentement.

La mémoire lui revint.

Il tourna la tête et vit une masse de boucles blondes étalées sur l'oreiller à côté de lui. Natalie dormait sur le ventre, le visage enfoui dans l'oreiller qu'elle serrait entre ses bras nus. Son dos, que le drap dévoilait jusqu'au creux des reins, était marqué d'une série de cicatrices.

Il avala sa salive. À coup sûr, il n'avait pas imaginé fêter son entrée dans la nouvelle année de cette façon – en trahissant la seule résolution qu'il avait prise ! Cela commençait plutôt mal, non ?

Il soupira et se passa la main sur le visage, puis il prit son téléphone pour regarder l'heure. 9 h 34. Aussitôt, il se redressa dans le lit. Il avait programmé une césarienne à midi.

Natalie dormait toujours. Devait-il la réveiller ? Que lui dirait-il ? Il n'avait aucune envie d'avoir avec elle le genre de conversation qu'on tient dans ces circonstances au petit déjeuner. Il ne voulait pas lui promettre de l'appeler alors qu'il savait pertinemment qu'il n'en ferait rien. S'il voulait bien commencer l'année, il lui fallait oublier ce moment de faiblesse et démarrer la journée sur de nouvelles bases.

Repoussant les draps, il attrapa un caleçon, un pantalon et une chemise et se dirigea vers la salle de bains. Une fois douché, il lui dirait combien il était désolé de devoir la quitter, mais il était déjà très en retard et le travail le réclamait. Il espérait éviter ainsi d'avoir à répondre aux questions qu'elle ne manquerait sans doute pas de lui poser.

Est-ce qu'ils se reverraient ? Lui téléphonerait-il ? Ce serait bien s'ils sortaient ensemble de temps en temps, non ?

Non. Il ne pouvait pas se le permettre. Même s'il avait passé avec elle une nuit fabuleuse.

Certaines images lui revinrent brusquement à l'esprit. Leurs baisers frénétiques… Le souffle chaud de Natalie dans son cou… La façon dont elle s'était cambrée, haletante…

Constatant que ces souvenirs déclenchaient chez lui une réaction physique immédiate, il tourna le robinet d'eau froide et s'aspergea d'un jet glacé destiné à le calmer.

Mais que t'arrive-t-il ?

Il se lava les cheveux et laissa un moment sa tête sous l'eau, essayant de réfléchir. Serait-elle réveillée lorsqu'il sortirait de la salle de bains ? Devrait-il avoir avec elle cette fameuse conversation qu'il redoutait tant ?

Il n'en avait aucune envie, mais il s'y sentait finalement obligé. Il tenait à se comporter en gentleman. Elle méritait qu'il lui dise la vérité. Que cette aventure d'une nuit s'arrêtait là. Ils en garderaient simplement un excellent souvenir.

Après s'être habillé, il respira un grand coup avant d'entrer dans la chambre.

— Tu es réveillée ? Il faut que nous...

Le lit était vide. Il remarqua que la robe bleu nuit avait disparu, et les sandales à hauts talons aussi.

— Natalie ?

Aucune réponse. Elle était partie. Tout simplement. Peut-être qu'elle non plus ne tenait pas à avoir cette conversation.

Il n'aurait su dire s'il en était soulagé ou déçu.

Dans l'ascenseur qui l'emmenait au rez-de-chaussée, Natalie se hâta d'enfiler ses sandales dotées de vertigineux talons. À un arrêt, les portes s'ouvrirent et un couple âgé entra dans la cabine.

— Bonjour, dit Natalie, gênée de porter une robe qui lui paraissait soudain beaucoup trop courte.

— Bonne année, lança la femme en haussant un sourcil.

Natalie gratifia le couple d'un sourire auquel seul l'homme répondit. Elle sortit son téléphone de son sac pour lire l'heure. 9 h 47 ! Il lui restait treize minutes pour arriver à temps à l'hôpital où elle allait démarrer son nouveau job ! Et il lui fallait d'abord passer chez elle pour se changer. Elle ne pouvait pas travailler dans cette tenue !

Fermant les yeux, elle se reprocha son comportement de la veille. Elle s'était montrée à la fois impulsive et ridicule. Pourquoi avait-elle embrassé cet homme en sortant du club ?

Pourquoi suis-je allée chez lui ? Il aurait pu être n'importe qui ! Un tueur en série, par exemple !

Il lui avait paru parfaitement respectable, mais cela ne voulait rien dire…

Il y avait plusieurs messages sur son téléphone. Ses parents lui souhaitaient bonne chance dans son nouveau poste. Un texto lui avait été envoyé par sa meilleure amie, Gayle, qui était retournée vivre dans le Montana.

Bonne année et bon nouveau départ ! Je suis sûre que ce sera une vraie réussite !

Comment lui avouer qu'elle avait trébuché au premier obstacle ? Qu'elle était sortie boire un verre pour fêter le passage à la nouvelle année, qu'elle avait fini par tomber dans les bras d'un homme et qu'elle l'avait *suivi chez lui* !

Cela ne lui ressemblait pas du tout. Elle ne prenait jamais de tels risques. Après la trahison de Wade, elle avait tiré un trait sur les hommes. Hier soir… La faute en revenait à la solitude. Se sentir seul était une chose dangereuse.

Elle était partie vivre loin de sa famille et de ses amis. Elle avait quitté le Montana pour travailler à New York, après avoir obtenu un poste au Heartlands Hospital, à Manhattan. Cela faisait à peine une semaine qu'elle était arrivée ici et qu'elle avait emménagé dans un minuscule appartement.

Les deux premiers jours, elle n'avait pas osé mettre le nez dehors. Elle n'était pas habituée à l'effervescence qui régnait dans les grandes villes, ayant presque toujours vécu dans une ferme, au milieu des montagnes et des plaines. Chez elle, elle pouvait s'asseoir et réfléchir au calme, rester près d'un ruisseau en écoutant le chant des oiseaux. Elle aimait ces grands espaces remplis de chevaux et de troupeaux de bovins, alors qu'elle n'éprouvait aucune attirance pour cette métropole envahie par les gratte-ciel, les embouteillages, le bruit des klaxons, et des milliers de gens qui couraient dans tous les sens, sans même s'excuser quand ils vous bousculaient.

Alors, elle était restée enfermée chez elle, se nourrissant grâce aux quelques provisions qu'elle avait apportées et ne parlant à personne, sauf à sa famille qu'elle appelait au téléphone. Ils lui manquaient tous, et elle avait le mal du pays depuis qu'elle les avait quittés, le lendemain de Noël.

Mais elle n'avait pas imaginé commencer sa nouvelle vie à New York en se cachant dans son appartement. Elle était venue ici, bien décidée à faire désormais ce qu'elle voulait. Pour fêter le nouvel an, elle était entrée dans le premier club qu'elle avait trouvé sur sa route : Liquid Nights. Et après s'être frayé non sans mal un chemin jusqu'au bar, elle avait commandé son premier cosmopolitan, parce qu'elle avait lu un article disant que ce cocktail était très en vogue à New York. Mais, avant même d'y avoir goûté, elle avait renversé son verre sur la chemise d'un homme tout à fait séduisant.

Mortifiée, elle avait essayé de lui présenter ses excuses, mais on ne pouvait s'entendre dans ce club, tant la musique était assourdissante.

L'homme lui avait beaucoup plu, avec ses cheveux noirs coupés court, ses lunettes à monture noire, son menton volontaire et sa haute stature. Il devait mesurer au moins un mètre quatre-vingt.

Il l'avait attrapée par le bras pour l'empêcher de tomber, et elle avait apprécié son geste, ainsi que le fait qu'il lui ait souri alors que le cosmopolitan avait atterri sur sa chemise, la tachant irrémédiablement.

Son cœur s'était mis à battre plus vite. Cet homme semblait si... prévenant. Si courtois. Il était le premier à se montrer aussi gentil avec elle depuis qu'elle était arrivée. Il avait essayé de lui dire quelque chose, mais elle n'avait rien pu capter. Et quand il lui avait fait signe de sortir, elle l'avait suivi sans crainte, se disant qu'elle ne risquait rien s'ils restaient près du portier. Dehors, elle avait enfin pu entendre le son de sa voix. Et son accent britannique.

Sa première impression ne l'avait pas trompée. C'était un vrai gentleman. Un homme gentil et attentionné. Quand minuit avait sonné, il l'avait embrassée sur la joue. Et elle avait pressé ses lèvres contre les siennes. Juste pour voir si ce baiser serait aussi merveilleux qu'elle l'avait imaginé !

Elle n'avait pas été déçue. L'excitation, la joie et la promesse apportée par le passage à l'an neuf avaient créé une sorte de magie. Difficile de trouver les mots pour décrire ce qu'elle avait ressenti : c'était comme si deux âmes solitaires s'étaient enfin retrouvées.

Ni l'un ni l'autre n'avait voulu rester seul, cette nuit. Ils étaient allés chez lui et, avant même d'avoir franchi le seuil, ils avaient commencé à se dévêtir mutuellement. Elle avait eu envie de lui avec une avidité incroyable, comme si elle s'était privée trop longtemps et qu'elle voulait dévorer la vie à pleines dents. C'était la nuit du nouvel an. Une nuit pas comme les autres. Et Henry – doté d'un corps sublime, digne d'un dieu grec – avait compris ses besoins et ses envies.

Il avait su la combler comme personne ne l'avait fait avant lui. Elle avait cru connaître une sexualité épanouie avec Wade. Ils faisaient l'amour avec une frénésie et une sauvagerie qui lui paraissaient excitantes, parce qu'ils se livraient à leurs ébats dans les endroits les plus insolites, les toilettes d'un restaurant, la voiture de Wade, ou même dehors, dans un parc !

Wade avait été pour elle un homme plein de mystères, venu d'ailleurs. Elle l'avait trouvé intelligent, cultivé, et il lui avait fait tourner la tête. Elle n'avait pas appris grand-chose sur lui. Leur relation, faite de pulsions et de spontanéité, lui semblait très enivrante. Maintenant, elle voyait les choses sous un autre jour. Si Wade ne l'avait jamais emmenée chez lui, c'était parce qu'il ne *pouvait* pas. Il lui avait caché un énorme secret.

Elle avait cru, en le voyant lui faire l'amour avec tant de passion, que c'était bien la preuve qu'il l'aimait. Et elle était convaincue qu'il finirait par la demander en mariage.

Mais là encore, c'était pour lui une chose impossible.

Henry… Henry lui avait montré qu'un homme pouvait se comporter d'une façon bien différente avec une femme.

Certes, lui aussi lui avait fait l'amour avec passion, mais il avait su également prendre son temps, attentif à lui donner autant de plaisir qu'il en prenait lui-même. Non seulement il l'avait comblée physiquement, mais ils avaient aussi plaisanté et ri ensemble, et elle s'était endormie dans ses bras, avec le sentiment d'être en sécurité. C'était d'autant plus étrange qu'ils se connaissaient à peine.

Elle avait été réveillée par le bruit d'une porte qui se refermait. Elle avait ouvert les yeux et s'était soudain souvenue des événements de la nuit précédente. Le cœur battant, elle avait bondi hors du lit et cherché ses vêtements. Sa robe était sur le tapis de la chambre, et ses sous-vêtements sur le coin d'une étagère. Elle s'était rhabillée en toute hâte, avant que le charmant Henry sorte de la salle de bains et lui demande la permission de la revoir. Peut-être n'en avait-il pas l'intention, mais qu'importe ! Elle ne voulait pas avoir ce genre de conversation avec lui.

Après avoir récupéré ses sandales dans le couloir, elle avait ouvert la porte et s'était précipitée vers l'ascenseur.

Arrivée au rez-de-chaussée, elle passa devant le couple âgé et quitta l'immeuble pour se lancer à la recherche d'un taxi.

Elle en arrêta un et se jeta sur la banquette arrière.

— À Inwood, s'il vous plaît.

2

Le chauffeur du taxi réussit par miracle à la ramener chez elle en moins de cinq minutes.

— S'il vous plaît, attendez-moi, j'en ai pour un instant.

Elle se changea en un temps record, troquant sa robe pailletée contre un jean, un T-shirt blanc et un cardigan couleur crème, puis elle revint vers son taxi au pas de course.

— Emmenez-moi au Heartlands Hospital, le plus vite possible !

— Il y a quelqu'un en danger de mort ? demanda le chauffeur avec un sourire narquois.

— Oui, moi, si je n'arrive pas là-bas avant 10 heures. C'est mon premier jour de travail et je suis en retard !

— Vous êtes infirmière, ou quelque chose comme ça ?

— Je suis sage-femme.

— J'imagine que vous verrez beaucoup de bébés naître au mois de septembre, non ? Après la nuit dernière…

Elle hocha la tête, n'écoutant pas vraiment ce qu'il disait, et prit son miroir de poche pour vérifier sa coiffure. Malgré sa nuit agitée, elle se trouva à peu près présentable. Elle aurait aimé se doucher, ce matin, mais elle se contenta de se rafraîchir le visage avec des lingettes qu'elle avait dans son sac. Tout en ôtant les dernières traces de son maquillage de la veille, elle essaya de ne pas penser à Henry sous la douche. À ce corps magnifique, à ces muscles… à cette virilité triomphante.

Lorsque le taxi la déposa devant l'hôpital, elle se sentait fraîche et dispose, prête à entamer cette première journée de travail, bien qu'elle n'ait dormi que trois heures la nuit précédente. Heureusement, elle devrait commencer par se rendre au bureau des ressources humaines pour s'acquitter de toutes les tâches administratives : récupérer son badge, se faire photographier, signer des papiers... Il avait été entendu qu'elle ne prendrait son poste qu'à midi.

Elle réalisa qu'elle mourait de faim. Elle sortit du taxi et, levant les yeux, contempla le bâtiment impressionnant qui se dressait au cœur de Manhattan. La façade était faite de verre et d'acier, avec le nom de l'hôpital inscrit en lettres noires juste au-dessus de l'entrée.

Elle allait pénétrer dans l'établissement lorsqu'une odeur de beignets fraîchement sortis du four vint lui chatouiller les narines. Voyant de l'autre côté de la rue un vendeur ambulant, elle courut s'acheter un beignet qu'elle se hâta de dévorer avant de franchir les portes de l'hôpital.

Un panneau accroché dans le hall lui indiqua que le service des ressources humaines se trouvait au troisième étage. Elle monta dans un ascenseur vide, toute contente d'avoir enfin atteint son but et d'être presque dans les temps malgré la folle nuit qu'elle venait de vivre.

Elle ne put s'empêcher de sourire, encore stupéfaite de s'être accordé de telles libertés et d'avoir totalement lâché prise ! Cela ne lui ressemblait pas du tout. Mais elle ne regrettait rien, bien au contraire. C'était si bon de se sentir aussi libre et d'avoir retrouvé sa confiance en elle !

Qui était cet homme ? Comment gagnait-il sa vie ? Avait-il été soulagé en constatant, lorsqu'il était sorti de la salle de bains, qu'elle avait déjà quitté l'appartement ? Lui manquerait-elle ? Aurait-il aimé la revoir ?

Aucune importance. De toute façon, j'aurais refusé. Même si je dois reconnaître que j'aurais volontiers accepté.

Ce qui était plutôt regrettable, conclut-elle. Malgré sa ferme résolution de se tenir à bonne distance des hommes parce qu'elle ne leur faisait pas confiance, elle constatait qu'en fait elle restait toujours aussi romantique. Quelque chose en elle la poussait à croire que, peut-être, Henry était comme le prince charmant dont parlaient les contes de fées. Le preux chevalier prêt à voler au secours d'une damoiselle en détresse.

Mais non. Bien sûr que non. De nos jours, les femmes se tiraient d'affaire toutes seules.

Pourtant… elle l'avait trouvé fantastique.

Ping !

L'ascenseur s'arrêta pour laisser monter quelqu'un. Quand les portes s'ouvrirent, elle leva les yeux… et se figea sur place.

Henry était là, devant elle. Très élégant, il avait un stéthoscope autour du cou et un badge de l'hôpital accroché à sa ceinture.

Leurs regards se croisèrent et, pendant quelques instants, ni l'un ni l'autre ne purent dire ou faire quoi que ce soit ! Puis Henry se décida à entrer dans la cabine au moment où une femme s'y engouffrait et appuyait aussitôt sur le bouton du quatrième étage.

Natalie sentit son visage s'enflammer. *Il était ici ! Il faisait partie du personnel soignant…* Elle ne pouvait le regarder en face. Elle n'avait jamais imaginé le revoir, et voilà qu'elle se trouvait maintenant à côté de lui, muette de surprise.

Ping !

Troisième étage.

Sans jeter un regard à Henry, elle s'empressa de sortir de la cabine et, une fois dehors, poussa un soupir de soulagement. Elle s'était échappée ! Tout ce qu'elle avait à faire, à présent, c'était l'éviter. L'hôpital était un énorme établissement.

Mais dans quel service Henry travaillait-il ? *Pourvu que ce ne soit pas dans le même que moi…*

— Natalie ?

Elle se retourna, les joues en feu. Il était là, derrière elle.

— Henry…

Il eut un petit rire embarrassé, puis il lui sourit. Un sourire chaleureux et sincère, absolument irrésistible.

Ah, les choses devenaient incroyablement compliquées. Elle avait cru s'être accordé une brève aventure, une nuit fabuleuse passée avec un parfait inconnu, ce qu'elle n'avait encore jamais fait de toute sa vie. Et elle s'était promis de ne plus s'intéresser aux hommes, car ils cherchaient juste à l'utiliser. Ils voulaient simplement s'amuser avec elle, à en juger par le comportement que Wade avait eu à son égard.

Il lui avait brisé le cœur. Elle avait eu confiance en lui. Elle le voyait comme l'être le plus merveilleux qu'elle ait connu. Et voilà qu'elle faisait la même chose avec Henry.

Parce qu'ils avaient eu une nuit torride ? Parce qu'il avait un sourire charmeur et un corps brûlant ? Et parce qu'il avait su lui procurer de multiples orgasmes ?

Non. Elle refusait de se faire avoir une fois de plus ! Elle s'était lourdement trompée avec Wade. Hors de question qu'elle commette encore les mêmes erreurs.

— Que faites-vous ici ? demanda Henry.

Autant lui dire la vérité.

— C'est mon premier jour de travail dans cet hôpital.

— Ce nouveau job dont vous me parliez... C'est ici ? Dans quel service ?

— Obstétrique-gynécologie. Je suis sage-femme.

— Ah, je vois.

Il avait l'air gêné. Visiblement, il ne souhaitait pas sa présence ici ! Même si elle s'y attendait, cela lui fit mal.

— Écoutez, dit-elle, je sais que cette situation n'a rien d'idéal, ni pour vous ni pour moi. Mais c'est ainsi, et nous sommes tous les deux des adultes. J'ose espérer que nous saurons gérer cela. Nous avons passé la nuit ensemble et pris du bon temps, mais maintenant nous devons oublier tout cela et nous concentrer sur notre travail, en mettant de côté des souvenirs qui pourraient s'avérer gênants et... Bref, l'essentiel est que nous fassions preuve de maturité et que nous passions à autre chose. D'accord ?

Pendant qu'elle parlait, elle vit qu'Henry l'observait avec attention au début, puis avec un sourire, comme si ce qu'elle disait l'amusait. Soudain, il se toucha le menton.

— Heu... Vous avez quelque chose, là...

Elle fronça les sourcils.

— Quoi ?

Elle porta la main à son menton et sentit sous ses doigts des traces de confiture laissées par le beignet qu'elle avait avalé en toute hâte avant d'entrer dans l'hôpital. Elle rougit.

— Oh... merci.

Elle se lécha le doigt, affreusement gênée. Jamais elle ne s'était trouvée dans une situation pareille.

— Vous avez raison, dit-il.

Elle le regarda.

— Vraiment ?

— Oui. Nous devons travailler ensemble et ne plus penser à la nuit dernière. Même si elle a été merveilleuse, ajouta-t-il d'un ton tranquille, presque mélancolique.

Alors, il pensait comme elle que cette nuit avait été fabuleuse ? Parfait. Cela la rassurait.

— Bien, dit-elle. Je dois me rendre aux ressources humaines. On m'y attend. Vous aussi, vous avez sûrement beaucoup à faire.

— Je dois pratiquer une césarienne à midi. Vous pouvez me retrouver au bloc opératoire, si vous en avez le temps.

Elle en mourait d'envie ! Mais elle ne tenait pas à se montrer trop enthousiaste.

— Je serai peut-être encore en train de prendre mes marques.

— D'accord. Eh bien, à plus tard, Natalie.

— À plus tard, murmura-t-elle tandis qu'elle le regardait s'éloigner, admirant ce corps musclé qui lui avait donné tant de plaisir quelques heures auparavant.

Cette nuit, Henry avait fait d'elle une autre femme. Pour la première fois depuis son accident, elle avait connu une jouissance qu'elle avait exprimée sans retenue, osant dire quels étaient ses besoins et ses envies, car elle était convaincue que cette aventure serait sans lendemain.

Et voilà que maintenant ils devaient travailler ensemble et faire comme si tout cela n'était jamais arrivé.

Bon, la situation n'était pas idéale. Natalie était sage-femme dans son propre service. Il avait fallu que, parmi tous les hôpitaux existant en ce monde, ce fût dans celui-ci qu'elle ait décroché son nouveau poste.

Il n'avait vraiment pas besoin qu'interviennent de telles complications, tout à fait inattendues. Mais tous deux s'étaient montrés très clairs dès le début. Ni l'un ni l'autre ne souhaitaient se lancer dans une relation sérieuse. Il ne s'agissait que d'une aventure sans lendemain.

Pourtant... ce ne serait pas facile d'oublier ce qu'ils avaient vécu. Il avait encore en tête des images très précises et retenait dans les moindres détails le souvenir du parfum de Natalie, la douceur de ses cheveux, le goût de sa peau...

Et ces cicatrices sur son corps... Que lui était-il arrivé ?

Il s'efforça de ne plus penser à la délicieuse Natalie pour se concentrer sur la césarienne qu'il allait pratiquer.

Sa patiente était une primipare qui avait développé un diabète gravidique. Elle était enceinte de trente-six semaines. Le poids du bébé était déjà estimé à cinq kilos, ce qui avait motivé le choix de procéder à une césarienne. La maman était petite, ne dépassant pas le mètre soixante-cinq. Un accouchement par voie basse aurait présenté des risques pour la mère comme pour l'enfant.

En entrant dans le bloc opératoire, il dévisagea rapidement toutes les personnes présentes, cherchant Natalie. Elle avait les yeux bleus et il savait que ses boucles blondes auraient tendance à s'échapper de la coiffe d'uniforme.

Elle n'était pas là.

— Comment vous sentez-vous, Helen ? demanda-t-il à la patiente qui avait déjà été anesthésiée par blocage rachidien.

— Nerveuse !

Elle grinçait des dents, ce qui pouvait être un effet secondaire du blocage nerveux.

— C'est normal, mais vous êtes entre de bonnes mains, et quand votre mari sera prêt, il viendra s'asseoir à côté de vous. Nous ne commencerons pas sans lui.

Il lui sourit, sachant combien elle devait avoir peur. Une césarienne relevait pour lui de la routine, mais il en allait autrement pour sa patiente. Et c'était une opération importante qui réclamait un temps de convalescence non négligeable.

Mais il savait qu'Helen bénéficiait d'un bon réseau d'entraide familiale. Son mari, Cole, était tout disposé à participer aux tâches domestiques et les parents du couple habitaient tous les quatre près de chez eux. Par ailleurs, Helen avait trois sœurs qui étaient elles-mêmes mères de famille. Leurs enfants étaient impatients de faire connaissance avec le bébé et tous étaient prêts à apporter leur aide.

Le mari d'Helen fit son entrée et alla s'asseoir près d'elle.

— Prête ? demanda-t-il en lui prenant la main.

Elle hocha la tête, claquant toujours des dents. Cole lança un regard interrogateur à Henry qui le rassura.

— C'est normal. Alors, prêt à découvrir votre fils ?

— Oui.

— Bien.

Il prit des pinces avec lesquelles il piqua l'abdomen d'Helen, en haut et en bas.

— Vous sentez quelque chose ?

— Non, rien du tout.

— Parfait, c'est ce que nous voulons.

Il regarda les membres de son équipe.

— Allons-y, commençons. Scalpel ?

Tess, l'infirmière qui l'assistait, lui tendit l'instrument. Il pratiqua une première incision, horizontale. Traversant toutes les couches – la peau, la graisse, la gaine du muscle, le péritoine –, il atteignit l'utérus et l'ouvrit. Tess commença à aspirer le liquide amniotique tandis qu'il attrapait le bébé pour le sortir du ventre de sa mère. Sans qu'il ait eu besoin de le demander, Tess lui donna l'ampoule pour aspirer l'intérieur du nez et de la bouche du nouveau-né. Heureusement, il n'y avait aucune trace de méconium, le bébé n'était donc pas en détresse respiratoire. Henry dégagea ensuite les épaules et acheva d'extraire l'enfant. C'était un petit garçon costaud qui se mit aussitôt à pleurer. Après avoir coupé le cordon ombilical, Henry montra l'enfant à Helen et à Cole.

— Voilà votre fils, dit-il en souriant. C'est un beau petit gars.

— Oh ! mon Dieu ! s'écria Helen en fondant en larmes.

Henry passa le bébé à une infirmière qui l'enveloppa dans un linge avant d'achever de le nettoyer. Puis elle procéda aux premiers tests, évaluant le taux de sucre dans le sang et le poids du nouveau-né, et effectua les différentes mesures.

Laissant à d'autres le soin de s'occuper de l'enfant, Henry évacua le placenta et commença à recoudre la patiente, ce qui était sans doute la partie la plus longue de la procédure. Il n'y avait pas eu d'hémorragie, tout s'était bien passé.

— Nous allons vous garder en observation pendant une heure environ, simplement pour surveiller vos constantes vitales et vérifier qu'il n'y a aucun saignement, d'accord ? dit-il à sa patiente lorsqu'il eut terminé de la refermer.

Elle hocha la tête, affichant un grand sourire qui témoignait de son bonheur. Henry se dirigea alors vers le réchauffeur et constata que le papa prenait déjà des photos de son fils avec son téléphone portable.

Tout s'était déroulé à merveille. On n'avait plus besoin de lui ici.

Il s'interdisait toute nervosité avant de pratiquer une césarienne. Ce n'était qu'une fois l'opération terminée et la dernière suture achevée qu'il réalisait la gravité de la situation et prenait conscience qu'il avait de nouveau évité le pire.

Il se réjouissait alors d'avoir contribué à mettre au monde un petit être. D'avoir défié la mort avec succès, lui qui avait perdu sa propre fille avant même qu'elle ait eu le temps de commencer à respirer.

Une fois de plus, je t'ai vaincue.

Après s'être changé, il se dirigea vers son bureau pour rédiger des notes. En chemin, il croisa son mentor, le Dr Robert Yang, vêtu de la tenue bleue des chirurgiens. Il se rendait au bloc opératoire.

— Tout va bien, Henry ?

— Oui, aucun problème. C'est un petit garçon en pleine forme. Il faut juste surveiller le taux de sucre dans le sang.

— Parfait. Voilà des nouvelles que j'aime entendre.

— Vous avez un cas intéressant ?

— Une patiente qui nous arrive de Brooklyn. Elle a un utérus didelphe.

Deux utérus ? Incroyable !

— J'aimerais voir cela.

— Je voudrais que vous vous occupiez de l'étage, car Serena n'est pas encore arrivée.

Serena était une autre titulaire.

— Mais quand elle sera là, rejoignez-moi au bloc, ajouta Robert en s'éloignant.

Henry émit un petit sifflement discret. Deux utérus ! La patiente était-elle enceinte dans les deux ? Le Dr Yang n'avait rien précisé. Mais ce cas était passionnant et pouvait faire la carrière de ceux qui le traitaient. Il leur assurait la célébrité. Et Henry était ambitieux. Il voulait être le meilleur. Devenir aussi réputé et respecté que son mentor.

Arrivé dans son bureau, il ouvrit son ordinateur et commença à écrire. Il était plongé dans ses notes lorsqu'il entendit une voix qui l'arracha à son travail.

Nathalie.

Elle visitait les lieux, accompagnée de Roxy, une autre sage-femme de l'hôpital.

— Ici, c'est la pièce où l'on stocke le linge sale. Là, c'est le bureau du Dr Yang. Et là…

Roxy apparut sur le seuil, affichant un grand sourire.

— Je vous présente le Dr Locke, l'un de nos titulaires.

Natalie, toute souriante, entra dans le bureau, la main tendue, comme s'ils ne s'étaient encore jamais vus.

— Ravie de faire votre connaissance, docteur Locke. Je m'appelle Natalie, je suis la nouvelle sage-femme.

Rassuré de la voir si à l'aise, il se leva et lui serra la main.

— Enchanté, Natalie.

Cette poignée de main déclencha chez lui une onde électrique qui se propagea dans son bras, puis dans tout son corps. Ce simple contact avait suffi à susciter une excitation qu'il tenta de cacher en se hâtant de s'asseoir.

— Comment s'est passée cette césarienne, docteur Locke ? demanda Roxy.

— Très bien. La mère et l'enfant se portent à merveille.

Il avait répondu sans pouvoir quitter Natalie des yeux. Il l'avait trouvée stupéfiante, cette nuit, mais à la lumière du jour, elle était incroyable ! Ces boucles folles, ces grands yeux bleus, son visage nu, sans aucun maquillage... elle aurait pu facilement jouer les mannequins. Mais elle était beaucoup plus qu'une jolie femme. Elle était gentille, elle avait le sens de l'écoute et il avait adoré son rire quand il lui avait murmuré à l'oreille des propos osés. Il avait eu alors envie de passer sa vie à la faire rire et sourire.

Mais c'était impossible. Il ne pouvait pas. Il ne *voulait* pas.

Natalie resterait l'aventure d'une nuit. Il s'était déjà fait piéger par le passé et cela s'était mal terminé. Il y avait laissé son cœur et son âme et s'était demandé ce qu'il allait faire de sa vie. Il s'était alors aperçu que le travail restait ce qu'il y avait de plus important pour lui.

— Vous êtes occupé, dit Roxy. Nous allons vous laisser. Venez, Natalie, je vais vous montrer la salle du personnel.

Il les regarda partir et poussa un long soupir.

Il fallait que les choses deviennent plus faciles, non ?

—Le Dr Locke est un homme charmant, n'est-ce pas ? murmura Roxy sur un ton de conspiration.

— Sans doute..., répondit Natalie, ne sachant que dire.

— Il est incroyablement sexy, continua Roxy, et il a un corps d'athlète. Une fois, Saffron l'a vu se changer dans le vestiaire et elle a constaté qu'il était tout en muscles, avec le ventre plat. Vous imaginez un peu... ? conclut-elle en feignant de s'évanouir.

Natalie ne put s'empêcher de rire. Saffron avait raison. Mais Henry n'avait pas seulement un physique avantageux. C'était aussi un homme gentil, drôle, poli, qui savait écouter. Et un amant attentionné. Elle était convaincue qu'il y avait encore beaucoup de choses à découvrir chez lui, même si elle savait qu'elle n'aurait jamais cette chance.

Je ne veux pas en apprendre plus sur lui. Ce n'était qu'une nuit sans lendemain. Rien de plus.

— Parlez-moi du Dr Yang, demanda-t-elle, désireuse de changer de sujet de conversation.

Roxy s'exécuta et évoqua longuement le chef du service obstétrique-gynécologie tandis qu'elles sirotaient un verre ensemble dans la salle de repos. Natalie se sentait prête à prendre son poste. Elle avait visité l'hôpital, signé tous les papiers, reçu son badge. Il ne lui restait plus qu'à commencer à s'occuper de ses patientes. Ce serait pour elle le meilleur moyen de prendre ses marques.

Elle avait quitté le Montana pour démarrer une nouvelle vie à New York, en oubliant Wade, l'homme qui lui avait brisé le cœur. Elle voulait réussir ici, se prouver à elle-même, et à lui, qu'elle valait beaucoup mieux que l'histoire sordide dans laquelle il l'avait entraînée, anéantissant sa réputation et sa personne.

Le simple fait d'y penser la mettait en colère. Elle avait été si naïve ! Elle avait cru qu'il l'aimait ! Comment aurait-elle pu deviner qu'il avait une femme et des enfants dans la ville voisine ? Leurs relations sexuelles avaient été torrides, et elle avait commis l'erreur de prendre cela pour de l'amour…

Elle s'en voulait terriblement d'avoir été aussi aveugle. Elle aurait dû être alertée par tous ces signes qui, à présent, lui paraissaient d'une clarté évidente, comme le fait qu'il l'appelait toujours depuis un téléphone portable. Il ne l'emmenait jamais chez lui. Il lui disait travailler le week-end. Il n'avait jamais eu aucun geste de tendresse en public. Jamais ils ne faisaient de shopping ni n'allaient au restaurant ensemble dans la ville voisine.

Wade avait réussi à lui donner l'impression d'être précieuse à ses yeux parce que, avant de le rencontrer, elle avait été le plus souvent ignorée par ses proches, et habituée à se faire discrète. Elle était la petite dernière d'une fratrie de six enfants. Loin de jouir d'un traitement de faveur en tant que benjamine de la famille, elle était juste une bouche de plus à nourrir. Elle s'était juré que, plus tard, elle n'aurait pas plus de deux enfants, ou trois au maximum. Ainsi, elle pourrait donner à chacun d'eux l'attention et l'amour qu'il méritait.

Et être la meilleure des mères.

Wade l'avait privée de cela aussi. Elle avait rêvé de porter son enfant, mais il lui avait dit qu'il valait mieux attendre un peu, lui assurant que cela arriverait un jour, et peut-être même bientôt. Le pire, c'est qu'elle l'avait *cru* ! Elle s'était bercée d'illusions, se persuadant qu'ils partageaient les mêmes désirs. Découvrir la vérité l'avait anéantie.

Elle se consola de ces tristes pensées en piochant un chocolat dans la boîte et en prenant la tasse de café que Roxy lui tendait.

— Alors, dites-moi, qu'est-ce qui vous a amenée à Heartland ? s'enquit Roxy.

— Eh bien, je viens d'une toute petite ville du Montana qui dispose d'un centre médical. J'y ai travaillé, mais c'est vraiment un établissement très modeste qui ne prend en charge que des cas mineurs. Toutes les patientes présentant des complications ou considérées comme étant à haut risque étaient systématiquement transférées dans un hôpital plus important, mieux équipé que nous. C'est une bonne chose pour les patientes, bien sûr, mais je me sentais frustrée. Je voulais élargir mon expérience, apprendre des choses, alors j'ai commencé à chercher un nouvel emploi. Je n'étais jamais venue à New York. J'ai postulé pour ce job et j'ai été prise.

— Fantastique ! Mais, vraiment, vous n'étiez jamais venue à New York ?

— En fait, je n'ai jamais quitté ma campagne.

— Vous êtes sérieuse ?

Roxy semblait incrédule. Natalie se mit à rire et hocha la tête.

— Ah, dit Roxy, j'ai du mal à imaginer qu'on puisse ne jamais voyager. Vous êtes plutôt casanière ?

— J'aime bien être chez moi.

Elle pensa à la chambre qu'elle occupait là-bas. Au papier rose pâle qui en tapissait les murs depuis son adolescence. Elle y avait accroché ses diplômes soigneusement mis sous verre. Elle pensa au chien de la famille, Scoobs. Aux chevaux. Et à sa mère s'énervant contre son père parce qu'il avait apporté des outils dans la cuisine, ce qui laissait des traces de graisse partout. Son père soupirait et lui adressait un clin d'œil dès que sa mère avait le dos tourné. Elle pensa à ses sœurs qui lui chipaient ses affaires, et à ses frères qui monopolisaient la salle de bains chaque fois qu'ils avaient un rendez-vous.

Chez elle, c'était bruyant et agité, mais tous lui manquaient énormément. Elle n'aurait jamais imaginé les quitter un jour, jusqu'à ce que Wade salisse son nom et sa réputation.

— Excusez-moi…

Natalie sursauta en entendant la voix d'Henry. Elle se retourna, les joues en feu, et le vit planté sur le seuil. Avait-il écouté leur conversation ?

— On vient de m'avertir qu'un cas d'hydrothorax fœtal nous arrivait du premier étage. Il nécessite un shunt thoraco-amniotique. Voulez-vous voir cela, mademoiselle Webber ?

Natalie se tourna vers Roxy.

— Est-ce que vous êtes d'accord ?

— Absolument ! Allez-y. Vous allez apprendre beaucoup de choses, et dans les meilleures conditions.

— Alors, ce sera avec plaisir, dit Natalie en adressant un sourire à Henry.

— Très bien. Rejoignez-moi dans la salle d'opération.

Et il s'en alla.

— Ah, je n'ai encore jamais assisté à ce type de procédure, déclara Natalie.

— Et vous n'avez jamais vu non plus à quel point ses mains sont magiques quand il opère. Je vous assure, il suffit de regarder ses yeux, et ses mains qui font des miracles, pour tomber amoureuse de lui ! Personne ne résiste au Dr Locke. Cela va vous arriver, à vous aussi.

— Non, je ne pense pas, dit-elle avec un petit rire nerveux.

— Vous vous croyez immunisée ? Rien n'est moins sûr. En fait, on ne lui connaît aucune petite amie ici. Il est très secret. On soupçonne qu'il a vécu une tragédie par le passé, mais il n'en a jamais rien dit. Si vous voulez mon avis, cela lui donne encore plus de mystère.

Elle changea brusquement de sujet.

— Voulez-vous que je vous rappelle où se trouve la salle de brossage, ou bien vous en souvenez-vous ?

— Je m'en souviens.

— Alors, allez vite les rejoindre, ma belle !

Il n'avait pas eu l'intention d'écouter aux portes, mais, en approchant de la salle du personnel, il avait entendu Natalie exprimer son désir d'avoir affaire à des cas compliqués pour élargir le champ de ses connaissances. Alors, sans prendre le temps de réfléchir, il lui avait proposé de se joindre à lui.

Tout va bien. Je sais ce que je fais. Il s'agit juste d'offrir à une collègue l'occasion d'étudier un cas difficile.

Il était en train de se laver les mains lorsque la porte s'ouvrit devant Natalie qui entra en enfouissant ses boucles sous la coiffe réglementaire. Elle le regarda d'un air hésitant.

— Salut.

— Salut.

Soucieux de maintenir leur relation sur un plan strictement professionnel, il s'empressa de lui décrire la situation.

— La patiente est âgée de trente-six ans. Elle est enceinte de vingt-huit semaines et deux jours. À vingt et une semaines, on a détecté la présence de liquide amniotique entre les poumons et la paroi thoracique, mais en très faible quantité. Il a alors été décidé d'adresser la patiente à un spécialiste de la médecine maternelle et fœtale. Un échocardiogramme fait sur le bébé a révélé que le cœur ne présentait heureusement pas de déplacement médiastinal, mais la quantité de liquide avait augmenté de façon significative dans l'espace pleural.

— Je vois, dit-elle en commençant à se brosser les mains.

— Le Dr Fox a pratiqué une thoracentèse fœtale pour drainer ce liquide, mais cela vient de se reproduire. Nous devons donc recommencer la procédure, avant qu'il y ait des dégâts dans les poumons et le cœur.

— Le Dr Fox a-t-il prélevé un échantillon du liquide amniotique pour voir ce qui avait pu provoquer ce phénomène ?

Il fut impressionné de l'entendre poser cette question, d'autant plus qu'elle n'avait pas l'habitude de rencontrer des cas compliqués.

— Oui, mais nous n'aurons les résultats qu'en fin de journée.

— Et qu'allons-nous faire exactement ?

— Placer un cathéter en queue de cochon dans la poitrine du bébé. Cela permettra au liquide amniotique de regagner la cavité amniotique. Cette procédure est le meilleur moyen d'empêcher un sous-développement des poumons.

— D'accord. Combien de fois avez-vous déjà réalisé ce type d'intervention ?

— Environ une dizaine de fois.

— Et cela a toujours réussi ?

Il sourit.

— Oui, jusqu'à présent, répondit-il en se dirigeant vers la salle d'opération.

Il commença par jeter un coup d'œil aux clichés que le Dr Fox avait envoyés. L'accumulation de liquide dans la poitrine du bébé était clairement visible.

Tess l'aida à revêtir sa blouse et à enfiler ses gants. Puis, après avoir vérifié que la mère avait été anesthésiée, il utilisa le scanner pour connaître exactement la position du bébé dans l'utérus. À cet instant, Natalie entra à son tour dans la salle.

— Mettez-vous à côté de Tess, dit-il. Ainsi, vous pourrez voir tout ce qui se passe. Vous tous, je vous présente Natalie Webber, notre nouvelle sage-femme, qui rejoint l'équipe de façon permanente.

Tout le monde la salua, avec des sourires et des signes de tête.

— Bon, mettons-nous au travail, ordonna Henry.

Il pratiqua une petite incision dans l'abdomen de la patiente et introduisit l'aiguille qui contenait le cathéter. En ayant recours à l'échographie, il guida l'aiguille jusqu'à la poitrine du bébé et s'arrêta dans l'espace pleural où le liquide amniotique s'était accumulé. L'anesthésie de la mère s'était communiquée au bébé à travers le placenta, endormant l'enfant et l'empêchant de bouger durant cette procédure délicate.

Il jeta un coup d'œil à Natalie et vit qu'elle suivait avec une grande attention tout ce qu'il faisait. Cela le fit sourire. Il aimait former les gens. C'était la première fois qu'elle le voyait au travail et, il n'aurait su dire pourquoi, il avait envie de l'impressionner.

— Maintenant, on déroule le cathéter, expliqua-t-il.

Joignant le geste à la parole, il tira sur la première partie du cathéter, puis continua jusqu'au moment où il atteignit l'espace amniotique. Il déploya le reste du cathéter qui se mit en tirebouchon, ce qui aiderait à le maintenir en place jusqu'à la naissance du bébé.

— C'est incroyable, dit Natalie. Et ce dispositif va permettre de drainer le liquide jusqu'au sac amniotique ?

Il hocha la tête, tandis qu'il retirait l'aiguille et suturait la petite incision qu'il avait pratiquée dans l'abdomen de la mère.

— Nous allons la garder en observation pendant vingt-quatre heures, et après elle pourra rentrer chez elle. Dans une semaine, elle reviendra passer un scanner pour qu'on mesure la quantité de liquide qui aura été enlevée.

Il s'éloigna de la patiente et ôta sa blouse et ses gants. Natalie l'imita et, comme lui, jeta le tout dans la corbeille à linge avant de le suivre dans la salle de brossage.

— Cette procédure est si simple, et pourtant ça marche ! Et sans que la mère ait à subir une lourde intervention.

— Oui, on fait cela en ambulatoire.

— C'est vraiment remarquable !

— La médecine est capable de faire beaucoup de choses remarquables, dit-il.

— Oui, mais il faut aussi des gens remarquables pour les réaliser, dit-elle en rougissant.

Il apprécia le compliment et sourit, conscient qu'il devait partir avant de dire quelque chose de stupide, comme lui proposer d'aller plus tard boire un verre avec lui.

— Bon, je dois filer. Le Dr Yang a un cas unique que je ne veux pas manquer.

— Très bien. Encore merci.

— Avec plaisir.

Il réalisait que plus il passait de temps en sa compagnie, plus il l'appréciait.

Natalie était quelqu'un de bien. Et potentiellement une vraie menace pour lui et sa décision de rester seul. Qu'avait-elle dit à Roxy, tout à l'heure ? Qu'elle venait d'une petite ville du Montana et qu'elle voulait commencer une nouvelle vie à New York ? Il ne voulait pas entraver son projet. Elle méritait de prendre un nouveau départ.

— Bien. On se reverra plus tard.

— Sûrement.

Il se rendit d'abord dans son bureau pour rédiger des notes, puis il se lança à la recherche du Dr Yang et de sa patiente dotée d'un double utérus.

Il ne voulait plus songer qu'à son travail, et non à la jolie blonde aux cheveux bouclés qui semblait occuper la première place dans ses pensées.

Natalie s'était vu confier une femme enceinte de quarante semaines, du nom de Felicity. Les contractions avaient commencé six heures plus tôt, et la patiente était toute seule ; personne ne l'avait accompagnée à l'hôpital.

Le travail se passait bien, le bébé semblait ne pas souffrir. Le dernier examen montrait que la dilatation était de huit centimètres.

— Comment vous sentez-vous, Felicity ?

— Ah, cela me tue ! répondit-elle en laissant retomber sa tête sur l'oreiller.

Natalie lui passa un gant de toilette humide sur le front.

— Voulez-vous quelque chose de plus fort ?

— Non, je vais y arriver.

— D'accord.

Elle était en train de réajuster l'un des transducteurs lorsque Felicity perdit les eaux.

— Ah, c'est bon signe, dit-elle. Les choses avancent.

Felicity reprit du protoxyde d'azote pendant que Natalie

vérifiait une nouvelle fois le dossier de sa patiente. Elle aimait se montrer prudente, veillant à ce que rien ne lui échappe. Surtout quand il s'agissait de sa première patiente dans son nouveau job !

Il y avait toujours l'angoisse que quelque chose se passe mal. De nos jours, les gens étaient souvent mécontents, allant jusqu'à porter plainte pour la moindre chose. Dans le dernier hôpital où elle avait travaillé, au Montana, une jeune maman s'était plainte d'une collègue de Natalie, lui reprochant de s'être mal conduite avec elle durant le travail. Elle trouvait qu'elle avait été méchante parce qu'elle lui avait donné des ordres... La jeune femme estimait que cela lui avait gâché son accouchement.

Depuis ce jour-là, Natalie veillait à faire preuve de gentillesse et de considération, aussi bien dans ses propos que dans son comportement, envers ses patientes. Le jour où elles mettaient au monde leur enfant resterait à jamais gravé dans leur mémoire et Natalie, qui jouait un rôle central dans cet événement, tenait à leur laisser un bon souvenir.

Le dossier de Felicity ne faisait aucune mention du père, et il n'était pas là non plus aujourd'hui. Manquait-il simplement de courage et attendait-il tranquillement chez lui que tout soit fini ? Ou bien était-il tout simplement inexistant ?

— Je crois que j'ai envie de pousser...

Elle tremblait. Natalie devait vérifier que le col était maintenant complètement dilaté.

— D'accord, mais je dois d'abord vous examiner.

Elle admirait la force de la jeune femme qui était en train d'accoucher sans compagnon auprès d'elle pour la soutenir, sans péridurale ni péthidine. Seulement du protoxyde d'azote.

— Vous vous en tirez magnifiquement, vous savez.

Felicity fondit en larmes.

— Mais non ! Regardez, je suis ici toute seule ! Je n'ai pas de famille, ni de petit ami. Quel genre de mère suis-je pour faire naître un enfant qui ne bénéficiera d'aucun soutien ? Il sera tout seul. Sans un père pour lui apprendre la vie.

— Il y a un tas de mères qui élèvent seules leur enfant et qui font un boulot formidable !

— Je voulais tellement plus ! Je pensais que tout serait parfait, que je réaliserais mon rêve, vous voyez ?

Natalie lui prit la main.

— Vous pouvez le réaliser toute seule, et être la meilleure des mères. S'il vous a, ce petit garçon aura tout ce qu'il lui faut.

Felicity respira de nouveau du protoxyde d'azote pendant que Natalie l'examinait.

— Vous en êtes à dix centimètres. Vous pourrez commencer à pousser lors de vos prochaines contractions. Je vais avertir votre médecin. C'est Serena Chatwin, n'est-ce pas ?

Felicity hocha la tête.

— J'ai grandi sans père. Je voulais tellement que mon fils en ait un !

— Puis-je vous demander ce qui s'est passé avec votre compagnon ?

— Il me traitait comme une reine. Et j'ai découvert qu'il avait deux autres petites amies et qu'il leur avait aussi fait des enfants.

Felicity détourna les yeux, comme si elle avait trop honte pour affronter le regard de Natalie.

— Comment ai-je pu choisir un tel homme pour devenir le père de mon enfant ? C'en est risible !

— Il vous a donné le sentiment qu'il tenait à vous. Et vous l'avez cru. Il n'y a aucun mal à essayer de croire en l'amour.

— Mais j'aurais dû savoir !

— Comment ? Les gens qui vous déçoivent peuvent être tout à fait charmants. Et nous voulons souvent voir les autres sous leur meilleur jour. Personne ne part du principe qu'il a forcément affaire à un menteur. Il ne faut pas vous en vouloir. Vous n'avez rien fait de mal.

Elle téléphona au bureau pour les avertir que la patiente du Dr Chatwin allait commencer à pousser. On lui répondit que le médecin était en train de pratiquer une césarienne.

— Nous allons vous envoyer le Dr Locke. Il est libre.

Nathalie sentit soudain son cœur battre plus vite.

— D'accord. Merci, Roxy.

Elle posa le récepteur et regarda le tracé de la CTG indiquant la fréquence cardiaque du fœtus pendant que s'annonçait une nouvelle contraction.

— Vous allez pouvoir commencer à pousser, dit-elle.

— J'ai peur.

— Il ne faut pas. Je suis là, et le Dr Locke va bientôt arriver.

— Pourquoi ce n'est pas le Dr Chatwin ?

— Elle est au bloc opératoire. Mais le Dr Locke est très bien, je vous le promets. Il est très gentil.

— D'accord...

— Quand la prochaine contraction arrivera, je veux que vous preniez une profonde inspiration, puis vous pousserez. Et vous essayerez de faire cela trois fois à chaque contraction, d'accord ? Je vous aiderai.

Felicity hocha la tête. Une autre contraction apparut.

— Bon, respirez profondément et... poussez !

Natalie commença à compter jusqu'à dix, tout en surveillant la façon dont Felicity poussait. La jeune femme s'y prenait très bien et la tête du bébé était déjà là. Natalie pouvait voir les cheveux.

Derrière elle, quelqu'un toqua à la porte.

— Entrez ! cria-t-elle.

Henry apparut dans la salle de naissance.

— Bonjour, Felicity. Je suis le Dr Locke. Allez-y, continuez, je me tiens prêt.

Bien que consciente de sa présence, Natalie restait concentrée, ne s'occupant que de sa patiente.

— Comment cela se passe-t-il ? demanda Henry.

— Elle pousse très bien. On voit déjà la tête du bébé.

Elle recula pour le laisser s'asseoir sur un tabouret au pied de la couchette.

— Bravo, Felicity, dit-il. Le bébé est juste là. Vous voulez le toucher ?

Felicity tendit la main pour toucher la tête de l'enfant.

— C'est lui ? murmura-t-elle, le visage rayonnant.

— Mais oui, répondit Natalie. Il est tout près, maintenant. Une nouvelle contraction arrive. Respirez... et maintenant, poussez ! Un... deux... trois...

Elle épongea le front de la jeune femme tandis qu'Henry prenait le relais pour guider les efforts de Felicity durant les contractions.

— C'est bien... encore un peu... encore... poussez doucement... allez-y ! Ah, la tête est sortie. Encore une ou deux poussées, et votre fils sera là.

Felicity hocha la tête, décidée à faire de son mieux. Elle savait qu'elle tiendrait bientôt son bébé dans ses bras, récompense de tous ses efforts.

— Vous êtes formidable, dit Natalie en lui faisant boire un peu d'eau à l'aide d'une paille. Vous allez bientôt être maman, ajouta-t-elle avec un sourire.

Et, comme toujours depuis son accident, elle ne put s'empêcher de ressentir une pointe d'envie.

— Je sens venir une autre contraction ! annonça Felicity.

— Bien... L'épaule sort... Poussez encore une fois...

Felicity laissa échapper un gémissement et, soudain, son fils sortit en même temps qu'une grande quantité d'eau qui éclaboussa Henry.

Natalie regarda la pendule accrochée au mur.

— 15 h 32.

Henry coupa le cordon et posa le bébé sur la poitrine de Felicity. L'enfant poussa alors son premier cri.

— Oh ! mon Dieu, il est si petit ! s'écria sa mère. Et si beau !

Natalie s'empressa de couvrir le bébé avec une serviette afin qu'il ne perde pas trop de sa chaleur corporelle, puis elle lui frotta le dos et aspira les mucosités qu'il pouvait avoir dans la bouche et dans le nez. Mais il apparut clairement que l'enfant n'avait aucun problème respiratoire, car, par ses cris, il faisait savoir à tout le monde combien il regrettait d'avoir quitté le ventre de sa mère, ce nid si douillet.

— Il a de solides poumons ! constata Natalie en continuant d'essuyer l'enfant.

— Merci beaucoup pour votre aide, dit Felicity.

— C'est vous qui avez fait tout le travail !

— Mais c'est grâce à vous et au Dr Locke que tout s'est bien passé. Merci. Ah, merci infiniment !

— A-t-il déjà un nom ? demanda Henry.

— Oui. Wyatt. Wyatt Edward, comme mon grand-père.

— Cela lui va très bien, déclara Natalie avec un sourire.

— Voulez-vous une piqûre de Syntocinon pour faciliter l'expulsion du placenta ? proposa Henry.

Felicity hocha la tête et Henry lui injecta rapidement le produit dans la cuisse. Mais la jeune femme parut ne pas y prêter attention tant elle était occupée à admirer son fils.

— Vous avez une petite déchirure, dit Henry, mais cela devrait cicatriser tout seul. Vous avez fait de l'excellent travail.

Wyatt s'était calmé. Posé sur la poitrine de sa mère, il entendait le battement de son cœur et ce bruit le rassurait.

— Je dois le peser et le mesurer, dit Natalie. Je vous le redonnerai tout de suite après, d'accord ?

Felicity hocha encore la tête.

Entre-temps, Henry avait examiné le placenta et contrôlé le saignement de la jeune femme. Il ne lui restait pas grand-chose à faire, alors il disposa une couverture sur elle et lui offrit une nouvelle gorgée d'eau.

— Je parie que vous aimeriez prendre autre chose, dit-il.

— Un café, ce serait parfait.

— Je vais voir si je peux vous en trouver un. Et que diriez-vous d'avoir aussi des toasts ou un sandwich ?

Felicity lui adressa un sourire plein de gratitude.

— Oui, s'il vous plaît… Ce que vous trouverez.

— Je vais vous apporter cela.

Natalie lui jeta un regard surpris. Dans son ancien hôpital, c'étaient les sages-femmes qui prenaient soin des patientes une fois que l'accouchement était terminé. Les médecins disparaissaient dès qu'ils s'étaient assurés que tout allait bien pour la mère et l'enfant. Elle était touchée de voir Henry se montrer si attentionné envers Felicity.

Bébé Wyatt se portait à merveille. Il avait eu 9 au score d'Apgar, ses réflexes étaient excellents et son poids, tout à fait normal.

Après l'avoir enveloppé dans une nouvelle serviette, Natalie le rendit à sa mère.

Henry revint avec un café, deux biscuits et un sandwich, le tout posé sur un petit plateau.

— Il ne restait plus que des sandwichs aux crudités, dit-il.

— C'est parfait. Merci beaucoup.

— Avez-vous mal ?

— Un peu, mais ça va.

— En tout cas, sachez qu'il vous suffit d'appuyer sur la sonnette et l'une de ces charmantes dames vous donnera un antidouleur.

Et il quitta la pièce.

Natalie se tourna vers la jeune maman.

— Avez-vous besoin de quelque chose ?

— Non, j'ai tout ce qu'il faut, répondit Felicity, les yeux braqués sur son fils comme si elle ne se lassait pas de le contempler.

— Très bien. Je vous laisse profiter tous les deux de ce moment, et après quelqu'un viendra et vous emmènera dans votre chambre.

— Merci.

Natalie s'en alla et se rendit au bureau pour rédiger le rapport sur l'accouchement et mettre à jour le tableau.

— Alors, comment cela s'est-il passé ? demanda Roxy qui transportait une pile de linge.

— C'est un beau garçon en bonne santé.

— Génial ! Tout va bien pour vous ? Vous avez besoin de quelque chose ?

— Non, je n'ai pas de problème, je vous remercie.

— Fantastique ! Quand vous aurez fini votre mise à jour, faites donc une pause. Environ vingt minutes, d'accord ?

— Parfait. Mais peut-être pourriez-vous m'indiquer où se trouve la cafétéria de l'hôpital ?

—Alors, parle-moi de cette jolie blonde, dit Hugh.

Il avait appelé son frère sur son portable au moment où Henry s'asseyait à l'une des tables de la cafétéria.

— Quelle blonde ? demanda Henry d'un ton innocent.

— Celle avec qui tu étais hier soir ! Des cheveux bouclés, des yeux de biche… Ne me dis pas que tu l'as laissée filer sans en avoir profité un peu.

Henry leva les yeux au ciel. Son frère pouvait être tellement lourd, parfois.

— Je lui ai souhaité la bonne année.

— Tu t'y es pris comment ? insista Hugh en riant. Sérieusement, frérot, cela faisait plaisir de te voir comme ça.

— Comme quoi ?

— Te voir t'intéresser à une femme. Après ce qui t'est arrivé avec Jenny, tu mérites d'être heureux.

— Merci.

— Je suis sincère. Tu as vécu une vraie tragédie. La perte du bébé… tout. Mais cela me tue de te voir tout le temps tout seul alors que tu as tellement à donner. C'est vrai, hier soir, j'étais très heureux pour toi.

Henry eut un petit sourire triste.

— Il y a eu des moments dans ma vie où j'ai pensé ne jamais pouvoir m'en sortir.

— Mais tu l'as fait, et regarde où tu en es maintenant. Tu es à New York, avec un job de rêve, et tu as commencé l'année avec une jolie blonde. Dis-moi, est-ce qu'elle valait le coup ?

— Un gentleman ne répond jamais à ce genre de question.

Hugh éclata de rire.

— Ah, ça veut dire que vous avez passé la nuit ensemble ! Eh oui, bien sûr !

L'enthousiasme de son frère le fit sourire.

— Comment était ta… heu… ta conquête ?

— Impressionnante ! Je te parle depuis sa salle de bains.

Au même instant, l'une des radiologues de l'hôpital s'arrêta devant la table d'Henry. Une jeune femme très séduisante qui avait clairement l'intention de s'entretenir avec lui.

— Je dois te laisser, Hugh, dit-il.

— On se rappelle, d'accord ?

— Entendu.

Il raccrocha et leva les yeux vers la nouvelle venue.

Une femme, une radiologue à en juger par sa blouse d'uniforme, était en train de parler à Henry. Natalie, chargée de son plateau, attendit qu'elle ait fini de flirter avec lui – parce que c'était clairement ce que l'inconnue était en train de faire. Elle souriait beaucoup, riait, jouait avec ses cheveux, et même, à un moment, elle lui toucha le bras.

Incroyable.

Natalie observait attentivement Henry, curieuse de voir comment il allait réagir. Allait-il encourager ces tentatives de séduction ? Sortir un papier de sa poche pour y noter son numéro de téléphone et le donner à la jeune femme ?

Mais non. Elle le vit secouer la tête, en ayant l'air de s'excuser. L'inconnue haussa les épaules, sourit et s'éloigna.

Natalie poussa un soupir de soulagement. Elle attendit quelques instants, puis se dirigea vers Henry.

— Puis-je me joindre à vous ?

Il lui sourit et, d'un geste, l'invita à s'asseoir à sa table.

— Merci.

— Vous êtes la bienvenue. Comment s'est passée votre première journée ?

— Eh bien, elle a commencé par une rencontre qui m'a mise mal à l'aise, mais j'ai survécu… malgré la trace de confiture que j'avais sur le menton. Ensuite, j'ai assisté à une opération géniale, ce qui m'a beaucoup plu, et puis j'ai aidé une femme à accoucher. Alors, je peux dire que j'ai eu une excellente journée.

Il lui sourit, et il y avait quelque chose de chaleureux dans son regard.

— Et vous ? Comment s'est passée votre journée ? Vous faites-vous toujours draguer quand vous prenez votre pause ?

— Ah ! Vous avez vu ça ?

— Tout le monde pouvait le voir, répondit-elle en souriant.

Était-il vraiment en train de rougir ? C'était ennuyeux ! Mais charmant, aussi.

— Elle s'appelle Amelia, dit-il. Nous avons travaillé ensemble sur un cas, l'autre jour. Elle est gentille, mais… ce n'est pas mon type.

— Et quel est votre type ?

Il la regarda et haussa un sourcil.

— Les blondes avec des cheveux bouclés qui renversent leur verre sur vous ? demanda-t-elle.

Elle était la première surprise de se voir flirter ainsi avec lui, mais elle ne pouvait s'en empêcher. Il y avait chez lui quelque chose qui la poussait à abandonner sa réserve habituelle. Et puis ne savait-il pas déjà qui elle était ? Il la connaissait de la tête aux pieds. Il avait tout vu, y compris ses cicatrices.

Henry éclata de rire et montra le café qu'elle avait sur son plateau.

— Tout ce que je vous demande, c'est de ne pas renverser celui-là sur moi.

— Je vais essayer.

Il la regardait d'un air hésitant, comme s'il n'osait pas formuler à haute voix ce qu'il avait en tête. Mais elle se sentait tous les courages, alors...

— Allez-y. Dites ce que vous avez à dire.

— J'ai remarqué vos cicatrices.

Ah, nous y voilà.

— Oui ?

— Que vous est-il arrivé ?

— Un accident de voiture. J'ai subi plusieurs opérations.

— Et maintenant, vous allez bien ?

Elle sourit.

— Oui, ça va.

3

— Alors, raconte-moi comment ça se passe. Est-ce que les gens sont gentils ?

Adossée au canapé, Natalie colla le téléphone à son oreille.

— Tout se passe à merveille, maman, tout le monde est très gentil.

— T'es-tu fait des amis ? J'ai toujours entendu dire que, dans les grandes villes, les gens ne se liaient pas facilement.

— Oui, j'ai des amis. Il y a une sage-femme géniale, Roxy, qui est drôle et charmante.

— Et ?

— Et quoi ?

— Les médecins… Est-ce qu'il y en a que tu trouves intéressants ?

— *Maman !*

— Quoi ? Je te demande simplement si les médecins sont gentils ! protesta sa mère d'un ton innocent.

— Non. En fait, tu veux savoir s'il y a un homme avec qui j'aimerais sortir. Excuse-moi de te le dire, mais tu tombes dans les clichés : en fait, beaucoup de médecins sont des femmes.

— Je sais, je sais.

Il y eut un petit silence, comme chaque fois que Natalie et sa mère étaient en désaccord, pour éviter que les choses ne dégénèrent entre elles. Il était encore plus important d'éviter tout conflit maintenant qu'une telle distance les séparait.

— Tu sais, c'est dur pour moi de te savoir si loin. Je ne sais pas ce que tu fais, ni si tu prends bien soin de toi…

— Tu ne t'inquiétais pas autant quand je vivais à la maison.

— Parce que je te voyais tous les jours. Je n'avais pas à me faire du souci.

— Et maintenant, tu t'en fais ?

Sa mère soupira.

— Tu es toute seule dans une grande ville. Bien sûr que je me fais du souci !

Natalie ne savait que dire. Elle n'avait jamais eu l'impression de compter aux yeux de sa mère. Elle ne l'avait jamais entendue dire qu'elle s'inquiétait pour elle.

— Je vais bien, d'accord ? Ne t'en fais pas pour moi.

— Mais si, je vais continuer à m'en faire. Comment sont tes voisins ?

— Des gens tranquilles. Il y a une dame russe, Mme Petrovsky, qui vit juste à côté de chez moi. Elle m'a apporté du bortsch pour me souhaiter la bienvenue.

— Qu'est-ce que c'est ?

— Une sorte de soupe de betterave.

— Ah ! Et le travail ? Cela se passe bien ?

— C'est génial. Intense. Compliqué.

— Si j'ai bon souvenir, tu avais envie que ce soit « compliqué ».

— Eh bien, c'est le cas.

Elle pensait à Henry, mais, bien sûr, elle n'allait pas parler de lui à sa mère.

— Tu as traversé de lourdes épreuves, ma chérie. Ce que cet homme a fait... Il a bouleversé ta vie. Tout ton avenir ! C'est légitime que je demande si tu as quelque chance de trouver le bonheur en travaillant dans cet hôpital.

— Je sais.

Elle était touchée de voir sa mère s'inquiéter autant pour elle. Lorsque ses parents l'avaient ramenée de l'hôpital, après l'accident, ils avaient peu évoqué les conséquences qu'auraient ses blessures sur le cours de sa vie. Certes, ils l'avaient soignée, mais personne n'avait vraiment parlé de cela avec elle. Tout ce qu'elle avait entendu, c'était : *tout va s'arranger, tu verras.*

Elle avait parfois eu envie de leur crier sa rage. Comment

pouvaient-ils dire une chose pareille ? *Tout va s'arranger*... Ils n'en savaient rien ! Cette phrase était vide de sens.

Maintenant... cela la mettait simplement mal à l'aise.

— Je ne cherche pas à nouer une relation sentimentale, maman. Tu le sais. Je suis ici pour travailler.

— Eh bien, essaye simplement de te faire de bons amis, d'accord ? Tu as pris l'habitude de repousser les gens depuis que tu as eu ton accident, mais tu ne dois pas rester toute seule dans cette grande ville.

Sa mère disait-elle vrai ? Repoussait-elle les gens ? Peut-être était-elle un peu sur ses gardes, mais n'était-ce pas le cas d'à peu près tout le monde ?

Son univers s'était écroulé et tout son avenir avait été modifié à cause du mensonge d'un homme. Un homme en qui elle avait eu une confiance absolue et qui lui avait brisé le cœur. Un homme qui avait tout détruit et qui ne lui avait jamais présenté ses excuses.

— Maman, je t'en prie, je n'ai pas envie de me disputer avec toi.

Ce matin, elle s'était réveillée avec un mal de tête tenace et, malgré ses sept heures de sommeil, elle se sentait encore fatiguée. Aussi avait-elle les nerfs à cran.

— Je ne veux pas qu'on se dispute, protesta sa mère. C'est juste que...

— Quoi ?

— Laisse-nous être là pour toi, ma chérie. Même si des kilomètres nous séparent, il reste le téléphone. N'hésite pas à nous appeler.

Elle avait l'air si sincère, si attentionnée et si aimante que Natalie en aurait presque pleuré.

— Merci, maman.

Il y eut un silence à l'autre bout du fil. Peut-être parce que sa mère était au bord des larmes, elle aussi ? Cela la fit sourire.

En réalité, elle s'était peut-être trompée durant toutes ces années, quand elle pensait que sa mère l'ignorait alors qu'elle était tout simplement trop occupée. Elle avait six enfants, une maison à entretenir, un job... Cela ne lui laissait pas beaucoup de temps pour se livrer à des démonstrations de tendresse.

— Je dois me préparer pour aller travailler, dit-elle.

— D'accord. Eh bien, prends soin de toi et promets-moi de m'appeler ce week-end.

— Je le ferai. Et merci. Pour tout.

— Je t'en prie, ma chérie. Je t'aime. À bientôt.

Et elle raccrocha.

En reposant son téléphone, Natalie se demanda si, trop absorbée par ce qu'elle avait enduré cette année, elle n'avait pas fini par oublier à quel point ses parents avaient dû souffrir, eux aussi. Après tout, ils avaient failli la perdre.

Qu'avaient-ils ressenti lorsque la police les avait appelés pour leur apprendre que leur fille venait d'avoir un terrible accident ? Cela avait dû être horrible pour eux. Ils avaient certainement été terrifiés, mais ils n'en avaient rien montré. Quand elle s'était réveillée dans le service des soins intensifs, le corps bardé de fils et de tuyaux, elle avait vu son père et sa mère assis près de son lit. Ils lui souriaient, lui tenaient la main et lui disaient qu'elle allait s'en sortir, que tout irait bien pour elle. Qu'ils l'aideraient à traverser cette épreuve. Et ils étaient venus la voir tous les jours. Solides. Stoïques.

Mon Dieu, pourquoi n'ai-je pas réalisé tout cela avant ?

Parce qu'elle avait trop souffert, voilà pourquoi. Parce qu'elle avait perdu l'homme qu'elle aimait et parce que les médecins lui avaient dit que son abdomen et son bassin avaient été si gravement touchés lors de l'accident qu'elle ne pourrait sans doute jamais tomber enceinte.

Elle avait alors vu tous ses rêves s'écrouler. De nature romantique, elle croyait en l'amour, s'imaginait rencontrer le prince charmant et couler avec lui et leurs enfants des jours heureux dans une jolie maison entourée d'une barrière blanche. Ils auraient un chien, peut-être quelques poules, des cerisiers dans le verger. Elle passerait sa vie auprès d'un mari aimant qui ferait le meilleur des pères.

Ce rêve avait disparu. À jamais. À cause de Wade, ce type infâme qu'elle avait eu le malheur de rencontrer.

Son téléphone bipa, lui rappelant qu'elle devait prendre son poste dans dix minutes.

Plantée devant la glace de la salle de bains, elle mit rapidement de l'ordre dans sa coiffure, puis, voyant sa pâleur et ses yeux rougis, elle se passa de l'eau froide sur le visage, espérant avoir meilleure mine lorsqu'elle arriverait au travail.

Henry était en train d'attacher sa bicyclette lorsqu'il aperçut Natalie qui se dirigeait vers l'entrée de l'hôpital. Son premier réflexe fut de l'appeler, mais il se retint et attendit sur place quelques instants, de peur de se retrouver dans l'ascenseur avec elle.

Parce que les trois dernières semaines avaient vraiment été très difficiles pour lui !

Difficiles, car il avait commencé à réaliser que Natalie était beaucoup plus que l'aventure d'une nuit. Elle était drôle, et appréciée de tous. Au travail, chacun parlait de sa gentillesse envers les patientes – ce dont lui-même avait été témoin – comme avec ses collègues. Elle était généreuse et bienveillante. C'était aussi une travailleuse acharnée qui se donnait à fond dans tout ce qu'elle entreprenait.

La veille, il l'avait rencontrée dans un couloir, venant vers lui. L'ayant vue le premier, il avait décidé de prendre un autre chemin lorsque, soudain, elle avait levé les yeux et lui avait souri.

C'était comme s'il avait reçu un coup de poignard en plein cœur. Sonné, il lui avait simplement retourné son sourire et sorti une banalité.

— Salut, comment ça va ?

— Bien, merci. Très occupée, bien sûr.

— Oui, moi aussi.

Il avait essayé de trouver quelque chose à ajouter, mais il en avait été incapable, trop occupé à lutter contre son envie folle de lui crier : *j'adorerais te revoir.* Mais pour rien au monde il ne se permettrait de lui dire cela, car il ne sortait jamais avec une collègue.

— Je… heu… je dois y aller.

Il avait poursuivi son chemin tout en se traitant d'idiot... et c'était sûrement aussi ce qu'elle pensait de lui.

Après la débâcle de la veille, il valait mieux qu'il s'abstienne de lui courir après.

Il compta jusqu'à dix et remit lentement son casque dans son sac à dos, puis franchit la porte de l'hôpital. D'un coup d'œil, il vérifia que Natalie n'était pas dans le hall. Soulagé, il appuya sur le bouton d'appel de l'ascenseur et attendit.

— Salut, Henry.

Il sursauta et tourna la tête. Natalie était à côté de lui, tenant à la main un gobelet avec une paille. Elle avait dû passer par le café de l'hôpital avant de venir prendre l'ascenseur.

— Hé, salut, comment ça va ? demanda-t-il en rougissant.

— Prête à attaquer une nouvelle journée !

L'ascenseur arrivait. Ils montèrent dans la cabine, ainsi que quatre autres personnes. Il trouva le silence pesant, tant il avait conscience de la présence de Natalie, si proche de lui. Il sentait son parfum. Une note florale, évoquant l'image d'une prairie au printemps.

Mon Dieu... Il ferait mieux de penser à autre chose. *Et vite*. Il se mit à faire mentalement la liste des os du corps humain, en procédant par ordre alphabétique pour rendre la tâche plus difficile encore.

Au deuxième étage, deux personnes quittèrent l'ascenseur, laissant plus de place à ceux qui restaient. Il se glissa alors discrètement dans un coin de la cabine, en espérant que Natalie ne le remarquerait pas. Cela lui permettait au moins de s'éloigner un peu d'elle et de son délicieux parfum.

Il la vit aspirer une gorgée avec sa paille, dans laquelle apparut un épais liquide rose. Un milk-shake aux fraises ? Les yeux fixés sur le plafond de la cabine, il s'efforça de ne pas penser à la bouche pulpeuse de Natalie ni à ce qu'il avait ressenti, quelques semaines auparavant, au contact de ces lèvres sur son corps.

Ping ! Les portes s'ouvrirent. Ils étaient arrivés à leur étage. Il se demanda comment il pouvait éviter de marcher avec elle jusqu'à leur département.

— Vous ne descendez pas ici ? demanda-t-elle en se tournant vers lui.

— Euh... non. Je dois passer voir une patiente qui est arrivée aux urgences hier.

— Ah, très bien.

Elle sortit de la cabine et les portes de l'ascenseur se refermèrent derrière elle.

Henry poussa un long soupir. Pourquoi cette femme le troublait-elle à ce point ? Ce n'était pas la première fois qu'il s'offrait une brève aventure. Il s'en accordait de temps en temps, toujours après s'être assuré que sa partenaire n'attendait rien de plus que de passer une nuit agréable. Mais Natalie... Était-ce parce qu'ils travaillaient ensemble et qu'il la voyait tous les jours ? Il devait pourtant se faire à cette situation et l'accepter.

Mais comment ? Alors qu'elle ne cessait de lui adresser des sourires qui l'embrasaient et attisaient son désir ?

Il quitta l'ascenseur à l'étage suivant, bien qu'il n'ait rien à y faire, et il s'accorda quelques minutes pour se détendre et réfléchir. Allait-il vraiment passer son temps à essayer d'éviter Natalie ? Ce comportement n'était pas digne d'un adulte. Il devait cesser de se cacher, et traiter la jeune femme comme il le faisait avec tout le monde. En ami.

Il prit l'escalier pour redescendre à son étage. Après avoir respiré un grand coup, il entra dans le service d'OBGYN.

Il n'avait plus peur. Natalie n'attendait rien de lui. Ils s'étaient juste livrés à un semblant de flirt. La nuit qu'ils avaient passée ensemble était bel et bien *passée*. Le moment était venu pour lui de se concentrer sur son travail.

Il s'entretint avec le Dr Yang au sujet de la patiente ayant un double utérus. En faisant passer à la jeune femme une échographie, il avait découvert qu'elle était enceinte dans l'un des deux alors que l'autre montrait un petit fibrome qui ne devrait pas entraîner de problème particulier.

Il assura ensuite une consultation externe qui dura presque tout l'après-midi. Ses patientes étaient considérées comme étant à haut risque : grossesses multiples, diabètes gravidiques, et le cas d'un bébé souffrant d'un spina bifida.

Lorsque arriva l'heure de rentrer chez lui, il se rendit d'abord à la salle du personnel pour prendre une boisson chaude, car il n'en avait eu aucune de toute la journée.

Comme il avait laissé la porte ouverte, il vit Roxy passer en coup de vent dans le couloir.

— Hé, pourquoi tant de précipitation ?

Elle s'arrêta.

— Nous sommes débordées ! Personne n'a pu faire de pause aujourd'hui. J'allais juste soulager Penny et passer le relais à l'équipe de nuit.

Elle jeta un regard à la bouilloire qui chauffait.

— Serait-ce abuser que de vous demander de préparer des boissons chaudes pour tout le monde et de les apporter dans les salles de naissance ? Ce serait génial.

— Avec grand plaisir. Combien y a-t-il de sages-femmes ?

— Neuf.

— Elles boivent toutes du café ?

— Quelle question ! dit-elle en riant. Oui, bien sûr. Bon, je file. Je peux compter sur vous ?

— Absolument.

Le service d'OBGYN connaissait parfois des moments de fièvre, quand toutes les salles étaient occupées par des patientes sur le point d'accoucher en même temps, ce qui obligeait les sages-femmes à rester auprès d'elles, sans pouvoir les quitter un seul instant.

Henry était content de leur fournir un peu de réconfort en leur apportant un café. Il aimait aider ses collègues, qu'il s'agisse des consultants ou des brancardiers. Il tenait à les traiter tous de la même façon, quel que soit leur statut à l'hôpital.

Il prépara neuf cafés qu'il posa sur un plateau avec un pot de lait et un petit bol de sucre et il commença sa tournée. Il frappait à la porte et distribuait ses boissons aux sages-femmes, qui se montrèrent ravies de cette initiative. Danielle lui dit que cela méritait un baiser reconnaissant. Carlita le serra un bref instant dans ses bras. Janine le considéra comme un don du ciel. Arrivé devant la quatrième salle, il frappa à la porte et, quand il entendit une voix lui répondre : « Entrez ! », il sut aussitôt que c'était Natalie.

— Ce n'est que moi, dit-il en passant la tête dans l'entrebâillement. J'apporte à boire à tout le monde.

— Ouah ! Génial. Je n'ai rien avalé depuis midi et j'ai l'estomac dans les talons. Merci beaucoup !

Il posa le plateau près d'elle.

— Je vous laisse vous servir pour ce qui est du lait et du sucre.

Elle versa un peu de lait dans son café, but une gorgée et fit aussitôt la grimace.

— Beurk ! Le lait était peut-être périmé ?

— Heu... non. J'ai ouvert un nouveau carton dont j'avais vérifié la date de consommation.

— Désolée, mais ce café a un goût infâme.

— Oh...

Il était gêné du peu de succès remporté par son initiative.

— Voulez-vous que j'aille vous chercher autre chose ? proposa-t-il. Il faut vous hydrater.

— Un verre d'eau, peut-être ? dit-elle en posant sa tasse sur le plateau. Désolée, vraiment. Je sais que vous vouliez bien faire.

— Pas de problème. Je vais distribuer les autres cafés et je reviendrai vous apporter de l'eau.

— Merci, Henry, dit-elle en souriant.

Il lui sourit aussi, prit le plateau et s'en alla. Se penchant sur le pot de lait, il le sentit. Tout lui parut normal. Peut-être le café n'était-il pas au goût de Natalie ? Trop fort, peut-être ?

Sa distribution terminée, il revint avec un verre d'eau dans lequel il avait mis des glaçons.

— Ah, parfait ! dit-elle avec un grand sourire. Merci. C'est très gentil à vous.

— Roxy m'a dit que vous étiez toutes débordées, alors...

Il jeta un regard à la patiente.

— Un cas intéressant ?

— Tout fonctionne comme sur des roulettes. Elle fait juste

une petite sieste après avoir eu une péridurale. J'attends que quelqu'un vienne me relayer, et après je rentrerai chez moi.

— Je crois que l'équipe de nuit est arrivée, alors vous ne devriez pas tarder à voir apparaître la relève.

— Parfait.

Il chercha autre chose à lui dire, mais rien ne lui vint à l'esprit.

— Bon, je ferais mieux de partir.

— Vous faites quelque chose de spécial, ce soir ?

— Heu... J'ai l'intention de rester chez moi. Je lirai sans doute quelque chose.

— Quel genre de lecture aimez-vous ?

Cela l'intéressait-il vraiment ou bien voulait-elle simplement se montrer polie ?

— Les romans policiers. Les thrillers. Ce genre de choses.

— Oh ! moi aussi, j'adore ça !

— Je peux vous conseiller deux ou trois livres, si vous voulez.

— Avec plaisir.

Au même moment, la patiente se réveilla. Elle posa sur Henry un regard interrogateur.

— Je suis médecin, dit-il, mais ne faites pas attention à moi. J'étais simplement venu voir Mlle Webber. Je m'en vais.

— Merci pour le verre d'eau, docteur Locke, dit Natalie en le gratifiant d'un sourire qui lui alla droit au cœur.

Il lui adressa un petit signe de tête et sortit, satisfait d'avoir réussi à se comporter comme était censé le faire un type normal travaillant avec une femme normale.

Maintenant, tout ce que j'ai à faire, c'est de me comporter de cette façon chaque fois que nous serons dans la même pièce, et tout ira bien...

Lorsque Natalie quitta l'hôpital ce soir-là, elle était à bout de force après avoir travaillé huit heures d'affilée sans s'accorder la moindre pause. Elle n'avait rien avalé d'autre que l'eau que lui avait apportée Henry et son estomac criait famine. N'y tenant plus, elle s'arrêta sur le chemin du retour pour acheter un bretzel dans une échoppe et s'empressa de mordre dedans. Les trois premières bouchées lui parurent paradisiaques, mais, à la quatrième, elle commença à se sentir bizarre, avec un mauvais goût dans la bouche. Elle jeta le bretzel dans une poubelle et se hâta de regagner son appartement.

Toujours affamée, elle fouilla dans ses placards, cherchant de quoi se confectionner un plat à la fois goûteux et nourrissant. Elle opta pour un curry aux légumes.

Allumant la radio, elle se mit à chantonner tout en commençant à cuisiner. La recette recommandait de mettre une cuiller à café de curry en poudre dans les légumes, mais elle avait envie de quelque chose de bien épicé, aussi elle augmenta la dose et ajouta du piment rouge et du cumin.

Une odeur délicieuse se répandit dans la cuisine. Quand ce fut prêt, Natalie, mise en appétit, se servit copieusement, complétant son repas avec du riz au jasmin. Après quoi, elle s'installa devant la télévision pour déguster son dîner en regardant un programme de divertissement.

Elle ne s'était pas rendu compte qu'elle s'était endormie, jusqu'au moment où elle fut réveillée par le bruit d'une sirène passant sous ses fenêtres. Frottant son cou endolori par un torticolis, elle se traîna jusqu'à son lit et sombra dans un sommeil profond d'où la tira la sonnerie de son réveil, à 6 heures du matin. Elle commençait tôt, aujourd'hui, et devait être à l'hôpital à 7 heures.

Elle arrêta la sonnerie et s'apprêtait à se lever lorsqu'elle fut prise soudain d'une violente nausée.

— Oh...

Après avoir respiré à fond à plusieurs reprises, elle réussit à se mettre debout et se rendit à la cuisine pour se préparer un café. Son malaise était sans doute dû à la déshydratation. La veille, elle avait à peine bu. Elle se servit un verre d'eau et l'avala en attendant que le café soit prêt.

La journée de la veille avait été de la folie ! Elle était restée debout presque tout le temps, s'occupant d'une patiente après l'autre, sans avoir le temps de souffler.

Henry avait été si gentil de lui apporter à boire ! Et il avait servi des cafés à toutes les sages-femmes. Peu de médecins se comportaient de cette façon. C'était vraiment quelqu'un de bien et elle l'appréciait énormément.

Le café était prêt. Lorsqu'elle porta la tasse à ses lèvres, l'odeur lui parut insupportable.

— Pouah ! Qu'est-ce que c'est ?

Elle ne comprenait pas pourquoi ce café qui semblait tout à fait normal lui soulevait le cœur à ce point. La même chose lui était arrivée la veille, pendant le travail.

Peut-être que mes papilles gustatives sont en train de se modifier ?

Elle se prépara une tartine de confiture à la fraise et, cette fois, Dieu merci, elle en apprécia l'odeur et le goût. Elle la dévora sans en laisser une miette. Après avoir bu un autre verre d'eau glacée, elle partit pour l'hôpital, sans oublier d'emporter deux romans policiers qu'elle comptait montrer à Henry pour voir s'ils lui plairaient.

Elle se réjouissait de constater que leur relation de travail se passait au mieux et ne semblait pas être affectée par leur brève aventure. L'un et l'autre savaient faire preuve de maturité et se comporter en adultes, ce dont elle était très fière.

Mais la situation n'en restait pas moins difficile. Elle avait du mal à regarder Henry sans penser à la nuit qu'ils avaient passée ensemble. Aux baisers qu'ils avaient échangés. Aux caresses qu'il lui avait prodiguées. Au poids de son corps sur le sien. Aux sensations qu'il avait fait naître en elle...

Le seul fait d'y penser la faisait ronronner...

Lorsqu'elle arriva au travail, elle s'assit pour écouter le rapport de l'équipe de nuit. Il y avait eu beaucoup d'accouchements, et les mères étaient maintenant dans le service post-natal. Il restait peu de patientes prêtes à accoucher. Deux femmes avaient tout juste commencé le travail. Elles allaient rentrer chez elles et attendre que les contractions se fassent plus régulières. Deux autres restaient à l'hôpital. Natalie se vit confier Shruti Kaur, qui allait être mère pour la première fois. Elle était enceinte de trente-neuf semaines. La dilatation du col était de six centimètres.

Elle alla frapper à la porte de la chambre.

— Bonjour, Shruti. Je m'appelle Natalie et c'est moi qui vais m'occuper de vous aujourd'hui. Comment vous sentez-vous ?

— Bien, répondit Shruti en souriant. Voici mon mari, Kamal.

Un homme était assis près du lit. Il regarda Natalie et leva la main pour la saluer.

— Ravie de vous connaître tous les deux. Je vais consulter rapidement votre dossier, mais si vous avez besoin de quelque chose, n'hésitez pas à me le dire, d'accord ?

— Merci.

Natalie s'assit au petit bureau installé dans la pièce et se plongea dans la lecture du dossier. Le bébé avait été conçu de façon naturelle, juste avant que le couple commence une FIV.

— Vous êtes tombée enceinte sans aide médicale ? demanda-t-elle en souriant. Cela a dû leur faire plaisir !

— Oui. On nous avait dit que je ne pourrais pas y arriver sans une FIV parce que mes trompes de Fallope avaient été abîmées à la suite d'une inflammation pelvienne.

— Ah ! Comment avait-on établi le diagnostic ? Avec une laparoscopie ?

— Oui. Ils ont essayé d'ôter les adhérences, mais ils ont découvert des lésions importantes près des ovaires.

Habituellement, ôter les adhérences donnait de meilleurs résultats lorsqu'elles se trouvaient près de l'utérus plutôt que vers les ovaires.

— Je vois dans votre dossier que vous avez essayé pendant quatre ans de tomber enceinte avant de tenter une FIV.

— C'est exact. Nous avions eu notre première consultation à la clinique et nous étions prêts à commencer les injections. Ils font toujours un test de grossesse avant de lancer la procédure, au cas où, et le mien s'est révélé positif.

Shruti prit la main de son mari et sourit.

— C'est incroyable, dit Natalie. Je suis très heureuse pour vous.

Elle était sincère. S'entendre dire qu'on ne pourra jamais avoir d'enfant était un véritable choc. Après son accident, elle s'était retrouvée dans le service de soins intensifs et on lui avait appris qu'elle avait subi de graves lésions dans la région pelvienne. Son bassin avait trois fractures, son utérus était déchiré, et ses trompes de Fallope très abîmées. Le chirurgien avait dû lui enlever un ovaire. Le médecin s'était assis au bord du lit et lui avait expliqué gentiment que la probabilité qu'elle tombe enceinte sans aide médicale était extrêmement faible.

— Ce serait un vrai miracle, avait-il expliqué doucement tandis qu'elle fondait en larmes.

— Mais, parfois, il peut y avoir des miracles.

Il avait hoché la tête, mais elle avait lu dans ses yeux qu'il pensait qu'elle essayait de se tromper elle-même. À cet instant, elle l'avait haï. Haï tous les médecins. Haï Wade !

Il peut y avoir des miracles.

Elle s'était accrochée à cette idée, car ce qu'elle désirait le plus au monde, c'était de devenir mère...

Soudain, elle se mit à transpirer tandis qu'une vague de chaleur envahissait tout son corps. Il fallait qu'elle mange quelque chose si elle ne voulait pas être victime d'un malaise.

— Vous voulez bien m'excuser un instant ? dit-elle avant de sortir précipitamment pour aller dans la salle du personnel.

Les mains tremblantes, elle ouvrit son placard et prit dans son sac une barre chocolatée qu'elle s'empressa de croquer. Elle la mâcha en soupirant, se demandant ce qui lui arrivait.

Le goût bizarre du café... le bretzel... la fatigue... la nausée ce matin... C'était presque comme si...

Non. Ce n'est pas ça. Ça ne peut pas être ça.

Enceinte. C'était le mot qui lui était venu à l'esprit. Mais c'était impossible. Les médecins avaient dit que cela tiendrait du miracle. Mais...

Il peut y avoir des miracles. C'est ce que moi, j'ai dit.

Mais non. Impossible. Avec Henry, cette nuit-là, ils avaient utilisé des préservatifs.

Et les préservatifs étaient efficaces à... 98 % ?

98 % ! Cela voulait dire que sur cent femmes, deux tombaient enceintes malgré l'usage de préservatifs. Il s'agissait sûrement de femmes particulièrement fertiles, non ? Pas comme elle

qui avait de graves lésions internes et un seul ovaire. Non, son malaise devait être dû à la fatigue, ou au stress, ou...

Elle ne savait plus quoi penser. Il y avait pourtant un moyen très simple de répondre à la question qui la torturait : faire un test de grossesse. Mais elle n'en avait aucune envie, car, après avoir commencé à espérer qu'un miracle s'était *réellement* produit, elle serait cruellement déçue en voyant que le résultat était négatif. Elle refusait de s'imposer une telle épreuve.

Cela va passer. Je suis sûre que c'est dû à la fatigue, à la déshydratation et à une hypoglycémie. Rien d'autre.

Par ailleurs, attendre un enfant après avoir passé une seule nuit avec Henry ne correspondait pas à ce dont elle avait rêvé. Avant de fonder une famille, elle voulait avoir un mari, un homme qui l'aimait et qu'elle aimait. Henry n'était qu'une brève aventure. Il ne s'intéressait pas à elle. Il le lui avait dit. Et elle lui avait dit la même chose.

Non. Ça ne peut pas être ça. Je suis simplement fatiguée.

— Ah, Natalie ! Je suis content de vous voir. Je vous ai apporté deux livres qui...

Les larmes aux yeux, elle se retourna et regarda Henry qui venait vers elle. On aurait dit qu'elle ne pouvait aller nulle part sans tomber sur lui. Mais elle ne voulait pas qu'il la voit dans cet état. Troublée. Apeurée. Malade. Vulnérable.

Et voilà qu'elle s'était mise en tête l'idée stupide qu'elle était enceinte simplement parce qu'elle avait passé une nuit avec lui. Ridicule ! Commencer un nouveau job était suffisamment stressant pour qu'elle ne se crée pas des problèmes supplémentaires en se focalisant sur un séduisant médecin avec qui elle avait couché. Même si c'était un homme charmant, si mûr, si gentil, si prévenant qu'elle aurait volontiers passé d'autres nuits avec lui.

— Vous êtes vraiment quelqu'un de très gentil, Henry Locke, vous le savez ?

— J'essaye de l'être.

— Mais oui, vous l'êtes. Je veux dire, vous sauvez des bébés. Comment un homme qui sauve des bébés pourrait-il ne pas être gentil et charmant ?

Il fronça les sourcils, comme s'il ne savait comment répondre.

— Désolée. Je vous l'ai dit, ne faites pas attention à moi. Je me sens à fleur de peau. Ne vous croyez pas obligé de rester avec moi, je me débrouillerai très bien toute seule.

Le regardant de profil, elle étudia attentivement ses traits et se demanda ce que ce serait que d'avoir un enfant de lui. Quelle idée folle ! Elle s'obstinait à ne pas vouloir voir la vérité en face. Elle ne pourrait probablement jamais tomber enceinte sans avoir recours à la médecine.

— Voulez-vous qu'on en parle ? proposa-t-il. Qu'on parle de ce qui vous tourmente ? Je sais écouter. Peut-être ne suis-je d'aucune aide, mais je suis bon en ce qui concerne l'écoute.

Elle sourit.

— Vous êtes adorable... mais j'ai une patiente qui m'attend et si je commence à vous raconter tous mes problèmes, nous en aurons pour une année au moins.

Elle se leva.

— Merci pour les livres. J'ai hâte de me plonger dedans.

Elle lui posa la main sur l'épaule, en signe de remerciement, puis elle s'éloigna, le cœur battant, en se disant que c'était ce qu'elle avait de mieux à faire.

Comme elle se laissait facilement séduire par les hommes qui se montraient gentils avec elle ! Pathétique, vraiment. Était-elle à ce point en manque d'affection pour en venir à espérer qu'Henry soit différent de Wade ?

Au moment de sortir, elle se retourna et le regarda. Il avait encore les yeux fixés sur elle, l'air soucieux.

C'est vraiment un homme attentionné, non ?

— Revoyons-nous plus tard, dit-il. Quand vous ferez une pause.

— Pourquoi ?

Il sourit.

— Sans raison particulière. Nous irons nous promener et nous papoterons, comme vous dites, vous autres Américains.

Elle hocha la tête. Passer du temps en sa compagnie lui faisait toujours du bien. Il suffisait qu'il la regarde pour que son pouls s'accélère. Elle se sentait plus vivante quand il la touchait. Le reste du temps, elle errait comme un zombie.

Mais, pour l'instant, une patiente l'attendait.

— Je vous ferai signe quand j'aurai un moment de libre.

4

Henry s'assit dans la salle du personnel, se demandant ce qui avait bien pu faire pleurer Natalie.

Il avait été peiné de la voir si triste et il réalisait brusquement qu'il avait du mal à le supporter. Il voulait faire quelque chose pour qu'elle se sente mieux.

S'approchant du placard de Natalie, il déposa juste devant les deux livres qu'il avait apportés pour elle, ainsi qu'un papier sur lequel il écrivit :

Il est inutile de me les rendre. H.

Un instant, il songea à ajouter :

Baisers.

Mais il y renonça, craignant que cela ne donne lieu à des commérages si quelqu'un lisait son message. Il détestait devenir la cible des ragots, surtout lorsqu'il s'agissait de sa vie privée. Voilà pourquoi il n'avait parlé de Jenny à personne.

Jenny n'avait jamais pu contrôler ses émotions. Il l'avait souvent surprise en train de pleurer, mais chaque fois qu'il avait tenté de l'aider, elle s'en était prise à lui, ou bien elle se mettait à crier en lui disant de partir. Il se sentait alors impuissant et désespérait que les choses s'arrangent entre eux.

Lorsqu'il avait vu Natalie en larmes, cela avait ravivé ces douloureux souvenirs. Mais elle, au lieu de le repousser, avait accueilli avec gratitude son offre de l'écouter, ce qui l'avait réconforté. Il pouvait être là pour elle, même s'il n'avait été d'aucune utilité pour sa femme.

L'idée d'assister à l'effondrement d'une autre femme lui était insupportable. Aussi se promit-il d'être toujours là pour Natalie et de l'aider du mieux qu'il pouvait. Même s'il s'agissait seulement de l'écouter. Peut-être cela leur ferait-il du bien à tous les deux ?

— Bien, Shruti, il faut pousser, maintenant !

— Je ne peux pas, je suis trop fatiguée !

Kamal, son mari, se pencha sur elle et lui dit tout bas quelque chose en hindi.

— Si, vous le pouvez, insista Natalie, je vous fais confiance. C'est le moment de tout donner, pour faire sortir votre bébé.

Le rythme cardiaque de l'enfant commençait à chuter de façon inquiétante. Si Shruti ne réussissait pas à l'expulser rapidement, il faudrait l'emmener au bloc opératoire.

Le Dr Serena Chatwin avait déjà préparé les forceps et, à chaque poussée, elle encourageait Shruti.

— Allez-y encore une fois, dit-elle, et la tête pourra sortir. Nous allons y arriver ensemble, vous et moi.

Shruti acquiesça, le visage déformé par la douleur.

Natalie souffrait pour elle. Shruti et Kamal avaient eu tant de mal à avoir ce bébé que la jeune femme devait s'en vouloir de ne pas être à la hauteur au moment de franchir cette dernière épreuve. Elle devait simplement croire en elle.

— Shruti, dit-elle, songez à tous les rêves que vous avez faits de tenir un jour votre bébé dans vos bras. Songez à tous vos efforts, aux obstacles que vous avez surmontés, aux soucis que vous avez eus... Eh bien, tout cela est derrière vous, maintenant. Dans quelques instants, votre bébé si précieux, si attendu, sera là. Tout dépend de vous. Une dernière poussée, et vous pourrez le serrer contre vous et lui donner tout votre amour. Il suffit de pousser encore une fois. Alors, quand la prochaine contraction arrivera, je veux qu'après avoir pris la plus grosse inspiration possible, vous poussiez de toutes vos forces. Pouvez-vous faire cela ?

Shruti hocha la tête, l'air déterminé.

— Je sens que cela vient, dit-elle.

— Parfait.

Shruti poussa si fort que la tête du bébé apparut.

— Bien, poussez doucement... encore... et voilà ! dit Serena.

Puis elle dénoua le cordon ombilical qui s'était enroulé autour du cou de l'enfant. Cela expliquait les ralentissements du rythme cardiaque. Chaque fois que Shruti poussait, le cordon se resserrait. Mais, à présent, le bébé était libéré et il acheva de sortir en glissant presque tout seul.

— C'est un garçon ! s'exclama Kamal en caressant le visage de sa femme.

Serena posa le nouveau-né sur le ventre de sa mère avant de clamper, puis de couper, le cordon ombilical.

— Vous y êtes arrivée ! Bravo ! C'est du beau travail ! s'écria Natalie, rayonnante.

Elle se réjouissait de voir ce charmant couple réaliser enfin son rêve de fonder une famille. Un rêve qu'elle-même ne pourrait jamais concrétiser, parce qu'elle était incapable de faire confiance à qui que ce soit. La trahison et les mensonges de Wade l'avaient amenée à ne plus se fier à personne.

Elle retrouva Henry dans le parc de l'hôpital, près du jardin du souvenir. C'était un simple carré de verdure, traversé par des sentiers bordés de buissons et de massifs de fleurs. Il y avait même un petit bassin où nageaient des poissons rouges.

— Je... heu... je voulais m'excuser... pour ce qui s'est passé.

— Vous n'avez pas à vous excuser, dit-il.

— Je sais ... C'est juste que...

Elle croisa son regard et rougit. Tant d'émotions s'agitaient en elle qu'elle ne savait plus vraiment quoi faire. Henry était peut-être le premier homme à la voir telle qu'elle était. Il avait regardé son corps couvert de cicatrices et non seulement cela ne l'avait pas rebuté, mais il l'avait apprécié au point de lui donner une jouissance dont elle n'avait jamais osé rêver.

Et il avait fait bien plus que cela pour elle. Il ne l'avait pas ignorée. Ni traitée avec désinvolture.

— Je n'ai pas l'habitude d'être *vue*, commença-t-elle.

Elle ne savait pas comment expliquer à cet homme, en quelques mots, la complexité de sa vie et de son histoire, mais elle avait envie d'essayer, au moins.

— Et j'ai l'impression que… *vous*, vous me voyez. Non pour m'utiliser ni tirer quelque avantage de moi, comme l'ont fait les hommes que j'ai connus par le passé. Vous semblez sincère et, bon, je voulais vous dire que…

Elle plongea son regard dans ces beaux yeux bleus qui la fixaient.

— … que, moi aussi, je vous vois. Et, jusqu'à présent, j'aime tout ce que je vois de vous. Alors, encore une fois, merci.

Elle eut un petit rire nerveux, se demandant comment elle en était venue à étaler ainsi ses sentiments, dans le jardin de l'hôpital.

— D'habitude, poursuivit-elle, je ne suis pas aussi émotive. C'est juste que je ne me sentais pas très bien et vous m'avez surprise à un moment où j'étais particulièrement vulnérable. Je n'ai pas envie que vous me preniez pour une folle ! conclut-elle avec un rire gêné.

Il sourit.

— Vous n'avez absolument rien d'une folle.

Comme ils passaient près d'un banc, Henry proposa de s'asseoir. Natalie sentit sa nervosité revenir. Et si elle était vraiment enceinte ? Comment réagirait-il ? L'abandonnerait-il comme l'avait fait Wade ?

— Eh bien, j'apprécie que vous me disiez cela.

— Je ne fais que dire la vérité. Je sais que notre relation a débuté d'une manière… peu conventionnelle, mais sachez que je suis là pour vous. Si vous avez le mal du pays, ou toute autre sorte de souci, vous pouvez m'en parler.

Il croyait qu'elle souffrait d'avoir quitté les siens et sa région ? Parfait. Elle allait se servir de cette excuse pour expliquer son malaise.

— Je me suis sentie malheureuse d'être loin de chez moi et de n'avoir personne sur qui m'appuyer.

— Sachez que vous pouvez vous appuyer sur moi.

— Vous êtes gentil.

D'un geste spontané, elle lui donna un petit baiser sur la joue avant de se lever d'un bond et de partir.

Elle se dirigea vers la cafétéria et opta pour une assiette de chili et de riz dont l'odeur appétissante lui mit l'eau à la bouche. Elle la dévora et trouva le plat si délicieux qu'elle eut envie de s'offrir une seconde portion. Après avoir hésité quelques instants, elle se décida à refaire la queue, mais à peine s'était-elle levée qu'elle fut prise de nausée.

Peut-être ai-je mangé trop vite ?

Secouée par un hoquet tenace, l'estomac en vrac, elle éprouva un besoin urgent de se rendre aux toilettes. Elle s'y rua et rendit tout son déjeuner dans la cuvette des W.C.

Le chili n'était peut-être pas frais ? Ou bien était-il trop épicé ? Ou alors, s'agirait-il de ce qui me terrifie ?

Enceinte. C'était ce qu'elle redoutait le plus. Mais aussi ce qu'elle désirait le plus. Voilà pourquoi elle avait si peur de faire un test de grossesse.

Parce que, si elle était enceinte, ce n'était pas vraiment le bon moment. Un enfant devait être conçu par amour, et non pas être le fruit d'une aventure d'une seule nuit, même si son métier lui avait donné l'occasion de voir que nombre de bébés étaient nés à la suite de rencontres tout aussi brèves.

Si elle était enceinte, alors tout son monde s'en trouverait bouleversé. Et si elle ne l'était pas… elle devrait renoncer à son rêve, et ce ne serait pas facile.

Elle se rinça la bouche au-dessus du lavabo et se regarda dans le miroir. Elle avait une mine affreuse. Sans doute était-elle stupide de croire qu'elle portait peut-être le bébé d'Henry, mais elle devait en avoir le cœur net. Elle allait faire un test de grossesse.

Impatiente, à présent, de savoir à quoi s'en tenir, elle se servit dans les stocks du service et alla s'enfermer dans les toilettes.

La peur la tenaillait. Elle savait que le résultat serait négatif, mais elle ne pouvait s'empêcher d'espérer le contraire, même si cette idée la terrifiait. Si le test était positif, toute sa vie prendrait une nouvelle direction, et pas dans les meilleures conditions. Ses parents avaient un esprit très conservateur. Ils croyaient fermement que le mariage devait précéder l'arrivée des enfants. Seraient-ils en colère contre elle ? Et que penserait Harry ? Il avait dit qu'il ne voulait pas s'engager dans une relation sérieuse, même si par ailleurs il avait déclaré qu'elle pouvait compter sur lui. Mais il avait parlé en ami, n'est-ce pas ? Il s'agissait simplement d'amitié, rien de plus.

Elle consulta sa montre. Une minute s'était écoulée. Il était encore trop tôt pour regarder...

La tentation était trop forte. Elle attrapa le test, ferma les yeux, se leva d'un bond et s'efforça de contrôler sa respiration jusqu'au moment où elle se sentit prête à lire le résultat.

Elle ouvrit les yeux. Deux lignes apparurent. Deux lignes roses, bien visibles.

Enceinte !

Le souffle coupé, elle tomba à genoux, le regard braqué sur le test. Elle portait le bébé d'Henry ! Un bébé conçu de façon naturelle, malgré ses blessures internes, malgré l'utilisation d'un préservatif ! Comment était-ce possible ?

La vie trouve toujours un moyen.

C'était ce que sa mère lui avait dit lorsqu'elle avait appris que Natalie n'aurait probablement jamais d'enfant, à moins de recourir à la médecine. Elle lui avait attaché une croix autour du cou en lui disant que, si son rêve devait se réaliser, la vie trouverait toujours le moyen d'y parvenir.

À l'époque, elle s'était dit que sa mère se raccrochait à sa religion et comptait sur Dieu pour que se réalise un jour le vœu le plus cher de sa fille : fonder une famille. Peut-être n'en était-elle pas complètement convaincue, mais elle voulait rassurer Natalie et l'aider à garder espoir.

Et, d'une certaine façon, ses prières avaient été exaucées.

— Je suis enceinte..., murmura-t-elle à voix haute, comme pour se convaincre.

Peut-être fallait-il faire un autre test. Mais elle n'osa pas en prélever un autre dans les réserves de l'hôpital et décida d'en acheter un le soir, en rentrant chez elle.

Qu'était-elle censée faire, à présent ? Retourner au travail comme si de rien n'était ? Se comporter normalement, sans rien dire à personne ?

Que puis-je faire d'autre ? Mieux valait rester prudente. Elle était enceinte depuis peu, et rien ne disait que tout se déroulerait normalement. Elle risquait de perdre le bébé.

Il était préférable pour l'instant de taire la nouvelle. Et tout garder pour elle.

Au petit matin, trois tests étaient posés sur le comptoir de la cuisine, et tous les trois étaient positifs. Il n'y avait pas d'erreur possible.

Natalie les avait regardés fixement pendant un moment, puis elle était partie travailler, l'esprit confus, incapable de réaliser ce qui lui arrivait. Elle était encore comme engourdie lorsqu'elle tomba sur Henry qui arrivait à bicyclette.

— Bonjour, dit-il. Vous allez bien ? On dirait que vous venez de voir un fantôme, ajouta-t-il sur le ton de la plaisanterie.

— Je n'ai pas beaucoup dormi cette nuit, voilà tout.

Il faudrait que je prenne de l'acide folique.

Sans doute ferait-elle une fausse couche, mais, pour l'instant, elle était enceinte et elle devait veiller à sa santé. Au cas où. *Au cas où je mènerai cette grossesse à terme.*

— Vous avez vu les nouvelles ? demanda Henry.

— Quelles nouvelles ?

— Cette femme, à la télévision. Elle vient d'accoucher de son petit-fils. À cinquante-sept ans, elle a servi de mère porteuse à sa fille. Surprenant, non ?

J'ai eu, moi aussi, une drôle de surprise.

— Oui, en effet, il y a des grossesses étonnantes, répondit-elle en esquissant un sourire tandis qu'il attachait sa bicyclette.

Jusqu'à présent, elle avait tenu le rôle de la sage-femme. Et maintenant, peut-être, elle allait tenir celui de la patiente.

Si elle parvenait à mener à bien sa grossesse, qui serait près d'elle lors de l'accouchement ? Sa mère ? Henry ? Qui pouvait le dire ? La première serait affreusement choquée de la voir devenir mère en dehors des liens du mariage, et le second... Eh bien, à vrai dire, elle ne savait pas grand-chose sur lui. Sans doute proposerait-il d'être là le jour de l'accouchement. Il semblait si prévenant. Mais...

Je me suis si souvent trompée sur les hommes, et il faut voir où cela m'a menée !

Et si l'enfant venait au monde ? Où vivrait-elle avec lui ? L'appartement qu'elle occupait était minuscule. Impossible de s'occuper d'un bébé dans un logement aussi petit.

— Je n'imagine pas ma mère portant mon propre enfant, dit-elle. Et vous ?

— Votre mère ? Ah, non !

Et moi ? Vous pouvez m'imaginer portant le vôtre ?

Ils étaient tous rassemblés pour assurer la relève du matin et écouter ce que l'équipe de nuit avait à dire. Henry se tenait au fond de la salle. Dès que Natalie fit son entrée, il ne put la quitter des yeux.

Il songea au baiser de la veille, à sa rencontre avec elle le matin... et souhaita que personne ne remarque la façon dont il la regardait. Il avait peur que les sentiments grandissants qu'il éprouvait pour elle ne se lisent sur son visage.

Mais il s'inquiétait pour elle. Elle était pâle et semblait fatiguée. Serait-elle malade ? Soucieux, il lui jeta encore un regard en essayant de se montrer discret.

La transmission commença et il prit des notes, comme il le faisait chaque fois qu'il recevait des informations concernant ses patientes. Il tenait à connaître le moindre changement qui avait pu se produire durant la nuit, ainsi que les résultats des tests arrivés en son absence.

Le Dr Yang avait pris la parole.

— J'ai un cas de macrosomie, qui arrive du Queens. Le bébé pèse déjà dix livres. L'accouchement risque d'être difficile. J'ai besoin d'une sage-femme. Y a-t-il des volontaires ?

Natalie leva la main.

— Merci, mademoiselle Webber. Docteur Locke, j'aimerais que vous m'assistiez pour la prise en charge de cette patiente.

Henry hocha la tête et, se tournant vers Natalie, il croisa son regard et se demanda ce qu'elle éprouvait. Était-elle inquiète de ce qu'il pouvait penser après le baiser qu'elle lui avait donné la veille ? Même si ce n'était qu'un baiser sur la joue...

Le cas présenté par le Dr Yang était intéressant. On parlait de macrosomie fœtale lorsque le poids du bébé était nettement supérieur à la moyenne. Ce pouvait être causé par un diabète gravidique chez la mère, ou bien simplement par une prise de poids excessive, mais le risque était que, lors de l'accouchement, il y ait une atonie utérine. L'utérus ne se contractant pas après la naissance, il pouvait se produire une grave hémorragie postnatale.

À cet instant, le téléphone du Dr Yang sonna.

— Notre patiente est arrivée. Natalie ? Henry ? On y va ?

Le trio quitta la salle, le Dr Yang marchant en tête d'un pas rapide. Il s'arrêta un instant au bureau pour savoir où sa patiente avait été installée.

— Elle est chambre 17, annonça-t-il. Bon, n'oublions pas que cette jeune femme a peur. Elle est loin de chez elle et n'a personne auprès d'elle pour la soutenir. Mademoiselle Webber, je compte sur vous pour l'aider à se sentir aussi bien que possible, compris ?

— Oui, bien compris.

— Bien. Allons-y.

Il ouvrit la porte de la chambre et entra comme s'il était chez lui. De toute évidence, il régnait en maître sur le service. Il se comportait comme si les patientes et le personnel étaient tous ses sujets, et qu'il les honorait de sa présence.

— Bonjour, Lakeisha, je suis le Dr Yang, et voici mes deux collègues, le Dr Locke et l'infirmière Webber. Nous sommes là pour prendre soin de vous et vous aider.

Souriant, il se tourna vers Henry.

— Pouvez-vous nous présenter le cas, s'il vous plaît ? lui demanda-t-il en lui passant le dossier.

Henry s'exécuta.

— Lakeisha Waring, vingt-quatre ans, enceinte de trente-neuf semaines et trois jours, attend son premier enfant. Streptocoque B négatif. Grossesse normale. Hauteur utérine toujours supérieure à la normale, pas de signe d'un excès de liquide amniotique, poids estimé autour de dix livres.

Lakeisha applaudit.

— Merveilleux, docteur. Vous avez assuré ! À moi, maintenant.

Elle saisit l'embout délivrant le protoxyde d'azote, le porta à ses lèvres et commença à aspirer le gaz tandis qu'arrivait une nouvelle contraction. Elle était déjà reliée à l'appareil de cardiotocographie. Natalie s'approcha pour étudier le tracé apparaissant sur l'écran.

— Il n'y a pas de ralentissement du rythme cardiaque, dit-elle. Il semble que bébé s'en sort bien.

Le Dr Yang se tourna vers Henry.

— J'aimerais que Natalie et vous restiez avec Lakeisha pour veiller sur elle jusqu'à ce que la dilatation atteigne dix centimètres. Et là, appelez-moi immédiatement. Compris ?

— Oui, monsieur.

Yang attendit la fin de la contraction avant de s'adresser à sa patiente.

— Je vous laisse entre les mains de mes collègues en qui j'ai toute confiance, mais je reviendrai au moment crucial. Alors vous avez juste à vous détendre et nous laisser nous occuper de tout, d'accord ?

Et il quitta la pièce.

Lakeisha regarda Henry et Natalie d'un air sidéré.

— Est-ce que ce type vient de me dire de me *détendre* ? Alors que j'ai un bébé de dix livres qui va sortir de mon vagin ?

— Oui, c'est ce qu'il a dit, confirma Natalie en souriant.

— Je voudrais bien le voir à ma place ! Me *détendre*... et quoi encore ?

Elle recommença à souffler comme un bœuf alors qu'une autre contraction arrivait.

— Il faudrait que je l'examine, dit Henry en s'adressant à Natalie. Pourriez-vous lui prendre sa tension artérielle et sa température ?

— Bien sûr.

Il attendit la fin de la contraction.

— Je dois vous examiner, Lakeisha, si vous êtes d'accord.

— Oui, je suis d'accord, si vous vous montrez plus gentil que l'autre médecin. Avec lui, j'avais l'impression d'être un morceau de viande !

— J'essayerai. Mais si cela devient inconfortable, dites-le-moi et j'arrêterai, d'accord ?

— *Me détendre ? Inconfortable ?* Vous autres, les hommes, vous n'avez visiblement aucune idée de ce par quoi on passe !

Elle regarda Natalie.

— Croyez-vous que nous dirions aux gars de « se détendre » si c'étaient eux qui devaient accoucher d'un bébé de dix livres ?

Natalie, qui lui passait le brassard du tensiomètre autour du bras droit, éclata de rire.

— Oui, j'espère !

— Eh bien, moi, je ne crois pas. Si c'étaient les hommes qui accouchaient, je suis sûre qu'ils trouveraient un moyen pour que cela se passe autrement !

Henry avait commencé à l'examiner. La voyant faire la grimace, il s'excusa.

— Désolé. Ce ne sera pas long... Bon, vous en êtes presque à neuf centimètres.

Il ôta son gant, le jeta dans la poubelle et se lava les mains.

— Comment vous sentez-vous ? demanda-t-il.

— À votre avis ?

— Vous êtes en de bonnes mains, ici, lui dit-il en souriant. Avez-vous quelqu'un, un proche, pour vous soutenir, ou... ?

— Non. Le père a disparu dès qu'il a su que j'étais enceinte.

— Et votre famille ? s'enquit Natalie.

— Ils sont à la maison, à cause de la Covid.

— Ah, désolée. Eh bien, Henry et moi, nous sommes là.

— Je n'aurais jamais imaginé accoucher entourée seulement d'inconnus.

Natalie sourit.

— Nous allons vous en dire un peu plus sur nous, comme cela nous serons pour vous des amis, et non plus des inconnus. Allez, Henry, à vous. Dites à Lakeisha qui vous êtes.

Il comprit que si Natalie l'invitait à parler de lui, c'était parce qu'elle-même voulait en savoir plus. Mais il ne se livrait guère quand il était au travail. Il veillait toujours à garder une certaine réserve.

Il se tourna vers Lakeisha.

— Je m'appelle Henry. Je viens d'Oxford, en Angleterre. J'ai un frère, Hugh. Il est venu ici, récemment, mais il est reparti en Angleterre. Mon père était dans les marines et ma mère, infirmière. C'est ce qui m'a donné le goût de la médecine. Je suis plutôt introverti. J'aime la musique, la lecture, les chiens plutôt que les chats, même si j'aime bien les deux. Je préfère le chocolat noir au chocolat au lait, j'adore les milk-shakes aux fraises et la glace menthe-chocolat.

Il lança à Nathalie un regard moqueur pour lui montrer qu'il avait su esquiver le piège qu'elle lui avait tendu. Elle plissa les yeux, esquissa un petit sourire et se tourna vers Lakeisha.

— Je m'appelle Natalie. Je suis venue à New York après avoir passé toute ma vie dans une petite ville du Montana.

— Où cela ? J'ai toujours voulu habiter à la campagne.

— C'est près de Scobey. Vous connaissez ?

Lakeisha secoua la tête et reprit de l'oxyde nitreux.

— Je n'aime pas la foule ni le bruit, continua Natalie. Mes collines et les animaux que nous avions à la ferme me manquent beaucoup. Ma famille et ma meilleure amie aussi. Elle s'appelle Gayle. Mon chien aussi me manque. J'aime danser quand personne ne me regarde. Je chante sous la douche, parce que c'est le seul endroit où ma voix est audible. Et ma glace préférée, c'est la *rocky road* : chocolat, amande et guimauve.

— Bon, à mon tour. Je m'appelle Lakeisha. Je vais avoir un

fils magnifique. Je tombe amoureuse de types minables et je prends des décisions terribles. J'adore manger des tartinades à tortillas et salsa, et du pop-corn salé, ce qui explique mon tour de taille même quand je ne suis pas enceinte. Je n'aime pas les douceurs et… et je crois que vous allez devoir me donner une cuvette, ou autre chose, parce que j'ai envie de vomir !

Natalie s'empressa de lui passer un long sac bleu qui avait la forme d'une chaussette. Lakeisha le mit près de sa bouche, mais rien ne vint. Elle laissa retomber sa tête sur l'oreiller, en gardant le sac bleu à côté d'elle.

— Je préfère le conserver près de moi, si vous le voulez bien.

— Pas de problème, dit Henry.

Il se tourna vers Natalie.

— Vous avez un chien ?

— Oui, à la maison, dans le Montana.

— De quelle race est-il ?

— C'est un simple bâtard. Il n'a rien de spécial.

— Tous les chiens sont spéciaux.

— Vous avez pensé à en avoir un vous-même ?

— Un jour, peut-être, mais pas maintenant. Je travaille trop. Je ne voudrais pas qu'il passe des heures tout seul à la maison.

— Peut-être en aurez-vous un quand vous vous serez stabilisé et que vous aurez des enfants ?

Elle essayait encore de le sonder. Il le devinait au ton de sa voix. En fait, il était ravi qu'elle cherche à mieux le connaître. Cela prouvait qu'elle s'intéressait à lui.

— Oui. Peut-être. Un jour.

Il regarda le tracé qui apparaissait sur l'écran. À chaque contraction, le rythme cardiaque du bébé ralentissait. Rien d'inquiétant, mais c'était peut-être le signe que l'enfant se fatiguait, le travail durant très longtemps.

— Depuis quand avez-vous des contractions ? demanda-t-il.

— Depuis environ six heures, répondit Lakeisha.

— Tout va bien ? s'enquit Natalie en s'approchant.

Cette proximité le déstabilisait. Il avait envie de la toucher. De lui prendre le bras. De lui caresser la main, la joue…

— Le bébé se fatigue, répondit-il.

Lakeisha commença à trembler de tout son corps.

— Qu'est-ce qui se passe ? demanda-t-elle.

— Ne vous inquiétez pas, lui dit-il. C'est normal. Votre corps subit une mutation.

— Génial..., dit-elle en claquant des dents.

— Ça va aller, assura Natalie en lui prenant la main.

— Dites ça à mon vagin !

— Je vais prévenir le Dr Yang, déclara Henry.

Une fois dans le couloir, il eut l'impression de pouvoir à nouveau respirer. Se tenir si près de Natalie, sentir son parfum, avait été pour lui une vraie torture. Une torture à la fois terrible et délicieuse qui déclenchait chez lui un désir si violent qu'il ne savait comment le maîtriser.

Il se rendit au bureau et s'adressa à Roxy.

— Demandez au Dr Yang de venir voir Lakeisha Waring.

— Tout de suite. Vous vous occupez d'elle avec Nat, n'est-ce pas ?

— Oui, en effet.

— Est-ce qu'elle va bien ?

— Oui, je crois. Pourquoi ?

— Je ne sais pas... J'ai trouvé qu'elle avait l'air un peu fatiguée aujourd'hui.

— C'est le cas de toutes les personnes travaillant dans un hôpital, non ?

Roxy se mit à rire.

— C'est bien vrai ! dit-elle en prenant le téléphone pour appeler le Dr Yang.

Henry retourna auprès de sa patiente.

— Elle sent qu'elle a besoin de pousser, le prévint Natalie dès qu'il entra dans la pièce.

— Parfait, je me prépare.

Il vérifia qu'il avait sur son chariot tout le matériel dont il aurait besoin, puis il enfila sa blouse. Au même instant, le Dr Yang fit son entrée.

— Alors, on me dit que c'est parti ?

— Oui, monsieur.

Le Dr Yang resta un moment à observer la façon dont Lakeisha poussait.

— Vous vous en tirez très bien, madame Waring.

— Ravie que vous approuviez ! rétorqua-t-elle en haletant.

Le médecin regarda le tracé, puis il s'approcha d'Henry.

— Le bébé se fatigue, dit-il à mi-voix.

— Je sais.

— Je propose qu'on lui laisse encore une demi-heure pour essayer d'accoucher elle-même avant d'intervenir. Sauf, bien sûr, si le tracé nous oblige à faire autrement.

— Je suis d'accord.

Le Dr Yang se tourna vers Lakeisha.

— Lorsque les prochaines contractions arriveront, je vous demande de pousser aussi fort que vous pourrez.

— Et vous *croyez* que je fais quoi ? hurla-t-elle.

— Je crois que vous faites un excellent travail, mais je sais que vous pouvez faire mieux encore. C'est un gros garçon, alors il va falloir fournir un énorme effort pour le faire sortir.

— Est-ce qu'il va bien ?

— Oui, très bien, mais il commence à se fatiguer. On le voit sur le tracé.

Lakeisha hocha la tête sans rien dire, fronçant les sourcils. Natalie lui fit boire une petite gorgée d'eau. Le Dr Yang enfila ses gants et sa blouse et se tint derrière Henry qui, assis entre les étriers, surveillait la position du bébé.

— Bon, il a la tête en bas, comme nous le voulions. Il fait sa part du travail... Maintenant, il faut faire la vôtre.

Lakeisha, le visage grimaçant, poussa de toutes ses forces. Le sommet du crâne de l'enfant apparut, couronné de cheveux noirs.

— Bravo, Lakeisha ! Le bébé est là. Continuez à pousser le plus que vous pouvez.

— *J'essaye !*

Le Dr Yang s'approcha de Natalie.

— Je vais vous relayer. Pouvez-vous prévenir l'équipe de l'USIN ? Tout de suite. Juste par précaution.

Elle hocha la tête. Prenant un linge humide, le Dr Yang le passa sur le visage de la patiente.

— Respirez bien et, ensuite, poussez de toutes vos forces. Un… Deux… Trois…

Henry le regarda, lui faisant signe de vérifier le tracé. Le Dr Yang constata que le bébé montrait à présent de sérieux signes de fatigue. Il lança à Henry un regard qui disait clairement : *nous devons faire sortir ce bébé. Sur-le-champ.*

— Madame Waring, votre bébé se fatigue et je crois que vous avez besoin qu'on vous aide. Je peux utiliser une ventouse. Placée sur la tête du bébé, elle m'aidera à le faire sortir pendant que vous pousserez.

— Faites-le !

Henry mit la ventouse en place, mais, après plusieurs tentatives, ils durent admettre que cela ne marchait pas.

— Nous allons changer de méthode et utiliser les forceps, dit le Dr Yang. Et nous ferons une incision pour faciliter la naissance.

— Cela m'est égal… mais faites-le sortir !

Natalie revint, accompagnée de l'équipe de l'USIN, l'unité de soins intensifs pour nouveau-nés qui, après avoir vérifié le réchauffeur et l'oxygène, se tint derrière Henry, prête à prendre en charge le bébé dès qu'il arriverait.

Henry procéda à une anesthésie locale avant de pratiquer l'incision, puis il plaça les forceps autour de la tête de l'enfant.

— À la prochaine poussée, il faudra que la tête sorte, d'accord ?

— D'accord, répondit Lakeisha d'un ton déterminé.

La vie de son bébé était en jeu et, comme toutes les mères, elle était prête à tout supporter pour le sauver. Elle prit une grande bouffée d'air et, le visage crispé, les dents serrées, elle poussa en puisant en elle toute l'énergie qui lui restait.

Et cela marcha ! La tête du bébé apparut.

Écartant rapidement le forceps, Henry utilisa ses mains pour dégager les épaules, et l'enfant sortit. Henry le donna aussitôt à l'équipe de l'USIN qui se mit au travail.

— Est-ce qu'il va bien ? cria Lakeisha.

— Ils s'occupent de lui, répondit Natalie en lui caressant la main.

Henry vit que la jeune mère continuait à perdre du sang.

— Docteur Yang ?

Alerté, celui-ci tenta d'aider l'utérus à se remettre en place, mais il se passait ce qu'ils avaient redouté. L'utérus ne se rétractait pas après la naissance d'un aussi gros bébé et le placenta n'était toujours pas expulsé.

— Vous avez été formidable pour faire naître votre fils, dit Henry, mais votre utérus ne se contracte pas, alors nous allons devoir vous emmener au bloc opératoire.

— Je n'irai nulle part tant que je ne saurai pas si mon bébé va bien.

Natalie se pencha sur elle.

— Je serai avec lui. Il ne restera pas seul, je vous le promets.

— Mais...

Elle regarda l'équipe de l'USIN qui s'affairait autour du bébé comme des abeilles autour d'une fleur.

— J'ai besoin de savoir s'il va bien !

Henry se mordit la lèvre. Il devait arrêter cette hémorragie, mais il savait que Lakeisha avait d'autres priorités. Elle ne pensait plus qu'à son bébé.

— Je comprends ce que vous ressentez, dit-il, mais il faut que nous arrêtions ce saignement. Sinon, vous risquez d'être trop malade pour pouvoir vous occuper de votre enfant. Si vous voulez être là pour lui, vous devez aussi prendre soin de vous.

Lakeisha le regarda, le visage livide. Mais, par chance, à cet instant précis, le bébé poussa un petit cri.

— Est-ce qu'il va bien ? demanda sa mère en sanglotant.

— Il se bat pour respirer, mais il est tiré d'affaire, répondit l'un des membres de l'équipe de l'USIN.

— Très bien, docteur. Faites ce que vous avez à faire.

Elle se tourna vers Natalie.

— Vous me promettez de rester auprès de lui ?

— Je ne le quitterai pas un seul instant tant que vous ne serez pas revenue du bloc opératoire.

— D’accord.

— Bon, on y va !

Henry et le Dr Yang commencèrent à faire rouler le chariot pour emmener leur patiente en salle d’opération sans perdre une seconde, laissant Natalie et le bébé derrière eux.

5

Le bébé de Lakeisha avait connu des débuts difficiles. Il avait eu du mal à venir au monde. Cela arrivait fréquemment, mais l'équipe médicale était en alerte chaque fois que cela se produisait. Ces bébés-là réclamaient toute l'attention du personnel qui s'activait jusqu'à ce qu'ils se mettent à respirer.

Bébé Waring avait pu respirer tout seul, mais le bref moment où il n'avait pas réagi avait terrifié tout le monde. À présent, son souffle était normal, au grand soulagement de l'équipe. Il était dans les bras de Natalie, enveloppé dans de chaudes couvertures, en attendant de connaître son premier câlin avec sa mère.

Natalie ne cessait de le regarder. Il pesait dix livres et quatre-vingt-dix grammes, ce qui, pour un nouveau-né, était un poids plus que respectable ! Il était adorable, avec ses boucles noires qui dépassaient de son bonnet bleu, ses joues rondes, son mignon petit nez, et ses grands yeux noirs.

Elle le serrait dans ses bras en se demandant si elle pourrait mener sa grossesse à terme et tenir dans ses bras son propre enfant. Elle se demandait aussi à quoi ressemblerait *son* bébé ?

Elle ne s'était jamais autorisée à se poser la question. Pourquoi s'infliger une telle torture ? Pourquoi perdre son temps à rêver de quelque chose qu'elle n'aurait jamais ? Mais maintenant... Maintenant, elle avait une chance de réaliser son rêve. Elle était enceinte. Elle en avait tous les symptômes. Y compris des nausées.

Quel effet cela lui ferait-il de voir son ventre s'arrondir ? De sentir une nouvelle vie se développer en elle ?

— Tu as une maman qui t'aime énormément, murmura-t-elle. Et je vais être maman, moi aussi, mais il ne faut le dire à personne, car c'est un secret.

Elle sourit. Avec ce bébé, son secret serait bien gardé.

Soudain, elle se sentit incroyablement heureuse, malgré tous les problèmes qu'elle aurait à résoudre. Le déménagement. Trouver les moyens d'élever le bébé. Concilier son travail et son rôle de mère.

Comment le ferait-elle garder ? Il y avait à l'hôpital une crèche réservée aux membres du personnel, mais peut-être existait-il une liste d'attente ? Devait-elle se renseigner dès maintenant ? Tant de questions se posaient !

— Bon, gardons cela pour un autre jour, dit-elle à Bébé Waring. Pour l'instant, il faut juste que tu retrouves ta maman, pas vrai ?

Elle entendit un bruit de pas et, levant les yeux, elle vit Henry qui venait vers elle, vêtu de sa blouse médicale. Il faisait partie de ces heureux individus qui étaient toujours superbes, qu'ils soient en civil, en uniforme, ou bien nus…

Elle se sentit rougir et fut soudain saisie d'une bouffée de désir qui la fit frissonner. Il ôta son calot de chirurgien et esquissa un petit sourire.

— Comment va ce bébé ?

— Il se porte à merveille, après avoir connu des débuts difficiles. Et Lakeisha ? Comment va-t-elle ?

Henry fit la grimace.

— Nous n'avons pas pu arrêter l'hémorragie. Nous avons dû procéder en urgence à une hystérectomie.

— Oh ! non ! Pauvre Lakeisha !

Elle ne savait que trop bien ce qu'une femme pouvait ressentir quand on lui annonçait qu'elle ne pourrait peut-être jamais avoir d'enfant. C'était affreusement douloureux. Mais là… En découvrant qu'on lui avait ôté son utérus, Lakeisha voyait s'effondrer tout espoir d'être de nouveau mère un jour.

— J'aimerais que vous soyez là quand on lui apprendra la nouvelle. Je pense que cela lui fera du bien d'avoir en face d'elle des visages familiers.

— D'accord.

Elle se leva et remit le bébé dans son berceau.

— Elle est en salle de réveil ? demanda-t-elle.

— Oui, elle s'est réveillée, mais elle a encore les idées confuses.

Natalie borda soigneusement Bébé Waring, niché sous ses couvertures, et elle commença à faire rouler le berceau vers la salle de réveil, escortée par Henry. Elle se sentait mal à l'aise, partagée entre le désir violent qui l'habitait et l'obligation de taire son secret.

Elle se risqua à lui lancer un regard de côté.

— J'ignorais que votre mère était infirmière. Quelle était sa spécialité ?

— Elle travaillait au bloc opératoire.

— J'imagine qu'elle avait beaucoup d'anecdotes à raconter.

— Quelques-unes, confirma-t-il avec un petit sourire.

Natalie s'arrêta, secouant la tête en souriant.

— Décidément, vous ne voulez rien me dire sur vous, n'est-ce pas ?

Henry se tourna pour la regarder. Visiblement, il prenait plaisir à ce petit jeu auquel ils se livraient tous les deux.

— J'ai envie d'en savoir plus sur vous, insista-t-elle. Apprendre qui vous êtes.

— Pourquoi ?

Il semblait amusé, comme s'il voulait l'entendre répondre : *parce que je m'intéresse à vous.*

— Parce que je veux savoir. Nous avons été intimes. Nous avons partagé une nuit incroyable et… J'ai simplement envie de mieux vous connaître. De vous comprendre. De comprendre avec qui je me suis engagée.

Il lui sourit. Était-il content de l'entendre parler ainsi, même s'ils s'étaient dit tous les deux qu'il n'était pas question d'engagement ? Que cette aventure serait sans lendemain ? Peut-être avait-il envie, lui aussi, de mieux la connaître ?

Ils s'arrêtèrent devant la porte de la salle de réveil. Henry regarda intensément Natalie, comme pour décider s'il devait lui en dire plus sur lui. Elle espérait qu'il lui livrerait quelque chose. *N'importe quoi !* Juste un petit bout d'information qui l'aiderait à mieux le comprendre et à voir quel homme il était.

— Voulez-vous qu'on aille prendre un verre ensemble quelque part ? demanda-t-il. Je connais un endroit que j'aime beaucoup et où je ne vous ai jamais emmenée. On pourra boire un café, ou bien y manger, comme vous voudrez.

C'était maintenant ou jamais, elle le savait. Elle pouvait refuser, ou bien alors accepter son invitation et s'autoriser ainsi à aller plus loin avec cet homme. Le père de son bébé.

Je ne veux pas rester seule.

— J'aimerais beaucoup, dit-elle en rougissant.

— On se retrouve après le travail ?

— Parfait.

Henry poussa la porte de la salle de réveil et indiqua où se trouvait Lakeisha. La jeune femme avait le visage très pâle et l'air fatiguée, mais aussi soulagée de voir que tout semblait s'être bien terminé.

À la vue du berceau, elle afficha un grand sourire.

— C'est lui ?

— Mais oui ! dit Natalie. Un beau garçon de dix livres et quatre-vingt-dix grammes. Vous voulez le prendre dans vos bras ?

— À votre avis ?

— Laissez-moi vous redresser un peu, proposa Henry.

Il appuya sur un bouton et le dossier du lit se releva, permettant à Lakeisha de s'asseoir. Natalie lui donna le bébé. Elle ne cessait de sourire, car c'étaient ces moments-là qu'elle préférait dans son travail. Tendre pour la première fois un bébé en bonne santé à sa maman, elle aussi en bonne santé.

— Mon Dieu, il est magnifique ! s'exclama la jeune mère. Je trouve qu'il me ressemble.

Elle posait un regard d'adoration sur son fils.

— A-t-il déjà un nom ? s'enquit Natalie.

— Kofi. Cela lui va bien, vous ne trouvez pas ?

— Oui, c'est parfait.

Elle se sentit de nouveau prise de nausée. Il fallait qu'elle mange quelque chose, et rapidement. Un des biscuits qu'elle avait mis dans son sac. Et peut-être aussi boire un jus d'orange, par exemple.

Peut-être cela n'avait-il rien à voir avec sa grossesse. Peut-être était-ce juste de la nervosité, à l'idée de devoir parler à Lakeisha de son hystérectomie. Et lui annoncer que ce bébé serait le seul qu'elle aurait.

— Lakeisha, commença Henry, vous avez perdu beaucoup de sang après l'accouchement et, comme vous le savez, nous avons dû vous emmener en salle d'opération.

La jeune femme hocha la tête.

— Nous avons fait tout ce que nous pouvions pour essayer d'arrêter l'hémorragie, poursuivit-il, mais nous n'y sommes pas parvenus. Alors, pour vous sauver la vie, nous avons dû pratiquer une hystérectomie d'urgence.

— Oh ! je vois.

— Je peux vous parler de cette opération, si vous le souhaitez. Et répondre à toutes vos questions.

— Je ne pourrai jamais avoir d'autres enfants ?

— Non, vous ne pourrez plus tomber enceinte.

C'en était trop pour Natalie. Prise de panique, elle regarda Henry.

— Pouvez-vous… heu… m'excuser un moment ?

Elle se rua dans la salle du personnel et ouvrit son placard pour y prendre quelques biscuits au gingembre. Elle les avala, ce qui qui mit fin à ses nausées. Mais son cœur était avec Lakeisha qui venait d'apprendre la terrible nouvelle. Elle aurait voulu crier que, parfois, il se produit des miracles.

Elle posa la main sur son ventre.

Le brusque départ de Natalie le troublait. Il l'avait vue sourire à Lakeisha, poser un regard émerveillé sur le petit Kofi et, l'instant d'après, l'air sombre, elle s'était excusée et avait quitté la chambre d'un pas précipité.

Ce comportement lui avait paru vraiment bizarre. Quand,

un peu plus tard, il la retrouva dans la salle du personnel, il commença à s'inquiéter sérieusement.

— Vous allez bien ?

— Très bien. Juste fatiguée, c'est tout.

Il sentait qu'il y avait autre chose. Lorsqu'elle avait appris qu'ils avaient dû pratiquer une hystérectomie sur Lakeisha, elle avait paru terriblement affectée, comme si cela la touchait *personnellement*. Il pensa à la nuit qu'ils avaient passée ensemble. Aux cicatrices qu'il avait vues.

Elle avait parlé d'un accident de voiture. Y avait-il de graves séquelles ? Et si Natalie ne pouvait pas avoir d'enfant ?

— Vous préférez peut-être qu'on remette à plus tard notre projet d'aller boire un verre ensemble ? Il n'y a pas de problème. On fera cela un autre jour.

— Non, j'en ai toujours envie, dit-elle en se forçant à sourire.

— Vous êtes sûre ? Je ne veux pas vous forcer la main.

— Non. Cela nous fera du bien de parler. Loin de l'hôpital.

— D'accord. Je passerai vous chercher.

Le Central Park Café se trouvait dans la partie nord-est de Central Park. L'endroit était petit, intime, mais très animé, avec des employés toujours affairés, occupés à servir les clients attablés, mais aussi la longue file de ceux qui faisaient la queue au comptoir pour la vente à emporter.

— Nous sommes venus au bon moment, dit Natalie tandis qu'Henry l'invitait à s'asseoir à une table placée près de la fenêtre.

Il sourit.

— Cela facilite les choses si on réserve une table. C'est ce que j'ai fait. Je savais que ce serait bondé, comme toujours.

Natalie avait meilleure mine ce soir. Ses joues étaient plus roses et son regard, plus brillant. Il trouvait bizarre de la voir en tenue de ville, et non avec son habituelle blouse de sage-femme. Elle portait un petit haut blanc très court, un jean noir, des chaussures bateau et, en bandoulière, une sacoche qu'elle enleva pour l'accrocher au dossier de sa chaise.

— Vous venez souvent ici ? demanda-t-elle.

— Oui, très souvent. Presque tous les matins, je passe devant avec mon vélo et, s'il n'y a pas trop de monde, j'entre et j'achète des sandwichs pour mon petit déjeuner.

Une serveuse vint vers eux et leur tendit deux menus.

— Je reviendrai prendre votre commande dans un instant.

Et elle partit nettoyer une table.

— J'espère qu'ils proposent quelque chose de bon, déclara Natalie d'un ton enthousiaste. Je meurs de faim !

— Très bien. Choisissez tout ce que vous voulez, je vous invite.

— Ah, c'est gentil. Je vais prendre un déca avec du lait, des langoustines épicées et des pommes de terre au four.

— Parfait. Je prendrai la même chose.

Ils posèrent leurs menus et, après avoir passé leur commande à la serveuse, ils se focalisèrent l'un sur l'autre.

— Alors, comment ça va ? demanda Henry.

— Bien.

— J'en suis ravi. Lakeisha était un cas difficile.

Natalie regarda par la fenêtre une mère qui promenait son enfant dans une poussette.

— Certains cas me touchent particulièrement, c'est tout. J'apprécie Lakeisha. Elle est géniale. Et je sais quelle bataille elle va devoir livrer.

— Vous parlez de sa convalescence ?

— Plutôt de l'aspect mental et affectif de la situation. C'est une nouvelle terrible que nous lui avons annoncée aujourd'hui. Parfois, je pense à ces patientes qui entendent ce genre de choses et que nous quittons ensuite, pour régler d'autres problèmes. Nous les laissons seules, démunies, sans personne pour les soutenir.

— Est-ce quelque chose que vous avez vécu vous-même ? demanda-t-il doucement en lui prenant la main, posée sur la table. Vous savez que vous pouvez *tout* me dire, n'est-ce pas ?

Elle sourit, rougissante.

— Bien sûr.

— Vous a-t-on... ?

Il se tut en voyant la serveuse apporter leurs boissons et il attendit son départ avant de reprendre la parole.

— Vous a-t-on déjà annoncé des nouvelles aussi terribles que celle-ci ?

Natalie retira sa main et regarda dehors. Central Park était un nid de verdure plein de vie. Des gens étaient assis dans l'herbe, d'autres sur des bancs, le nez plongé dans un livre.

— Oui, une fois, ça m'est arrivé.

— Vous n'êtes pas obligée de m'en parler si vous n'en avez pas envie. Je voulais juste que vous sachiez que… eh bien, je suis là, si jamais vous vouliez vous confier.

Elle posa sur lui un regard d'une telle intensité qu'il crut qu'elle allait s'ouvrir à lui. Elle semblait peser le pour et le contre. Alors, il attendit, essayant de se montrer aussi ouvert et compréhensif que possible. Il avait envie qu'elle lui parle d'elle. Envie de l'aider. Envie de l'écouter. Il voulait lui montrer qu'il pouvait être son meilleur ami.

Et peut-être davantage ?

Jamais il n'avait éprouvé cela pour une femme, et cela lui faisait un effet bizarre. Jenny avait toujours refusé de parler de quoi que ce soit avec lui, et il s'était demandé si cela ne venait pas de lui. Peut-être n'était-il pas fait pour vivre une histoire romantique. Mais il avait fait la connaissance de Natalie, et cela l'amenait à s'interroger. Il voulait mieux la connaître.

— Il y a quelque chose chez vous, Natalie…

Il sourit en voyant son regard briller soudain d'un nouvel éclat.

— Je ne sais pas pourquoi, mais vous me donnez envie de…

— De quoi ? s'enquit-elle en avalant une gorgée de café.

— D'être tout le temps avec vous. À l'hôpital, je vous cherche. Je ne cesse de penser à vous. Et quand je suis avec vous…

Il se mit à rire, car il n'arrivait pas à croire qu'il était en train de lui révéler ses pensées les plus intimes. Mais il était incapable de s'arrêter.

— Vous me faites sourire, vous me terrifiez, vous me donnez envie de vous prouver que je suis un type bien.

— Ouah ! Cela fait plaisir à entendre. Alors, vous êtes un type bien ?

Il hocha la tête.

— J'aimerais croire que je suis peut-être l'un des meilleurs. Je sauve la vie des bébés, vous vous souvenez ?

— C'est vrai.

Elle le regarda avec un grand sourire. À cet instant, leur commande arriva sur la table, toute fumante.

— Vous aussi, vous m'inspirez, dit-elle après le départ de la serveuse.

— Vraiment ?

Il en était heureux. Au point qu'il sentit une vague de désir l'envahir. Il aurait voulu la toucher. L'explorer comme il l'avait fait la nuit du nouvel an.

— Bien sûr, mais… nous devons être prudents. Nous avons l'un et l'autre un lourd bagage, je crois, et cela nous oblige à avancer sans nous presser, en veillant à ne rien faire d'impulsif.

— C'est quoi, pour vous, quelque chose d'« impulsif » ?

— Quelque chose que nous pourrions regretter tous les deux.

Ils se promenèrent dans Central Park, profitant d'une soirée magnifique. Il y avait encore beaucoup d'animation, mais c'était agréable de marcher dans les sentiers et d'admirer les arbres. Ils passèrent près du zoo et, plus loin, ils écoutèrent un musicien qui jouait du trombone sous un pont, interprétant un air de jazz très connu.

Ils décidèrent de s'asseoir sur l'un des bancs installés dans les allées. En face d'eux, un couple âgé jetait des miettes de biscuit aux oiseaux.

— J'ai très mal aux pieds, dit Natalie en se frottant les chevilles. Nous n'arrêtons pas de marcher, dans notre métier.

Henry était assis à côté d'elle. Il avait passé un bras derrière le dossier du banc, à la hauteur de ses épaules, mais sans la toucher. Elle appréciait ce geste qu'on pouvait presque interpréter comme étant celui d'un propriétaire.

— Allez, donnez-moi vos pieds, dit-il en lui soulevant les jambes.

Il prit dans ses mains son pied droit et lui ôta sa chaussure.

— Oh non, ne faites pas cela ! s'écria-t-elle en essayant de se libérer. J'ai probablement les pieds horribles et tout en sueur.

— Ils sont ravissants. Comme toute votre personne.

Elle osait à peine respirer tandis que, de ses mains expertes, il massait la cheville, le métacarpe, les orteils, le mollet. Incapable de le regarder en face, elle gardait les yeux fixés sur ces mains qui la touchaient, la caressaient et faisaient disparaître, comme par miracle, la douleur.

Elle commença à se détendre. Henry semblait savoir exactement ce dont son pied avait besoin. Elle se risqua enfin à lever les yeux vers lui, se demandant s'il fallait qu'elle lui parle du bébé. Il l'avait l'air si merveilleux. Si gentil. Si attentionné.

Mais je pensais la même chose de Wade et je me suis trompée. De toute façon, pourquoi lui en parler si je dois finalement perdre ce bébé ?

Elle n'en était encore qu'au premier trimestre de sa grossesse. C'était trop tôt. Il pouvait arriver n'importe quoi. Pourquoi parler à Henry et bouleverser sa vie si tout se terminait brutalement ?

— L'autre pied.

Il lui souleva le pied gauche, le déchaussa et commença à le masser.

— Vous êtes très courageux, dit-elle. Masser des pieds que vous connaissez à peine...

Il sourit.

— Je connais assez bien le reste de votre corps, mais il est vrai que j'avais négligé ces pieds.

Cette allusion à la nuit torride qu'ils avaient partagée la fit rougir.

— Pensez-vous parfois à votre avenir ? dit-elle soudain.

Elle avait besoin de savoir comment il se projetait.

— Oui, parfois.

— Alors ? Vous vous voyez marié ? Père de famille ?

Il arrêta son massage pour la regarder.

— Et *vous*, comment voyez-vous votre avenir ?

Elle tourna les yeux vers le vieux couple assis de l'autre côté de l'allée. Ils se tenaient par la main, contents d'être ensemble. Ne ressentant pas le besoin de parler.

— Je voudrais connaître le grand amour. Trouver un homme en qui je pourrais avoir confiance. Quelqu'un avec qui je pourrais fonder une famille. Je voudrais une jolie maison, un chien... Qu'en dites-vous ?

— Ce programme me semble parfait, répondit-il en souriant.

Le massage étant terminé, il la rechaussa. Elle avait tellement aimé exposer ses pieds au grand air qu'elle eut du mal à supporter ses chaussures.

— Seriez-vous à la recherche de la perle rare ? Parce que, quand nous nous sommes rencontrés, vous disiez que vous n'étiez pas sur le marché. Est-ce qu'il y aurait du nouveau ?

Il la regarda en affichant un petit sourire.

— Qu'est-ce que vous proposez ?

Elle aurait adoré lui avouer que sa famille avait commencé à se former. Qu'elle portait déjà son enfant. Mais elle avait peur. Cela les jetterait tous les deux dans l'inconnu. Pour l'instant, elle était heureuse d'être avec lui, essayant de mieux le connaître. Si elle lui révélait sa grossesse, tout changerait. Il se mettrait en retrait et voudrait prendre le temps de réfléchir, la laissant dans le doute, une fois de plus. Elle en avait assez d'attendre que les hommes décident ce qu'ils avaient envie d'être. Désormais, c'était elle qui prendrait les choses en main.

— Il y a tout un tas de choses que je pourrais vous proposer, répondit-elle. Mais je ne voudrais pas vous effrayer.

— Je ne me laisse pas facilement effrayer, dit-il en lui adressant un sourire.

6

Natalie était terrifiée à l'idée de l'échographie programmée à la douzième semaine de grossesse. Entendrait-elle battre le cœur de son bébé ? Tout serait-il normal ?

Elle avait déjà eu un premier rendez-vous avec un médecin qui avait confirmé qu'elle était bien enceinte et, compte tenu de son passé médical, elle avait bénéficié, à huit semaines, d'une échographie qui n'avait décelé aucune anomalie. À ce stade, le bébé ressemblait à un petit haricot, avec un cœur qui fonctionnait normalement, mais c'était tout. Bien des choses pouvaient s'être produites en quatre semaines.

Elle était vaguement rassurée de connaître toujours de violentes nausées matinales, car elle avait entendu dire que c'était là un signe que la grossesse se déroulait sans problème particulier. Mais jamais elle n'aurait pensé qu'elles pouvaient être aussi pénibles à supporter !

Ce qu'elle redoutait le plus dans l'examen qu'elle allait passer aujourd'hui, c'était de voir vraiment son enfant. Ce ne serait plus un petit haricot gris, mais un fœtus ressemblant déjà à un bébé, avec des bras, des jambes et la capacité de bouger. Une vraie personne. Elle savait déjà qu'il était là, qu'il poussait dans son ventre comme une plante, mais le voir apparaître sur l'écran et entendre les battements de son cœur le rendrait encore plus réel. Et si, après cela, elle devait le perdre... elle n'osait imaginer combien cela la ferait souffrir.

Elle désirait tellement cet enfant !

Son ventre commençait à s'arrondir, ce qu'elle tentait de cacher en mettant des blouses plus grandes d'une taille.

Il lui était difficile de garder le silence sur cette grossesse. Bien des fois elle avait été tentée d'annoncer la nouvelle. À Henry, bien sûr, mais aussi à Roxy, avec qui elle s'était liée d'amitié. Bientôt, cependant, elle allait devoir mettre tout le monde au courant et on la bombarderait de questions.

Quelle serait la réaction d'Henry ? Elle espérait qu'il la prendrait dans ses bras et l'embrasserait en lui disant que tout se passerait bien. Qu'il serait là pour elle et le bébé.

Ces derniers temps, ils s'étaient beaucoup vus en dehors du travail. Lorsqu'il la raccompagnait chez elle, il la quittait sur le pas de la porte en l'embrassant sur la joue. Chaque fois, elle mourait d'envie que les choses aillent plus loin avec lui. Elle rêvait qu'en apprenant l'arrivée de cet enfant, Henry considère qu'ils formaient désormais une famille. Elle saurait alors qu'il était vraiment quelqu'un de bien, à qui elle pouvait se fier.

Mais elle savait que les choses ne se passeraient pas ainsi. La vie, pour elle, ne se déroulerait jamais comme elle l'avait espéré. Même si Henry semblait apprécier sa compagnie, comment pourrait-il sauter de joie en découvrant que la femme avec qui il avait eu une brève aventure était enceinte ?

Et les commérages iraient bon train à l'hôpital. Tout le monde allait être au courant ! Henry qui tenait tant à rester discret sur sa vie privée ne pourrait qu'en être contrarié.

Je ne dois pas me soucier de cela maintenant. Il faut juste que je fasse cette échographie et que je vérifie que mon bébé va bien.

N'ayant aucune envie d'être reconnue en se rendant à la consultation prénatale de l'hôpital, elle prit soin de cacher ses boucles folles sous un bonnet et de mettre un masque facial. Elle avait l'intention de s'asseoir dans un coin de la salle d'attente et de garder la tête baissée, le nez plongé dans un livre, afin de rester incognito.

En arrivant, elle regarda autour d'elle pour vérifier qu'elle ne connaissait personne, puis elle se dirigea vers l'accueil.

— Bonjour, dit-elle. J'ai rendez-vous à 13 heures.
— À quel nom ? demanda la réceptionniste.
Natalie ne l'avait jamais vue.
— Natalie Webber, répondit-elle à mi-voix.
— Allez vous asseoir, madame Webber. On vous appellera bientôt.
— Merci.
La consultation était très fréquentée, mais Natalie était l'une des premières sur la liste des rendez-vous de l'après-midi. Elle n'aurait donc pas à attendre bien longtemps. Elle alla s'asseoir dans un coin et, sortant de son sac l'un des livres qu'Henry lui avait prêtés, elle commença à lire.
Trois portes donnaient sur la salle d'attente. Celle qui se trouvait en face d'elle s'ouvrit et une femme en blouse blanche apparut sur le seuil.
— Madame Oliver ?
Une femme qui semblait être enceinte de cinq mois environ se leva et entra dans la salle d'examen.
Natalie replongea dans sa lecture, mais elle avait du mal à se concentrer.
— Mademoiselle Cortez ?
De plus en plus nerveuse, Natalie leva de nouveau les yeux. Elle aperçut alors Henry qui arrivait, marchant à grands pas. Il tenait sous le bras un épais dossier qu'il donna à la réceptionniste.
Que faisait-il ici ? Il venait rarement dans ce service, à moins qu'on ne fasse spécifiquement appel à lui. Il souriait et parlait avec la réceptionniste qui le dévorait des yeux avec un air admiratif. Elle était visiblement sous le charme et ne cherchait pas à le cacher !
— Madame Webber ? lança une voix féminine.
Oh ! non.
Elle vit Henry froncer les sourcils et se tourner vers la salle d'attente pour voir qui allait se lever. Il avait clairement reconnu le nom.

Que faire ? Ne pas répondre ? Mais non, je ne peux pas. Je dois savoir si mon bébé va bien. Je dois y aller !

Les jambes tremblantes, elle se leva et traversa la pièce en évitant de regarder Henry.

— Natalie ?

Elle s'arrêta, l'estomac noué, avant de croiser son regard. Faisant glisser son masque jusqu'au menton, elle afficha un petit sourire gêné.

— Qu'est-ce que vous... ?

Il parut soudain comprendre la situation. Debout, les mains sur les hanches, il regarda la pointe de ses chaussures, puis il marcha vers elle et l'attira dans un coin de la salle.

— Es-tu enceinte ? murmura-t-il.

— Peut-être...

Il la regarda fixement tandis qu'un flot d'émotions se lisait sur son visage. Colère. Surprise. Inquiétude. Peur. Incrédulité.

— Je dois y aller, Henry. Ils m'attendent.

— Alors, je t'accompagne.

— Quoi ? Non !

— Ce n'est pas mon bébé ?

Elle se sentit incapable de lui mentir. Elle-même avait entendu trop de mensonges qui avaient détruit sa vie.

— Si, c'est ton enfant !

On eut dit qu'il venait de recevoir un coup de poing en plein visage. Il était devenu si pâle qu'elle crut qu'il aurait besoin de s'asseoir.

— Alors, je vais avec toi. Et, toi et moi, nous allons avoir une conversation.

Il la poussa dans la pièce où l'échographiste patientait.

Natalie salua la jeune femme, puis, se débarrassant de son bonnet et de son masque, elle s'allongea sur la table d'examen.

Henry s'assit sur une chaise à côté d'elle.

— Docteur Locke ! Êtes-vous le papa ? demanda l'échographiste avec un grand sourire.

— Mais oui, répondit-il d'une voix qui tremblait légèrement.

Natalie lui jeta un regard en biais, puis elle se tourna vers la technicienne pour répondre à ses questions. Elle ferait face à la colère et à la stupéfaction d'Henry plus tard. Tout ce qui comptait, pour l'instant, c'était le bébé.

Marissa, l'échographiste, commença à l'interroger. Depuis quand était-elle enceinte ? De quand dataient ses dernières règles ? Quels symptômes avait-elle eus ? Avait-elle eu des problèmes médicaux méritant d'être signalés ?

— Euh... oui. J'ai eu un accident de voiture il y a quelque temps.

— Quelles blessures avez-vous subies ?

Natalie regarda Henry, consciente qu'il allait entendre pour la première fois la liste des dégâts provoqué par son accident.

— J'ai eu le bassin fracturé. Mon utérus a été déchiré et j'ai perdu un ovaire. On m'a dit que je n'aurai probablement jamais d'enfant.

— Ah, oui. Je vois cela maintenant. Vous avez déjà eu une échographie il y a quatre semaines.

Se sentant coupable vis-à-vis d'Henry, Natalie lui jeta un bref coup d'œil et ses joues s'empourprèrent.

— Oui.

— S'agit-il d'une conception naturelle ?

— Oui.

— Très bien. Bon, nous allons voir où cela en est. La dernière échographie était normale. Votre bébé a été mesuré à huit semaines exactement. Vous avez été adressée au Dr Yang, notre spécialiste en OBGYN, pour que ce soit lui qui suive votre grossesse, compte tenu des blessures que vous avez eues ?

— Oui.

— Alors, si vous voulez bien baisser votre pantalon, je vais vous mettre du gel sur le ventre et faire cet examen. Cela va être un peu froid...

— Pas de problème.

— Avez-vous bu beaucoup d'eau ? Avez-vous la vessie pleine ?

— Oui.

Natalie déboutonna son pantalon, descendit la fermeture Éclair et dénuda son bas-ventre.

Marissa prit du papier pour empêcher que le gel salisse le slip de Natalie.

— Vous avez déjà un petit ventre bien rond, dit-elle. Voyons cela !

Et elle commença à lui balayer l'abdomen avec la sonde.

7

Henry était sidéré. Jamais il n'aurait imaginé *cela*. Natalie était enceinte. Et elle le savait déjà depuis un bon moment.

Un flot d'émotions le submergea.

Lorsqu'il avait découvert que Jenny attendait un enfant, cela s'était passé de façon bien différente. Elle était en train de peindre dans son petit atelier. Il se plaisait dans cet endroit. L'odeur des peintures, des pots remplis de pinceaux, des toiles sur les murs ou empilées par terre, les dernières commandes enveloppées et prêtes à être expédiées chez leurs nouveaux propriétaires. Il aimait tout cela.

Le style de Jenny était plein de vie. Elle adorait la couleur et ses thèmes favoris étaient la nature et les animaux. Son travail s'était fait connaître après qu'une célébrité avait acheté l'une de ses œuvres qu'elle avait ensuite mise en ligne. Aussitôt, le site Internet de Jenny et sa boîte e-mail avaient débordé de messages.

Quand il venait la voir dans son atelier, en général, il la trouvait en train de travailler fiévreusement, brossant la toile à grands coups de pinceau ou concentrée sur un petit détail qu'elle reprenait inlassablement. Mais ce jour-là, il l'avait vue debout devant une toile qu'elle regardait fixement, sans bouger. Il avait souri et lui avait demandé si tout allait bien.

— Euh... oui, avait-elle répondu, le regard braqué sur le tableau dont il n'avait pas encore découvert le sujet.

Il s'était approché et avait été surpris de voir que, cette fois, elle n'avait pas choisi de peindre un éléphant, une girafe ou un autre animal, mais un bébé dans le ventre de sa mère.

— S'agit-il d'une nouvelle commande ? avait-il demandé.

— Non. C'est le nôtre.

Il avait froncé les sourcils. Cette œuvre ne ressemblait en rien à ce que Jenny peignait habituellement et il se demandait où ils mettraient ce tableau, mais...

— C'est joli. C'est différent...

— Non, Henry !

Jenny lui avait saisi la main et l'avait posée sur son ventre.

— C'est le nôtre ! avait-elle répété.

Il lui avait fallu quelques secondes pour comprendre ce qu'elle était en train de lui dire, puis il s'était senti follement heureux ! Il l'avait entraînée dans une danse débridée tout autour de la pièce, en poussant des cris de joie.

— Nous allons avoir un bébé !

Il avait été fou de bonheur. *Ils* avaient été fous de bonheur, sans savoir qu'ils allaient vivre une tragédie. Et la même chose pouvait se reproduire aujourd'hui. Il pouvait tout perdre.

Les moments qui allaient suivre étaient pour lui d'une importance cruciale. Ce qu'il allait découvrir pouvait de nouveau le détruire et il n'était pas sûr d'avoir la force de survivre à un nouveau drame qui lui briserait le cœur.

Il était sur le point d'assister à une échographie, en tant que père. C'était la *deuxième fois* qu'il vivait cette expérience.

Ce mot de « père » ne cessait de tourner dans sa tête. Parce que, auparavant, cela s'était mal terminé. Et qui pouvait dire qu'aujourd'hui tout se passerait bien ? Surtout depuis que Natalie avait révélé la véritable nature des dégâts provoqués par l'accident dont elle avait été victime.

Il décida de focaliser son attention sur le visage de Marissa, l'échographiste. Elle avait tourné l'écran vers elle, les empêchant de le voir, ainsi que le voulait l'usage. Elle le tournerait de leur côté lorsqu'elle pourrait leur annoncer que tout était normal.

Il ne la quittait pas des yeux, scrutant l'expression de son visage.

— Y a-t-il des antécédents de grossesse multiple dans l'une ou l'autre de vos familles ? demanda-t-elle soudain.

Des grossesses multiples ?

— Non, pas dans la mienne, répondit-il, sous le choc.

— Ma cousine a eu des jumeaux, dit Natalie.

Marissa sourit.

— Eh bien, on ne l'a pas vu lors de votre première échographie, mais... vous aussi, vous avez des jumeaux.

Elle fit pivoter l'écran et... il y avait bien deux bébés. Placés l'un derrière l'autre.

— Ce sont des jumeaux dizygotes, expliqua l'échographiste. Des faux jumeaux, issus de deux ovules différents.

Des jumeaux. Henry fixait l'écran, abasourdi. Jetant un regard à Natalie, il vit qu'elle semblait aussi stupéfaite que lui !

— C'est pour cela que j'ai déjà le ventre si rond ? dit-elle. Et que j'ai été si malade ?

Bien sûr ! Henry se souvenait maintenant des nombreuses fois où, au cours des dernières semaines, Natalie s'était excusée avant de quitter brusquement la pièce où ils se trouvaient. Il avait cru qu'elle cherchait seulement à l'éviter, ce qui l'avait poussé à se poser des questions. D'autant que, à certains moments, elle semblait prendre plaisir à être avec lui.

C'était donc des nausées matinales ?

Comment ne l'ai-je pas compris ? Je suis pourtant gynéco-obstétricien, non ?

Des jumeaux. Il allait avoir des jumeaux !

— Est-ce que... ils vont bien ? demanda-t-il.

Il ne pouvait s'empêcher de poser la question, même si, de là où il était, il pouvait constater que tout semblait normal.

— Parfaitement bien, répondit Marissa d'un ton alerte. Je vais juste faire quelques mesures et, ensuite, nous pourrons écouter battre leurs cœurs, si vous voulez.

Henry regarda Natalie. Elle semblait si vulnérable... et effrayée. Il réalisa tout ce qu'elle avait enduré ces dernières semaines. Pourquoi ne lui avait-elle rien dit ? À cause de l'accident ? Peut-être avait-elle cru que sa grossesse ne serait pas viable ?

Il observa Marissa qui était en train de vérifier la clarté nucale, la longueur des fémurs et les sacs amniotiques.

— Ils se développent bien, dit-elle. Douze semaines et deux jours pour Bébé A, douze semaines et trois jours pour Bébé B.

Bébé A. Bébé B. Henry avait souvent utilisé ces termes avec ses patientes, mais jamais il n'avait compris l'impact qu'ils pouvaient avoir sur les parents. Il allait être le père non pas d'un enfant, mais de *deux*.

Soudain, la pièce s'emplit du son d'un premier battement de cœur, puis d'un autre. Ils étaient rapides. Comme des trains lancés à pleine vitesse. Henry sentit sa gorge se nouer.

Il regarda fixement les bébés apparaissant sur l'écran.

C'étaient ses enfants. Il allait être père.

Natalie se réjouissait d'être allongée. Des *jumeaux* !

— Jamais je n'aurais pensé... Pas un seul instant... J'avais déjà du mal à croire que j'attendais un enfant... alors deux ! Comment ne s'en est-on pas aperçu avant ?

— Je ne saurais le dire, répondit Marissa. Peut-être qu'un des bébés était beaucoup plus petit que l'autre. Bébé B est encore placé juste derrière Bébé A.

Natalie vivait un moment crucial. Elle n'avait plus rien à cacher à Henry, désormais. Et maintenant qu'il était au courant, elle pourrait dire à tout le monde qu'elle était enceinte. Ne plus être obligée de taire sa grossesse lui ôtait un énorme poids des épaules.

Tout ce qu'elle avait à faire, à présent, c'était de veiller au bien-être des deux bébés au cours des six prochains mois.

Non. Des cinq prochains mois. Les jumeaux naissent prématurément.

Cela lui laissait peu de temps pour s'organiser. Pour trouver un nouvel appartement. Pour acheter tout ce dont elle aurait besoin pour les accueillir. Comment allait-elle faire ? Un bébé coûtait cher, mais des jumeaux...

Marissa leur donna quelques exemplaires des clichés de

l'échographie. Natalie se redressa et prit des serviettes en papier pour essuyer le gel qu'elle avait sur le ventre.

— Je vais m'assurer que vous aurez bientôt un rendez-vous avec le Dr Yang, lui dit Marissa.

— Nous travaillons avec lui. Nous allons pouvoir lui en parler.

— Bien sûr. C'est un spécialiste des grossesses multiples et, compte tenu de votre passé médical, je pense que vous bénéficiez du meilleur médecin qui soit pour suivre votre grossesse.

Après l'avoir remerciée tous les deux, ils la quittèrent et regagnèrent le couloir de l'hôpital. Natalie tenait à la main son manteau et son masque. Elle se tourna vers Henry et lui sourit nerveusement.

— C'est une surprise, non ?

Il semblait être encore sous le choc, mais il lâcha un petit rire.

— Certainement ! Comment te sens-tu ?

— Nauséeuse, et… je ne sais pas. Je ne m'attendais pas à avoir des jumeaux. En réalité, je ne m'attendais à rien du tout, étant donné ce qui m'est arrivé.

— À ce propos… Peux-tu m'expliquer comment ça s'est passé ?

Elle regarda sa montre. Il lui restait une demi-heure avant de prendre son service.

— Ne dois-tu pas retourner travailler ?

— J'ai le temps.

Elle hocha la tête et, l'entraînant vers deux chaises qui se trouvaient dans le couloir, elle l'invita à s'asseoir avec elle.

— J'ai connu ce type, Wade, et… j'ai cru que nous nous aimions. Moi, je l'aimais. Profondément. Nous semblions très bien nous entendre. Il était beau et plein de charme. Il me faisait rire. Presque tous les week-ends, nous partions nous promener en voiture. Ce jour-là, nous étions en train de rouler, et Wade a perdu le contrôle de la voiture, parce que le soleil l'avait ébloui, paraît-il, ou quelque chose de ce genre. La dernière chose dont je me souviens, c'est que nous avons traversé la route et percuté un camion. Un témoin a rapporté que nous avions fait trois tonneaux avant d'atterrir sur le toit. J'avais perdu connaissance et l'on m'a transportée à l'hôpital, avec trois fractures du bassin, les trompes de Fallope endommagées et des blessures à l'utérus. On m'a ôté un ovaire, mais sauvé mon utérus. Les médecins m'ont annoncé qu'il y avait peu de chances que je puisse tomber enceinte sans une intervention médicale. Selon eux, cela tiendrait du miracle. Il semble que, sur ce point, ils se soient trompés ! conclut-elle avec un petit rire nerveux.

— Et Wade ? Que lui est-il arrivé ?

— C'est sa *femme* qui est arrivée, répondit-elle, le regard rivé sur Henry pour observer sa réaction.

— Je suis désolé, murmura-t-il en regardant la pointe de ses chaussures.

— Je n'en croyais pas mes yeux. J'attendais qu'il vienne me voir à l'hôpital, qu'il me présente ses excuses et m'annonce que sa femme et lui allaient se séparer. Je ne cessais de lui envoyer des textos, lui demandant de me rendre visite. Il n'est jamais venu. Mais sa femme, oui. Elle s'appelait Bea. Elle m'a dit qu'elle était désolée pour moi, mais qu'elle souffrait encore davantage. Elle a ajouté que Wade ne cessait de la tromper et que, si je voulais encore de lui, elle me le laissait, car elle était décidée à le quitter.

Elle secoua la tête.

— Je venais d'apprendre que je ne pourrai jamais avoir d'enfant sans l'aide de la médecine. Au début, j'ai espéré qu'au moins je ne perdrais pas Wade, et puis, à mesure que le temps passait, je me suis sentie de plus en plus en colère. Bien sûr, je n'ai pas accepté l'offre de Bea. Il avait deux enfants, deux garçons de six et neuf ans. Comment ai-je pu ne rien voir ?

— Tout comme je n'ai pas vu que tu étais enceinte. Pourquoi ne m'as-tu rien dit ? Tu dois le savoir depuis des semaines !

Elle détourna le regard.

— Je suis désolée. C'est juste que... toi et moi, nous avons tant de choses à régler...

— Oui, bien sûr.

Ils restèrent un moment silencieux, l'air gêné.

— Henry... J'ai besoin que tu sois honnête avec moi. Alors, dis-moi... As-tu dans ta vie une femme qui compte pour toi ? Une épouse ? Une petite amie ?

Il la regarda droit dans les yeux.

— Non, j'ai été marié, chez moi, en Angleterre. Mais nous avons divorcé. C'est terminé, aujourd'hui.

Elle vit dans ses yeux qu'il disait vrai. Elle le crut.

— Bon, très bien. Alors, nous allons gérer cela au jour le jour.

— Oui, au jour le jour, répéta-t-il en lui prenant la main.

Trouvant une salle d'accouchement inoccupée, Henry y entra, ferma la porte derrière lui et marcha vers la fenêtre en se passant la main dans les cheveux. Il n'arrivait pas à croire ce qu'il venait d'apprendre.

La journée avait commencé de la manière la plus banale.

Si *normale*. Et maintenant il découvrait qu'il allait être père. De jumeaux.

Et s'il arrivait à Natalie la même chose qu'à Jenny ? Après l'avoir entendue raconter son histoire avec Wade, ce type qui n'avait cessé de lui mentir et qui l'avait profondément déçue, il était conscient qu'elle méritait de connaître la vérité sur le bébé qu'il avait eu avec Jenny. Mais comment pourrait-il lui raconter cela maintenant, alors qu'elle avait tant besoin qu'il la rassure ? Ce n'était pas le moment. Elle était déjà assez stressée pour qu'il ne lui donne pas d'autres raisons de s'inquiéter. Mais il faudrait bien tout lui dire un jour.

Quelle serait la meilleure façon de le faire ?

Je pourrais l'inviter à dîner chez moi. Nous devons nous parler davantage tous les deux, apprendre à mieux nous connaître, si nous sommes appelés à devenir parents.

Si.

Oh ! Seigneur, si je les perdais, eux aussi !

L'idée que Natalie pourrait vivre ce que Jenny avait subi... Il devait se montrer fort pour la rassurer, mais, en réalité, il était terrifié.

Il partit à sa recherche. Il finit par la trouver alors qu'elle s'apprêtait à entrer dans la chambre d'une patiente.

— Natalie ?

Elle se retourna et lui sourit.

— Écoute, j'ai pensé que... nous allons avoir pas mal de choses à régler dans les prochains mois et... heu... je crois que ce serait une bonne idée si tu venais dîner chez moi. Nous pourrions discuter de tout cela.

— Heu... oui, bien sûr. Ce serait bien, en effet...

— Génial. Tu veux venir ce soir ? Demain ? Ce week-end ?

Elle se mit à rire.

— Ce soir, c'est très bien. Disons à 20 heures ?

— Parfait. Quels sont tes goûts culinaires, en ce moment ?

— Tout ce qui est relevé.

— Du poulet sauce aigre-douce, par exemple ?

— Très bien.

— D'accord. Bon, à ce soir, alors ?

— À ce soir.

Elle lui sourit, le regard brillant, et entra dans la chambre de la patiente.

Il demeura sur place un moment. Il n'en revenait pas d'avoir invité une femme à dîner chez lui. Cela ne lui était pas arrivé depuis très longtemps. Natalie était la seule à être venue dans son appartement de New York. Et voilà qu'il l'invitait à nouveau. Parce qu'ils allaient former une famille.

Si tout se passait bien, son rêve allait se réaliser.

Lui qui avait fait le vœu de rester célibataire, voilà qu'il se préparait à être le père de jumeaux et qu'il invitait à dîner la mère de ses enfants.

Ah, la vie réservait bien des surprises !

Natalie scruta l'immeuble qui se dressait devant elle. Elle y était déjà venue une fois. La veille du nouvel an. Ou plutôt, le jour de l'an, de très bonne heure.

S'ils avaient su tous les deux où les mènerait cette nuit torride, y auraient-ils renoncé ?

Elle franchit la porte à tambour et traversa le hall d'entrée. Elle ne reconnaissait pas les lieux, ce qui n'avait rien de surprenant.

Cette nuit-là, elle n'avait eu d'yeux que pour Henry, et s'il y avait eu un troupeau d'éléphants roses en train de danser dans le hall, elle ne l'aurait sans doute même pas remarqué.

L'endroit était très chic. Un sol en marbre noir ponctué de quelques touches de blanc et d'or. Derrière un bureau, un concierge en complet assurait l'accueil des visiteurs. Il lui sourit.

— Puis-je vous aider, madame ?

— Je viens voir le Dr Locke, au dixième étage.

— Avez-vous le numéro de son appartement ?

— Oui, répondit-elle en lui adressant un sourire.

Elle sentit la nervosité la gagner tandis qu'elle se dirigeait vers l'ascenseur et appuyait sur le bouton d'appel.

La veille du nouvel an, elle avait pris la ferme résolution de rester célibataire et pourtant, trois mois plus tard, elle était là, portant des jumeaux dans son ventre et s'apprêtant à dîner avec leur père. N'était-ce pas complètement fou ?

Elle avait téléphoné à sa famille et avait tout raconté. Bien sûr, ils l'avaient bombardée de questions. Sa mère lui ayant demandé si elle pouvait venir la voir à New York, elle avait dû refuser, car son appartement était trop petit pour la recevoir. Mais elle avait promis d'aller bientôt les voir dans le Montana.

L'ascenseur l'emmena rapidement au dixième étage. Tandis qu'elle marchait vers l'appartement d'Henry, un flot de souvenirs lui revint en mémoire. Elle avait ri quand il cherchait vainement à sortir ses clés de sa poche, trop occupé à l'embrasser dans le cou. Elle avait tenté de l'aider et s'était mise à le fouiller, découvrant alors à quel point il la désirait...

Elle sentit ses joues s'enflammer, ayant du mal à croire qu'elle avait été aussi audacieuse avec lui. Elle avait perdu toute réserve, se disant que ce ne serait qu'une brève aventure sans lendemain.

Elle frappa à sa porte et s'éclaircit la gorge, s'efforçant de paraître détendue. La porte s'ouvrit et Henry apparut, vêtu d'un jean foncé et d'un T-shirt noir qui mettait en valeur ses bras musclés et son ventre plat.

— Bonsoir, dit-elle avec un sourire.

— Bonsoir. Entre, je t'en prie.

Il s'avança pour l'embrasser sur la joue. Elle ferma les yeux. Ce baiser déclencha chez elle une accélération du rythme cardiaque et une brusque élévation de sa température corporelle. S'habituerait-elle jamais au contact des lèvres d'Henry sur sa peau ?

Passant devant lui, elle pénétra dans l'appartement et prêta attention à des détails qui lui avaient échappé lors de sa première visite. Les murs s'ornaient de deux tableaux aux couleurs vives, évoquant le monde animal. Un tigre se détachant sur un fond multicolore… Un serpent prêt à attaquer, au milieu d'une explosion de vert et d'orange.

— Je trouve ces peintures très intéressantes, dit-elle.

Henry sourit et hocha la tête.

— Je… heu… je connais l'auteur de ces œuvres. C'est ma femme qui les a réalisées.

Elle se retourna et le regarda fixement. Quel genre d'homme décorait son appartement avec les tableaux de son ex-femme ? Avait-il encore des sentiments pour elle ? Espérait-il la reconquérir ?

Henry avait dû deviner les questions qu'elle se posait. Ses doutes. Sa peur.

— Ne t'inquiète pas. C'est bel et bien fini. Mais il se trouve que j'aime vraiment beaucoup ces tableaux. J'en avais une vingtaine et j'en ai vendu la plupart, mais je lui avais acheté ces deux-là avant même qu'on se marie, aussi…

Elle l'interrompit.

— Tu n'es pas obligé de me donner toutes ces explications.

— Mais je le fais. Nous allons être parents… avec un peu de chance.

Il sourit et l'invita à le suivre dans la salle de séjour. C'était une vaste pièce décorée dans un style très masculin, avec beaucoup de meubles de couleur foncée, des canapés et des coussins noirs, des murs blancs, et des plantes vertes un peu partout. Au centre trônait une télévision à écran géant et, juste à côté, il y avait un piano et une console de jeux vidéo.

— Tu aimes jouer ?

— À l'occasion. Puis-je t'offrir à boire ?

— As-tu du jus d'orange ?

— Oui, bien frais et avec la pulpe.

— Ce sera parfait, merci.

— Assieds-toi, je t'en prie, dit-il en lui indiquant un canapé. Je reviens tout de suite.

Elle s'installa confortablement, glissant un coussin derrière son dos. Henry revint bientôt avec deux verres qu'il posa sur la table basse placée devant le canapé.

— J'espère que tu as faim, dit-il en s'asseyant en face d'elle.

— J'ai tout le temps faim ! Je mangerais n'importe quoi pour faire disparaître mes nausées.

— Je suis désolé que tu aies à supporter tout ça. Dis-moi... Pourquoi ne m'as-tu pas mis au courant plus tôt ?

Elle soupira.

— Bonne question. J'avais peur, tout simplement. Au début, j'ai eu du mal à croire que j'étais vraiment enceinte. Et puis j'ai pensé que cette grossesse ne passerait sans doute pas le premier trimestre. Je ne voyais pas la nécessité de chambouler ta vie avant de savoir si tout se passait normalement.

— Comme aujourd'hui ?

— Oui. J'avais besoin de cette échographie. Si l'on me confirmait que tout allait bien, j'étais prête à tout te dire.

— C'est vrai ?

— Oui, je te le promets. Même si je savais que devenir père à la suite d'une brève aventure ne faisait pas partie de tes projets ! Tu me semblais faire plutôt partie de ces hommes qui veulent fonder une famille dans le cadre du mariage, et par amour.

— Nous n'obtenons pas toujours ce que nous voulons. Souvent, nous avons ce dont nous avons besoin...

— Si je t'ai blessé, ce n'était pas du tout dans mon intention. J'ai juste essayé, sans doute avec maladresse, de t'épargner d'avoir de la peine.

Il hocha la tête.

— Je désire vraiment ces bébés. J'ai très envie de les avoir.

Elle se mit à rire.

— Cela fait un drôle d'effet de le dire comme ça ! *Ces bébés.* De parler d'eux au pluriel.

— Tu as raison. Cela semble complètement fou. Irréel. Si tu me l'avais simplement dit, je ne pense pas que je t'aurais crue. Je suis content d'avoir assisté à cette échographie.

— Je regrette que tu l'aies appris de cette façon. J'aurais voulu que cela se passe autrement. D'une façon moins brutale.

Il sourit.

— La vie aime nous jouer des tours, c'est sûr.

Elle repensa à l'accident. Et à l'irruption de la femme de Wade dans sa chambre, à l'hôpital.

— Oui, c'est évident.

Ils restèrent silencieux un moment, puis Henry se leva.

— Je ferais mieux d'aller préparer le dîner. Tu dois mourir de faim.

— Puis-je t'aider ?

— Si tu veux.

Elle le suivit dans la cuisine. Comme dans la salle de séjour, le noir y dominait. La seule note de couleur était apportée par une corbeille de fruits trônant sur l'îlot central.

— Bon, tu peux t'occuper du riz pendant que je me charge du poulet, proposa Henry.

Cuisiner avec lui était un vrai plaisir. Il était clair qu'il avait l'habitude de se préparer de bons petits plats et il se montrait très à l'aise dans le maniement des casseroles. Il découpa le poulet et, pendant que la viande commençait à dorer sur le feu, Natalie entreprit d'éplucher des oignons, ce qui la fit pleurer.

Henry s'en aperçut et, prenant un mouchoir en papier, il lui essuya les yeux.

— Est-ce que ça va ?

— Oui, merci.

Elle avait remarqué qu'il avait l'habitude d'avoir ce genre de petites attentions. Comme le jour où il lui avait massé les pieds dans le parc. Ou encore la fois où il était allé porter à boire aux sages-femmes parce qu'elles n'avaient pas eu le temps de faire une pause de toute la journée.

Elle s'était tellement habituée à ce que personne ne la remarque

que le seul fait d'être *vue* lui était... très agréable. C'était bizarre, aussi. Mais étrangement rassurant.

Elle croisa le regard d'Henry pendant qu'il séchait ses larmes. Se trouver si près de lui la mettait mal à l'aise. Leur journée avait déjà été si riche en émotions, fallait-il vraiment qu'ils s'exposent à connaître encore d'autres frissons ?

La cuisine commençait à s'emplir d'arômes délicieux et Natalie sentit son estomac gargouiller tandis qu'elle observait Henry qui surveillait la cocotte où mijotaient le poulet et les légumes. Elle avait du mal à détacher son regard des bras musclés et des longues jambes moulées dans le jean.

— Parle-moi de ton épouse. Quel genre de femme était-ce ?

Henry réfléchit un moment.

— Elle s'appelle Jenny. Elle est anglaise, comme moi. Quand nous nous sommes rencontrés, elle faisait des études d'arts plastiques et s'intéressait surtout à la peinture, comme tu as vu. Elle était tout le contraire de moi.

— Les contraires s'attirent, non ? dit Natalie en souriant.

— Sans doute... J'aime l'ordre et la netteté. Jenny, elle, aime l'anarchie, le désordre, la confusion. C'était moi qui mettais le linge sale dans le panier de la salle de bains. Jenny, elle, laissait tout traîner n'importe où.

Il avait un ton admiratif en évoquant le laisser-aller de son ex-femme. L'aimait-il encore ?

Cette idée déclencha chez elle une bouffée d'anxiété, même si elle savait qu'elle ne pouvait rien exiger de la part de cet homme. Certes, ils allaient avoir deux enfants ensemble, mais cela ne signifiait pas qu'ils noueraient un lien plus intime. Ils n'avaient pas encore évoqué la nature de leur relation ni les droits qu'ils pouvaient avoir l'un sur l'autre.

— Notre vie était une vraie tornade, continua Henry. Tout était arrivé trop vite, probablement. Juste après notre mariage, on a diagnostiqué chez Jenny un trouble bipolaire. Se lancer sans réfléchir dans une union qui l'engageait de façon durable correspondait tout à fait à sa manière de fonctionner. Elle faisait tout dans la précipitation. De façon chaotique, impulsive.

— Était-ce grave ? Suivait-elle un traitement ?

Henry commença à garnir les assiettes.

— Oui. Il lui arrivait parfois d'oublier de le prendre, mais la plupart du temps, elle le respectait.

Natalie se demanda ce qui avait provoqué leur séparation. Était-ce la maladie de Jenny ?

— Que s'est-il passé entre vous deux ?

Henry lui donna l'une des assiettes et l'invita d'un geste à le suivre dans la salle de séjour. Équipée d'une table et de chaises, elle leur permettrait de dîner plus commodément. Il resta silencieux jusqu'au moment où ils furent assis tous deux autour de la table. Il semblait très mal à l'aise.

— J'ai du mal à parler de ce qui nous est arrivé. Je n'en ai jamais soufflé mot à personne au travail.

C'était une manière de lui demander de rester discrète. Si elle voulait en apprendre davantage sur lui, elle devait se plier à cette règle.

— Jenny est tombée enceinte.

Natalie le regarda fixement. C'était ce qu'elle avait redouté. Elle savait qu'il avait été marié, qu'il y avait une ex-épouse quelque part… mais aussi des enfants ? Décidément, sa vie devenait de plus en plus compliquée. Ses jumeaux, s'ils venaient au monde, auraient des demi-frères ou des demi-sœurs. Elle ferait partie d'une famille recomposée, avec toutes les difficultés que cela supposait.

— Oh !

Soudain, elle avait perdu l'appétit. Mais la nausée était toujours là. *Mange, sinon tu vas le regretter !*

— Nous n'avions pas planifié cette grossesse, et quand Jenny s'en est aperçue, elle a cessé de suivre son traitement contre les troubles bipolaires, en raison des risques qu'il présentait au cours du premier trimestre.

Natalie ne dit rien, lui prêtant une oreille attentive.

— Ses symptômes ont réapparu, mais elle a refusé de se soigner, préférant se jeter à corps perdu dans la peinture. La plupart du temps, elle était dans une phase maniaque. Elle ne cessait de travailler dans son atelier, y compris la nuit. Lorsqu'elle tombait dans de rares épisodes dépressifs, elle dormait toute la journée. Ces problèmes nous ont empêchés de prêter attention à sa grossesse autant qu'il l'aurait fallu et nous n'avons pas remarqué que, quand elle est arrivée presque au terme des neuf mois, le bébé ne bougeait pratiquement plus.

Natalie ne le quittait pas des yeux, redoutant soudain d'entendre la suite.

— Le bébé… une petite fille… était morte in utero.

Il se leva et marcha vers la fenêtre, le regard tourné vers la ville qui s'étendait en contrebas.

Natalie avait le cœur brisé en pensant à ce que Jenny et lui avaient subi. Un drame affreux. Il lui était arrivé d'aider des mères qui accouchaient d'enfants mort-nés et elle savait que, pour une sage-femme, il n'y avait pas de situation plus déchirante. Il fallait, autant que possible, rester stoïque et détachée afin de se protéger, mais en même temps faire preuve d'humanité et de compassion envers la famille endeuillée. Si c'était une épreuve douloureuse pour elle, que dire de la douleur des parents vivant une telle tragédie !

— Jenny… Elle… Après cela, elle a sombré. Nous avons pensé qu'il s'agissait d'une dépression post-partum, mais sa bipolarité a compliqué les choses. Le traitement ne parvenait pas à la stabiliser, elle a commencé à avoir des hallucinations. Et elle a essayé de mettre fin à ses jours.

Il se retourna et regarda Natalie.

— Elle est entrée dans une clinique privée, pour sa propre sécurité. Nous espérions que cela l'aiderait à surmonter son deuil et à venir à bout de sa bipolarité. Elle a refusé de me voir.

— Pourquoi ?

— Elle m'en voulait. Elle disait qu'elle avait eu une belle vie jusqu'au jour où elle m'avait rencontré et que tout avait mal tourné dès qu'on s'était mariés. Alors… c'est pour cette raison que, depuis, je n'ai plus voulu devenir proche de personne.

— Mais tu n'étais pas responsable de ce qui vous est arrivé !

— Pourtant, elle avait raison. Elle *avait* une belle vie avant de me rencontrer. Je suis médecin. J'aurais dû savoir gérer la situation. Trouver le traitement qu'il lui fallait. Mieux l'aider après l'accouchement. Mais j'avais du chagrin, moi aussi. Je faisais de mon mieux. J'ai vraiment essayé, mais j'ai échoué.

Natalie sentit la peur l'envahir. Qu'est-ce qui avait provoqué la mort in utero de l'enfant ? Y avait-il une cause génétique qui pourrait menacer la vie de ses jumeaux ? Elle avait déjà suffisamment de sujets d'inquiétude avec les séquelles laissées par son accident de voiture sans que vienne s'y ajouter une autre menace.

— Je devine à quoi tu penses, dit Henry. Tu te demandes si nos bébés sont en danger, eux aussi. Je n'en ai aucune idée. On n'a pas pu expliquer pourquoi notre fille est morte.

— Alors, je crois que j'ai des raisons d'avoir peur, Henry.

— Je sais. Et c'est pour cela que je me tiens à l'écart des gens.

S'éloignant de la fenêtre, il se mit à marcher de long en large dans la pièce.

— Ne te méprends pas sur ce que je dis, Natalie. Je serai là pour toi et les bébés. Je vous aiderai, et nous finirons bien par trouver une solution. Mais je ne sais pas encore comment.

Trouver une solution ? Il semblait la considérer comme rien de plus qu'un problème à régler. Essayait-il de prendre ses distances avec elle ?

— D'accord... Eh bien, comme nous l'avons déjà dit, nous n'avons plus qu'à vivre les choses au jour le jour. Et je serai vigilante. Mais pour l'instant, je ne peux pas les sentir bouger. C'est encore trop tôt.

— Cela arrive plus vite quand il s'agit de jumeaux, tu le sais.

— Oui. Et je te tiendrai au courant.

S'il voulait montrer un certain détachement, alors elle allait faire comme lui. Même si, tout au fond d'elle-même, elle était profondément déçue. Elle portait ses bébés ! Elle allait être la mère de ses enfants !

Je le rassurerai autant que je pourrai.

Henry la raccompagna chez elle. Il faisait nuit et il n'avait pas envie de la laisser rentrer toute seule. Surtout maintenant.

Il l'escorta jusqu'à sa porte, attendit qu'elle trouve ses clés et, lorsqu'elle se tourna vers lui pour lui dire au revoir, toute souriante, il se pencha pour l'embrasser sur la joue... comme il l'avait toujours fait auparavant.

Il n'était pas sûr que ce soit là une bonne idée, parce que maintenant leur relation avait changé. Il hésita un moment, mais comme elle lui adressait un sourire timide, il l'embrassa, respirant le doux parfum de sa peau. Une bouffée de désir le souleva, submergeant tous ses sens. Alors, il s'écarta et regarda Natalie rentrer chez elle. Elle lui sourit avant de refermer la porte derrière elle.

Il regagna son appartement, soulagé d'avoir enfin pu parler de Jenny et de ce qui était arrivé à leur fille. Partager cela avec quelqu'un d'autre allégeait un peu le fardeau qui pesait sur ses épaules. Mais Natalie était sans doute la personne la plus mal placée pour entendre ses confidences, étant donné leur situation.

L'avait-il terrifiée ? Tiendrait-elle sa parole et lui transmettrait-elle toutes les informations concernant les bébés ? Ou bien retournerait-elle dans ses montagnes pour retrouver chaleur et sécurité auprès de sa famille ? Ici, elle ne connaissait personne, à part ses collègues et lui. Et que représentait-il, au juste, pour elle ? L'aventure d'une nuit qui était devenue une amitié compliquée.

Cette journée avait été riche en émotions. Il avait découvert qu'il allait être père. De jumeaux. Puis appris que Natalie avait subi des lésions internes qui pouvaient mettre en péril sa grossesse. Et lui-même lui avait raconté son passé difficile.

Il avait envie de se réjouir de sa future paternité. Il voulait aimer ces bébés. Mais il se l'interdisait.

Il ne pouvait se permettre de nourrir de tels espoirs. Ni même le vouloir. Ou le désirer. Il devait rester à distance jusqu'à ce que ces enfants viennent au monde. Mais ce serait une véritable épreuve pour lui, car ses sentiments pour Natalie ne cessaient de grandir.

Il brûlait d'envie de la serrer dans ses bras, de l'embrasser, de lui dire qu'elle lui appartenait et qu'il serait là pour la protéger, aussi longtemps qu'elle en aurait besoin.

Mais avait-il perdu la tête ? Il n'avait pas su veiller sur Jenny. Il lui avait gâché la vie. Pouvait-il vraiment prendre le risque d'en gâcher une autre encore ?

Le mieux, pour lui, était de rester à l'écart jusqu'à la naissance des bébés et durant les quelques semaines qui suivraient. Alors seulement il pourrait s'autoriser à les aimer tous les trois. Natalie et les jumeaux. Alors seulement il pourrait s'autoriser à prendre soin d'elle.

C'est déjà le cas, non ? Je me fais du souci pour elle. Je le sens ! Cela m'obsède ! Mais je dois le cacher.

Natalie s'était vu confier la patiente présentant un utérus didelphe et chez qui, apparemment, le travail avait commencé. Le Dr Yang avait prescrit l'administration de tocolytiques afin d'essayer d'empêcher ou de ralentir l'arrivée des contractions pendant la nuit, mais rien n'y faisait. Claudia Bateman était maintenant en plein travail.

— Surveillez-la de très près, mademoiselle Webber, avait recommandé le Dr Yang.

Et il lui avait donné pour consigne de l'appeler dès que la dilatation du col aurait atteint dix centimètres, ou encore si le bébé montrait des signes de souffrance.

Henry veillait aussi sur cette patiente dont le cas était si spécial.

— Alors, comment vous sentez-vous, Claudia ? demanda-t-il en entrant dans la pièce. Nerveuse ?

— Oui ! C'est trop tôt ! Le bébé n'a que trente semaines.

— Nous vous surveillons de près, le bébé et vous. Natalie est l'une de nos meilleures sages-femmes.

Il adressa un sourire à Natalie qui le lui rendit, heureuse de l'entendre rendre hommage à ses compétences.

Elle avait eu une nuit difficile après qu'Henry l'eut laissée chez elle. Bousculée par un flot de pensées, de craintes et d'émotions, elle ne savait plus où elle en était !

D'un côté, elle voulait se montrer prudente quant à l'issue de sa grossesse, mais après avoir vu hier les deux bébés et entendu battre leurs cœurs, elle ne pouvait s'empêcher de s'interroger sur le genre de vie qu'elle allait avoir. Sur la mère qu'elle allait être.

Quel genre de famille formeraient-ils ? Se retrouverait-elle seule avec les jumeaux, Henry ne les prenant que le week-end ? Il y avait pourtant quelque chose entre eux. Une attirance physique réciproque. Mais elle voulait davantage. Sentir qu'ils pourraient former une vraie famille. Il l'avait raccompagnée chez elle et l'avait embrassée sur la joue, comme il le faisait toujours. Mais la veille au soir, elle avait vu dans ses yeux… une expression qu'elle avait du mal à définir.

Henry avait promis d'être là pour eux. Promis de les soutenir. Mais de quel soutien parlait-il ?

Financier ? Physique ? Affectif ?

Natalie rêvait de tout avoir ! Des bébés adorables, un homme amoureux qui la vénérait, une jolie maison dans les faubourgs, entourée d'une palissade blanche. Ils élèveraient leurs enfants en leur donnant amour et tendresse.

Qui ne rêverait d'un tel avenir ?

Elle devinait pourtant les doutes qui habitaient Henry. Il lui avait dit : *Nous finirons bien par trouver une solution. Mais je ne sais pas encore comment.*

Elle avait vu sa volonté de la tenir à distance, la veille, lorsqu'il l'avait raccompagnée chez elle. Il avait marché à côté d'elle, mais en veillant à rester à l'écart, gardant les mains dans ses poches, alors qu'elle aurait voulu qu'il passe un bras autour de ses épaules. Et ce baiser sur la joue… c'était le baiser d'un *ami*.

Elle s'était rendue chez lui la nuit dernière en espérant cimenter leur nouvelle relation, mais elle avait senti toujours la même incertitude chez Henry. Elle le comprenait. Elle-même était en proie au doute. Mais… ne pouvait-il faire un effort et lui montrer qu'il tenait à elle ? Qu'elle n'était pas seulement la femme qui portait ses enfants ?

Elle avait besoin de certitudes, non pas de vagues annonces.

Henry ne lui faisait pas des promesses en l'air. Il lui parlait vrai. Il lui disait qu'il ne savait pas comment ils allaient gérer la situation. Cela pouvait-il vraiment rassurer une femme qui venait d'apprendre qu'elle attendait des jumeaux ?

Elle reporta toute son attention sur Claudia chez qui les contractions se succédaient. Natalie attendit que la dernière se termine pour commencer à interroger la patiente.

— Avez-vous toujours su que vous présentiez cette particularité ?

— Non. Je l'ai appris lors de ma première échographie.

— Cela a dû être un vrai choc pour vous.

— C'est peu dire ! Découvrir qu'on est une sorte d'anomalie médicale... cela vous rend soudain très célèbre, conclut Claudia avec un petit sourire triste.

— On figure dans les manuels de médecine ? avança Henry.

— Absolument ! lâcha-t-elle un suçant un glaçon. C'est comme si les médecins oubliaient... sans vouloir vous offenser... que derrière l'anomalie il y avait un être humain, avec des sentiments, des soucis. Tout ce qu'ils voient, c'est que vous êtes différente, et que vous leur offrez l'occasion d'écrire un article sur vous.

— C'est ce que vous avez vécu ? Vous avez eu l'impression qu'on se servait de vous ?

— Exactement ! Oui, je suis différente, mais mis à part cette anomalie, je suis comme n'importe quelle femme sur le point d'accoucher. Pour moi, c'est la première fois, et je suis terrifiée. C'est ce qu'on devrait prendre en compte. Le Dr Yang a été le premier médecin à me voir en tant que personne, et non comme un *cas*.

Natalie se demanda comment Henry la voyait. Comme une femme terrifiée à l'idée d'avoir non pas *un*, mais deux bébés ? Une femme qui allait être mère pour la première fois et qui était morte de peur, en raison de ses blessures internes ? Ou bien n'était-elle pour lui qu'un problème qui réclamait de trouver une solution ?

Il était très discret, très réservé. Qu'allait-il se passer quand tout le monde saurait qu'ils attendaient des jumeaux ? Ils allaient faire l'objet de tous les commérages.

— Heureusement, vous avez quelqu'un qui vous aime et vous

soutient. C'est très important quand on a l'impression d'avoir le monde entier contre soi. Où est Alex ?

Alex était le mari de Claudia.

— Il avait laissé l'appareil-photo dans la voiture. Il est allé le chercher.

Henry ne quittait pas des yeux le tracé sur l'écran.

— Tout a l'air normal, docteur ? demanda Claudia.

— Absolument, répondit-il en souriant. Natalie, pouvez-vous vérifier les constantes vitales, s'il vous plaît ?

Ils avaient décidé que, pour le moment, dans le cadre professionnel, le vouvoiement continuait de s'imposer.

— Bien sûr.

Elle procéda aussitôt aux mesures qui s'avérèrent des plus satisfaisantes. La tension artérielle de Claudia était stable, sa température parfaite...

Natalie se pencha pour ramasser le stylo qu'elle venait de laisser tomber. En se redressant, elle fut prise d'un léger vertige et d'une nausée subite.

Elle avait dû laisser échapper une sorte de petit grognement parce que Henry fut soudain à son côté.

— Ça va ? demanda-t-il à voix basse, d'un ton inquiet.

— Oui, j'ai juste un peu...

Elle se frotta le ventre, consciente qu'elle avait besoin de manger quelque chose.

— Vas-y, fais une pause, insista Henry.

— Tout va bien.

— Non, c'est faux. Tu dois prendre soin de toi.

— Y a-t-il un problème ? demanda Claudia. Vous faites des messes basses, tous les deux. Ce n'est pas agréable, quand on est en train d'accoucher, d'entendre des gens chuchoter.

Natalie allait la rassurer et lui dire que tout allait bien, mais Henry la devança.

— Mademoiselle Webber va bien, mais elle est enceinte. Je lui disais qu'elle devrait aller manger quelque chose.

Natalie se sentit devenir cramoisie. *Il était en train de tout raconter à une patiente !*

— Oh ! félicitations ! dit Claudia en prenant un autre glaçon. À quel stade en êtes-vous ?

— Trois mois, murmura Natalie.

— Alors vous allez bientôt vous sentir mieux, mais ces nausées matinales sont atroces, pas vrai ?

Henry se tourna vers Natalie.

— Allez-y. J'irai vous voir dans un instant.

— Je reviendrai bientôt, dit-elle à la patiente.

Elle quitta la pièce et se rendit à son placard où l'attendait un grand choix de biscuits. Armée de ses gâteaux au gingembre et d'une banane, elle s'assit sur l'un des canapés de la salle du personnel et étendit ses jambes devant elle, les pieds posés sur la table basse. Elle commença à grignoter. Ces nausées étaient vraiment épuisantes, mais elle ne s'en plaignait pas, y voyant le signe que les bébés continuaient de bien se développer.

Roxy fit son entrée dans la pièce et, voyant Natalie avec les pieds sur la table, elle se mit à rire.

— Déjà ?

Natalie sourit.

— Tu sais comment c'est...

— Ne m'en parle pas ! Mais je te trouve un peu pâle. Est-ce que ça va ?

Au même moment, Henry apparut. Il s'assit à côté de Natalie et la regarda.

— On le lui dit ?

Natalie lui lança un regard effaré. Voulait-il donc que le monde entier soit au courant ?

— Me dire quoi ? demanda Roxy en s'asseyant près d'eux.

— Je... je suis enceinte.

Elle se sentait terriblement gênée. Elle n'était pas prête à claironner ainsi la nouvelle de sa grossesse. Plus il y aurait de personnes au courant, plus ces bébés deviendraient une réalité et plus elle s'attacherait à eux. Et s'il leur arrivait malheur...

— C'est vrai ? Toutes mes félicitations ! s'écria Roxy, tout excitée, en la serrant dans ses bras. J'aurais dû m'en douter. Je te trouvais bien pâle, ces derniers temps, et tu allais souvent aux toilettes… Depuis quand es-tu enceinte ?

— Trois mois.

— Vraiment ? Alors, tu vas bientôt te sentir beaucoup mieux. Sauf si ce sont des jumeaux ! rectifia-t-elle en éclatant de rire.

Elle s'arrêta net en voyant Natalie et Henry échanger un long regard.

— Ce sont des *jumeaux* ?

Natalie hocha la tête, puis sourit, incapable de résister à l'enthousiasme communicatif de Roxy.

— Qui est le père ? Tu ne m'as jamais parlé d'un petit ami.

— Moi, lança Henry avec un grand sourire.

— Vous plaisantez ?

Incrédule, Roxy les regarda tour à tour.

— C'est vrai ? Mais comment ? Quand ?

— Nous nous sommes rencontrés au nouvel an, dit Natalie.

— Vraiment ? Oh ! mon Dieu, je n'arrive pas à le croire ! Ainsi, vous deux… vous êtes en couple ?

— Nous travaillons à la question, dit Henry avec diplomatie.

— Qui est auprès de Claudia ? demanda Natalie, soucieuse de changer de sujet de conversation.

— Son mari et le Dr Yang.

— Roxy, peux-tu nous laisser seuls un instant ?

— Bien sûr ! Il faut permettre aux tourtereaux de roucouler tranquillement en tête à tête !

Elle sourit, attrapa quelques chocolats dans la boîte posée sur la table et s'éclipsa.

Natalie se tourna vers Henry.

— Alors, nous allons mettre tout le monde au courant, maintenant ?

— Tu sais, cela commence à se voir, répondit-il en souriant.

Elle baissa les yeux sur son petit ventre rond.

— Tu réalises qu'avant ce soir tout l'hôpital sera au courant ?

— Cela m'est égal.

— Vraiment ?

— Mais oui. C'est toi qui comptes, avant toute chose. Peu importe les commérages.

— Tu le penses vraiment ?

— Oui, bien sûr.

Dis-moi pourquoi je compte pour toi, Henry, avait-elle envie de lui demander. Mais elle avait trop peur d'entendre la réponse : *Parce que tu portes mes enfants.* Alors que ce qu'elle voulait entendre, c'était : *Parce que tu es tout pour moi. Et je donnerai ma vie pour sauver la tienne.*

Mais jamais il ne lui avait dit cela, et elle doutait sérieusement qu'il le lui dise un jour.

— Comment te sens-tu ? Ça va mieux ?

Son ton était si doux, si bienveillant qu'elle en fut légèrement apaisée.

— Oui. Je dois retourner auprès de Claudia.

— Prends ton temps. Je ne tiens pas à ce que tu t'évanouisses pendant qu'elle accouche.

Il se leva, prêt à partir.

— Henry ?

Il s'arrêta et se tourna vers elle.

— Oui ?

— Je...

Elle ne savait pas quoi dire. Elle avait simplement besoin d'être rassurée. Qu'il lui promette que tout se passerait bien. Mais les mots restaient coincés dans sa gorge. Alors, elle lui posa une autre question.

— As-tu déjà parlé de moi au Dr Yang ?

— Non, pas encore. Mais je vais le faire aujourd'hui.

— Très bien.

Elle le regarda quitter la pièce, s'en voulant de n'avoir pas su lui dire ce qu'elle avait sur le cœur. Pourquoi était-elle incapable d'exprimer ce qu'elle voulait ? Qu'il la traite mieux. Avec plus de considération. Plus de... quoi donc ?

Plus de sentiments ? Plus d'engagement ?

Comment pourrais-je exiger cela de lui, sachant tout ce qu'il a déjà traversé ?

Sa nausée avait disparu. Elle jeta dans la poubelle la peau de sa banane, but une gorgée d'eau et retourna auprès de Claudia.

8

Le bébé de Claudia vint au monde trois heures plus tard. La petite fille fut presque aussitôt transférée dans l'USIN, l'unité de soins intensifs néonatals, pour y bénéficier d'une surveillance continue et d'une aide respiratoire.

Natalie mettait de l'ordre dans la pièce en jetant des regards discrets à Claudia et à son mari. Alex était aux petits soins pour sa femme. Il lui tenait la main, lui disant combien il l'aimait et combien il était fier d'elle. Il disait aussi que leur fille était magnifique, aussi jolie que sa maman, et il ne cessait de lui demander si elle avait besoin de quelque chose.

Le compagnon parfait. Natalie rêvait d'avoir auprès d'elle un homme aussi prévenant. Elle rêvait de voir Henry se comporter ainsi avec elle. Parfois, elle avait l'impression qu'il le faisait, mais elle se disait aussitôt que c'était là juste le fruit de son imagination. C'était étrange, et troublant, d'espérer quelque chose qu'elle cherchait à éviter quelques mois auparavant.

Comme nos vies changent rapidement !

— Je veux voir ma fille ! cria Claudia en essuyant ses larmes. Je ne l'ai même pas tenue dans mes bras ! Il faut qu'elle sache que sa maman l'adore !

— Je peux vous emmener la voir, proposa Natalie.

— C'est vrai ? s'écria la jeune femme, pleine d'espoir.

— Mais oui. Je vais chercher un fauteuil roulant et vous conduire là-haut. Il faut juste que j'appelle l'USIN pour les avertir de notre visite.

— Ah, merci !

— Avec plaisir, répondit Natalie en souriant.

Peu après, elle se dirigea avec Alex et Claudia, assise dans un fauteuil roulant, vers l'ascenseur qui les emmena à l'USIN, située à l'étage au-dessus.

En arrivant, Natalie vit Henry et le Dr Yang en train de discuter avec l'un des spécialistes en médecine néonatale. L'apercevant, Henry vint à sa rencontre et l'emmena à l'écart.

— Que fais-tu ici ? demanda-t-il.

— Claudia veut voir sa fille.

— Dis-moi que c'est Alex qui poussait le fauteuil roulant ?

— Non, c'est moi.

— As-tu perdu la tête ?

— Je te demande pardon ?

— Natalie... Tu ne dois pas pousser des patientes assises dans un fauteuil roulant. Pas dans l'état de fragilité où tu es.

— Fragile ? Moi ?

Il soupira.

— Mais non, tu ne l'es pas, c'est évident. En revanche, les bébés le sont peut-être. Ils ont déjà eu assez de difficultés à surmonter sans que tu prennes des risques supplémentaires.

— Je vois. C'est ta façon à toi, plutôt maladroite je l'avoue, d'essayer de veiller sur moi ? C'est ça ?

Henry parut réfléchir quelques instants, puis il sourit.

— C'est possible, reconnut-il en soupirant. Je suis désolé.

— Non, ça va. Je dois bien faire mon job, Henry.

— Je sais. Mais ne prends pas de risque inutile, d'accord ?

— D'accord. Eh bien, veux-tu pousser Claudia pour qu'elle aille voir sa fille ?

— Avec plaisir.

Ils allèrent tous deux rejoindre la jeune femme et son mari.

— Votre fille est dans cette section, dit Henry. Elle va bien. Ne vous laissez pas impressionner par tous les fils et les câbles. Ils servent à surveiller son rythme cardiaque, sa température, sa tension artérielle... et le tuyau que vous verrez sur son visage lui apporte un supplément d'oxygène.

Il les amena près du réchauffeur et enclencha le frein du fauteuil roulant. Claudia se leva pour contempler sa fille. Son mari alla de l'autre côté, dévorant des yeux le bébé.

— Comme elle est belle ! s'exclama Claudia.

Natalie les observait, se demandant si, dans quelques mois, elle vivrait un moment pareil. Pour cela, il fallait que ses jumeaux arrivent à terme... À cette pensée, son cœur se serra.

— J'ai parlé au Dr Yang, lui chuchota Henry.

— Et qu'a-t-il dit ?

— Il veut te faire passer une échographie lui-même.

— Avait-il l'air inquiet ? A-t-il dit que c'était une grossesse à risque ?

— Non. Il pense que c'est compliqué, mais que si l'on met en place une surveillance régulière, tout devrait bien se passer.

— Qu'appelle-t-il une surveillance régulière ?

— Un contrôle tous les quinze jours.

Natalie hocha la tête. Ce ne serait pas très contraignant.

— Lui as-tu parlé aussi de ce qui était arrivé à Jenny ?

— Oui, répondit-il, l'air sombre. Il a paru surpris.

— Je veux bien le croire. Écoute, veux-tu qu'on se retrouve pour déjeuner ensemble ? Vers 13 heures ? À la cafétéria ?

— D'accord. Les commérages vont déjà bon train, c'est sûr.

— Bon, je dois retourner travailler. Peux-tu demander à un garçon de salle de redescendre Claudia ?

— Entendu.

Natalie lui sourit et s'en alla. Mais à peine l'avait-elle quitté que son sourire s'effaça. Henry ne s'intéressait-il vraiment qu'aux jumeaux ? Elle aurait tellement aimé qu'il montre qu'il tenait aussi à *elle*. Car elle avait des sentiments pour lui. Comment aurait-il pu en être autrement ? Il était sexy, et elle portait ses enfants ! Ils allaient former une famille. Elle avait envie de passer plus de temps avec lui, mais elle n'avait pas l'intention de l'entraîner dans une relation qu'il ne désirait pas.

Même si, moi, j'en rêve.

Ils s'entendaient si bien... Et elle savait maintenant que c'était un homme bien. Il ne lui cachait aucun secret honteux. Il ne se servait pas d'elle. Il était libre, célibataire, et elle sentait qu'elle pouvait lui faire confiance. Mais… ressentait-il quelque chose pour elle ? Autre chose que de l'amitié ?

Il fallait qu'elle le sache. Car s'il n'éprouvait vraiment rien pour elle, aucun sentiment profond, alors elle se forcerait à ne plus nourrir de faux espoirs. Elle se focaliserait sur ses bébés et essayerait d'être la meilleure des mères.

Mais s'il ressentait quelque chose pour elle… tout serait différent, n'est-ce pas ? Ils pourraient construire un avenir ensemble et peut-être qu'alors elle connaîtrait enfin le bonheur, pour toujours…

Henry aperçut Natalie qui était assise à une table près d'une fenêtre. Il lui fit de loin un signe de la main, lui indiquant qu'il la rejoindrait dès qu'il aurait garni son plateau.

Il avait éprouvé quelque réticence à accepter ce déjeuner avec elle. Il savait que cela leur vaudrait d'être au centre de tous les commérages, ce qu'il détestait.

Et chaque fois qu'il était en compagnie de Natalie, il devait lutter contre l'attirance irrésistible qu'elle exerçait sur lui. Il admirait la couleur de ses yeux, adorait son petit sourire en coin lorsque quelque chose l'amusait, et son rire le fascinait.

Il aimait travailler avec elle. Elle était très dévouée envers ses patientes et il était convaincu qu'elle serait une très bonne mère. Mais… il ne pouvait pas se permettre de laisser libre cours à ses sentiments. Il avait déjà subi des pertes immenses : celles de sa femme et de sa fille. Cela l'avait dévasté. Pourquoi s'attacher à ces jumeaux et à Natalie s'il devait les perdre, eux aussi ? S'il devait subir encore une telle épreuve, il n'était pas sûr de pouvoir le supporter. Pour sa propre sécurité, mieux valait dresser un mur entre eux et lui.

Il avait pourtant l'impression que c'était déjà trop tard. Qu'il livrait un combat qu'il avait déjà perdu. Dès l'instant où il l'avait rencontrée dans ce club de New York, il était tombé sous le charme.

Et maintenant, elle portait ses enfants ! Il avait une seule envie : la prendre dans ses bras et la protéger. Empêcher qu'il lui arrive la même chose qu'à Jenny. Prouver au monde entier qu'il méritait, lui aussi, d'être heureux et d'avoir la famille qu'il désirait maintenant de tout son cœur.

Chargé de son plateau, il se dirigea vers Natalie et s'assit en face d'elle. Il constata qu'elle avait presque fini son repas.

— Bonjour, dit-il.

— Bonjour, répondit-elle en souriant.

— Comment te sens-tu ?

— Un peu mieux. La nausée a disparu.

— C'est peut-être la fin de ces malaises ?

— Je l'espère. C'est vraiment horrible.

Il vit un groupe d'infirmières qui ne cessaient de les regarder en chuchotant entre elles.

— Les commérages vont bon train, dit-il. Il n'a pas fallu longtemps pour que la nouvelle se répande !

— C'est toujours comme ça, à l'hôpital. Cela t'ennuie ?

— Un peu. Je suis plutôt réservé. J'ai du mal à supporter l'idée que tout le monde ici est au courant de ma vie privée.

— Mais tu ne te sens pas mal à l'aise ?

— D'être là, avec toi ? Mais non.

— Tant mieux, dit-elle en souriant. Parce que nous avons besoin de faire bloc pour ces bébés. Nous devons nous montrer forts.

Il hocha la tête.

— À ce propos..., reprit-elle. Je vais commencer à chercher un nouveau logement, car, chez moi, c'est minuscule. Je sais que c'est un peu prématuré, mais je préfère ne pas trop tarder, car cela risque de prendre du temps avant que je trouve quelque chose de bien en ville.

— Je regarderai aussi, de mon côté. Bien que...

— Bien que quoi ?

Il se mit à rire.

— Mon appartement est assez grand pour nous tous.

Elle le regarda avec de grands yeux.

— Es-tu en train de dire que je pourrais m'installer chez toi ?

Il haussa les épaules. À vrai dire, il n'en savait rien encore.

— J'ai envie d'être là pour les bébés, autant que possible.

— Et en ce qui nous concerne ? demanda-t-elle en rougissant.

— Je ne sais pas.

— Serons-nous l'un pour l'autre plus que des amis ?

Elle semblait très nerveuse et prête à s'enfuir s'il ne lui donnait pas la réponse qu'elle attendait.

Elle évoquait la possibilité d'être en couple avec lui. Cette idée le tentait, mais lui faisait peur aussi. Et si les choses tournaient mal ? Perdre les bébés serait déjà un drame… mais perdre aussi Natalie ? Il était conscient de la fragilité d'une relation. Elle pouvait se rompre à tout moment.

— Je ne sais pas, répéta-t-il.

— Tu ne penses jamais à moi de cette façon ?

Il se mit à rire. Parlait-elle sérieusement ? Il pensait à elle tout le temps… « de cette façon ». C'était bien là le problème !

— Je pense à toi de multiples façons, tu sais.

— C'est bien, non ?

En fait, c'était terrifiant.

Comme il n'avait pas vraiment répondu à sa question, elle insista.

— À quelle conclusion as-tu abouti ?

Il regarda autour de lui pour s'assurer que personne ne pourrait l'entendre.

— Es-tu en train de me demander si je souhaite avoir une histoire sentimentale avec toi ?

Elle rougit. Il réalisa alors qu'il la mettait dans l'embarras, mais il avait besoin de savoir ce qu'elle désirait. Cela l'aiderait peut-être à y voir plus clair et à prendre une décision.

— Je ne sais pas, répondit-elle. C'est possible. Je n'ai passé qu'une seule nuit avec toi, mais j'ai eu l'impression qu'on s'entendait très bien. Et il m'arrive de penser… que nous pourrions… heu… continuer.

— Dans l'intérêt des bébés ?

— Pour quelle autre raison ? dit-elle avec un regard étrange.

Elle voulait être en couple avec lui ! C'était tentant. Lui-même ne cessait de penser à elle, depuis le premier jour. Mais était-il assez courageux pour se lancer dans cette aventure ?

Il fut sauvé par la sonnerie de son téléphone. Le Dr Yang le réclamait en OBGYN.

— Je dois y aller.

— Bien sûr. Mais pense à ce que je t'ai dit, Henry. Je ne veux pas tout gâcher.

Lui non plus. Et peut-être était-ce pour cette raison qu'il jugeait préférable de rester en retrait jusqu'à la naissance des bébés, afin de ne prendre aucun engagement avant d'être sûr que tout se passait bien.

Pour Natalie, le doute n'était plus possible. Henry ne s'intéressait qu'aux jumeaux. Lorsqu'elle avait suggéré qu'ils pourraient donner une suite à leur histoire, il avait simplement demandé : *Dans l'intérêt des bébés ?*

Elle se sentait mal, mais elle devait se montrer réaliste. Ils n'avaient passé qu'une seule nuit ensemble. Comment pourraient-ils nouer une relation sérieuse fondée sur cette unique nuit, quelques repas pris en commun et une grossesse inattendue ?

Elle décida de se focaliser sur son travail et elle entra dans la pièce où se trouvaient Jo Malbeck et son mari Richard, qui allaient bientôt être parents de jumeaux. Le travail s'était déclenché à trente-sept semaines et trois jours et les contractions se succédaient régulièrement. Les deux bébés étaient positionnés la tête en bas, ce qui était une bonne chose.

— Ce sont vos premiers bébés ? demanda-t-elle.

— Oui, confirma Jo.

— Comme c'est excitant ! Moi aussi, j'attends des jumeaux.

— Toutes mes félicitations ! Mais ça fait un peu peur, non ?

— Oui, un peu ! admit-elle en riant. Je vois dans votre dossier que vous vouliez rester aussi mobile que possible et que vous souhaitiez accoucher dans l'eau, c'est bien ça ?

— Oui, si c'est possible.

— Je ne vois pas ce qui l'empêcherait. Tout se passe bien

jusqu'à présent. Nous vous surveillerons de près, notamment après la sortie du premier bébé. Nous nous assurerons que Bébé B a toujours la tête en bas. Il arrive parfois que le second jumeau se retourne lorsqu'il a plus d'espace.

— Oui, le Dr Yang m'en a parlé.

— Vous pouvez bouger, vous promener, cela vous aidera. La dilatation est de cinq centimètres, maintenant. Je vais commencer à remplir le bassin et je vous préviendrai quand vous pourrez y entrer, d'accord ?

— Merci, Natalie.

Une fois débarrassée des fils qui la reliaient au système de monitoring, Jo se leva et commença à marcher de long en large dans la pièce.

— Je reviendrai vous voir dans un moment, dit Natalie. La sonnette est là, si vous avez besoin de moi.

Elle retourna dans le bureau afin de demander un autre réchauffeur pour le second bébé et elle prévint les médecins de l'USIN qu'une de ses patientes était sur le point d'accoucher de jumeaux. Tout semblait devoir bien se passer, mais mieux valait prendre toutes les mesures de sécurité possibles, à titre préventif.

Elle aperçut Henry au bout du couloir. Comme d'habitude, il était absolument superbe, et inconscient de l'effet qu'il lui faisait. Elle essaya de ne pas le regarder, mais ce fut plus fort qu'elle : elle n'arrivait pas à le quitter des yeux.

Soudain, il se tourna et croisa son regard. Pendant quelques instants, ils restèrent ainsi, les yeux dans les yeux, puis il lui adressa un petit salut et entra dans la chambre d'une patiente.

Elle aurait tant aimé qu'il prenne des risques et parie sur eux deux ! Mais elle comprenait son besoin de se protéger. Il avait déjà subi tant d'épreuves par le passé !

Tu me manques.

— Salut, frérot. Quoi de neuf ?

— J'aurais besoin que tu me donnes ton avis, dit Henry.

— Cela a l'air sérieux !

— Ça l'est, en effet.

— Alors, que se passe-t-il ?

— Tu te souviens de cette fille que j'ai rencontrée la veille du nouvel an ?

— Oui, très bien. Et... ?

— Eh bien... elle est enceinte. De moi. Ce sont des jumeaux.

— Ouah !

— Oui, je sais... Je l'aime vraiment, Hugh, et je lui ai proposé de venir s'installer chez moi quand les bébés seront là, parce que je veux être présent pour eux, mais...

— Mais tu as peur ?

— N'aurais-tu pas peur, toi aussi, à ma place ? Il se passe vraiment quelque chose entre nous. Ce n'est pas une simple attirance physique. Je pense à elle *tout le temps*. Je me sens mieux quand je suis avec elle, et perdu quand elle n'est pas là.

— Alors, où est le problème ? Je trouve ça génial. Tu as l'air d'avoir de vrais sentiments pour elle.

— C'est le cas.

— Alors, vas-y, fonce. Tu ne dois pas laisser passer ta chance d'être heureux. C'est tout ce que je te souhaite, après tout ce que tu as traversé.

Henry hocha la tête. C'était si difficile de savoir quoi faire... Chercher le bonheur sans mettre son cœur en danger.

Natalie prévint le bureau lorsque Jo commença à pousser. Elle était dans le bassin et tout se déroulait normalement quand Henry arriva pour l'aider à accoucher.

Il adressa un sourire à Natalie qui le lui rendit.

— Elle pousse depuis quelques minutes, dit-elle.

— Très bien. Voyons comment cela se passe, Jo.

Il mit une blouse et enfila les longs gants qui étaient utilisés pour les accouchements dans l'eau.

— Ah, je vois déjà apparaître une tête couverte de cheveux bruns, annonça-t-il.

— Alors, c'est bien mon enfant, déclara Richard, le mari de Jo, sur le ton de la plaisanterie.

Lui-même avait une épaisse chevelure noire.

— Ce n'est vraiment pas le moment, mon cœur..., lâcha Jo en haletant.

— Tu es sûre ? dit-il en lui caressant le bras. Je pensais que tu appréciais mon esprit pétillant en toutes circonstances.

Jo prit une profonde inspiration et se mit à pousser de nouveau. Natalie la guida, l'encourageant à contrôler ses efforts en fonction du rythme des contractions. À côté d'elle, Henry observait ce qui se passait, aidant à l'accouchement en manipulant avec précaution le périnée et la vulve de Jo afin d'éviter toute déchirure.

— Vous faites un excellent travail, Jo, dit-il. La tête pourra sortir à la prochaine poussée, alors écoutez-moi bien, d'accord ?

Jo hocha la tête et prit une grande bouffée d'air avant de pousser.

— On y est presque ! dit Richard pour l'encourager.

Le visage écarlate, Jo émit une sorte de grognement en mobilisant toutes ses forces pour remplir sa mission.

— Poussez un peu... encore... Ah, voilà, on y est ! s'exclama Henry.

La tête du bébé était sortie. Comme toujours, Natalie éprouva de l'émotion devant le miracle que représentait la naissance d'un bébé. Et aujourd'hui, elle était d'autant plus émue que, dans quelques mois, elle vivrait, elle aussi, cette merveilleuse expérience. Serait-ce le Dr Yang qui l'accoucherait ? Avec l'aide de Roxy ? Henry serait-il là pour lui caresser le bras ? Ou bien se retrouverait-elle toute seule ?

Elle le regarda et vit qu'il était entièrement focalisé sur sa tâche, prêt à accueillir le premier bébé.

— Poussez encore, Jo !

Elle s'exécuta. Henry afficha un sourire satisfait quand le premier enfant, une petite fille, glissa dans ses mains tendues. Tenant fermement l'enfant, il la souleva pour la montrer à sa mère tandis que Natalie la couvrait avec une serviette.

— Félicitations ! lança-t-il.

Natalie croisa son regard et crut y lire un message : *Cela pourrait être nous.* Du moins eut-elle cette impression.

Elle sourit et hocha la tête pendant qu'Henry pinçait le cordon ombilical avant que Richard le coupe.

Le bébé se mit à crier, comme pour exprimer son regret d'avoir quitté la chaleur du ventre maternel.

— Je n'arrive pas à le croire ! s'exclama Jo. Elle est magnifique !

— Je suis tellement fier de toi, ma chérie, dit Richard en pressant son visage contre celui de sa femme.

Il lui donna un baiser sur la joue avant de se pencher sur sa fille pour l'embrasser.

Natalie et Henry souriaient tous les deux, heureux de partager ce moment. Henry lui fit même un clin d'œil !

Elle sentit un nœud à l'estomac. Que signifiait ce clin d'œil ? Car il signifiait bien quelque chose, n'est-ce pas ? En tout cas, pour elle, il s'agissait bien d'un message silencieux. *Cela pourrait être nous.*

Cette façon de l'inclure dans cet instant magique la ravissait. Elle adorait son sourire complice, son clin d'œil, son regard si chaleureux. Elle en était bouleversée.

— Chéri, prends le bébé, dit Jo en passant l'enfant à son mari. J'ai une nouvelle contraction qui arrive.

Natalie enveloppa la petite fille dans une seconde serviette.

— Gardez-la au chaud, recommanda-t-elle.

Puis elle retourna s'agenouiller près du bassin où Jo commençait à haleter.

— Je voudrais vérifier la position du second bébé, Jo, dit Henry. Vous êtes d'accord ?

— D'accord...

Henry procéda à un examen rapide qui s'avéra satisfaisant.

— Bonne nouvelle, dit-il, le bébé se présente la tête en bas. Vous allez pouvoir pousser à la prochaine contraction.

— Je l'ai déjà fait une fois. Je dois recommencer ?

Henry sourit.

— Oui, j'en ai peur. Il n'y a pas de répit avec les jumeaux.

Il n'y avait pas de répit ni de bouton magique. Avoir des

jumeaux impliquait un double travail, mais aussi une double récompense. Elle s'imagina tenant l'un de ses bébés dans les bras tandis qu'Henry porterait l'autre. Cette pensée la remplit de bonheur et lui donna envie de se blottir tout contre lui.

Jo recommença à pousser.

— Allez-y, vous pouvez le faire ! insista Henry.

Natalie avait envie que cet accouchement se passe bien, comme si cela pouvait être de bon augure pour le sien.

— Encore une ou deux poussées, dit-elle, cherchant elle aussi à encourager Jo.

Il fallut quatre poussées de plus. Quatre poussées difficiles et exténuantes. Et un beau petit garçon fit son apparition.

Vaincus par l'émotion, Jo et son mari se mirent à pleurer de joie et Natalie, travaillée par ses hormones, eut bien du mal à ne pas fondre en larmes, elle aussi. Au lieu de quoi, elle afficha un grand sourire.

Les bébés étaient tous les deux en bonne santé. Ni l'un ni l'autre n'avaient besoin d'être transférés à l'USIN, les scores d'Apgar étaient parfaits, et l'équipe médicale put laisser seule la nouvelle petite famille, afin que tous fassent connaissance.

Natalie se rendit à la lingerie pour y prendre des draps afin de refaire le lit. Henry la suivit.

— C'était magnifique, n'est-ce pas ? dit-elle avec un sourire radieux.

— Oui, cela m'a fait penser à nous.

— Moi aussi.

Ils restèrent un moment silencieux, les yeux dans les yeux. Natalie brûlait d'envie de se jeter dans ses bras, de le toucher, et elle voyait bien qu'Henry éprouvait pour elle le même désir.

Le déclenchement d'une sonnette d'alarme les ramena brutalement à la réalité du moment. Henry fut le premier à se ruer dans le couloir, cherchant de quelle chambre venait l'appel. Une lumière rouge clignotait au-dessus de la porte de la chambre 11.

Tous deux s'y précipitèrent. Une femme allongée sur le lit se tordait de douleur. La tête du bébé était déjà sortie. Roxy, au chevet de la patiente, semblait complètement paniquée.

— Elle s'appelle Clare, dit-elle. Elle vient d'arriver. La tête du bébé était déjà sortie et il y a une dystocie de l'épaule.

Henry enfila une paire de gants tandis que d'autres soignants arrivaient dans la chambre.

— Prévenez le Dr Yang, dit-il. Depuis quand pousse-t-elle ?

— Elle ne se le rappelle pas, répondit Roxy.

Natalie avait la gorge nouée. Une dystocie de l'épaule était l'une des complications les plus terrifiantes qui pouvaient se produire lors d'un accouchement. C'était une véritable urgence. L'équipe médicale ne disposait que de quelques minutes pour arriver à sortir le bébé en toute sécurité.

— Aidez-moi ! hurla Clare.

— Ne poussez pas, dit Henry. Nous devons d'abord libérer l'épaule du bébé.

Une infirmière entra en coup de vent dans la chambre.

— Le Dr Yang est au bloc opératoire, docteur Locke.

Henry hocha la tête. Natalie devina qu'il prenait conscience d'être le seul médecin disponible en cet instant, le seul à pouvoir prendre des décisions dont dépendrait le sort de ce bébé et de sa mère.

Il ne montra pas la moindre hésitation. Il savait ce qu'il avait à faire.

— Nous allons avoir recours à la manœuvre de McRoberts.

Cette technique consistait à allonger la patiente sur le dos, les cuisses en hyperflexion, les jambes repliées vers la poitrine.

— Clare, je vais appuyer ici, d'accord ? dit-il en lui posant les mains sur le ventre pour essayer de manipuler le bébé.

Mais Natalie vit que la manœuvre ne suffisait pas à décoincer l'enfant.

— Et si on pratiquait une épisiotomie ? suggéra-t-elle.

— Je suis d'accord. Clare, je vais vous faire une incision afin d'aider le bébé à sortir, d'accord ?

— Faites tout ce que vous voulez, pourvu qu'il sorte !

Tout se passa très rapidement. À peine Henry avait-il fait l'incision, puis appuyé de nouveau sur le ventre de Clare, que l'épaule se libéra, permettant à l'enfant de venir au monde, au grand soulagement de tous.

Natalie regarda tour à tour Roxy et Henry. Tous deux affichaient un grand sourire.

— Il va bien ? demanda Clare qui ne pouvait voir l'enfant, entouré de l'équipe médicale.

— Il est en pleine forme, assura l'un des pédiatres. Nous allons vous le donner dans quelques instants.

— Merci, mon Dieu ! Et merci à vous tous. Merci infiniment !

— C'est vous qui avez fait tout le travail, observa Henry, occupé à recoudre l'incision qu'il avait pratiquée.

— Mais vous nous avez sauvé la vie.

Elle tint bientôt son bébé dans les bras. Les pédiatres lui expliquèrent que les enfants nés après une dystocie de l'épaule souffraient parfois d'une lésion du plexus brachial, consistant en une élongation du nerf brachial, mais que tout redevenait normal au bout de quelques jours.

Clara avait elle-même subi quelques déchirures, en plus de l'épisiotomie, mais les saignements étaient maintenant sous contrôle. Elle aurait juste besoin de se reposer un peu plus longtemps.

Toute l'équipe quitta la pièce, laissant la mère et l'enfant en tête à tête. Natalie se prépara à rentrer chez elle. La journée avait été longue. Elle prenait son manteau dans son placard quand une voix l'interpella.

— Tu t'en vas ?

Elle se retourna. Henry se tenait dans l'encadrement de la porte, les bras croisés, le stéthoscope encore accroché autour du cou. Il était si attirant que Natalie en fut troublée.

— Oui, je rêve d'un bain chaud.

— Pas trop chaud, j'espère.

Elle sourit et referma son placard.

— Non, ne t'inquiète pas.

Elle s'avança vers lui, son manteau sous le bras.

— Ce que tu as fait pour Clare était incroyable, dit-elle.

— Je n'ai fait que mon métier, c'est tout.

— Tu as sauvé la vie de ce bébé.

— C'était un travail d'équipe.

Elle sourit.

— Ne sois pas si modeste. Tu es un homme fantastique, Henry, et je sais, tout au fond de mon cœur, que tu feras aussi un père fantastique.

Il la regarda alors d'une façon qui l'amena à ne plus voir que lui. Le reste du monde n'existait plus. Et quand il s'empara de sa bouche, elle laissa tomber son manteau et s'abandonna dans ses bras.

Ce baiser lui parut encore plus magique que celui échangé lors de leur première rencontre. Car ils n'étaient plus des inconnus l'un pour l'autre, deux âmes solitaires qui tentaient de cacher leurs blessures secrètes. Et elle portait leurs enfants.

Poussée par un désir irrépressible, elle voulait davantage. Mais, soudain, il s'écarta.

— Je suis désolé. Je...

Leurs regards se croisèrent et elle vit dans ses yeux l'expression d'une grande souffrance. Tournant les talons, il commença à s'éloigner.

— Henry !

Que s'était-il passé ? Ce baiser avait été merveilleux. Comment pouvait-il le regretter ?

— Henry Locke ! Ne m'oblige pas à te courir après !

Il s'arrêta et revint vers elle.

— Nous ne pouvons pas faire ça. Je ne peux pas.

— Faire quoi ?

— Je ne peux pas me permettre d'avoir des sentiments pour toi. C'est trop difficile.

Il fuyait son regard.

— Je regrette de t'avoir embrassée. Je n'aurais jamais dû.

Mais je serai là pour les bébés, Natalie. Je veillerai à ce qu'ils ne manquent de rien. Et à ce que tu aies, toi aussi, tout ce dont tu auras besoin. Un soutien moral… tout ce qu'il faudra. Mais je ne peux pas faire ça… avec toi… maintenant. Je suis désolé.

Et il s'en alla.

Elle se mit à pleurer. C'était comme s'il avait emporté tous les rêves et les espoirs qu'elle avait nourris.

Tout comme l'avait fait Wade. Il l'avait laissée croire que tout allait bien entre eux, qu'ils seraient heureux ensemble… et tous ses rêves de bonheur s'étaient écroulés lorsqu'elle avait découvert qu'il n'était pas libre et qu'elle se retrouvait seule.

Comment Henry pouvait-il lui faire cela ?

S'il lui était impossible d'envisager de vivre en couple avec elle, comment allaient-ils s'organiser ? Continueraient-ils de travailler ensemble en se partageant la garde des enfants ? Allait-elle le voir tous les jours, et subir une vraie torture en songeant combien les choses auraient pu être différentes ?

Jamais elle ne s'était sentie aussi seule.

Wade, au moins, ne l'avait pas mise enceinte.

Soudain, elle décida de partir. Elle ne voulait plus rester ici. Ni dans cet hôpital ni à New York. Elle avait une envie folle de rentrer chez elle, dans sa famille. Elle savait qu'elle manquait beaucoup à ses parents. Et qu'ils seraient là pour elle, qu'ils l'aideraient à élever ces bébés. Le Montana était un endroit merveilleux pour les enfants. Toute cette nature… ces grands espaces, les animaux de la ferme…

Qu'avait-elle, ici ? Un appartement minuscule, beaucoup de bruit dans les rues et personne pour lui venir en aide.

J'ai commis une terrible erreur. Une fois de plus.

9

Henry marchait de long en large dans une chambre inoccupée. Il était furieux contre lui-même ! Pourquoi l'avait-il *embrassée* ? Cela n'avait fait que lui prouver à quel point ils étaient faits l'un pour l'autre, et exacerber son désir d'être tout le temps avec elle, de se réveiller près d'elle tous les matins, de se coucher auprès d'elle tous les soirs… ce qui avait déclenché chez lui une vraie panique.

Cela pourrait mal tourner. Si jamais je les perdais, elle et les bébés… que deviendrais-je, alors ?

Il s'était laissé emporter par ses désirs, oubliant de réfléchir aux conséquences de son comportement. Maintenant, il devait faire marche arrière avant de tomber vraiment amoureux de Natalie. Ou peut-être était-ce déjà trop tard ? Il pouvait se passer quelque chose de terrible et il savait qu'il ne supporterait pas d'avoir de nouveau le cœur brisé.

La grossesse risquait de ne pas arriver à terme. Et même si les jumeaux venaient au monde en pleine forme, que se passerait-il ensuite ? Si jamais Natalie souffrait d'une dépression post-partum ? Ou d'une psychose, comme Jenny ? Et si… ? *Et si…* ? Il y avait trop d'incertitudes. Trop de choses sur lesquelles il n'avait aucun contrôle.

Il devait au moins attendre jusqu'à la naissance des jumeaux, s'assurer qu'eux et leur mère allaient bien. Alors, peut-être, il *pourrait* prendre le risque de s'engager avec Natalie. Mais pas maintenant, alors qu'ils étaient tous encore en danger. Agir autrement serait de la folie et mettrait en péril non seulement son cœur, mais aussi sa santé mentale.

J'ai pris la bonne décision.

Alors, pourquoi se sentait-il aussi mal ?

Elle allait juste faire une pause. C'était ce qu'elle se répétait. Elle rentrait chez elle, au Montana, pour prendre le temps de réfléchir. De parler avec ses parents, de leur demander leur avis. Et s'ils acceptaient de la garder avec eux, alors elle resterait là-bas. Elle donnerait sa démission et quitterait l'hôpital, laissant derrière elle New York et Henry Locke.

La façon dont il avait pris ses distances avec elle lui était insupportable. Peut-être était-elle devenue trop sensible après ce qu'elle avait vécu avec Wade, mais elle avait l'impression qu'Henry l'avait abandonnée. Elle ressentait le besoin d'être entourée par sa famille, par des gens dont elle *savait* qu'ils l'aimaient vraiment.

Mais si elle partait, elle se privait des soins du Dr Yang et risquait ainsi de mettre en péril la vie de ses bébés. Ne devaient-ils pas être sa priorité ?

Regarde-toi… Tu reproches à Henry d'agir comme tu sais que tu devrais le faire toi-même.

Elle vivait une grossesse à risque. En voulant prendre ses distances, Henry ne faisait-il pas simplement preuve de bon sens ? Une grossesse gémellaire, une ancienne fracture du bassin et de multiples blessures internes représentaient des conditions particulièrement défavorables à une issue heureuse. Sans compter que l'enfant de Jenny était morte in utero. Personne n'avait pu dire à quoi était dû ce décès. Et si l'ADN d'Henry était en cause ?

Compte tenu de tout ce qu'il avait traversé, n'était-il pas normal, après tout, qu'il cherche à se protéger ? N'était-ce pas pour tenter de se protéger qu'ils avaient déclaré tous les deux, lors de leur première rencontre, vouloir rester célibataires ?

En son for intérieur, Natalie avait pourtant espéré qu'Henry tiendrait trop à elle pour vouloir la quitter. Visiblement, cela ne lui avait posé aucun problème. Il avait pris ses distances sans montrer la moindre hésitation.

Et cela faisait mal.

Elle regarda sa valise posée sur le lit. Elle l'avait remplie un peu plus tôt, en pleurant à chaudes larmes, sans réfléchir à ce qu'elle mettait dedans, ni prendre la peine de plier ses vêtements.

Suis-je donc si pressée de partir ?

On sonna à la porte.

— C'est le taxi, lança une voix masculine.

Natalie se mordit la lèvre et attrapa sa valise.

Le lendemain, Henry se rendit à l'hôpital avec un moral au plus bas. Il n'avait pas fermé l'œil de la nuit, ne cessant de penser à ce qui s'était passé la veille. À la façon dont Natalie l'avait regardé quand il s'était brusquement éloigné d'elle, juste après l'avoir embrassée. Elle avait paru être sous le choc. Malheureuse. Incrédule. Comme si elle se sentait trahie.

Elle attendait autre chose de sa part, il le savait. Et lui aussi en avait envie. Mais se laisser aller à ses sentiments représentait un risque. S'il arrivait malheur aux bébés, Natalie aurait besoin d'avoir auprès d'elle quelqu'un de fort, capable de la soutenir. Comment pourrait-il lui venir en aide si lui-même se sentait dévasté ? Il était incapable de lui apporter quoi que ce soit pour l'instant. Il n'était pas assez solide.

En fait, en agissant comme il le faisait, il leur rendait vraiment service à tous les deux.

La première personne qu'il vit en arrivant dans le service, ce fut Roxy. Elle était au bureau, en train de raccrocher le téléphone.

— Qu'est-ce que vous avez fait ? lui demanda-t-elle.

Il fronça les sourcils.

— Je vous demande pardon ?

— Natalie. Elle a pris un congé. Mais elle m'a téléphoné, la nuit dernière, presque en larmes, en me disant qu'elle avait besoin de réfléchir. Quand une jeune femme me dit cela, de cette façon, je sais que cela cache une peine de cœur. Alors, dites-moi, qu'est-ce que vous avez fait ?

Il revit le regard douloureux que lui avait lancé Natalie quand il l'avait laissée.

— Combien de temps doit-elle s'absenter ?

— Je ne sais pas. Elle a parlé de rentrer chez elle, dans le Montana.

Henry était tétanisé. Natalie avait-elle déjà quitté New York ? Il ne savait même pas exactement où elle habitait. Peut-être ne la reverrait-il jamais ! Ni elle ni leurs bébés. Et si elle se retrouvait à devoir faire face à cette situation toute seule… il ne se le pardonnerait jamais.

Jamais il n'avait voulu en arriver là. Il lui avait promis qu'il serait toujours présent pour elle et les jumeaux, mais comment pourrait-il tenir sa promesse si elle était partie se cacher quelque part ?

— Savez-vous quand elle doit s'en aller ?

— Non, je l'ignore.

Il tourna brusquement les talons, sous le regard effaré de Roxy.

— Où allez-vous ? Il n'y a personne ici pour prendre en charge les urgences s'il s'en présente une !

Henry s'arrêta net. Il voulait rattraper Natalie, mais il ne pouvait pas mettre en péril la vie d'autrui.

— Où est le Dr Yang ?

— Il n'est pas encore arrivé.

— Et le Dr Chatwin ?

— Elle est au bloc opératoire.

— Bon, dit-il en soupirant, je vais attendre qu'elle revienne, et je m'en irai après.

— Pour quoi faire ?

— Pour supplier Natalie de rester.

Henry sortit en trombe de l'ascenseur, passa en revue les numéros des appartements et fonça vers le fond du couloir. C'était là qu'habitait Natalie.

Il cogna à la porte.

— Natalie ! *Natalie !*

Il attendit un bref instant, mais il brûlait d'impatience.

— Natalie, je t'en prie, ouvre-moi !

— Qui êtes-vous ?

Une porte s'était ouverte derrière lui. Une femme de forte corpulence le regardait avec curiosité.

— Savez-vous si Natalie est là ? demanda-t-il.

— Je ne sais pas, mais pourriez-vous faire moins de bruit, s'il vous plaît ?

— Oui, désolé.

La femme le regarda fixement pendant un moment, puis elle rentra chez elle.

Henry appuya son front contre la porte de Natalie.

— Tu es probablement déjà partie. J'arrive trop tard. Mais... je voulais juste te dire à quel point je suis désolé. Désolé de t'avoir repoussée. J'ai eu peur. Tu comptes tellement pour moi... Je n'arrêtais pas de penser que les choses pouvaient mal tourner, et que je ne serais pas assez solide pour t'aider. Je me suis dit qu'il valait mieux que je garde mes distances. Mais quand Roxy m'a annoncé que tu voulais rentrer chez toi, l'idée que je ne te reverrai peut-être jamais m'a fait réaliser que...

À cet instant, la porte s'ouvrit et Natalie apparut, les yeux rougis par les larmes.

— Tu es encore là ?

Elle hocha la tête.

— Oui, tu vois.

— Tu as entendu tout ce que je viens de dire ?

— Oui.

— J'étais sincère, tu sais. L'idée de ne peut-être plus jamais te revoir m'était odieuse. J'ai réalisé que s'il vous arrivait quelque chose d'affreux, à toi ou aux bébés, je voulais être là pour vous. Je ne supportais pas l'idée que tu te retrouves toute seule.

— Que veux-tu dire ?

— Je dis que je veux être avec toi et que... je crois que je t'aime.

Elle rougit et esquissa un petit sourire.

— Tu *crois* ?

Il secoua la tête.

— Je *sais* que je t'aime. Et je sais que j'ai besoin de t'avoir à mon côté tous les jours. Je te veux près de moi.

— Alors, dis-le-moi correctement.

Il sourit.

— Natalie Webber, je veux partager avec toi les bons comme les mauvais moments. Je veux te tenir dans mes bras et veiller sur toi. Tu es tout le temps dans mes pensées. Tu me manques quand tu n'es pas là. Je t'aime, conclut-il en lui prenant la main.

— Moi aussi, je t'aime, dit-elle en souriant. J'allais quitter New York, mais j'ai réalisé que je laisserais derrière moi toute l'aide médicale dont les jumeaux pourraient avoir besoin. Je savais qu'ils devaient être ma priorité. Et j'ai compris alors que c'était ce que tu faisais, toi aussi. J'ai compris que ce que je te reprochais était en réalité ce que tu avais de mieux à faire. Je voulais que tu m'aimes, mais je ne pensais pas que ce serait possible.

— Il est très facile de t'aimer. Le reconnaître a été plus difficile.

— Nous aurons peut-être à vivre des moments durs, Henry.

— Oui, peut-être, mais je pense que nous pouvons tout surmonter si nous sommes ensemble.

— Je le crois, moi aussi.

Et il l'embrassa.

Ce baiser était encore plus euphorique que le précédent, car, cette fois, ils savaient qu'ils étaient destinés à vivre ensemble. Tous deux s'étaient avoué leur amour. Ils avaient reconnu leurs peurs et leurs défauts, et cela ne changeait rien à leur bonheur.

Au bout du compte, c'était l'amour, le plus important.

Épilogue

Henry ouvrit la porte et s'effaça pour laisser Natalie entrer la première. Son appartement avait bien changé au cours des derniers mois. La couleur noire et les meubles mêlant verre et acier chromé avaient fait place à des teintes claires, des coussins douillets, des bouquets de fleurs et des étagères remplies de livres. Natalie avait apporté sa touche personnelle, égayant cet intérieur où l'on trouvait maintenant un peu partout des photos les représentant tous les deux.

Ils entrèrent dans la salle de séjour et posèrent par terre, côte à côte, les deux sièges auto dans lesquels dormaient leurs jumelles, Sophie et Esme.

— Bon, qu'est-ce qu'on fait, maintenant ? demanda Natalie en prenant Henry par la taille, le regard braqué sur les deux petites filles.

— Je ne sais pas. Mon expérience ne va pas jusque-là.

— Il n'y aurait pas un manuel... ?

Il éclata de rire.

— Je crains que non.

Ils contemplèrent leurs bébés avec un regard plein d'amour. Sophie était née la première, à la trente-troisième semaine de gestation. Débordante de vie, elle pesait cinq livres à la naissance, alors qu'Esme, plus petite et plus calme que sa sœur, ne dépassait pas les quatre livres et demie.

Même si c'étaient des fausses jumelles, elles se ressemblaient beaucoup, ne montrant que d'infimes différences. Esme se distinguait par une abondante chevelure, tandis que Sophie avait les yeux de son père.

— Assieds-toi, suggéra Henry. Je vais faire du thé. Les filles vont bientôt se réveiller et elles voudront être nourries.

Natalie se laissa tomber sur le canapé couleur crème, garni de coussins. Elle était heureuse de se retrouver à la maison, au milieu de ses meubles.

Henry ne tarda pas à revenir de la cuisine, tenant un plateau où il avait posé une théière, deux tasses, une petite assiette de biscuits et un écrin de velours bleu nuit.

En voyant celui-ci, Natalie fronça les sourcils.

— Qu'est-ce que c'est ?

Henry s'assit à côté d'elle et prit l'écrin en affichant un grand sourire. Il l'ouvrit et le tourna vers Natalie pour qu'elle puisse voir son contenu. À l'intérieur, il y avait un bel anneau en platine orné d'un gros diamant.

— Je t'aime de tout mon cœur et tu as fait de moi le plus heureux des hommes. Tu m'as donné deux magnifiques petites filles qui, je l'espère, seront à l'image de leur maman, et tu m'as donné aussi ton cœur et ton âme. Je n'imagine pas la vie sans toi. Alors, Natalie, veux-tu me faire l'honneur d'accepter de m'épouser ?

Se laissant glisser du canapé, il mit un genou à terre devant elle.

— Oh oui, j'accepte ! s'écria Natalie.

Elle le prit dans ses bras et lui couvrit le visage de baisers, laissant couler sur ses joues des larmes de bonheur. Puis elle tendit la main pour qu'Henry lui passe la bague au doigt. Le diamant captait toute la lumière. Il lui allait parfaitement.

Henry l'embrassa de nouveau, avec plus de passion cette fois, mais Sophie et Esme choisirent ce moment pour se réveiller et commencèrent à s'agiter dans leurs sièges auto, réclamant d'en sortir.

Natalie se mit à rire.

— On en prend une chacun ?

Henry hocha la tête.

— Allons-y !

SUE MACKAY

Son vœu pour Noël

Traduction française de
MICHELLE LECOEUR

BLANCHE

HARLEQUIN

Titre original :
SINGLE MUM'S NEW YEAR WISH

Prologue

Le Père Noël sourit au petit garçon qui s'asseyait sur ses genoux.

— Hello, jeune homme. Comment t'appelles-tu ?

— Jarrod, et je voudrais un vélo pour Noël. Avec des lumières, une sonnette et des sacoches pour transporter mes affaires.

Nicolas Reid étouffa un grognement. Encore un gamin qui attendait beaucoup du Père Noël. Normal, mais n'y avait-il donc aucun enfant pour se contenter d'un train électrique ou une poupée, sans chercher à avoir toutes les options possibles et imaginables ? S'il avait des enfants, il voudrait qu'ils soient heureux, sans qu'ils s'attendent pour cela à recevoir tout ce qu'ils demandaient. Il les gâterait un peu, mais ne céderait pas à toutes leurs exigences.

Son regard fit le tour de la pièce remplie d'enfants tout excités, et soudain une bouffée de nostalgie le saisit. Avoir une famille à lui. Ne serait-ce pas le plus beau des cadeaux de Noël ? Mais cela n'arriverait pas.

— Père Noël… ?

— Oui, Jarrod. Quelle couleur voudrais-tu pour ton vélo ?

Pourquoi avait-il laissé Evelyn, la femme de son meilleur copain, le convaincre d'enfiler ces vêtements sous lesquels il étouffait de chaleur ? Sans parler de la fausse barbe qui lui donnait envie de se gratter le menton.

— Le noir, c'est cool.

— Tu crois ?

Le gamin le regarda et sourit.

— Oui. Est-ce que je peux avoir un casque noir pour aller avec ?

— Je le mettrai sur la liste, mais je ne peux pas te promettre que tu auras tout ce que tu as demandé. Je n'ai pas beaucoup de bicyclettes dans mon hangar.

L'enfant se rapprocha de lui.

— Mais maman peut entendre ce que je te dis et elle l'achètera, chuchota-t-il.

Un sacré numéro, celui-là ! Nicolas ne put s'empêcher de sourire, se rappelant qu'il avait lui-même fait une demande similaire au Père Noël quand il était petit. Il jeta un coup d'œil à l'homme et la femme debout derrière la barrière entourant le siège du Père Noël. Ils souriaient en prenant des photos de leur fils, qui finiraient certainement chez eux, exposées sur un mur.

— Très bien, Jarrod. Il est temps de laisser la place au suivant. Joyeux Noël et... Ho ! Ho ! Ho ! Voilà un sucre d'orge pour toi.

— Joyeux Noël, Père Noël !

Le gamin descendit du siège et courut vers ses parents.

— Le Père Noël est super !

Nicolas regarda la queue des enfants attendant leur tour pour lui dire ce qu'ils espéraient trouver le 25 décembre au pied de leur lit. Tous ces bambins étaient en train de vivre le plus beau jour de leur jeune vie à la fête de Noël de la maternelle. Parler au Père Noël illuminait leur journée, alors que de son côté il se demandait surtout combien d'enfants il lui restait encore à voir.

Était-il las de son mode de vie ? Et s'il tirait un trait définitif sur la méfiance qu'il éprouvait envers les femmes depuis son ex, et qu'il trouvait quelqu'un avec qui s'installer et fonder une famille ? Il aimerait tant avoir sa propre couvée à élever. Mais l'expérience lui avait appris qu'il valait mieux mener une vie légère et sans attaches s'il voulait éviter d'avoir le cœur brisé.

— Bonjour, Père Noël.

Une timide petite voix lui rappela l'importance de sa mission du jour : rendre tous ces enfants heureux.

— Hello, jeune demoiselle.

— Je peux m'asseoir sur le tabouret ? demanda la jolie petite fille toute vêtue de rose.

— Bien sûr. Aide-toi des marches sur le côté. Comment t'appelles-tu ?

— Mia, répondit-elle en grimpant sur le tabouret.

— Alors, Mia, qu'est-ce que tu voudrais pour Noël ?

La fillette jeta un coup d'œil à travers le petit portail en direction d'une belle jeune femme brune – probablement sa mère – qui la couvait du regard. Il fut frappé par l'émotion qu'il voyait dans ses yeux. C'était un amour pur, inconditionnel, n'attendant rien en retour. Que pouvait-on éprouver quand on était l'objet d'un tel amour ? En avait-elle encore en réserve ? Si une femme le regardait de cette façon, il aurait la force de tout affronter et voudrait tout donner à son tour. Ce regard le touchait profondément, et soudain il ressentit une faim d'amour qu'il n'avait pas connue depuis son mariage raté.

— Je veux un câlin de mon papa.

Le cœur de Nicolas se serra. Cette petite fille ne voulait pas une bicyclette rutilante ni la dernière poupée à la mode, mais que l'homme le plus important de sa vie la serre dans ses bras. Tous les enfants méritaient d'être aimés tous les jours sans réserve par leurs parents, ce qui ne semblait pas être le cas pour Mia.

Il tourna les yeux vers sa maman, visiblement sous le choc. Elle soutint son regard et hocha brièvement la tête d'un air désespéré. Mais il ne pouvait pas promettre un câlin d'un père qui à l'évidence était absent du paysage.

Comment répondre à la petite fille sans lui faire de peine ?

— Père Noël ?

Mia le fixait de ses grands yeux marron, son sourire s'effaçant peu à peu.

— Tu ne peux pas me donner ce que je veux ?

De toutes les demandes qu'il avait reçues ces trente dernières minutes, celle-ci était celle qu'il aurait voulu de tout son cœur pouvoir satisfaire, mais pour laquelle il ne pouvait faire aucune promesse.

— Je vais voir ce que je peux faire, Mia. Ce n'est pas un cadeau facile à trouver.

Il ne savait pas comment faire, mais bon sang, il avait vraiment envie de voir ce petit visage s'illuminer de joie.

— Mia, parle au Père Noël de la cuisine pour poupée qui te ferait plaisir.

La maman s'était rapprochée et se trouvait à un mètre de lui, ses yeux toujours fixés sur sa fille reflétant maintenant un mélange d'amour et d'anxiété.

La fillette poussa un soupir et il eut envie de la serrer dans ses bras pour chasser sa tristesse.

— Une cuisine pour poupée ? répéta-t-il, heureux de changer de sujet. Est-ce que tu vas faire à manger pour tes poupées ?

Mia lui décocha un petit sourire en coin.

— Ne sois pas bête, Père Noël. C'est pour faire semblant, alors je ferai comme si je préparais le petit déjeuner pour mes poupées préférées. Il y aura des bols, des assiettes et des cuillers.

À présent, c'était l'excitation qui faisait briller ses yeux.

— As-tu une couleur favorite ?

Elle se tapota le menton du bout de l'index.

— Le rose, je pense.

Nicola jeta un coup d'œil du côté de la mère. Tout cet amour qu'il voyait dans ses yeux lui faisait envie et le rendait triste en même temps. Cette femme adorait sa fille. Ses propres parents le regardaient aussi comme ça quand il était enfant, mais ensuite il avait grandi et ne s'était pas conformé aux rêves qu'ils avaient faits pour lui. Certes, ils avaient continué à l'aimer, mais plus de façon aussi ouverte et spontanée.

— Ce sera donc une cuisine ? dit-il, cherchant confirmation du côté de la mère.

Celle-ci acquiesça de la tête. Ses boucles brunes étaient retenues par un bonnet d'où dépassait une paire de pendentifs en opale, qui se balançaient contre ses joues au gré de ses mouvements. Il trouva cela fascinant.

— Tu auras ton cadeau pour Noël.

En croisant les doigts pour que sa mère l'ait déjà trouvé car à cette période de l'année, les magasins débordaient de clients. Il les aurait bien gardées encore un peu, mais il y avait une file de gamins impatients attendant leur tour et il n'avait aucune raison de continuer à parler à une petite fille qui voulait l'amour de son père, et dont la mère lui donnait envie d'en savoir plus sur *elle*.

— Voilà un sucre d'orge. Joyeux Noël, ho ! Ho ! Ho !

— Merci, Père Noël. S'il te plaît, dépose la cuisine au pied de mon lit.

Puis Mia se laissa glisser par terre et il la vit courir vers sa maman et s'accrocher à sa taille en levant les yeux vers elle.

— Maman, le Père Noël a dit que j'aurais une cuisine pour mes poupées.

— Vraiment ? C'est super.

La femme jeta un regard rasséréné à Nicolas et ouvrit la bouche. « Mer-ci », articula-t-elle silencieusement.

— Pas de problème, dit-il en tournant la tête.

Plonger davantage dans ce regard aurait été inutile, tout l'amour qu'il contenait ne lui était pas destiné. Avec son ex, il avait appris qu'il ne devait plus donner son cœur, à moins d'être prêt à courir le risque qu'on le lui retourne en pleine figure.

Il fit signe à l'enfant suivant d'avancer en priant pour qu'il n'y ait pas d'autres chocs en réserve. Être parent devait être un travail difficile et l'on devait parfois être submergé par ses émotions, mais la maman de Mia avait manifestement bien enregistré la demande de sa fille. Où était le père ? Pourquoi n'était-il pas là pour prodiguer sa tendresse ? L'homme lui déplaisait déjà. Pour lui, être présent pour *son* enfant serait toujours une priorité. Quoi qu'il se passe dans sa vie.

À moins que... L'homme n'était peut-être plus en vie. Cela pourrait expliquer la tristesse de la petite fille. Si seulement il avait le pouvoir magique de la faire disparaître pour la remplacer par du bonheur... Même chose pour la mère. En voyant le choc qu'elle avait éprouvé, il avait été profondément touché.

Lui-même s'était marié avec l'intention d'avoir des enfants, mais sa femme, sans rien lui en dire, n'avait pas le même but. Au bout de plusieurs mois de vaines tentatives, il avait proposé à Valérie de faire des tests de fertilité en vue d'une insémination.

C'est à ce moment-là qu'elle s'était vu offrir un poste dans une autre grande ville et l'avait accepté.

Cela avait été un choc pour lui, mais devant son enthousiasme il n'avait pas pu lui en vouloir. Sa carrière dans le design d'intérieur démarrait, mais elle avait déjà eu des succès. Ils étaient mariés, donc censés se soutenir mutuellement. Cependant, quand il avait annoncé à Valérie qu'il allait chercher un travail dans la même ville qu'elle, il avait été encore plus choqué de l'entendre avouer qu'elle avait une aventure avec quelqu'un de son entreprise, ajoutant qu'elle ne voulait plus de lui dans sa vie. Il avait aussi appris qu'elle n'avait en fait jamais cessé de prendre la pilule.

Comment après cela croire à l'amour et au soutien mutuel ? Il s'était rendu compte qu'il ignorait qui était vraiment cette femme à qui il avait naturellement accordé toute sa confiance.

— Bonjour, Père Noël. Est-ce que je peux avoir un trampoline ?

Un jeune garçon le fixait avec de grands yeux et un petit sourire timide. Nicolas jeta un coup d'œil du côté des parents et le papa lui fit un signe de tête.

— Approche-toi et dis-moi comment tu t'appelles.

L'enfant s'exécuta et il le vit se détendre peu à peu.

— Je m'appelle Archie. En fait, je ne veux pas vraiment de trampoline. Je préfère des jeux de construction pour fabriquer un avion à réaction.

— Un gros avion qui descend en piqué ?

— C'est ça !

Nicolas vit ses parents échanger un hochement de tête et put faire à l'enfant la promesse qui allait le rendre heureux. Combien y en avait-il encore ? Il aurait bien pris un petit café en se relaxant avec certains parents qu'il connaissait, puisqu'ils travaillaient dans le même centre médical. Cela lui permettrait d'éloigner de son esprit la vision du visage de la maman de Mia. Elle était si charmante quand elle souriait... Mais il doutait que cette image disparaisse facilement.

C'était comme s'il avait une connexion avec elle, ce qui bien évidemment était faux. La demande sa fille lui faisait-elle penser qu'elle n'avait pas tout fait pour elle ? Lui-même avait dû manquer quelque chose avec Valérie pour qu'elle soit allée chercher l'amour ailleurs.

Où était la maman de Mia maintenant ? En jetant un coup d'œil circulaire dans la pièce, il la vit parler avec Joachim, le médecin généraliste qui avait commencé à travailler au centre médical de soins d'urgence deux semaines avant que Nicolas prenne un mois de congé pour travailler dans sa vigne. Était-elle aussi médecin ? Ou infirmière ? Où travaillait-elle ? La plupart des parents des enfants de cette maternelle travaillaient à l'hôpital, dans une section ou une autre. Elle était peut-être technicienne de laboratoire, ou secrétaire.

Quand elle se mit à rire avec Joachim, il sentit une poussée de désir. Cela ne lui ressemblait pas. Son cerveau devait commencer à fumer sous la chaleur de la barbe et du bonnet.

— Bonjour, Père Noël. Et toi, qu'est-ce que tu auras comme cadeau ?

Un garçon en costume de lutin se tenait maintenant devant lui, les mains sur les hanches, et le regardait avec un large sourire.

Nicolas le lui rendit. Il s'amusait bien avec ces gamins – la plupart du temps.

— Je ferai une longue grasse matinée pendant que tu ouvriras tes cadeaux.

1

Tout en roulant en direction de leur nouveau logement, Claire McAlpine se mordilla le doigt. Les larmes qu'elle avait retenues en entendant la demande au Père Noël formulée par sa fille – « Je veux un câlin de mon papa » – pouvaient enfin couler sur ses joues maintenant qu'elle se retrouvait seule.

Mia était restée sous la garde de son collègue Joachim et sa femme, car elle aimait bien jouer avec leur fille. Il serait plus facile de vérifier la liste des meubles avec les déménageurs sans une petite voix qui l'interromprait toutes les cinq minutes. C'était aussi une chance pour Mia de s'être liée avec une nouvelle amie. Elle semblait plutôt douée pour ça, et cela ne lui venait pas de sa mère, mais sans doute du côté paternel.

Je veux un câlin de mon papa.

Ces mots n'avaient cessé de résonner dans sa tête pendant la fête des enfants. L'expression choquée du Père Noël quand Mia lui avait parlé ne lui avait pas échappé. Elle avait tout fait pour l'éviter quand il s'était levé de sa chaise et n'avait commencé à se détendre qu'après l'avoir vu quitter le bâtiment peu après, une fois qu'elle avait été certaine qu'il n'allait pas revenir sous son apparence normale pour discuter avec les parents qu'il connaissait. Il aurait pu évoquer la demande de Mia, ou se montrer trop amical et compréhensif, ce qu'elle n'aurait pas supporté.

Il s'agissait d'une affaire privée. Elle ne cherchait pas à occulter le fait qu'elle était célibataire, mais cela ne regardait personne si le papa de Mia était invisible. Elle savait par expérience combien il était difficile de grandir sans père et aurait voulu qu'il n'arrive jamais la même chose à son enfant. Entendre la demande de sa fille avait été pour elle comme recevoir un coup en pleine poitrine.

C'était la première fois que Mia en parlait ouvertement, et qui plus est à un parfait étranger. Mais dans l'esprit d'un enfant, le Père Noël était l'homme magique qui pouvait exaucer tous les rêves. Claire avait apprécié la réaction de l'homme qui l'incarnait et qui avait aussitôt dédramatisé la situation en cherchant à distraire la petite de sa tristesse. L'empathie qu'elle avait sentie chez cet homme, envers elle et sa fille, en disait long sur celui qui se cachait sous la fausse barbe.

— Pourquoi je n'ai pas un papa comme les autres filles ? demandait parfois Mia.

Mais c'était la première fois qu'elle laissait paraître un désir aussi fort. Jusque-là, Claire lui avait simplement répondu qu'elle ignorait où son papa était parti - ce qui était la vérité - mais qu'elle l'aimait pour deux. Elle n'avait jamais pu lui avouer que l'homme dont elle était tombée enceinte par accident n'avait rien voulu savoir de son enfant, que ce soit sa date de naissance, son sexe ou son prénom.

Pendant sa grossesse, elle s'était demandé si c'était égoïste de sa part de mettre au monde un enfant ayant peu de chances de connaître un jour son papa. Elle-même avait souffert de l'absence de son père, qui n'avait pas été là pour la voir monter pour la première fois à bicyclette ni pour sa première rentrée scolaire, et ne s'était pas levé pour l'applaudir quand elle avait reçu son diplôme de médecine. Mais étant donné la façon dont elle avait été élevée, elle savait qu'elle remplirait les rôles des deux parents. Sa mère s'était toujours montrée distante avec elle, comme si elle avait craint de la perdre aussi un jour.

Pour Mia, le fait de ne pas connaître son père, et ce, sans doute pour toute sa vie, était à l'évidence très cruel. La manière dont Hank avait réagi quand elle lui avait annoncé qu'elle était enceinte lui avait donné le sentiment que le sol s'effondrait sous elle.

— Stop, avait-il dit aussitôt. Je ne veux rien avoir à faire avec ça. On a eu une aventure, point final. À toi d'en gérer les conséquences. Fais-toi avorter, garde-le, peu importe. C'est ton choix.

Sur ces mots, il avait fait volte-face et s'était éloigné, en mettant ses mains sur ses oreilles pour ne pas l'entendre lui demander qu'ils restent en contact au moins pour le bien de l'enfant. Il avait quitté Dunedin le jour même. Elle n'était pas amoureuse et n'avait rien espéré de lui, sinon qu'il aime leur enfant. Car elle avait tout de suite su qu'elle le garderait et l'aimerait de tout son cœur.

Elle s'était efforcée de se convaincre que cela lui était égal de ne plus jamais revoir Hank, mais leur liaison avait duré assez longtemps pour qu'elle se sente en sécurité avec lui. C'était quelque chose qu'elle n'avait pas éprouvé depuis la fin de sa longue relation avec un médecin, pendant qu'elle effectuait sa formation. À cause du rejet d'Anthony, elle s'était sentie plus mal aimée que jamais, et la réaction de Hank n'avait rien arrangé.

Mia méritait mieux. Elle aurait dû bénéficier de l'amour inconditionnel de l'homme dont elle avait reçu les gènes. Si Claire n'avait jamais oublié les paroles de Hank, elle les avait reléguées dans un coin de sa mémoire en se convainquant qu'il n'était pas digne de sa fille. Mia avait été la surprise de sa vie, et elle l'aimait d'un amour infini. Elle aurait fait n'importe quoi pour elle, y compris ne pas se rapprocher d'un homme de crainte que sa fille n'en souffre.

En même temps, elle avait très envie d'avoir un partenaire amoureux, avec qui elle pourrait avoir un autre bébé – lorsque Mia serait un peu plus âgée et qu'elle-même serait de nouveau prête à faire confiance.

D'après son expérience, c'était peu probable. Les hommes préféraient sortir de sa vie.

Elle avait essayé de retrouver Hank, mais c'était comme s'il s'était évaporé de la surface de la terre. Elle avait su qu'avant leur rencontre en Nouvelle-Zélande, il avait voyagé en Grande-Bretagne et traversé de nombreux pays. C'était un homme d'extérieur qui n'aimait rien tant que l'escalade et le ski. Son rêve était de parcourir le monde sans s'arrêter très longtemps nulle part, et elle avait trouvé ce côté aventureux assez fascinant. Leurs discussions avaient toujours tourné autour des plaisirs de la table et du sexe. Cependant, leur liaison avait été assez longue pour qu'elle se demande s'il ne songeait pas à se fixer.

Une fois sa grossesse confirmée, Claire avait travaillé plus que jamais pour obtenir son diplôme. Elle était devenue maman vingt-quatre heures après avoir passé son dernier examen. Mia était la meilleure récompense qu'elle aurait pu imaginer, supérieure même à l'obtention de ce diplôme – ce qu'elle n'aurait jamais cru possible auparavant. Devenir médecin avait toujours été important pour elle.

Un petit être minuscule, rose et fripé, avait tout changé. Elle avait quelqu'un à aimer, qui l'aimait en retour. Et elle ne voulait pas que son enfant ressente la froideur d'un père indifférent. Elle ne connaissait cela que trop bien. Son père l'avait quittée quand elle avait quatre ans et elle n'avait plus jamais entendu parler de lui. Pourtant, elle avait tenté de retrouver Hank pour que sa fille ait au moins une chance de le connaître.

Prenant un chemin de traverse qui courait à travers les vignobles, elle profita de la vue. Elle était venue s'installer dans une région vraiment magnifique. Il n'y avait plus qu'à croiser les doigts pour que sa fille et elle se sentent bien dans leur nouveau logement. C'était un petit deux-pièces moderne situé dans les faubourgs de Blenheim, près de l'hôpital. Elles avaient dû séjourner au motel en attendant que les locataires précédents déménagent.

Elle sentit l'excitation la gagner à la perspective de cette nouvelle vie. Lorsque sa mère avait décidé d'aller vivre à Perth, en Australie, pour s'occuper de sa tante atteinte d'un cancer, Claire avait eu toute latitude pour prendre un nouveau départ, en oubliant son existence solitaire auprès d'une mère remplie d'amertume depuis que son père les avait quittées, trente ans auparavant. Apparemment, en vieillissant, les deux sœurs s'étaient adoucies et avaient souhaité être ensemble pour affronter un moment difficile.

Quant à Claire, elle n'avait jamais fait l'expérience d'un tel changement. Elle avait choisi Blenheim, chaud et ensoleillé, parce que c'était plus petit que Dunedin et qu'on y semblait plus accueillant avec les étrangers. Cerise sur le gâteau, le poste proposé était idéal.

Soudain, elle vit une voiture de police dont les feux clignotaient arrêtée en travers de la route, près de deux autres véhicules complètement encastrés l'un dans l'autre. Un policier lui fit signe de s'arrêter et elle abaissa sa vitre. Un peu plus loin, un chariot élévateur était couché dans le fossé.

— Bonjour, ça a l'air sérieux, dit-elle aussitôt. Je suis médecin, je peux vous aider si besoin.

— Dieu merci, répondit le policier. Il y a trois personnes gravement blessées. Les deux ambulances de Blenheim sont en chemin, mais en attendant votre aide sera très appréciée.

Claire était déjà sortie de sa voiture et ouvrait le coffre pour prendre sa trousse médicale.

À mesure qu'elle approchait de la scène de l'accident, elle entendit des cris de plus en plus forts.

Un autre policier l'accueillit avec soulagement et la briefa sans attendre.

— Nous avons deux ados sérieusement atteints dans la voiture bleue. Ce sont eux qui poussent des cris. Aucun ne portait de ceinture de sécurité et ils ont été projetés violemment à l'intérieur. Dans la Sedan, il y a une femme qui semble inconsciente et a une profonde balafre à la tête. Elle perd beaucoup de sang. Je ne sais pas où vous voulez commencer.

— Habituellement, on commence par les blessés qui sont silencieux, car c'est le signe que la tête est touchée. Je vais m'occuper d'elle pendant que vous voyez ce que vous pouvez faire pour les garçons. Appelez-moi si vous avez un problème, ajouta-t-elle en courant vers la Sedan.

À l'intérieur, la femme était couchée dans une position biscornue et avait la tête coincée dans le volant. Une large entaille apparaissait sur le côté de son visage.

— Madame ? Vous m'entendez ? demanda-t-elle d'une voix forte en tentant vainement d'ouvrir la porte.

Elle réussit à glisser le haut du corps à travers le trou béant de la vitre.

— Vous m'entendez ? répéta-t-elle.

Pas de réponse. Glissant le dos de sa main sous le nez de la femme, puis contre sa bouche ouverte, elle sentit des bouffées d'air chaud et vit sa poitrine se soulever et retomber de façon inégale. Au moins, elle respirait. Claire posa un doigt sur le cou de la femme et sentit un pouls irrégulier. Elle ne réagit pas à son contact. Un gros hématome sur son front laissait supposer qu'elle avait perdu connaissance après s'être cognée contre le volant. Du bout des doigts, Claire trouva des zones molles sur le crâne, près de la blessure.

À cet instant, elle entendit le son d'une sirène, mais resta concentrée sur sa patiente. Les deux autres victimes seraient bientôt prises en charge, et l'état de cette femme était sérieux. Certes, ses signes vitaux étaient passables, cependant il pouvait y avoir d'autres blessures au niveau du cœur, des poumons ou d'autres organes. Une hémorragie interne était une réelle possibilité, mais pour commencer il fallait s'occuper du saignement de la tête.

Elle fouilla dans sa trousse, cherchant de la ouate et une bande Velpeau.

— Madame ? Je suis médecin. Vous avez eu un accident. Est-ce que vous m'entendez ?

Toujours rien. Elle laissa échapper un soupir.

— Bonjour, je suis infirmier. Nicolas. Vous avez besoin d'aide par ici ?

Elle sursauta au son de la voix grave et quand elle se retourna pour faire face à l'homme, elle eut une drôle de sensation dans la poitrine. Grand et large d'épaules, il était vêtu d'un jean moulant et d'un T-shirt à col ouvert bleu foncé qui faisait ressortir la couleur de ses yeux.

— On va peut-être avoir besoin de vous pour les autres victimes, répondit-elle.

Étrange. Il lui semblait connaître cet homme. Elle lui jeta un autre coup d'œil, mais cela n'éveilla en elle aucun souvenir. En revanche, sous ce regard bleu intense, elle sentit un frisson lui parcourir le dos. C'était quelque chose de nouveau.

— Les ambulanciers qui viennent d'arriver sont en train d'examiner les garçons et ce sont eux qui m'ont envoyé vers vous.

Il la regardait d'un air surpris. Pourquoi ? Croyait-il aussi la reconnaître ? En fait, elle avait juste une vague impression de déjà-vu.

— L'un deux viendra vous voir quand la deuxième ambulance sera là, ajouta-t-il.

— Bien. Cette femme doit être extraite de la voiture d'urgence. Elle a un important traumatisme crânien. Mais sa position sur le siège rend l'évaluation des blessures internes difficile.

L'infirmier s'approcha de la voiture broyée tandis qu'elle se focalisait sur sa patiente, ignorant cette nouvelle sensation dans la poitrine. Avec précaution, elle posa les mains sur la tête de la femme à la recherche d'autres blessures.

— J'ai besoin d'une minerve.

— Tenez, j'en ai pris une dans l'ambulance au cas où.

Il se rapprocha encore, et elle sentit son odeur masculine se répandre autour d'elle. Une odeur de grand air, qui apportait du soleil et de la fraîcheur.

— Mettons-la en place avant de sortir la victime de la voiture.

Claire écarta doucement la tête de leur patiente du volant pendant que l'infirmier posait la minerve sans une hésitation.

Quelque chose en lui inspirait confiance – en l'homme et ses compétences. Comme chez tout bon infirmier, ou infirmière.

Nicolas écarta les fragments de verre restés autour de la fenêtre, en s'efforçant d'ignorer la belle femme médecin qui se tenait à côté de lui. Claire. La maman de la petite fille qui avait demandé des câlins au Père Noël. Elle avait dû arriver récemment en ville, sinon il serait déjà tombé sur elle dans le petit monde médical très uni de Blenheim. Il y avait des cernes sous ces yeux fascinants. Des journées de travail très longues ? Des nuits difficiles ?

Il se pencha en avant et saisit fermement la femme blessée par les épaules.

— Je la tiens, si vous voulez commencer à bouger le haut du corps.

— Merci. La blessure traumatique au-dessus de la tempe nécessite un pansement compressif.

À l'évidence, elle était familière des situations d'urgence.

— Il faut d'abord que je l'examine. Il y a du sang sous le bassin.

Tout en maintenant leur patiente, il se rapprocha de Claire et tous les deux, sans un mot, la reculèrent contre le siège.

— Oh non ! Il y a encore un plus gros problème, dit-elle en palpant l'aine de la femme. L'artère fémorale saigne. Il y a des bandages dans la trousse.

— Je m'en occupe.

Nicolas s'empara de paquets de bandages stériles, en ouvrit un et le tendit au médecin. Aussitôt, elle fit pression sur la blessure pour endiguer le saignement.

— Voulez-vous que je le fasse pendant que vous continuez l'examen ? proposa-t-il.

— Oui, répondit-elle brièvement.

Il prit la suite en appliquant des compresses plus larges et dès qu'il s'approcha, son odorat fut saisi par un parfum de roses qui n'avait rien à voir avec les vignes qui les entouraient, mais plutôt avec la collègue à côté de lui. Et de nouveau, il eut cette impression de connexion entre eux. Il n'avait pas besoin de ça.

Prenant une inspiration, il appuya davantage pour tenter de stopper l'hémorragie en attendant l'arrivée des auxiliaires médicaux.

— Son pied est coincé entre l'accélérateur et la pédale de frein, observa-t-il.

— Nous ne pouvons pas le déplacer sans aide. Le moindre mouvement pourrait causer plus de saignements.

Claire réussit à se faufiler pour se rapprocher de la victime.

— Elle a aussi le bras droit cassé, dit-elle en se tournant vers lui.

Il lui sembla que son expression reflétait soudain la surprise, mais elle reprit rapidement son examen.

L'avait-elle reconnu ? Avec sa fausse barbe et son costume rouge, c'était peu probable.

— Bonjour, dit une voix derrière eux. Je suis Jeffrey, ambulancier en soins avancés.

— Il faut sortir rapidement la victime d'ici, dit Claire par-dessus son épaule. Nicolas contrôle l'hémorragie mais elle a besoin d'oxygène. Et on n'arrive pas à ouvrir la portière.

À cet instant, un pompier arriva, une pince à levier à la main.

— Tu tombes à pic, Mark, dit Nicolas, qui le connaissait depuis qu'il avait commencé à travailler au centre médical d'urgence et l'avait soigné pour une brûlure.

Jeffrey intervint.

— Très bien. Mark va ouvrir la portière pour que nous puissions soulever la victime et la sortir de la voiture. Ensuite, doc, pourrez-vous terminer votre évaluation pendant que nous mettrons l'oxygène en place ?

— Bien sûr. Ce cas est urgent, répondit Claire en se redressant, l'air préoccupé. Je voudrais que vous et Nicolas m'assistiez ici.

Dès que la portière fut dégagée, elle se glissa au pied de la femme toujours inconsciente et lui retira ses chaussures sans difficulté. Ses gestes étaient efficaces et professionnels, et elle vérifia les orteils avant de remonter plus haut.

— Les deux chevilles sont cassées, annonça-t-elle.

— Nous n'avons pas encore testé son score de Glasgow, dit Nicolas à Jeffrey.

Ce test indiquerait l'état de conscience de la patiente et la gravité de l'atteinte au cerveau.

— Je n'ai vu aucun mouvement ni aucun signe de reconnaissance visuelle, ajouta-t-il. Le résultat devrait être faible.

— Nous ferons ça une fois qu'elle sera sortie et sur le brancard, répondit Jeffrey en évaluant la situation d'un coup d'œil. Nicolas, il faudrait continuer à comprimer cette hémorragie pendant que nous la déplaçons.

— Quelqu'un devra prendre le relais quand elle sera sortie du siège.

— Je vais le faire, intervint Claire.

Quelques minutes plus tard, elle posa la main sur celle de Nicolas pour exercer la pression avant qu'il s'écarte rapidement. Il n'y eut pas de saignement supplémentaire. C'était comme s'ils avaient souvent effectué la procédure ensemble.

Nicolas se tortilla pour sortir de la voiture et aider le pompier à soulever la femme sur le brancard.

— Voulez-vous que je vous rejoigne ou bien j'effectue le test ? demanda-t-il à Claire.

— Faites-le, ensuite nous intervertirons.

Il commença par soulever les paupières de la patiente. Aucune réaction.

— Hello, est-ce que vous m'entendez ?

Les lèvres de la femme remuèrent. Quand il lui tapota l'épaule, elle tressaillit légèrement.

— Le score est de six, annonça-t-il.

— C'est inquiétant, dit simplement Claire, sans ajouter de commentaires montrant l'étendue de ses connaissances.

Nicolas apprécia cette attitude. Cela prouvait qu'elle se préoccupait davantage d'aider ses patients que de se mettre en avant. Il n'avait connu que trop de médecins de ce genre – moins cependant depuis qu'il travaillait au centre médical de soins d'urgence. Ici, tout le monde semblait à sa place, ancré dans son poste, et tous faisaient de leur mieux pour venir en aide aux patients.

Ils changèrent à nouveau de position sans une hésitation, puis l'auxiliaire médical enroula une bande Velpeau autour du front de la blessée pour éviter de nouveaux saignements.

Après avoir examiné la femme, Claire se redressa et regarda l'infirmier au menton recouvert d'une barbe de plusieurs jours. Nicolas.

Une bouffée de désir s'empara d'elle, ce qui était tout à fait inhabituel depuis la naissance de Mia. Cette voix grave et légèrement rauque ne la laissait pas indifférente. Sans parler de cette odeur de frais qui lui ravivait les sens. Elle était donc humaine après tout, si un homme au physique avantageux suffisait à la tourneboule.

Mais mes résolutions de nouvel an ne prévoient pas que je sois trop proche d'un homme.

— Qu'avez-vous trouvé ? lui demanda-t-il.

Qui cette voix lui rappelait-elle ? Elle aurait normalement dû s'en souvenir, puisqu'il lui faisait un tel effet.

— Il y a une rupture interne près de la cage thoracique. Je pense qu'il s'agit du foie. Elle a probablement été projetée violemment sur le côté avant que sa tête heurte le volant.

— Y a-t-il autre chose ? questionna Jeffrey.

— Des contusions importantes à l'extérieur de la cuisse gauche. Peut-être un impact avec le levier de vitesse. Ce n'est pas rare dans les accidents de voiture.

— Nous allons partir pour l'hôpital.

— Parfait.

Claire se sentit soulagée. Elle était efficace pour aider les gens se trouvant dans des situations critiques. Elle en avait fait une de ses caractéristiques, qui lui permettait de croire en elle et de savoir qu'elle était assez bonne pour être médecin. Mais dans des cas comme celui-ci, la meilleure option était toujours que la patiente soit emmenée le plus vite possible aux urgences, où elle pouvait bénéficier d'un équipement haut de gamme au cas où quelque chose tournerait mal – ce qui était à craindre dans ce cas.

— Voulez-vous que j'examine quelqu'un d'autre ? demanda-t-elle à l'ambulancier une fois la patiente chargée dans le véhicule d'urgence.

— L'autre équipe s'occupe des garçons, mais personne n'a encore eu le temps d'examiner la fille qui conduisait le chariot élévateur, on lui a juste posé quelques questions. Elle est sous le choc mais ne semble pas souffrir d'un traumatisme important.

— Je m'en charge.

Puis Claire reprendrait sa voiture pour rentrer chez elle et retrouver les déménageurs, qui devaient se demander où elle était passée.

Elle jeta un bref coup d'œil à Nicolas et eut une nouvelle sensation dans la poitrine. Pourquoi ?

Il consulta sa montre et fit la grimace.

— Si on n'a pas besoin de moi, je vais repartir, dit-il. Je suis en retard à un rendez-vous.

Un vendredi à 5 heures de l'après-midi ? Quelques verres avec des potes, ou un rencard avec une belle femme ?

Claire McAlpine, ressaisis-toi. Tu te conduis comme une adolescente.

Affalée contre le chariot, la fille accidentée était avec un policier qui lui parlait.

— Allez-y, je m'en occupe, répondit-elle.

— Vous êtes sûre ?

— Oui.

Elle le regarda s'éloigner à la hâte sur ses longues jambes. Intéressant. Cela faisait longtemps qu'elle n'avait pas remarqué un homme aussi sexy. Déménager avait été un changement nécessaire. Elle n'avait plus qu'à espérer que cela apporte un peu d'agrément dans sa vie.

Peut-être finirait-elle par se détendre suffisamment pour commencer à fréquenter quelqu'un et avoir une relation tendre qui soit susceptible de durer, mais elle n'avait pas l'intention de se précipiter.

Il y avait beaucoup à faire le week-end suivant. Les déménageurs avaient dû décharger la plupart de ses affaires dans le logement, mais il faudrait ranger toute la vaisselle, les vêtements, les jouets et autres dans les placards et les tiroirs.

Et le lendemain soir, ce serait le barbecue de Noël au centre médical de soins d'urgence.

Evelyn, une autre médecin travaillant au centre où elle avait commencé le mois précédent, avait insisté pour passer la prendre avec son mari, Bodie, arguant que personne ne devait se rendre seul à une fête. C'était gentil de sa part, mais inutile. Evelyn était en train de devenir une bonne amie. Elle lui donnait des conseils et lui offrait son aide pour qu'elle prenne ses marques à Blenheim : les bons coins pour faire ses courses, la meilleure cafétéria… Claire avait accepté de bonne grâce. Cela l'aiderait à s'installer dans sa nouvelle vie.

— Maman, est-ce que je peux mettre ma robe rose ? Je veux être jolie pour Michelle.

Mia se tenait devant elle, serrant sa tenue préférée contre elle.

Sa fille était jolie avec n'importe quoi sur le dos, même son ample pyjama vert. Âgée d'à peine quatre ans, elle était déjà très féminine. De qui pouvait-elle tenir ça ? se demanda Claire en souriant intérieurement.

— Comme c'est une soirée spéciale, tu peux la porter.

La fille d'Evelyn venait garder Mia pendant que Claire irait à la célébration de Noël du centre, dans un vignoble en périphérie de Blenheim.

Un des atouts de cette région était tous ces vignobles et leurs restaurants. Elle avait choisi ce poste parmi les trois pour lesquels elle avait posé sa candidature, le médecin qui devait venir ayant changé d'avis au dernier moment.

Elle aurait préféré aller seule à la soirée pour pouvoir partir quand cela lui plairait, sans avoir à rester plus longtemps qu'elle le jugerait nécessaire. Sa vie sociale se résumait essentiellement à ses contacts avec la garderie et les fêtes d'anniversaire des amies de Mia. Pour une fois, elle allait vivre une soirée d'adulte.

S'était-elle coupée de la réalité ces dernières années, comme sa mère l'avait fait après le départ de son père ? Probablement. Pourtant, quand Anthony l'avait quittée, elle avait rebondi suffisamment pour avoir quelques brèves aventures. Mais lorsque Hank lui avait tourné le dos en apprenant sa grossesse, elle s'était réfugiée dans un trou de souris où elle avait enfoui son cœur.

Il était grand temps d'en sortir et de profiter de ce que la vie lui offrait. Elle n'avait aucune envie de ressembler à sa mère, de regarder le monde en étant remplie d'amertume, comme s'il lui devait quelque chose.

— Maman, est-ce que je suis jolie ?

— Oui, ma chérie, tu es ravissante.

Elle sourit en voyant l'air heureux de sa fille. Si Mia se réjouissait d'avoir une baby-sitter, pourquoi ne pas profiter de sa soirée sans retenue ?

La sonnette de la porte retentit et Michelle entra.

— Bonsoir ! Oh ! Mia, quelle jolie robe !

— Merci de me rendre ce service, Michelle, dit Claire tandis que sa fille poussait des cris d'excitation et sautait de joie devant sa baby-sitter.

— Avec plaisir.

Le téléphone de Claire sonna à son tour. La soirée s'était animée d'un seul coup.

— Qu'y a-t-il, Evelyn ? demanda-t-elle.

— Je voulais juste te prévenir que nous serons en retard, Bodie a des problèmes avec le système d'irrigation.

— Ce n'est pas grave, je vais prendre ma voiture et je vous retrouve là-bas.

— Inutile, j'ai appelé Nicolas et il va passer te prendre. Il est infirmier au centre et vient de rentrer d'un congé d'un mois. C'est un de nos amis proches. Je suis sûre que vous allez très bien vous entendre, tous les deux. Il ne devrait pas tarder à arriver. À tout à l'heure !

Claire n'eut pas le temps de protester, la communication était déjà coupée. Nicolas. L'infirmier sexy qui avait réveillé ses hormones. Si elle avait la même réaction que la veille, sa vie allait peut-être changer plus vite que prévu. Et lui, savait-il qui il venait chercher ?

En ouvrant la porte, elle prit une profonde inspiration et eut la même sensation dans la poitrine. Il était superbe.

— Hello, Nicolas.

— Bonsoir, Claire.

Il la fixa de son regard bleu intense.

— Je me doutais que vous étiez le médecin de l'accident d'hier.

Quand il sourit, de petites rides d'expression se formèrent au coin de ses yeux et soudain, elle se rappela où elle les avait déjà vus. Au-dessus d'une fausse barbe blanche.

Je veux un câlin de mon papa.

Sa gorge se serra.

— Vous étiez le Père Noël…

Nicolas sourit doucement.

— Oui, c'était moi. Cela ne vous gêne pas que je vous accompagne ?

Pour le coup, Claire se sentit désarmée. Il n'était pas seulement sexy, mais aussi compréhensif.

— Je ne peux pas nier que je suis surprise, reconnut-elle. Mais déjà pendant l'accident, j'avais l'impression que nous nous étions déjà vus.

Bon. Ils n'allaient pas passer la soirée à discuter sur le pas de la porte.

— Entrez, je vais dire bonne nuit à Mia et prendre mon sac.

Il jeta un coup d'œil à l'intérieur et demanda à voix basse :

— C'était un moment délicat, mais nous nous en sommes bien sortis. Comment allait Mia après ça ?

— On aurait dit qu'elle avait complètement oublié sa demande. Je ne sais pas quoi dire, sinon vous remercier de l'avoir distraite avec la cuisine pour ses poupées.

Nous nous en sommes bien sortis. Curieusement, Claire apprécia ce *nous*, alors que c'était à elle de gérer tout ce qui concernait Mia.

— Mia n'a fait que parler du cadeau qu'elle allait recevoir du Père Noël, ajouta-t-elle. Venez, elle est avec la baby-sitter.

— Je sais, dit Nicolas en la suivant. Evelyn est la femme de mon meilleur ami.

— Elle s'est montrée très amicale et serviable depuis que je suis ici.

— C'est tout Evelyn, commenta-t-il simplement. Hello, Michelle. Ta journée s'est bien passée ?

— Très bien. Tu sais que je travaille à la chocolaterie pendant l'été ?

— C'est ce que j'ai entendu dire.

— Mia, ma chérie, voici Nicolas. Il est venu me chercher en voiture pour aller au dîner.

— Hello, Nicolas. Tu seras gentil avec maman, d'accord ?

Nicolas laissa échapper un rire sonore et l'estomac de Claire se noua. Rien de tel qu'un rire vibrant en saccades pour la mettre de bonne humeur. Nicolas semblait être quelqu'un de discret, il ne restait plus qu'à croiser les doigts pour qu'il ne cherche pas à l'assaillir de questions sur le père de Mia.

— Je te le promets, répondit-il en souriant à sa fille, ce qui déclencha chez elle d'autres réactions.

Mia jeta les bras autour de son cou.

— Bonne nuit, maman. Amuse-toi bien.

Michelle avait vite réussi à conquérir le cœur de Mia si celle-ci la laissait partir aussi facilement. Il n'y aurait pas de larmes ni de discussion.

Claire poussa un soupir de soulagement en prenant son sac.

— Je t'aime, mon cœur.

Elle se dirigea rapidement vers la porte avant que Mia change d'avis, suivie aussitôt de Nicolas qui semblait avoir compris qu'il ne fallait pas traîner. Décidément, ce garçon avait l'air de remarquer beaucoup de choses. Pourvu qu'il ne se soit pas rendu compte de l'effet qu'il lui faisait. Ce serait très embarrassant pour elle, d'autant plus qu'ils allaient travailler ensemble. D'après l'unique expérience qu'elle avait eue avec un médecin travaillant dans le même établissement qu'elle, des années plus tôt, les idylles sur le lieu de travail pouvaient se révéler problématiques. Anthony n'avait pas attendu longtemps pour sortir avec une infirmière qui l'avait souvent assistée.

Je ne suis pas à la recherche d'une autre relation, se rappela-t-elle en descendant l'allée à côté de Nicolas. Mia était *son* enfant. Pas question qu'un autre homme l'abandonne, ni qu'il la laisse tomber, *elle*.

Relevant le menton avec un air de défi, elle se dirigea d'un pas décidé vers le gros 4 – 4 de Nicolas.

2

C'était comme si le sol s'était brusquement dérobé sous les pieds de Nicolas. Claire – qui était à la fois la maman de Mia, le médecin avec qui il allait travailler et la femme qui s'était insinuée dans ses rêves la nuit précédente – était vraiment belle. En lui ouvrant la portière de son 4 – 4, il prit une profonde inspiration.

Un parfum de rose lui chatouilla les narines et il inspira de nouveau. Des souvenirs d'enfance lui revenaient en mémoire. L'été dans le jardin de sa mère, la nostalgie d'un amour simple et sans détour…

Après le départ de Valérie, ayant du mal à l'accepter, il avait été anéanti pendant cinq jours. Ce n'était pas la première fois qu'il avait le cœur blessé. Maddy, son premier amour, l'avait quitté pour un autre homme qui tournait autour d'elle pendant que lui travaillait sur les bateaux de pêche. Après ces deux échecs, il s'était demandé si c'était lui qui ne savait pas les rendre heureuses.

À son retour du bush, il avait décidé de rester célibataire et d'avoir des aventures sans lendemain quand il se sentirait trop seul. Jusqu'à présent, ça avait plutôt bien fonctionné. Et cela continuerait ainsi, en dépit de la personne porteuse de ce parfum ensorcelant.

Il savait peu de choses de Claire, en dehors de son comportement après l'accident de la veille et de son attachement pour sa fille. Malgré cela, elle remuait des émotions en lui qu'il ne parvenait pas à expliquer ni à comprendre. Pourquoi pas une aventure avec elle ? Le problème, c'était qu'une fois que ce serait terminé, ils continueraient à travailler ensemble. Et il fallait tenir compte de sa fille. Il savait Mia vulnérable et ne voulait pas lui faire de peine en privilégiant son propre plaisir.

Naturellement, il aimait les femmes et le sexe. Mais il n'avait pas assez confiance pour oublier toute prudence et sa crainte de souffrir à nouveau. Peut-être n'avait-il pas encore rencontré la femme qui lui ferait croire que cela en valait la peine. Que *lui* en valait la peine.

Claire tenta de monter dans le véhicule, mais sa jupe était trop serrée – laissant deviner ses cuisses galbées sous le léger tissu.

— Super, marmonna-t-elle.

La prenant par le coude, Nicolas lui donna l'impulsion nécessaire.

— Et voilà.

Il ne lui était pas venu à l'idée que son véhicule n'était pas adapté pour une dame bien habillée.

— Merci, dit Claire avec un sourire poli.

Pourquoi le touchait-elle ainsi ? Il ne faisait que l'accompagner au restaurant, et il avait du mal à détacher son regard d'elle. Quand elle était détendue, elle lui faisait penser à la légendaire « fille d'à côté », la voisine de son enfance dont on se souvient plus tard avec nostalgie. C'était quelque chose qu'il n'avait ressenti que rarement.

— Vous avez bouclé votre ceinture ? demanda-t-il en s'asseyant au volant.

Le parfum de rose était de nouveau là. Physiquement, Claire était son type. De taille moyenne, avec des courbes où il fallait, et un sourire un peu timide qui le désarmait.

Qu'y avait-il derrière ce sourire ? Pourquoi était-elle timide ? Avait-elle perdu l'habitude de sortir avec une personne du sexe opposé ? Si c'était le cas, ils formaient une sacrée paire.

— Prête à partir, répondit Claire, en lui jetant un coup d'œil qui n'avait rien de timide.

— Êtes-vous déjà allée au restaurant Grapelands ? demanda-t-il.

Son rire léger l'enveloppa d'une douce chaleur.

— Je ne suis à Blenheim que depuis quelques semaines, et je ne suis pas encore sortie une seule fois.

Il eut soudain envie de la toucher, de sentir sa chaleur contre sa peau.

Arrête-toi, tout de suite. Sois amical, rien de plus.

— Maintenant que vous connaissez Evelyn, ça ne va pas durer, assura-t-il. Avant même d'avoir compris ce qui vous arrive, vous allez vous retrouver dans tous les dîners et les événements du coin.

Il parlait d'expérience. Evelyn était déterminée à le voir se fixer avec une femme qui le rendrait si heureux qu'il en oublierait le passé et son mariage raté. Bodie et elle n'avaient jamais apprécié Valérie et n'avaient pas dû être fâchés de la voir s'en aller.

— Depuis combien de temps travaillez-vous au centre ? demanda Claire.

Rien de tel qu'une conversation neutre pour calmer ses sens un peu trop stimulés.

— Environ quatre ans. Auparavant, j'étais à l'hôpital de Nelson, mais je ne voulais plus assurer les équipes de nuit. Et vous ? Vous n'êtes pas d'ici ?

— Avant d'aller dans le Nord, je travaillais dans un cabinet de généralistes, ce qui me convenait bien car je pouvais m'occuper de Mia. Le poste ici est similaire, bien que j'aime être en contact avec les familles et apprendre à les connaître. Il est probable que je retournerai à une pratique familiale dans quelque temps.

— On réclame toujours des généralistes à Blenheim.

— C'est la même chose un peu partout. Je pourrais même monter mon propre cabinet.

Tout en parlant, Claire faisait tourner un anneau d'argent autour de son petit doigt. Était-elle nerveuse à cause de lui ? Regrettait-elle d'avoir trop parlé ? Pour ce qui était de ses projets, elle n'avait rien à craindre, il n'en dirait rien à personne.

Qui lui avait donné cet anneau ? Le père de Mia ? Il ne ressemblait pas à une alliance classique.

— Je crois que tout le monde va se retrouver au restaurant ce soir, excepté ceux qui travaillent, dit-il pour détendre l'atmosphère.

Même ceux qui sont d'astreinte viendront après la fermeture du centre. J'espère pour eux que ce ne sera pas après 20 heures.

— Ils sont nombreux, et j'apprécie de travailler avec chacun d'eux.

— Vous n'avez pas encore travaillé avec moi, à part sur la scène de l'accident. Vous pourriez changer d'avis, plaisanta-t-il.

— On m'a prévenue que vous pouviez parfois donner du fil à retordre, répondit-elle avec son sourire timide.

Il était un peu trop attiré par ses lèvres sensuelles.

— Merci...

Pendant quelques minutes, il conduisit en silence. Il lui semblait important d'en apprendre davantage sur Claire. Cela confirmerait peut-être la connexion qu'il sentait avec elle.

— Vous avez déménagé de quelle ville ?

— Dunedin. J'y ai fait mes études de médecine et ai commencé à y exercer. Et me voici, au milieu des vignes, ajouta-t-elle en regardant le paysage.

— On dirait que vous aviez besoin de changer d'air.

— En effet, et depuis longtemps.

— Moi, c'est plutôt l'inverse. J'ai quitté Auckland à dix-sept ans et n'y suis jamais retourné. J'ai surtout vécu à Nelson, d'où je suis parti pêcher, puis je me suis inscrit dans une école d'infirmières. Voilà le restaurant, dit-il en mettant son clignotant.

Le trajet lui avait paru beaucoup trop court. Curieusement, être assis seul dans la voiture avec Claire l'aidait à recharger ses batteries et à se sentir bien dans sa peau d'homme. C'était comme s'il appuyait sur des boutons restés longtemps hors d'usage.

Il alla se garer sur le parking et poussa un soupir.

— Allons nous amuser un peu.

Elle ne bougea pas.

— Claire ? Je ne vais pas vous accaparer, si c'est ce qui vous inquiète.

Il tenait à ce qu'elle prenne du bon temps.

Elle se tourna vers lui, l'air désabusé.

— Ce n'est pas ça... Je suis plutôt rouillée quand il s'agit de vie sociale.

Était-ce une plaisanterie ? Pourtant, elle semblait effectivement réservée quand elle n'était pas focalisée sur sa fille, ou en train d'aider une femme coincée dans une voiture en miettes.

— Tout va bien se passer. Vous connaissez presque tout le monde et, d'après ce que je sais par Evelyn, vous leur êtes sympathique. Je ne vous donne pas cinq minutes pour vous sentir à l'aise avec eux.

Et je serai là pour vous encourager à vous détendre.

Il s'empressa de faire le tour du véhicule pour l'aider à redescendre en la prenant par le coude.

Claire hésita, plongeant ses grands yeux dans les siens.

— Et merci encore pour la façon dont vous avez géré la demande de Mia au Père Noël. Comme vous vous en doutez, je suis célibataire, il n'y a que Mia et moi.

Nicolas dut se retenir de l'entourer de ses bras pour la consoler de la tristesse qu'il décelait sur son visage.

— Désolée, je parle trop, ajouta-t-elle en rougissant.

— Vous n'avez pas à me remercier. Tout s'est finalement bien passé et cette cuisine sera un cadeau apprécié.

En fait, il se sentait un peu trop heureux pour quelqu'un qui cherchait seulement à passer un bon moment avec une femme agréable et sexy. Il le ferait volontiers avec Claire, si elle voulait la même chose. Mais il continuerait à jouer le rôle du collègue amical en s'efforçant de mettre ses sens en veilleuse.

Des éclats de rire leur parvinrent depuis le jardin du restaurant.

— On dirait que la fête a commencé sans nous.

— C'est mieux que d'arriver en premier, répondit-elle.

Claire s'était-elle rendu compte qu'insensiblement, elle s'était rapprochée de lui ?

— Salut, Nicolas, ça fait plaisir de te voir, dit Joachim en surgissant derrière eux. Vous aussi, Claire.

Il sentit Claire, qu'il tenait toujours par le coude, se détendre d'un seul coup. Il ne lui avait pas pris la main. Ce n'était pas un rencard, se rappela-t-il avec un sentiment de frustration.

En entrant dans la salle, Claire jeta un coup d'œil circulaire et sourit à quelques personnes.

— Voulez-vous boire quelque chose ? proposa-t-il.

Elle n'hésita qu'un instant.

— Bien sûr. Ce soir, je n'ai pas à me préoccuper de ramener Mia à la maison.

Elle avait vraiment perdu l'habitude de sortir.

— Qu'aimeriez-vous boire ?

— Nous sommes dans un vignoble. C'est l'occasion ou jamais de goûter leur vin, non ? Je me demande s'ils ont du pinot gris.

Son sourire s'était enhardi. Combien d'autres sourires avait-elle ainsi en réserve ?

— Je vais me renseigner.

— Claire, venez voir Jess, dit Joachim.

En attendant sa commande, Nicolas s'appuya contre le bar, observant Claire qui bavardait gaiement avec Jess. À présent, elle semblait parfaitement détendue. Sa vie sociale avait donc été inexistante pendant quelque temps. Elle avait dû connaître des moments difficiles. Bienvenue dans son monde.

— Et voilà.

Le barman posa deux verres sur le comptoir.

— Merci.

Incapable de détacher les yeux de Claire, il commença à siroter lentement son vin. Il faudrait que son verre dure toute la soirée puisqu'il conduisait aussi au retour.

Quelque chose chez elle le touchait profondément. Elle semblait belle aussi de l'intérieur – sincère et naturelle, ne cherchant pas à paraître sûre d'elle si elle était embarrassée. La veille, en aidant cette femme, elle avait fait preuve d'assurance dans l'exercice de son métier.

Claire McAlpine semblait être une personne à plusieurs facettes, une personne charmante qu'il persistait à vouloir mieux connaître – ce qui était inhabituel pour lui.

— Alors, tu vas rester planté là toute la soirée ?

Son ami Bodie l'avait rejoint au bar et son rire retentit. Il remarqua alors qu'Evelyn avait rejoint Claire et Jess.

— Je croyais que vous arriveriez tard à cause de ton problème de pompe d'irrigation.

— Ça y est, c'est réglé.

— Tu dois être soulagé.

Pendant une seconde, il soupçonna Evelyn d'avoir saisi ce prétexte pour que ce soit lui qui passe prendre Claire. Il se dirigea vers elle et lui tendit son verre.

— Pinot gris, comme commandé, annonça-t-il. Il est excellent.

Il attendit qu'elle avale une gorgée et la vit écarquiller les yeux.

— Il est exceptionnel.

— Vous aimez le vin ?

— Beaucoup. Il m'est arrivé d'aller à Otago avec des amis pour faire des tournées de dégustation de vins. J'en ai rapporté une petite collection que j'ai chez moi.

— Ce n'est pas drôle de boire seule...

— Vous êtes le bienvenu pour venir y goûter, proposa-t-elle.

— Je pourrais vous prendre au mot, répondit-il, surpris qu'elle ait lancé cette soudaine invitation.

Certes, il ne manquait pas d'occupations entre ses deux métiers, mais prendre le temps de se détendre en appréciant la compagnie d'une autre personne lui ferait du bien.

Non pas qu'il se sente seul. Il voyait souvent Bodie et Evelyn, mais pouvoir parler et rire avec cette femme spéciale qui se tenait devant lui serait un bonus. Certes il y avait des femmes avec qui il avait passé du bon temps, pourtant aucune d'elles n'avait allumé en lui ce désir profond. C'était un peu inquiétant, mieux valait garder ses émotions sous contrôle.

Claire lui jeta un coup d'œil amusé.

— Êtes-vous toujours aussi silencieux ?

Il sourit. Si seulement il pouvait la serrer contre lui et respirer son parfum de rose en enfouissant son menton dans ses boucles brunes...

La femme qui avait parlé avec Claire le regarda.

— Je crois que nous ne nous sommes pas encore rencontrés. Je suis Jess, la femme de Joachim, dit-elle en lui tendant la main.

— Enchanté, Jess. Je suis Nicolas, infirmier au centre à temps partiel.

— À temps partiel ? répéta Claire. J'ai tellement entendu parler de vous que je vous croyais présent sept jours sur sept.

Elle le taquinait ouvertement.

— Désolée, je ne suis là que trois jours par semaine, répondit-il en riant. Le reste du temps, je travaille dans mon vignoble.

Claire arrondit les yeux de surprise.

— Vous êtes aussi viticulteur ? Et moi qui pensais vous impressionner avec mes quelques bouteilles...

— Quand j'ai déménagé, je devais acheter une maison en ville, mais j'avais tellement aimé la propriété de Bodie et Evelyn et le fait d'être au grand air, dans le calme, que j'ai acheté des terres juste à côté de chez eux. Il n'y avait pas une seule vigne, mais Bodie m'a aidé à en planter et à installer des poteaux et des fils.

— Ça n'a pas été trop difficile ? demanda Claire.

— Non. J'aime travailler la terre, me salir les mains et lutter contre les éléments. Comme j'aime aussi soigner les gens, j'ai trouvé un compromis qui me convient. Je vends ma récolte à Bodie pour qu'elle vienne grossir la sienne, et il en fait un grand vin.

Il sentit son torse se gonfler de fierté. Pour quelqu'un qui avait refusé de se plier aux exigences de ses parents en étudiant la médecine, il s'était plutôt bien débrouillé dans cette entreprise hasardeuse.

Certes, il lui arrivait de regretter d'avoir quitté l'école tôt au lieu de suivre le chemin de son frère, devenu un des chirurgiens plasticiens les plus réputés du pays. Il avait préféré être lui-même et réaliser ses rêves, sans avoir à subir la pression d'être aussi brillant que son frère.

Il avait navigué pendant quelques années sur des chalutiers à partir du port de Nelson, ce qui lui avait rapporté une petite fortune qu'il avait utilisée pour s'acheter sa première maison et payer ses études d'infirmier. Cependant, Nicolas n'avait toujours pas oublié le visage déçu de ses parents quand il avait obtenu son diplôme. Pour eux, un infirmier n'était pas comparable à un chirurgien.

Mais ils ne s'étaient jamais rendu compte qu'il aurait probablement fait ce qu'ils attendaient de lui s'ils n'avaient pas passé toute son enfance à le comparer à son frère. Car, plus jeune, il avait effectivement rêvé de devenir chirurgien. Non pas plasticien, mais en chirurgie générale. Cela les aurait quand même rendus fiers. À présent, il était en accord avec ses choix, préférant son style de vie au rythme effréné d'un chirurgien surmené.

— On dirait que vous avez réussi à avoir le meilleur de chacun des deux mondes, observa Claire.

Elle semblait comprendre ce que cela signifiait pour lui. Le fait d'élever Mia toute seule avait dû ajouter une pression à son travail de médecin.

— En effet.

Il y avait encore quelques autres mondes qu'il espérait conquérir. Le plus important était d'avoir une famille avec une femme qu'il aimerait passionnément. Et qui l'aimerait en retour. Il aurait des enfants qu'il ne comparerait jamais, et il ne déciderait jamais pour eux de ce qu'ils voudraient faire de leur vie.

Où était le père de Mia ? S'il était encore vivant, apparemment il ne lui prodiguait aucune affection. Comment un homme pouvait-il ne pas serrer sa petite fille dans ses bras ? Cela le dépassait complètement.

— Hello, vous deux. Vous vous amusez bien ? demanda Evelyn avec un sourire malicieux.

Il la savait capable de mettre son grain de sel si elle estimait qu'il avait besoin d'être secoué pour avancer dans la vie, notamment pour quitter son statut de célibataire.

— Oui, merci.

Le sourire d'Evelyn s'élargit.

— J'ai pensé que ce serait bien pour tous les deux d'avoir le temps de faire tranquillement connaissance avant de vous retrouver au milieu de tout le monde.

Claire éclata d'un rire léger.

— Vous avez du retard, Evelyn. Nicolas et moi nous sommes déjà vus deux fois.

— Deux fois ? Où ? Quand ?

Claire sirota son vin sans répondre, la taquinant visiblement.

— Ah ah ! Vous devriez goûter ce vin, il est excellent.

Devant l'expression déconcertée d'Evelyn, Nicolas se retint de rire à son tour. C'était trop drôle de voir sa confusion.

— Mia trouve Michelle merveilleuse, dit Claire, souriant toujours. Aujourd'hui, elle a mis sa robe préférée pour elle.

— J'espère que Mia aime les chocolats parce que Michelle en a apporté.

— Ils font le meilleur chocolat que je connaisse, assura Nicolas.

— Je ne l'ai pas encore goûté, répondit Claire. En revanche, j'ai acheté beaucoup de cerises. C'est mon fruit préféré.

Il la regarda siroter son vin et sentit son estomac se contracter. Ses lèvres pulpeuses lui faisaient un effet inimaginable.

— Je reviens, marmonna-t-il en s'éloignant.

Il devait se ressaisir avant que Claire voie le désir dans ses yeux... Il se dirigea vers le jardin, où les chefs préparaient la viande au barbecue.

Bodie lui tendit un verre plein.

— Tiens, ça te fera du bien. Tu as l'air sous le choc.

— Je n'ai même pas fini mon premier verre, protesta-t-il en acceptant celui que son ami lui tendait.

— C'est juste de l'eau fraîche. Quand on a la bouche sèche, ça fait du bien.

À présent, il avait les deux mains occupées.

— J'ai vérifié ton raisin, ajouta Bodie. Il sera prêt à temps pour la cueillette.

Encore deux mois. Bodie lui donnait une chance de reprendre son souffle avant les vendanges, une période très dense où on travaillait beaucoup et dormait peu.

— J'ai déjà réservé de la main-d'œuvre supplémentaire pour la semaine de cueillette. Si le temps ne devient pas trop humide, nous aurons une récolte exceptionnelle.

Ce serait à Nicolas de tout superviser, il devrait donc faire une nouvelle pause au centre médical. Mais il lui restait encore beaucoup de congés à prendre.

— On va remplir les caves de pinot gris et de chardonnay, se réjouit-il.

Ils en gardaient toujours pour eux afin d'en profiter tout au long de l'année. Claire appréciait le pinot gris. Cela leur faisait un point commun.

Bodie renifla l'air.

— Les steaks seront bientôt prêts. Je vais réserver une table sous les arbres pendant que tu vas chercher ces dames, décida Bodie en lui faisant un clin d'œil.

Tout comme sa femme, il n'acceptait pas le statut de célibataire de Nicolas.

Ce dernier vida d'un trait son verre d'eau et retourna à l'intérieur.

— Claire, Evelyn, vous venez nous rejoindre dehors ? Bodie a pris une table. Jess et Joachim, si vous veniez aussi ?

Claire avait l'air si détendue avec eux que cela lui ferait sûrement plaisir. Elle marcha à côté de lui tandis qu'ils gagnaient leur table.

— C'est si agréable de passer un moment entre adultes, sans avoir à me soucier de Mia...

— Vous ne sortez donc jamais sans elle ?

— Mon amie de Dunedin avait une fille du même âge et nous faisions du baby-sitting à tour de rôle.

— Vous pouvez faire la même chose ici...

— Je n'ai pas encore eu le temps, entre mon installation dans la maison et mes débuts à mon nouveau poste. Il fallait aussi que j'aide Mia à prendre ses marques, ajouta-t-elle avec un sourire attendri.

Heureuse enfant.

— On n'est qu'en décembre, vous aurez l'embarras du choix pour ce qui est des activités. Canotage, pêche, natation, piqueniques...

Elle lui jeta un coup d'œil effaré.

— Canotage ? Pêche ?

— Mais oui. Vous êtes dans un canot avec une ligne qui trempe dans l'eau, puis vous donnez une secousse quand ça mord et bataillez comme une furie pour remonter le cabillaud à bord pour le dîner.

— Je n'ai jamais pêché...

— Je parie que vous n'avez jamais mangé de poisson aussi frais qu'ici.

Un plan était en train de se former dans sa tête, mais il le garda pour lui. Il était encore trop tôt dans la soirée pour proposer qu'ils passent une journée ensemble sur la grande bleue. Ou ailleurs. Il se pouvait qu'il ne lui plaise pas tant que ça, qu'elle le juge inintéressant et qu'elle finisse par aller s'asseoir ailleurs.

Elle le regarda avec un petit sourire.

— Il y a beaucoup de choses que je n'ai pas encore essayées.

— Quand vous et Mia aurez envie de vous promener dans le vignoble, dites-le-moi et on trouvera un moment qui convienne. Kent, le fils d'Evelyn et Bodie, pourrait se joindre à nous. Est-ce que Mia le connaît ?

— Ils vont à la même garderie et s'entendent bien.

Voilà qui facilitait les choses.

— Je pourrai emmener Mia faire un tour de tracteur, si vous pensez que ça lui plaira.

— Vous allez vous en faire une amie pour la vie ! Tout ce qui a quatre roues la fascine. Elle voudrait apprendre à conduire ma voiture avant même de savoir rouler à vélo sans les petites roues.

Nicolas avait appris à se fier à sa première impression. Lui et Bodie s'étaient connus en jouant au rugby et étaient devenus instantanément amis. Ils s'étaient toujours soutenus mutuellement depuis. Le jour où il était monté sur un bateau de pêche, il avait su que c'était le métier qu'il voulait exercer pour les années à venir. Mais quand il avait vu son ex-femme Valérie pour la première fois, il avait d'abord hésité. Elle avait l'air drôle et gentille, pourtant quelque chose chez elle le gênait, qu'il ne parvenait pas à définir. Il avait mis ça sur le compte de l'insécurité qu'il ressentait par rapport à sa famille et avait continué à la fréquenter jusqu'à ce qu'il tombe amoureux d'elle… et que ça tourne mal quelques années plus tard. Pour ce qui était de sa première impression avec Claire…

— Je ferais mieux de cacher mon quad…

Ces engins étaient impliqués dans de nombreux accidents dans les fermes.

Il vit Claire frissonner d'appréhension.

— J'ai soigné plusieurs fermiers blessés. Ce n'était pas beau à voir.

— C'est très bien pour faire le tour des terres, quand on porte un casque et qu'on n'essaie pas de rouler trop vite ni sur des parcours trop accidentés. Mon terrain est assez plat, mais je reste prudent.

Une fois à leur table, il tira une chaise pour que Claire s'asseye.

— Que diriez-vous d'un autre verre de vin ?

— Avec plaisir. Le même, s'il vous plaît. C'est si bon de pouvoir se détendre...

— Mmm...

Claire reposa son verre et soupira d'aise. C'était si facile de s'entendre avec Nicolas – si elle ne tenait pas compte de l'effet qu'il lui faisait quand ses yeux plongeaient dans les siens.

Nicolas la troublait, avec ses muscles toniques qu'elle devinait sous sa chemise et son pantalon moulant. Ses mains avaient l'air à la fois puissantes et douces. Il avait un visage ouvert, et elle avait remarqué la veille son inquiétude silencieuse pour la femme accidentée. Quant à ses lèvres...

Elle était déjà sortie avec des hommes séduisants, mais il lui arrivait rarement de s'emballer aussi vite. Nicolas était terriblement sexy.

Ceci n'est pas un rencard. Dommage. Une brève aventure ne pouvait pas lui faire de mal. Et cela ne lui était pas arrivé depuis longtemps.

Un autre regard de côté, et son cœur battit plus fort. À n'en pas douter, elle était plus sensible à sa présence qu'à celle d'autres hommes qu'elle ne connaissait pas plus que lui.

Nicolas se pencha vers elle.

— Simple avertissement amical. Maintenant que vous êtes amie avec Evelyn, attendez-vous à vous retrouver embarquée dans toutes sortes de situations.

Elle se mit à rire.

— Je pense que c'est déjà le cas.

De nouveau, elle fut saisie par cette odeur masculine qu'il dégageait et se recula sur son siège, retenant sa respiration. C'était trop bon. Cela réchauffait en elle des endroits un peu oubliés.

En tout cas, elle n'avait pas besoin que quelqu'un se mêle de vouloir lui faire rencontrer l'âme sœur. Certes, elle était venue ici pour rompre avec la vie terne qu'elle menait à Dunedin, mais elle n'avait pas l'intention de se précipiter dans la première relation venue.

Nicolas la regarda comme s'il lisait dans ses pensées. Il était peut-être temps de mettre un peu d'espace entre eux en allant parler à d'autres personnes.

À cet instant, il leva son verre et le choqua contre le sien.

— À une délicieuse soirée…

Aussitôt, Claire se sentit fondre. Elle n'avait pas vraiment envie d'aller voir un autre groupe. Elle aimait être assise là, avec Nicolas. En fait, à chaque minute qui passait il lui plaisait davantage. Après tout, qu'importe qu'il s'agisse de bavarder et d'apprécier ensemble un dîner, ou de vivre une brève aventure. Et pourquoi ne pas emmener Mia visiter sa propriété ? À en juger par son corps en feu, tout pouvait arriver.

Un seul mot d'ordre : ne pas se faire souffrir mutuellement. Elle ne pourrait supporter d'avoir encore le cœur brisé.

— Venez, vous deux, appela Bodie. Les steaks sont prêts à être dégustés sur la table de service.

Nicolas tressaillit comme s'il avait oublié où ils étaient.

— On arrive.

Il tira la chaise de Claire quand elle se leva, et elle fut prise de l'envie irrésistible de glisser la main dans la sienne alors qu'ils se dirigeaient vers les tables couvertes de salades et de plats de poissons et de légumes. Elle ne se rappelait pas avoir jamais fait ça – ou peut-être des siècles auparavant.

Mais Nicolas l'avait juste accompagnée en voiture, rien de plus. Au lieu de penser à des choses qu'elle n'avait pas faites depuis longtemps, mieux valait d'abord en savoir plus sur lui. À présent, elle avait Mia, elle devait être prudente aussi pour sa fille.

L'homme qu'elle introduirait dans leur vie ne devrait jamais lui faire de mal.

Quand elle était étudiante en médecine, elle avait connu Anthony, un autre étudiant. Il était bon et généreux et elle l'avait aimé pour ça. Mais après trois années de relation, il lui avait dit qu'il ne l'aimait pas assez pour qu'ils passent le reste de leur vie ensemble. Elle avait été dévastée, et par la suite plus hésitante que jamais à laisser un homme s'approcher de trop. Même s'il y avait toujours le désir sous-jacent de tomber amoureuse d'un homme merveilleux et d'avoir des enfants de lui, ce ne serait pas aux dépens de sa fille – ni à ses propres dépens.

Nicolas lui tendit une assiette.

— Tenez. Vous avez l'embarras du choix.

— Mon estomac se réjouit déjà.

Il se pencha sur elle, faisant mine d'écouter, et elle se sentit de nouveau troublée.

— Je n'entends rien...

Il avait le chic pour la mettre de bonne humeur et la faire sourire.

La nourriture était excellente, et la compagnie encore meilleure. Cela faisait longtemps que Claire n'avait pas passé un aussi bon moment.

Elle poussa un soupir de bien-être quand ils quittèrent le restaurant après 22 heures. La foule avait diminué et quand Evelyn et Bodie annoncèrent qu'ils rentraient, elle décida qu'il était temps pour elle de faire de même, car malgré le plaisir qu'elle avait pris avec Nicolas – qui semblait facile à vivre et attentionné –, elle était fatiguée. Ils avaient passé presque toute la soirée ensemble et il ne lui avait jamais fait perdre ses moyens, malgré son manque d'habitude de voir du monde.

— Est-ce que vous vous êtes bien amusée ? demanda-t-il tandis qu'ils regagnaient son véhicule.

— Oui, vraiment. J'ai l'impression de faire davantage partie de cette communauté. Participer à des soirées avec des collègues facilite le travail au quotidien.

Tout le monde l'avait bien accueillie et traitée comme s'ils avaient toujours travaillé ensemble. Chaque semaine qui passait lui faisait apprécier un peu plus d'avoir emménagé ici.

Elle jeta un coup d'œil de côté à Nicolas. Il était si différent d'Anthony, avec son naturel et son ouverture d'esprit. Il n'essayait pas de lui imposer son point de vue en débitant des lieux communs. Difficile aussi d'imaginer qu'il aurait pu refuser sa grossesse.

Doucement.

Un simple dîner ensemble – au milieu d'une foule – ne pouvait présager du futur. Elle venait juste de commencer une nouvelle vie à Blenheim.

Mieux vaut avancer pas à pas, ou tu risques de le regretter.

— Alors, contente d'avoir déménagé ? demanda Nicolas.

— Je crois que c'est la meilleure chose que j'ai faite depuis longtemps. Mia aussi est heureuse. Je craignais qu'elle ait du mal à se faire de nouveaux amis, mais je devrais mieux la connaître.

Malgré son jeune âge, sa fille avait du caractère. Elle était moins dure quand elle se faisait mal physiquement et elle avait alors besoin d'être consolée à grand renfort de bisous et de câlins. Ça tombait bien, Claire n'était pas avare de tendresse envers sa fille en toutes circonstances.

Mia avait besoin d'un père à aimer, d'un élément masculin qui lui prodigue aussi son affection. Claire comprenait que ce soit dur pour elle de ne pas en avoir. Raison de plus pour ne pas laisser un homme entrer dans leur vie s'il ne faisait qu'y passer.

3

Nicolas attendit que Claire rentre chez elle avant de redémarrer. Quelle soirée… Ils s'étaient entendus incroyablement bien, malgré tous les signaux d'alarme qui s'étaient déclenchés dans sa tête.

Claire était merveilleuse. Il était à la fois charmé et circonspect, et ne se rappelait pas avoir été aussi attiré par une femme depuis longtemps. Il y avait une connexion entre eux, il en était certain.

D'un autre côté, il était soulagé qu'elle ait pris congé de lui sans hésiter et se soit éloignée d'un pas ferme, le sourire aux lèvres. À supposer qu'elle ait envie de passer du bon temps avec lui, il comprenait qu'elle se montre prudente. Il avait parfois lu du désir dans le regard qu'elle posait sur lui, mais elle ne se précipiterait pas dans une relation dont les conséquences pouvaient être préjudiciables pour sa fille.

Quoi qu'il en soit, elle valait la peine qu'il attende. Même pour une brève aventure.

Pourtant, il avait pris son temps avec Valérie, et leur relation avait quand même échoué. Il n'avait pas été assez bien pour elle et elle lui avait préféré un autre homme – qui avait lui-même disparu de sa vie peu de temps après leur rupture.

Tut-tut.

Une voiture arriva derrière lui. C'étaient Bodie et Evelyn, qui devaient s'amuser de le voir déjà rentrer chez lui. Pour le coup, il tourna dans leur allée et se gara devant chez eux.

— Aurais-tu perdu ton pouvoir de séduction ? demanda Bodie d'un ton taquin en sortant de son véhicule.

— Pour la peine, tu me dois un dernier verre. Il est encore tôt et je ne suis pas prêt à aller me coucher.

— Je m'en doute, dit Bodie avec un sourire ironique.

Tout en sirotant son vin, quelques minutes plus tard, Nicolas jeta un coup d'œil aux photos de famille encadrées dans le salon. Evelyn avait eu Michelle dix ans avant de rencontrer Bodie. Son mariage s'était terminé deux ans auparavant et elle avait élevé sa fille seule, jusqu'à ce que Bodie arrive et fasse sa conquête.

— Sais-tu depuis combien de temps Claire est toute seule, Evelyn ? demanda Nicolas.

Dans l'absolu, il n'était pas contre l'idée d'élever les enfants de sa partenaire, en y ajoutant ceux qu'ils auraient ensemble. Mais pour être papa, il fallait être heureux en ménage et donc commencer par trouver la bonne épouse. Il ne pouvait nier que Claire lui avait fait forte impression.

— D'après le peu que je sais, elle était déjà seule quand elle a eu Mia, et je ne crois pas qu'il y ait eu quelqu'un dans sa vie depuis. Tu ferais mieux d'en parler avec elle, je ne suis pas censée faire des commérages.

— Certainement. Jusqu'ici elle n'a pas dit grand-chose, c'est encore un peu tôt.

— Il y aura donc un après ? demanda-t-elle en le regardant d'un air sérieux, comme si c'était important.

Et ça l'était. Ces deux-là étaient ses amis les plus proches et connaissaient son passé. Ils savaient combien il était devenu prudent. Mais d'autres avaient pris des risques et étaient heureux – comme Evelyn et Bodie.

— Je l'espère, répondit-il, sincère.

Si Claire est intéressée.

— Vous aviez l'air de vous entendre, tous les deux, et j'en suis ravie. Alors, qu'as-tu prévu demain au domaine ? demanda-t-elle, changeant de sujet.

— J'ai des pulvérisations à faire.

Il serait sûrement assez occupé pour ne pas avoir encore l'esprit habité par une femme particulièrement charmante.

Cela marcha pendant la majeure partie de la journée, mais auparavant il passa une nuit blanche à se retourner dans son lit, l'esprit rempli d'images de Claire et de son sourire. Ce qu'il avait pris pour de la timidité lui semblait maintenant plutôt de la réserve – une certaine réticence à trop s'abandonner. Et puis il y avait ces vagues de chaleur qu'elle déclenchait en lui quand il était assis près d'elle.

Travailler sur ses terres, vérifier le niveau d'huile, la pression des pneus et l'état du moteur de son engin lui fit du bien car cela lui changea les idées.

Le lundi, il reprit son rôle d'infirmier en se rendant au centre médical. Avoir deux métiers totalement différents lui procurait beaucoup de plaisir et d'énergie. L'un était très physique, l'autre tourné vers le soin des autres.

— Bonjour, Nicolas, dit Claire quand il entra dans le bureau où se trouvaient un autre médecin et trois infirmières, debout avec un mug de café à la main, tous l'air en forme et souriant gaiement.

Apparemment, leur travail les rendait heureux.

— Bonjour, Claire. Vous avez passé un bon week-end ?

— Oui. J'ai fini de vider les derniers cartons. Ensuite, j'ai emmené Mia à Pollard Park.

Il aurait bien aimé faire partie de son week-end. C'était incroyable qu'elle occupe aussi souvent ses pensées. Et très inhabituel. Comme s'il avait commencé à glisser inexorablement sur une pente qui lui ferait ouvrir son cœur. Mais il ne se sentait pas encore prêt.

— Après avoir travaillé dans vos vignes, vous êtes ici pour faire une pause ? dit-elle d'un air malicieux.

— Pas question de pause, intervint Tina, la réceptionniste, en riant. On a déjà une queue qui attend dehors.

— Je m'occupe du triage, dit Nicolas en posant son mug.

Il alla ouvrir les portes d'entrée principales, marquant ainsi le début de la journée de travail.

— Bonjour, tout le monde.

Il fut accueilli par le concert de salutations habituel.

— Veuillez attendre votre tour à l'accueil. Vous serez reçus par ordre de priorité.

Les cas graves avaient déjà dû être pris en charge par le service des urgences de l'hôpital voisin. Quant à leur centre médical, il était dévolu aux problèmes moins urgents ou aux personnes qui n'avaient pas de médecin régulier.

Une fois dans son bureau, il chantonna en attendant que le nom de son premier patient apparaisse sur l'écran de l'ordinateur. Il l'évaluerait rapidement avant de le diriger vers Claire ou Ryan.

La voix de Claire le fit sursauter.

— Merci encore pour vendredi soir, dit-elle derrière lui. Je me suis bien amusée.

Surpris, il pivota sur sa chaise.

— Moi aussi. J'ai vraiment apprécié ce moment avec vous. On devrait ressortir ensemble.

— Volontiers, répondit-elle en souriant.

Ryan apparut dans l'encadrement de la porte.

— Claire, pouvez-vous prendre le premier patient ? Je dois aller au service des urgences de l'hôpital signer des papiers pour un patient que je leur ai envoyé hier.

— Pas de problème.

Nicolas consulta l'écran.

— Homme de trente et un ans, poignet peut-être fracturé. Voulez-vous le recevoir directement ? Il n'a pas besoin de triage.

— Entendu.

Elle se pencha pour lire les informations rentrées dans l'appareil et inspira profondément. Ce parfum de roses devenait addictif. Heureusement, elle l'emporta en quittant la pièce.

De son côté, il alla chercher la patiente suivante.

— Trish White ? Veuillez entrer...

La patiente de trente-six ans boitilla derrière lui avant de s'asseoir sur le siège.

— Je suis Nicolas, l'infirmier chargé du triage. Qu'est-il arrivé à votre cheville ?

— J'ai trébuché sur le chat en allant à la salle de bains et me suis effondrée dessus. J'espère que ce n'est qu'une entorse, mais c'est très douloureux quand je m'appuie.

— Posez votre pied sur ma chaise, je vais jeter un coup d'œil.

La cheville était un peu gonflée, ce qui rendait la palpation difficile.

— Avez-vous eu un malaise ou un coup à la tête avant de trébucher ?

— Pas du tout.

— Je vais prendre votre tension pour m'assurer qu'il n'y a pas de raison médicale à votre chute. Comment êtes-vous venue jusqu'ici ?

— Mon voisin m'a amenée en voiture en allant travailler et m'a déposée directement au service des urgences. On m'a dit de venir ici car ce n'est pas considéré comme sérieux, dit Trish d'un air maussade. Pourtant, ça a été douloureux de marcher jusqu'ici.

Un membre du personnel aurait dû l'amener en fauteuil roulant.

— Votre tension est normale, dit-il. Il n'y a donc personne pour vous accompagner ?

— Non.

Bon sang. C'était toujours mieux qu'il y ait quelqu'un d'autre pour entendre ce qu'on avait à dire.

Il appela un autre infirmier.

— Jude, pouvons-nous avoir un fauteuil roulant ? J'ai une patiente pour Ryan.

Il arriva aussitôt avec un fauteuil et le maintint pendant que Nicolas aidait la patiente à pivoter avant de s'asseoir.

Trish fit la grimace.

— Ma cheville ne peut pas être cassée, je dois me marier dans deux semaines et je n'ai pas envie d'avoir des béquilles !

— Le médecin va vous examiner et, s'il soupçonne quelque chose, il vous enverra passer une radio...

Le patient suivant était un garçon de six ans avec des ecchymoses sur la figure.

— Qu'est-ce qui t'est arrivé, jeune homme ?

— J'étais à table et je suis tombé de mon tabouret sur la

chaise haute de mon frère. C'était pas drôle, ajouta-t-il avec un petit rire forcé.

Les contusions étaient larges et rouges, donc très récentes, mais en regardant de plus près, il remarqua des zones vert et bleu foncé indiquant des hématomes plus anciens.

Quelque chose ne collait pas.

— Ça va aller, Noah, lui dit sa mère. Tu n'aurais pas dû t'agiter sur ton siège alors que tu prenais ton petit déjeuner avant de te préparer pour l'école.

— Mais papa a dit…

— Papa t'a dit de te dépêcher sinon tu devrais y aller à pied.

Nicolas nota l'expression tendue de la mère.

— Est-ce que tu t'es cogné ailleurs, Noah ? Les bras ou le dos ?

Le garçon jeta un coup d'œil à sa mère avant de regarder par terre.

— Non.

— Je vais te palper la tête et tu me diras si ça fait mal, d'accord ?

Noah hocha la tête, les yeux toujours baissés.

Nicolas examina le crâne de l'enfant sans qu'il émette un seul son. Puis il souleva son T-shirt et lui palpa doucement les côtes et les épaules, en descendant le long de la colonne vertébrale. Quelques hématomes anciens mais apparemment pas de douleur. Jusqu'à ce qu'il touche son côté gauche, et là il le vit tressaillir.

— Tu vas aller t'asseoir dans la salle d'attente avec ta maman et le médecin va te voir très bientôt, dit-il d'un ton à la fois ferme et rassurant.

— Il a toujours eu tendance à se blesser, commenta sa mère en aidant Noah à se lever de sa chaise et en le prenant par l'épaule.

J'ai déjà entendu ça, se dit Nicolas en partant à la recherche d'un des deux médecins.

Claire était dans son bureau devant son écran, en train de faire défiler les dossiers des patients.

— Vous avez une minute ? demanda-t-il.

— Est-ce que vous avez un problème médical ?

— Pas du tout. Je m'inquiète au sujet du patient suivant. Noah a six ans et présente des hématomes importants sur le visage.

J'en ai repéré d'autres plus anciens et il n'avait pas l'air à l'aise, comme s'il avait reçu pour consigne de parler le moins possible. Peut-être que je me trompe complètement, mais je soupçonne un problème. Il a tressailli quand je lui ai touché le côté gauche.

— Vous pensez à de la maltraitance ?

— J'aimerais avoir votre avis. Il s'est raidi quand sa mère a mentionné son père. Il est probable que j'exagère, ajouta-t-il en ressortant du bureau, mais j'ai déjà vu ce genre de cas et je ne voudrais surtout pas passer à côté. Bien sûr, si j'ai raison, la suite des événements dépend de vous, et on pourrait avoir du fil à retordre si la mère n'est pas prête à parler. Elle a l'air plutôt dure à cuire, mais j'en ai déjà vu changer d'attitude une fois que les questions deviennent plus précises.

— Je suis contente que vous m'ayez alertée, dit Claire en plongeant son regard dans le sien, au point que pendant un moment il oublia pourquoi il était ici. Je vais être vigilante.

C'était tout ce qu'il demandait.

— Bien, dit-il en s'éloignant.

— Nicolas, appela-t-elle.

Il se retourna.

— J'aimerais que vous vous joigniez à moi pour recevoir Noah et sa mère. Ils se sont déjà habitués à vous et nous pourrons faire un examen complet ensemble. Dans ces cas-là, il est toujours important d'avoir une seconde opinion.

— Je vais le chercher.

Il se dirigea vers la salle d'attente d'un pas léger. Claire et lui étaient sur la même longueur d'onde.

Le ventre noué, Claire prit une profonde inspiration. Nicolas ne s'était pas transformé en grenouille depuis le week-end. Il était toujours beau dans le style « nature », sa peau hâlée par le travail au grand air dans les vignes. Il marchait d'un pas ferme et confiant, en tenant la tête haute. Son genre d'homme – à supposer qu'elle en ait un.

Il avait l'air de savoir ce qu'il voulait dans la vie et faisait ce qu'il fallait pour l'obtenir. Le vendredi soir, il s'était montré attentionné et elle s'était sentie spéciale à ses yeux. Il était simple et authentique, ne cherchant pas à se mettre en avant. Apparemment, il n'était pas le genre d'homme à prendre ce qu'il voulait et s'en aller sans se soucier des conséquences. Elle se rappelait la gentillesse avec laquelle il avait traité les enfants quand il était déguisé en Père Noël, se montrant patient et compréhensif. Si on ajoutait à cela l'attention avec laquelle il s'était occupé de l'enfant qu'elle allait examiner, elle devait admettre qu'il gagnait de plus en plus de points au fil des jours.

Il me convainc trop facilement.

Ce qui n'arrivait jamais, car habituellement elle était toujours sur ses gardes, pensant avant tout à se protéger. Mais Nicolas franchissait toutes ses barrières avec facilité. Pourquoi ne fuyait-elle pas ? Se rappelant le vendredi soir, elle sentit une pointe d'excitation en elle. Elle devait se détendre un peu et s'ouvrir aux nouvelles sensations que Nicolas provoquait.

La salle d'attente s'était remplie rapidement. Nicolas alla chercher Noah et sa mère et les fit entrer dans le bureau de Claire. La mère avait un air de défi, la main fermement agrippée à l'épaule de son fils. Mais le fait qu'elle l'ait amené au centre médical plaidait en sa faveur.

— Vous êtes Mme Robertson ? demanda Claire.

— Oui. Noah jouait sur le tabouret de la cuisine et il s'est cogné la figure sur la chaise haute. Il dit qu'il a très mal.

— Asseyez-vous, dit Claire en fermant la porte. Noah, je vais examiner ton visage pour voir s'il y a quelque chose de cassé. D'accord ?

— Oui.

— Assieds-toi et parle correctement, ordonna sa mère.

L'enfant obéit sans un mot.

Nicolas avait raison à propos d'anciens hématomes, et sans doute aussi pour la maltraitance.

— Dis-moi si je te fais mal, dit doucement Claire en commençant la palpation.

— Il n'est pas douillet, assura la mère.

Lorsque Claire toucha la pommette, Noah sursauta.

— Tu as mal ici ?

— Beaucoup.

Elle s'assit et consulta le dossier de l'enfant. Ce n'était pas la première fois qu'il se retrouvait au centre de soins d'urgence avec une fracture, ce qui risquait de rendre la conversation plus difficile.

— Madame Robertson, je vois que Noah a d'autres hématomes sur le visage, plus anciens. Est-il aussi tombé il y a quelques jours ?

— Oui. Il est très maladroit, répondit la femme sans la regarder.

— L'avez-vous emmené se faire soigner ?

— Non. Il a dit que ce n'était pas très douloureux.

Claire fit une pause pendant quelques secondes.

— Êtes-vous certaine qu'il est tombé ?

Si quelqu'un faisait du mal à Mia, elle deviendrait folle furieuse.

— Je trouve étrange qu'il y ait des hématomes au même endroit.

Elle commençait à peine, mais devait aller tout doucement.

La mère réagit aussitôt.

— Je l'ai amené ici pour qu'il soit soigné, pas pour être questionnée comme si j'avais fait quelque chose de travers. Viens, Noah. On rentre à la maison.

— Attendez, madame Robertson. Noah doit passer une radio faciale car je pense qu'il a des os cassés dans la joue. C'est important de vérifier pour pouvoir le guérir et qu'il ne souffre pas davantage. Ce n'est pas ce que nous voulons, n'est-ce pas ?

— Non, bien sûr. Mais s'ils ont été cassés la première fois ?

— Attendons d'abord d'avoir une confirmation. Si c'est le cas, je dirigerai Noah vers l'hôpital pour qu'il voie un chirurgien orthopédique pédiatrique.

La femme parut soulagée.

— Bon.

Elle pensait peut-être qu'il n'y aurait plus de questions sur la façon dont Noah avait récolté ces blessures, ce en quoi elle se trompait.

— Pour commencer, je voudrais que Noah ait un examen complet.

Aussitôt, Nicolas aida le garçon à s'allonger sur le dos.

— Je vais retirer ta chemise pour que le docteur voie ta cage thoracique, d'accord ?

L'enfant regarda Nicolas comme s'il se demandait s'il pouvait lui faire confiance.

— Oui.

Il n'avait pas d'œdème autour de ses organes, nota Claire.

Nicolas aida ensuite Noah à rouler sur le ventre, et elle le vit serrer les dents. Trois anciens hématomes couvraient les épaules du garçon.

Elle les palpa légèrement.

— Est-ce que tu as mal ici ?

Il hocha la tête en silence.

— Je peux regarder tes jambes ?

La mère de Noah ne disait plus un mot.

Quelques minutes plus tard, Claire s'assit à son bureau et écrivit quelques notes.

— Madame Robertson, Noah doit aller d'urgence en radiologie.

En fait, ce n'était pas un cas urgent proprement dit, mais les laisser attendre dans la salle était trop risqué. Ils pouvaient s'éclipser sans que Noah ait reçu aucun traitement.

La femme gardait le silence.

— Vous voulez qu'on prenne soin de lui, n'est-ce pas ?

Elle baissa lentement la tête.

— Oui, murmura-t-elle.

— Noah, je vais te chercher un fauteuil roulant et t'emmener faire un tour. OK ?

— OK.

Les yeux de Nicolas étaient tristes quand il regarda Claire.

— Je vais demander à Liz de prendre le relais pour le triage pendant que je m'occupe de Noah. Je resterai avec lui.

Il comprenait ce qui l'inquiétait.

— Merci.

Le mot « empathie » lui vint à l'esprit. La plupart des hommes avaient de l'empathie envers les enfants. Elle avait beau le savoir, elle avait tendance à l'oublier quand elle pensait à son père qui, même s'il ne l'avait jamais maltraitée physiquement, lui avait brisé le cœur quand il était sorti de sa vie. Celui de Mia avait fait la même chose, et celle-ci commençait à souffrir de son absence.

Je veux un câlin de mon papa.

Ces paroles ne la quittaient pas. Le pire, c'était qu'elle ne pouvait rien y faire. C'était comme si cet homme n'avait jamais existé, même si parfois elle retrouvait en Mia son large sourire et sa joie de vivre.

Nicolas fut de retour rapidement, poussant un fauteuil roulant pour enfant.

— Allons-y, Noah. Ta maman vient aussi.

— À tout à l'heure, dit Claire à l'enfant.

Tu seras constamment accompagné, de sorte que tu ne pourras pas être emmené hors de l'hôpital avant que cette histoire soit réglée.

Elle avait le cœur lourd.

— Pauvre petit, dit-elle à Nicolas quand celui-ci revint une demi-heure plus tard en annonçant que Noah avait été admis avec des côtes et des pommettes cassées. Pourquoi sa mère ne le défend-elle pas ?

— Elle est probablement une victime elle-même. J'ai vu un hématome sur son bras quand la manche de son T-shirt s'est déplacée. Elle l'a aussitôt rabattue. Il y a des hommes qui ne méritent pas d'avoir des enfants, ajouta-t-il d'un ton amer.

— Certaines femmes non plus, renchérit Claire.

Elle regretta aussitôt ses paroles. Il lui jeta un coup d'œil interrogateur.

— Non, je n'ai jamais été maltraitée physiquement, s'empressa-t-elle d'ajouter.

— Heureux de l'entendre.

Pourtant, il ne détourna pas le regard, comme s'il savait qu'elle avait plus à dire. Elle n'en avait nullement l'intention. C'était une histoire triste qu'elle avait acceptée une fois adulte, comprenant que sa mère ne pourrait pas changer et qu'au fond d'elle-même, elle avait aimé sa fille. Aussi Claire s'était-elle occupée d'elle jusqu'à ce qu'un jour, elle décide de faire ses valises et de partir pour Perth. Elle ne s'était jamais remise de la perte de son amour et avait involontairement fait souffrir sa fille.

Rien d'étonnant si Claire craignait d'aimer trop fort quelqu'un. Pourtant, son amour pour Mia était plus fort que tout. Pourrait-elle un jour aimer autant un homme ?

— Il y a un autre patient à voir en priorité, dit Nicolas, la ramenant à la réalité. Il a vingt-quatre ans, des palpitations cardiaques, une tension élevée, et il a été pris de vertiges. Il est tombé sur son lieu de travail. Je l'ai fait allonger et l'ai relié aux moniteurs.

— Comment s'appelle-t-il ? demanda-t-elle en se dirigeant vers la salle de surveillance à quatre lits réservée aux patients ayant besoin d'être sous moniteur.

— Jason Maynard. Vous êtes d'accord avec moi pour le petit garçon ?

— Oui, à cent pour cent. Je vais appeler le thérapeute pour enfants après avoir vu M. Maynard.

— Parfait.

Son sourire la toucha droit au cœur, et elle se dirigea vers le patient suivant d'un pas plus léger. Tout était possible dans un bon jour, et travailler avec Nicolas en étant sur la même longueur d'onde pour ce qui concernait les patients faisait partie des points positifs. Cela lui donnait de l'énergie à revendre.

À 17 h 15, Claire repassa à la garderie et trouva Mia en train de pousser un camion en plastique autour du bac à sable avec Kent.

— Alors, la journée a été bonne ?

— Ken a mangé mon sandwich, mais j'ai eu son brownie au chocolat parce qu'il ne le voulait pas.

— Je crois que tu t'es fait arnaquer, dit la voix de Nicolas derrière elle.

Il était donc passé prendre Kent. Décidément, il avait l'étoffe d'un bon père. Le gamin avait l'air de l'adorer. Comment avait-il pu faire illusion quand il était déguisé en Père Noël ? Il aurait dû reconnaître sa voix…

— Kent ne dit rien, observa-t-elle.

Elle ne pouvait nier qu'elle était heureuse de revoir Nicolas, même s'ils avaient passé la journée dans le même bâtiment, se cognant l'un dans l'autre, discutant des patients et partageant la pause café.

Nicolas s'esclaffa.

— Ça fait partie de son plan, assura-t-il. Faire croire à tout le monde qu'il est le plus gentil de tous les garçons.

— Qui lui a appris ça ? Son père, ou l'ami de son père ?

Nicolas avait-il fait la même chose avec elle au barbecue ? En tout cas, jusqu'à présent, elle n'avait pas pu le prendre en défaut.

Habituellement, ses relations se déroulaient selon le même schéma. Un peu d'amusement au début, puis une rupture rapide, sans qu'elle soit impliquée sentimentalement et donc sans douleur. Cela ne serait peut-être pas suffisant avec cet homme – elle ne savait pas pourquoi. En tout cas, elle restait prudente. Quand il l'avait raccompagnée chez elle le vendredi soir, il n'avait pas eu droit à un dernier verre ni à un baiser, sans parler de sexe. Elle s'était montrée beaucoup moins scrupuleuse dans le cas de ses aventures passées.

— Quoi ? Vous voulez parler de moi ? dit-il en riant.

Elle rit à son tour, se sentant de plus en plus à l'aise avec lui, même après une journée de travail intense.

— Allez, Mia, il est temps de rentrer à la maison et de préparer le dîner.

— Toi aussi, mon pote, dit Nicolas à Kent. N'oublie pas ton sac, sinon tu n'auras pas ta boîte à sandwichs pour demain. Ta maman ne serait pas contente et moi, je me ferais gronder.

À l'évidence, ils étaient tous très amis. Et la façon dont Evelyn l'avait accueillie lui faisait penser qu'il ne faudrait pas longtemps pour qu'elle fasse partie des proches.

— Vous avez l'air terrorisé..., observa-t-elle avec ironie.

Nicolas sourit.

— Evelyn a été super avec Bodie, sa rencontre avec elle a changé sa vie à un moment où il était dans une très mauvaise passe. Je ne lui en serai jamais assez reconnaissant.

Claire sentit son cœur fondre. La plupart des gens avaient un passé qui soit les avait rendus plus forts, soit les avait anéantis. Avoir des amis compréhensifs était une aide précieuse. Nul doute que Nicolas était cette sorte d'homme qu'il serait bon d'avoir à ses côtés.

— Je suis sûre qu'ils vous ont aussi soutenu.

— Ils croient en moi, c'est tout ce qui compte. Allez, jeune homme, ajouta-t-il en se tournant vers Kent qui lui apportait son sac. J'ai des canalisations d'eau à déplacer.

Doutait-il que les autres croient en lui ? Qui avait pu le blesser à ce point ? Il était si ouvert et sincère... Il travaillait dur pour ses patients, et sa double casquette prouvait sa détermination et son cran. Il avait l'air d'être quelqu'un de fiable.

— À demain, Nicolas, dit-elle avant d'entraîner Mia, qui s'était assise à côté d'une autre fille occupée à habiller une poupée d'une combinaison de plongée.

Il lui fit un signe de la main en s'éloignant.

Le fait de travailler ensemble allait les amener à se voir souvent, et elle se sentit enthousiaste à cette idée. Son job était devenu beaucoup plus intéressant et excitant, simplement à cause d'un homme qui la faisait réagir par un mot ou un simple sourire.

Pour la première fois, elle avait hâte d'être au lendemain pour retourner au travail.

Est-ce que Claire a vu mon point faible ? se demanda Nicolas pendant que Kent montait à l'arrière de son 4 - 4.

— J'aime bien la maman de Mia, déclara l'enfant en bouclant sa ceinture.

— Et tu aimes bien Mia, répondit-il avec un sourire complice. Tu lui as donné ton cookie au chocolat.

— Son sandwich avait l'air meilleur, avec du beurre de cacahuète dedans. Et elle avait aussi un muffin au fromage et du raisin.

Il ne put s'empêcher de rire. Evelyn n'avait pas toujours le temps de préparer des déjeuners très créatifs pour son fils, qui avait l'habitude de les échanger contre ceux d'autres enfants. Mais Kent ne donnait jamais ses cookies...

Il pensa à sa journée de travail avec Claire. Elle était un médecin compétent, calme et habile. Il n'avait pas vu un seul patient quitter son bureau en ayant l'air abattu ou bouleversé – même ceux qui souffraient ou devaient se rendre au service des urgences voisin.

À part ce jeune garçon, dont ils soupçonnaient qu'il avait subi des violences. Il s'était avéré qu'ils avaient raison. L'enfant bénéficiait maintenant d'une aide psychopédagogique et, mieux encore, sa mère avait admis qu'elle aussi avait besoin d'aide. Tout s'était passé vite, en partie parce que Claire avait insisté. Elle s'était montrée gentille et discrète, mais aussi ferme et déterminée, et la femme n'avait pas résisté longtemps. La famille avait un long chemin à parcourir, mais ils avaient franchi la première étape.

Nicolas se réjouissait d'y avoir contribué à son niveau. Le personnel médical formait une équipe dans laquelle il aimait s'impliquer. Il était également heureux que Claire ait rejoint le centre.

Bref, elle lui plaisait.

— Je peux avoir une crème glacée, Nicolas ?

— Non, mon garçon. C'est bientôt l'heure du dîner.

La mère de Kent lui arracherait les yeux s'il s'arrêtait à la boutique.

— Je savais que tu dirais ça...

— Ça ne coûte rien d'essayer.

Et lui, allait-il essayer de mieux connaître Claire ? Il risquerait encore sa tête et son cœur s'il trouvait plus à aimer chez elle. Il y avait aussi sa petite fille à prendre en compte, car elles formaient un tout que rien ne viendrait dissocier. Pour que Claire accepte un homme dans sa vie, il savait qu'il devait être sincère et sérieux, sinon elle craindrait d'éventuelles retombées sur Mia.

4

— Nicolas, te voilà !

Mia se précipita vers lui et il sourit à Claire.

— Sais-tu où est Kent ?

— Parti faire pipi.

— Alors je vais l'attendre. Qu'as-tu fait de beau aujourd'hui ?

— De la lecture et j'ai appris de nouveaux nombres. Tu veux voir ce que j'ai fait ?

— Bien sûr.

Il croisa le regard de Claire, qui riait doucement. Quand il l'entendait rire, il se sentait fondre à l'intérieur. Ça le rendait heureux. Il était ravi qu'ils s'entendent aussi bien.

— J'aime entendre les enfants parler de leur journée, dit-il. C'est une vraie détente émotionnelle après les tensions de la journée.

Mia lui tendit une feuille de papier couverte de nombres de toutes les couleurs disposés sur une échelle.

— C'est toi qui as fait ça ?

— Oui. Tu vois - un, deux, trois, quatre.

Elle énuméra chaque nombre et compta ainsi jusqu'à dix en les montrant.

— Bravo. Tu es très intelligente, tu sais ?

— Oui.

Elle sautilla sur ses pieds en tendant les bras comme si elle essayait de voler.

Nicolas fut tout attendri en voyant les yeux de sa mère remplis d'amour. Il eut une soudaine envie de serrer Claire dans ses bras, de la sentir contre lui... Sans le vouloir, elle lui faisait oublier sa résolution d'aller lentement.

— Qu'est-ce que vous faites ce week-end ? lui demanda-t-elle.

— Moi ? Un peu comme d'habitude. Vérifier les vignes, tondre entre les rangées...

Se demander ce qu'elle faisait...

— Et si vous veniez chez moi demain ? proposa-t-il soudain. Amenez Mia, elle pourra voir Kent.

— C'est très tentant, mais est-ce qu'on ne va pas vous gêner dans votre travail ?

— Il attendra. J'ai aussi besoin de faire des pauses. Vous êtes-vous occupée...

Il baissa la voix et s'assura que Mia n'était pas à portée d'oreille.

— Du cadeau de Noël ?

— Absolument. J'ai eu la dernière boîte de la boutique. Il ne restera plus qu'à assembler tous les morceaux, et ils sont tout petits ! J'espère que j'aurai le temps de le faire la veille de Noël, une fois que Mia aura consenti à aller se coucher.

— Oh ! c'est à vous de monter la cuisine... J'ai une idée. Et si je prenais la boîte pour le faire chez moi, ensuite je la déposerais chez vous assez tard le soir de Noël ?

— N'avez-vous pas déjà assez de travail ?

— En général, pas le soir. Comme ça, si je suis coincé, vous pourrez m'aider à terminer quand je l'apporterai.

— Vous avez raison. Merci. Et j'aimerais beaucoup venir chez vous demain.

Il se sentit soulagé.

— Parfait. Je vais vous envoyer l'adresse par texto. Vous pourriez arriver en fin d'après-midi et on dînera sous le proche. Assez tôt pour Mia, ajouta-t-il. Si Kent sait qu'elle est chez moi, il ne tardera pas à arriver avec un paquet de cookies.

— Un premier amour ? dit Claire avec un sourire pensif. Ils n'ont que quatre ans...

À cet instant, les deux enfants étaient en train de courir autour du tapis de jeux, riant et poussant des cris. Ils avaient l'air heureux. Nicolas ressentait la même chose. Claire venait lui rendre visite ! Chaque jour qui passait, il s'ouvrait davantage à l'idée d'aller plus loin avec elle. En cinq ans, cela ne lui était jamais arrivé.

— Quand est-ce qu'on y va, maman ?

Mia sautillait impatiemment d'un pied sur l'autre.

— Bientôt. Calme-toi, s'il te plaît. Je dois d'abord finir mon cake, sinon on n'ira nulle part.

Elle avait décidé d'apporter un brownie pour le dessert puisque Nicolas s'occupait du repas.

— Va lire un livre dans ta chambre en attendant.

— Mais...

— Maintenant.

Elle entendit les pieds de sa fille claquer dans le couloir et poussa un soupir, puis elle sourit toute seule. Être une maman célibataire n'était pas toujours simple, mais le bonheur que cela lui procurait supplantait largement tout le reste. Elle ne manquait pas de se le rappeler dans les moments difficiles.

Mia était encore petite. Elle préférait ne pas penser aux années d'adolescence à venir. D'ici là, peut-être qu'elle ne serait plus seule ? Ce serait super d'avoir un homme à ses côtés pour la soutenir – un homme à qui elle pourrait accorder toute sa confiance, et qui ne serait donc pas comme son père.

Son téléphone vibra sur la banquette. Nicolas.

— Hello, Claire. Je voulais juste vérifier que Mia aimait le poulet grillé.

Ouf. Il n'appelait pas pour annuler.

— Le poulet est ce qu'elle préfère, préparé de n'importe quelle façon. Mais il ne faut pas vous casser la tête ! Elle doit accepter ce qu'on lui propose. Excepté l'aubergine, elle déteste ça.

— Pas d'aubergine au menu. Venez quand vous voulez, j'ai fini de travailler pour la journée.

— C'est Nicolas ? On arrive maintenant ! hurla Mia depuis le couloir.

Il rit au téléphone.

— On sera prêtes dans une heure à peu près, rectifia Claire. J'ai quelque chose au four.

— Très bien. Je viens de tondre et ça me laisse le temps de prendre une douche.

Elle préféra ne pas s'arrêter sur l'image que ces mots lui évoquaient. Une fois la communication terminée, elle attaqua le rangement du comptoir de la cuisine, le cœur léger. Les rares hommes qu'elle avait fréquentés ces quatre dernières années ne s'étaient pas intéressés à Mia, si ce n'est pour lui chercher une baby-sitter. Elle s'était sentie blessée et était devenue méfiante.

En cela, Nicolas était différent. Spécial, même. Il avait tout naturellement accepté qu'elle ne soit pas seule et n'ignorait jamais Mia.

— Maman ? On y va ?

— Bientôt.

Pourquoi n'avait-elle pas pensé à préparer le brownie dès le lever ce matin, au lieu de passer l'aspirateur partout ? Une fois le gâteau cuit, il faudrait le laisser refroidir avant de l'emporter dans un plat pour qu'il garde une certaine tenue.

— Je vais me préparer, dit-elle. Est-ce que tu vas garder ce haut, ou bien mettre le vert que je t'ai acheté la semaine dernière ?

— Je vais porter le rose, c'est ma couleur préférée, assura Mia.

La semaine précédente, c'était le bleu. Claire secoua la tête. De qui tenait-elle ce caractère pointilleux ?

Probablement de moi, décida-t-elle après avoir essayé deux jeans, deux bermudas et trois hauts. Après tout, quelle importance ? Tous lui allaient bien et mettaient en valeur ses cheveux bruns et sa peau hâlée. Un coup d'œil dans le miroir lui confirma que sa chemise bleu ciel à liserés dorés était parfaitement assortie au bermuda marine. Son choix était fait. Pour les sandales, c'était plus simple : bleu marine avec des talons plats pour pouvoir être à l'aise en marchant dans le vignoble.

Elle soupira en se brossant les cheveux. Cela faisait longtemps qu'elle ne s'était pas mise dans cet état en se demandant ce qu'elle allait porter lors d'un rendez-vous.

— Mia, mon cœur, as-tu pris un chandail et un pantalon, au cas où le temps se rafraîchirait ? appela-t-elle.

— Oui, maman ! Tu me l'as déjà dit. Ils sont dans mon sac près de la porte d'entrée. J'ai aussi emporté deux livres.

— C'est très bien.

Elle était beaucoup mieux organisée que sa mère. Claire rit toute seule, se moquant d'elle-même.

— J'espère qu'il a eu le temps de refroidir, dit-elle à Nicolas en déposant le cake dans sa cuisine une demi-heure plus tard. Mia s'impatientait.

— Il a l'air délicieux, répondit-il en souriant. Il ne fallait pas vous donner cette peine.

— J'y tiens, c'est ma modeste participation.

Elle n'arrivait jamais nulle part les mains vides.

La baie vitrée surplombait des rangées de vignes qui s'étendaient à perte de vue sous le soleil.

— La demande pour le vin de qualité augmente en ce moment, dit Nicolas. À propos, merci pour la bouteille de chardonnay.

— C'est un des vins que je préfère, mais je ne suis pas experte.

— Si on sortait faire un tour ? proposa-t-il.

— Oh oui !

Tout était simple et naturel. Elle n'avait pas besoin de se comporter d'une certaine façon ou selon ce qu'on attendait d'elle, il lui suffisait d'être elle-même.

— Combien d'hectares avez-vous ? demanda-t-elle.

— Vingt, dont quinze se composent de vignes, et je suis en train d'en planter encore deux et demi. C'est une expérience très intéressante, répondit-il d'une voix remplie de fierté et de satisfaction.

— Ce travail vous plaît...

— Beaucoup.

Il se retourna pour vérifier que Mia les suivait.

— Nous allons partir des abris et nous diriger vers les vignes qui poussent sur cette pente.

En levant le bras, il frôla celui de Claire, la faisant frissonner.

— Attention, dit-il brusquement.

Il lui prit la main pour la tirer sur le côté.

— Il y a quelques mottes de gazon et de terre entre la cour de la maison et un des abris. J'aurais dû vous prévenir qu'il valait mieux porter des bottes ou des baskets.

La main de Nicolas tenait fermement la sienne, lui procurant une douce chaleur doublée d'une poussée d'adrénaline. Elle n'avait aucune envie qu'il la lâche.

— Je vais faire attention…

Elle serra sa main plus fort, et il fit de même tandis qu'ils se dirigeaient vers les autres abris. Spontanément, elle sourit. Qui aurait cru qu'elle se sentirait aussi bien grâce au simple contact d'une main ? Elle ne s'était pas rendu compte à quel point cela lui avait manqué. Son déménagement à Blenheim lui faisait miroiter un avenir plein de promesses, avec la possibilité d'accepter un homme dans sa vie.

À présent, elle se sentait prête à essayer en dépit de ses expériences passées - grâce à Nicolas, dont elle avait pu voir la bonté et la sincérité, si importantes pour elle. Mais il lui restait encore beaucoup de lui à découvrir.

Mia sautillait à côté de Nicolas. Quand elle trébucha, il tendit la main pour la rattraper, mais elle s'écarta.

— Je n'ai pas besoin qu'on me tienne la main.

— Très bien, répondit-il, l'air un peu perplexe.

Claire ne put se retenir de rire.

— Elle peut se montrer très indépendante.

Il tourna son regard intense vers elle et rit à son tour.

— C'est ce que je vois.

— Avez-vous toujours voulu être infirmier, ou bien c'est venu sur le tard ?

Il y eut un silence et elle regretta presque d'avoir posé cette question. Mais comment le connaître mieux, sinon ?

Il haussa les épaules.

— En fait, je voulais être chirurgien. Mais j'ai quitté l'école à seize ans, et aussi la maison, pour aller vivre à Nelson, et là j'ai travaillé sur un bateau de pêche.

Elle retint la question suivante. À lui d'en dire davantage s'il le voulait.

— Après tout, pourquoi ne pas vous en parler ? Je subissais beaucoup de pression de la part de mes parents pour étudier la médecine et faire aussi bien – sinon mieux – que mon frère aîné.

Elle sentit l'amertume le gagner.

— Je suis aussi intelligent que David et aussi capable que lui de choisir une spécialité médicale, ce que j'aurais fait si on ne m'avait pas constamment comparé à lui.

— Ce doit être difficile à vivre. Et injuste.

— J'ai fini par ne plus le supporter, et me demander si je devais plaire à ma famille ou à moi. Comme vous vous en doutez, ils n'ont pas apprécié que je devienne pêcheur. Le plus drôle, c'est que j'adorais ça. J'aimais rester en mer pendant des semaines sans apercevoir la terre, et être confronté à des tempêtes comme je n'en avais jamais imaginé. Cela m'a aidé à mûrir vite.

— Pourquoi vous êtes-vous arrêté ?

— Même après des années, je gardais toujours quelque part l'envie d'appartenir au monde médical. Comme je ne pouvais plus envisager de passer une dizaine d'années à étudier, devenir infirmier m'a semblé le meilleur compromis.

Elle jeta un regard circulaire aux terres qui les entouraient.

— Et vous avez trouvé l'équilibre entre vos deux activités...

Ici, il avait l'allure d'un homme habitué à vivre au grand air et marchait d'un pas solide et assuré, alors qu'au centre médical, il était calme, attentif et bienveillant.

Nicolas hocha la tête, l'air pensif.

— C'est ça...

Il exerça une pression sur sa main avant de la lâcher.

— Mia, tu veux venir voir les poussins ?

— Oh oui, Nicolas !

Claire se doutait qu'il ne lui avait pas tout dit. Mais il lui avait laissé entrevoir un côté vulnérable de sa personne, et elle le respectait pour ça. La vulnérabilité, elle connaissait. Son principal point faible était sa merveilleuse petite fille, qui était en train de bavarder avec Nicolas comme s'il était son nouveau meilleur ami.

Elle sentit son cœur se gonfler d'amour pour son enfant, et même pour l'homme qui était en train de lui montrer des poussins. Mais attention à celui qui ferait du mal à sa fille ! Elle ferait tout pour lui épargner la souffrance qu'elle avait connue en grandissant.

Au point de renoncer à saisir sa chance ?

C'était le cœur du sujet. Si elle s'installait avec un homme, elle ajouterait de la joie dans la vie de Mia, en plus de la sienne. Elle réprima un frisson. Saurait-elle si elle avait bien ou mal fait avant qu'il soit trop tard ?

En regardant Nicolas montrer à Mia l'enclos des poussins, poursuivi par quelques poules affamées, elle sentit un puissant désir monter en elle. C'était *cela* qu'elle voulait, plus que tout. Une famille. De l'amour. Compréhension et gentillesse. Elle trouverait peut-être tout cela ici, si elle avait assez de courage. Mais… qu'en pensait Nicolas ? Et que pensait-il d'elle ?

— Maman, regarde ! Les bébés vont être enfermés pour la nuit.

— Qu'ils sont drôles quand ils courent, dit-elle en les rejoignant.

— J'en veux un !

— On n'a pas l'abri ni le terrain qu'il faut, répondit-elle, évitant de regarder Nicolas qui se retenait d'éclater de rire.

Elle avait trop envie de poser ses lèvres sur les siennes.

Pas devant Mia, bien sûr.

— Ta maman a raison, renchérit-il. Les poussins ont besoin d'un endroit où déterrer des vers.

— Maman mange des poulets. Je n'aime plus ça maintenant.

Mia dévorait le poulet quand il y en avait à table, mais ce n'était pas le moment de le lui faire remarquer.

Nicolas haussa un sourcil.

— Le dîner promet d'être intéressant…

Nicolas avait passé un très bon moment à regarder Mia nourrir les poussins, tout en bavardant de choses et d'autres avec Claire. Elle n'avait montré aucune réticence quand il lui avait pris la main sans trop y réfléchir, et il s'était senti comme sur un petit nuage.

Qui aurait pu imaginer la semaine dernière que le simple fait d'accompagner Claire en voiture les conduirait là ?

— Qu'est-ce que je peux faire pour aider ? demanda-t-elle.

Il la trouvait très sexy, avec son bermuda et ses boucles brunes retombant sur ses épaules.

— Rien, répondit-il. Tout est prêt. Il faut juste que je fasse griller le poulet.

Ils dînaient tôt à cause de Mia. Claire lui avait proposé de la faire manger en premier, mais c'était très bien ainsi. Ils seraient tous ensemble, et il pourrait partager en même temps avec elle un repas et un verre de vin. C'était la première fois qu'il avait un rendez-vous incluant un enfant et cela ne le dérangeait pas du tout, au stade où en était leur relation.

Pour le moment, Mia était sous le porche en train de dévorer des chips à belles dents. Elle pouvait donc attendre un peu pour dîner.

— Prenez votre verre de vin et allons nous asseoir à l'ombre de la galerie, proposa-t-il.

Une fois assise à siroter son verre, Claire eut l'air complètement à l'aise.

— C'est si relaxant...

Il doutait que cela lui arrive souvent.

— Quand vous aurez besoin de changer d'air, n'hésitez pas à venir faire un saut ici. Je serai parfois occupé dans les vignes, mais faites comme chez vous. Il y a un double de la clé de la porte arrière sous le pot rempli de fougères.

Le ferait-elle ? Claire avait l'air du genre à planifier les choses plutôt qu'à improviser.

— J'apporterai plus de brownie, répondit-elle simplement.

— Dans ce cas, vous pouvez rester indéfiniment. Il est excellent.

Il en avait subtilisé un morceau alors qu'il préparait le poulet, mais avait été surpris par Mia qui en avait réclamé aussi. Il s'était senti un peu coupable de lui donner du brownie si près de l'heure du dîner, mais Claire avait haussé les épaules, disant que, pour cette fois, ça allait. Tout cela avait un parfum de vie de famille et cette atmosphère lui plaisait.

C'était quelque chose qu'il n'avait pas connu depuis l'enfance, avant qu'il commence à sentir la pression sur lui.

— Avez-vous des frères et sœurs ? lui demanda-t-il.

— Aucun.

Le sourire de Claire s'évanouit.

— Il n'y avait que ma mère et moi. Mon père est parti quand j'avais quatre ans.

En fait, il avait été beaucoup mieux loti qu'elle. Même s'il avait souffert de devoir prouver quotidiennement qu'il était aussi bon que son frère David, il avait eu une famille – des parents et un frère avec qui il avait vécu. Il en gardait aussi de bons souvenirs, comme quand il allait pêcher avec son père, ou que sa mère lui avait appris à conduire.

— Je suis désolé, dit-il. L'avez-vous revu de temps en temps ?

Elle plissa les yeux et lui jeta un regard de côté.

— Tout va bien, assura-t-il. Ne vous sentez pas obligé de dire quelque chose qui vous mette mal à l'aise.

Il la vit se détendre peu à peu.

— Je ne l'ai plus jamais revu, ni n'ai entendu parler de lui.

— Quoi ? C'est terrible...

Comment un homme pouvait-il faire ça à son enfant ? Ou une femme, d'ailleurs. C'était tellement égoïste. Elle avait dû être très malheureuse...

— Comment avez-vous fait pour grandir sans problèmes ?

— D'aucuns diraient que je n'y suis pas arrivée. Je n'ai pas été bien pendant des années, cherchant toujours à être remarquée, acceptée... et aussi aimée. Il arrivait qu'on me garde en retenue à l'école pour me punir. Et puis j'ai complètement changé d'attitude, et je me suis jetée dans les études en gardant mes distances avec les gens.

— Et votre mère ? Où était-elle pendant tout ce temps ?

— Elle s'était enfermée dans son monde, prétendant que mon père allait repasser la porte un de ces jours et que l'on reprendrait le cours de notre vie comme si rien ne s'était passé. Je n'existais que pour être nourrie et habillée – des fonctions mécaniques qui n'impliquent pas le cœur d'une mère…

Claire vida son verre en quelques gorgées, puis elle secoua la tête d'un air étonné.

— Je n'arrive pas à croire que je vous ai raconté tout ça.

Lui aussi avait été surpris.

— Je suis content que vous m'en ayez parlé. Cela me permet vraiment de mieux vous connaître.

Comment une mère pouvait-elle agir ainsi ? Pourtant, Claire se montrait affectueuse envers sa fille. Sans avoir eu l'exemple de sa propre mère, elle avait su être une maman et une femme exceptionnelles.

Posant son verre sur le sol, il lui prit la main et la serra doucement entre ses doigts.

— Une chose est certaine : vous ne donnez certainement pas à Mia l'impression qu'elle manque d'amour. Il est présent dans tout ce que vous faites pour et avec elle, même quand il vous arrive de la gronder.

— Je l'espère, dit-elle en reniflant. Je fais tout mon possible pour être la mère que je n'ai jamais eue.

Le cœur de Nicolas se serra. La vie pouvait être si injuste, parfois… Pourrait-elle un jour se consoler de tout ce qu'elle avait perdu ? Il se surprit à avoir envie de l'y aider. La situation commençait à lui échapper.

Il prit une serviette en papier sur la table et la lui tendit.

— Tenez, pour vous essuyer les yeux… La petite ne doit pas voir sa maman pleurer.

— Pourquoi êtes-vous si compréhensif ? Je ne suis pas habituée à ça.

— Peut-être parce que, habituellement, vous n'admettez pas que d'autres personnes vous connaissent telle que vous êtes ?

Elle écarquilla les yeux, visiblement choquée.

— Comment le savez-vous ?

— Je ne le savais pas, mais vous venez de le confirmer.

Il avait la capacité de lire la souffrance des autres. Grâce à la sienne propre, il avait appris à avancer avec précaution, comprenant que personne ne s'en sortait complètement indemne dans ce monde.

Claire se tamponna les yeux avec la serviette, cherchant sa fille du regard. Mia était assise à l'intérieur sur le canapé, un petit ordinateur portable sur les genoux. Elle semblait heureuse, pas du tout perturbée de ne pas être au centre de l'attention.

Se tournant vers Claire, il sourit. Il était temps d'alléger un peu l'atmosphère s'il ne voulait pas que la soirée soit gâchée.

— Je vais mettre le poulet sur le barbecue, dit-il.

— Super. Si je m'occupais de sortir les salades du frigo ?

— Entendu.

— Nicolas ?

Et vlan, elle le gratifia d'un de ses merveilleux sourires qui l'atteignit en plein cœur.

— Merci pour tout.

— Viens par ici…

Il fallait qu'il le fasse. Entourant Claire de ses bras, il l'entraîna à l'écart de la vue de Mia et posa sa bouche sur la sienne. Il sentit ses lèvres douces, sa taille souple et chaude entre ses mains, et ses seins pressés contre sa poitrine. Puis il ferma les yeux et l'embrassa, encore et encore, avant de s'arrêter pour chercher de l'air. Alors ce fut elle, se dressant sur la pointe des pieds, qui trouva ses lèvres et l'embrassa avec la même intensité.

Lorsque, enfin, elle s'écarta doucement, il plongea son regard dans le sien.

— Claire…, murmura-t-il.

Il ne put rien dire d'autre. Elle l'avait complètement chamboulé avec ses baisers.

Elle sourit et laissa courir ses doigts le long de sa joue.

— Je ne m'attendais pas à ça…

— Moi non plus.

C'était tellement plus fort que la simple bise sur la joue qu'il pensait échanger avec elle au moment de se quitter.

— Je ne sais pas ce qui se passe entre nous, mais j'aimerais bien qu'on se revoie pour essayer ensemble d'y voir plus clair. Qu'est-ce que tu en penses ?

— J'aimerais aussi. Tout en restant sur mes gardes.

— Tout comme moi.

— À présent, si on s'occupait du repas avant qu'une certaine petite fille nous trouve et nous pose des questions auxquelles je n'ai pas encore de réponses ?

Silencieusement, il fit le vœu de pouvoir l'aider à trouver toutes les réponses dont elle avait besoin - et lui aussi - dans les semaines à venir. Puis il l'étreignit une dernière fois avant d'allumer le gril et d'y déposer pilons et hauts de cuisses.

Cette journée qui avait commencé de façon très ordinaire était devenue amusante et excitante. Et elle était loin d'être terminée.

5

— Claire, il y a une patiente en salle d'examen qui doit être vue sans délai. Je pense qu'elle devrait être au service des urgences.

Elle posa sa tasse de café et sortit de la salle du personnel derrière Nicolas. Une semaine s'était écoulée depuis qu'elle était allée chez lui, et ils avaient travaillé ensemble deux jours durant cette période.

— Qu'est-ce qu'on a ?

— Josey Brown, trente et un ans. Elle est tombée de vélo en roulant près de la rivière Taylor. Elle a eu un étourdissement, le pouls est rapide et il y a un hématome au niveau des côtes. Pas de passé médical particulier, si ce n'est une fracture du tibia il y a quatre ans.

— Son amie, qui l'a amenée ici, refuse d'écouter Charlene qui lui a conseillé d'aller à côté. Ce n'est pas quelqu'un avec qui j'essaierais de discuter.

— Je m'en charge.

Sur ces mots, elle entra dans la pièce et se dirigea vers le seul lit occupé, près duquel se trouvait une autre femme assise sur une chaise, visiblement prête à en découdre.

— Bonjour, je suis le Dr Claire McAlpine. Josey, est-ce que vous m'entendez ?

— Hmm.

— J'ai appris que vous étiez tombée de vélo. Avez-vous eu un incident mécanique, ou un problème médical serait-il lié à cette chute ?

— Elle a dérapé après avoir voulu éviter une pierre et elle est tombée, intervint son amie en lui jetant un regard furieux. On a déjà dit tout ça à l'infirmière.

— J'aimerais entendre ce que Josey a à dire, répondit fermement Claire, d'un ton très professionnel. Josey ?

— Je me suis sentie tout étourdie, il y avait une pierre sur le chemin et j'ai perdu le contrôle.

Elle articulait péniblement, d'un ton mal assuré.

— Vous avez mal quelque part ?

— Non.

— Avez-vous déjà eu des maux de tête ou une tension élevée ?

Son amie l'interrompit.

— À quoi bon toutes ces questions ? Pourquoi n'examinez-vous pas Josey ?

— J'y arriverai si vous me laissez faire mon travail, répliqua-t-elle, remarquant une lueur d'intérêt dans les yeux de Nicolas.

Peut-être ne la croyait-il pas capable de se montrer inflexible quand il le fallait ? Il avait encore beaucoup à apprendre sur elle.

— Josey, répondez-moi.

— Non.

— Elle est en pleine forme, intervint encore son amie.

Paraître en pleine forme n'était pas toujours synonyme de bonne santé. Jetant un coup d'œil sur le moniteur, elle nota sa tension élevée.

— Et dans votre famille ? Y a-t-il eu des problèmes de tension ?

— Ma mère.

— Elle a fait une hémorragie cérébrale fatale à l'âge de cinquante ans, ajouta son amie.

Elle était au courant et ne l'avait pas emmenée directement aux urgences ? Il n'était pas impossible que Josey marche sur les traces de sa mère.

— Voilà ce que nous allons faire, dit Claire sans perdre davantage de temps. Josey, je vous transfère au service des urgences, qui est mieux équipé pour suivre l'évolution de votre état. Ils pourront éventuellement vous hospitaliser et faire appel à un spécialiste.

— Pourquoi ne pas le faire d'ici ?

— Parce que nous sommes un centre privé. Tous nos cas sont dirigés soit vers les urgences, soit vers le médecin généraliste du patient.

— C'est une perte de temps, s'insurgea la femme.

— C'est un triage précieux qui évite l'engorgement des établissements hospitaliers.

Nicolas consulta le moniteur cardiaque.

— Ici, Josey est entre de bonnes mains, et dans son cas l'emmener à l'hôpital augmentera encore la qualité des soins.

Il jeta un coup d'œil complice à Claire, accompagné d'un petit sourire qui lui disait qu'elle n'était pas seule. Nicolas était non seulement efficace et compréhensif, mais c'était aussi un excellent infirmier.

— Je me charge de prévenir les urgences, dit-elle en lui retournant son sourire.

— Josey, nous allons faire un petit tour, annonça Nicolas.

— Je viens avec vous, dit la femme d'un ton brusque.

— Bien sûr que vous venez. Il est toujours préférable que quelqu'un accompagne le patient et entende ce que les médecins ont à dire.

Cette fois, Claire se retint de sourire. Elle savait qu'il était aussi agacé qu'elle par l'amie de la patiente, mais il restait correct et respectueux. L'amie de Josey se faisait sûrement beaucoup de souci pour elle et l'exprimait d'une manière un peu rude. Mais toute leur attention et leur énergie devaient se concentrer sur leur patiente.

— Plus tard je passerai voir comment vous allez, Josey, ajouta-t-elle.

Une fois à son bureau, Claire tapa ses notes tout en appelant les urgences pour les briefer.

Puis elle consulta la liste des patients de la matinée.

— Samuel Crowe, appela-t-elle en ouvrant la porte de la salle d'attente.

Son regard s'arrêta sur un petit garçon blotti sur les genoux de sa mère.

— Madame Crowe ?

— Sharon. Désolée de vous déranger, ce n'est peut-être rien mais je suis inquiète. Sam ne respire pas bien.

— Entrez et allongeons-le sur le lit. Vous ne nous dérangez pas, nous sommes là pour ça. Si votre enfant n'est pas bien, n'hésitez jamais à l'amener pour un contrôle. Il vaut mieux ne prendre aucun risque plutôt que de découvrir plus tard qu'il y a un problème grave.

— Je sais, mais j'ai tendance à beaucoup m'inquiéter pour un rien.

C'était une tendance que Claire ne connaissait que trop bien.

— Comme toutes les bonnes mères, Sharon. Expliquez-moi ce qui vous a amenée ici.

— Sam était très fatigué et grognon, puis il a commencé à pleurer et à respirer bizarrement. Je l'ai mis au lit tôt et l'ai surveillé toute la nuit en pensant que sa respiration allait s'améliorer, mais c'était pareil ce matin, raconta Sharon tout en caressant le bras de son fils.

L'enfant avait le visage rouge et respirait péniblement en émettant un sifflement distinct. Claire prit son stéthoscope et le lui montra en souriant.

— Sam, je vais le poser sur ta poitrine. Ce sera un peu froid au début, mais ça ne te chatouillera pas. D'accord ?

Pendant qu'il la fixait d'un air sérieux, elle l'ausculta d'une oreille tout en écoutant sa mère de l'autre.

— Maman ? appela l'enfant, les yeux remplis de crainte.

— Tout va bien, mon chéri. La dame va te soigner et tu iras mieux.

— Besoin d'aide ?

Elle n'avait pas remarqué que Nicolas était de retour.

— Sharon, voici Nicolas. Il est infirmier et c'est lui qui va prendre la température de Sam.

— Hello, Sam. Tu as une super chemise, dit-il en souriant à l'enfant.

— Sam a-t-il déjà eu des difficultés pour respirer ? demanda Claire à sa mère.

— Une ou deux fois, il a eu une respiration un peu sifflante, mais pas comme aujourd'hui.

— Il fait une crise d'asthme. Pour le moment, je ne sais pas encore ce qui l'a provoquée. Il peut s'agir d'une allergie ou d'une infection virale. Je vais vous prescrire un inhalateur à utiliser immédiatement, et vous devrez allez voir votre médecin pour que Sam passe des tests afin de trouver la raison de cette crise.

— Il a trente-sept sept, annonça Nicolas.

— Sa température est légèrement élevée.

Claire entra l'ordonnance dans l'ordinateur tout en jetant un coup d'œil à l'adorable petit garçon qui était en train de s'asseoir avec l'aide de Nicolas. Il le fixait de ses grands yeux comme s'il était la réponse à tous ses problèmes. Elle se rendit compte que, parfois, il lui faisait ressentir la même chose.

— Voilà l'ordonnance, dit-elle à la maman. Allez à la pharmacie et mettez Sam sous inhalateur dès que possible. Vous allez remarquer rapidement une amélioration. Si ce n'est pas le cas, ramenez-le sans attendre.

— Sam ? Est-ce que je peux te ramener à ta voiture ? demanda Nicolas.

— Oui.

— Merci beaucoup à tous les deux, dit Sharon en poussant un soupir. C'est parfois si inquiétant d'être parent...

Visiblement confiant, Sam s'accrocha aux bras de Nicolas qui l'emmena. Il savait s'y prendre avec les enfants et c'était touchant de le voir avec eux.

— Surtout, allez voir tout de suite votre médecin, recommanda-t-elle à Sharon.

— Oui, docteur, répondit celle-ci avec un sourire un peu rassuré.

— Sharon est au téléphone, en train de prendre rendez-vous, dit Nicolas depuis la porte en revenant cinq minutes plus tard. Elle a été impressionnée par ton calme.

— Sam n'est pas mon fils, c'est plus facile.

Entrant dans le bureau, il referma la porte et s'y appuya.

— Que dirais-tu de sortir dîner ce soir ? Je suis sûr que Michelle serait ravie de refaire du baby-sitting. Elle a toujours besoin d'argent de poche supplémentaire.

Elle pouvait se servir de Mia comme excuse pour refuser, mais n'en avait aucune envie. Un dîner n'était pas un engagement, et cela leur permettrait de passer un peu de temps ensemble hors du cadre du travail, de se détendre en parlant de tout et de rien.

— Ça me plairait beaucoup.

— Très bien, dit-il avec un large sourire. Je m'occupe de la réservation.

— Et moi, de Michelle.

— Je passe te prendre à 18 h 30.

Déjà, il était reparti accomplir son métier d'infirmier.

Super. Cette fois, c'était un vrai rendez-vous. Elle allait dîner avec celui qui, très vite, avait commencé à lui faire envisager différemment une relation avec un homme.

Elle ne devrait pas perdre de temps. Il faudrait passer prendre Mia, lui donner un bain et la faire manger, puis prendre une douche et choisir la robe qu'elle porterait, sans paniquer. Décidément, depuis ce déménagement, la vie se révélait beaucoup plus amusante qu'elle ne l'avait prévu.

Saisissant son téléphone, elle envoya un texto à Michelle.

— Difficile de croire qu'il est bientôt Noël.

Poussant un soupir de satisfaction, elle se laissa aller sur la chaise du restaurant après avoir terminé son dessert.

Nicolas tourna son verre vide entre ses doigts.

— Tu as eu une année bien remplie, entre le déménagement, l'installation et ton nouveau job.

— Durant les premiers mois, j'ai surtout été occupée à vider la maison de ma mère, en vendant ce qu'elle n'avait pas voulu emporter en Australie, c'est-à-dire à peu près tout.

— Avec qui as-tu passé Noël l'année dernière ?

— Une amie et sa famille. Ma mère n'aimait pas fêter Noël ni les anniversaires.

— Ça n'a pas dû être facile, dit Nicolas.

Le soir qui avait précédé son envol pour l'Australie, sa mère avait enfin prononcé les mots que Claire avait espéré entendre toute sa vie. Après s'être assoupie, elle l'avait sentie s'asseoir au pied de son lit, ce qui était inhabituel : elle ne s'approchait jamais trop. Puis elle avait posé la main sur son bras, en murmurant ces mots pour la première fois :

— Je t'aime, Claire. Je t'ai toujours aimée. Je suis si fière de toi et de ce que tu as accompli, y compris Mia !

Puis il y avait eu un long silence.

— Ne commets pas les mêmes erreurs que moi.

Sur ces mots, elle s'était levée et avait quitté la pièce, laissant Claire sidérée. Sa mère l'aimait, et c'était ce qu'elle avait toujours voulu.

Le matin suivant, après avoir déposé sa mère à l'aéroport, Claire avait trouvé sur sa table de nuit l'anneau d'argent qui avait appartenu à sa grand-mère et que sa mère portait toujours. Depuis ce jour, elle ne l'avait plus quitté.

Sa mère l'appelait rarement au téléphone et son ton était un peu guindé, comme si elle regrettait ce qu'elle lui avait dit. Mais ses paroles restaient gravées dans le cœur de Claire.

— Maman est comme ça, dit-elle simplement.

— C'est parfois dur de partager ses pensées et ses émotions, observa Nicolas d'un air pensif.

— Certains tentent de le faire en venant en aide aux autres, ou en étant là quand tout va mal.

Mais pas en laissant leur fille derrière eux…

Nicolas répondait toujours présent quand on avait besoin de lui. Jusque-là, elle ne l'avait jamais pris en défaut, mais cela viendrait. Personne n'était parfait, et si c'était ce qu'elle attendait de lui, elle serait forcément déçue un jour.

— D'où viennent ces paroles de sagesse ? demanda-t-il en souriant.

Soudain, elle eut envie de s'ouvrir à lui et de lui raconter comment sa mère avait toujours bridé ses émotions. Mais elle préférait rester prudente et garder pour elle ce qui la rendait vulnérable.

— Moi aussi, j'aimerais acquérir un peu de sagesse concernant certains aspects de ma vie, ajouta Nicolas.

Il souriait toujours. Lui arrivait-il de taire ses sentiments ? En tout cas, il se montrait le plus souvent enjoué et amical.

— Je pourrais emporter la cuisine quand je te ramènerai chez toi.

— Bonne idée. Elle est dans le coffre de ma voiture. Je ne pouvais pas la rentrer à la maison car Mia a une fâcheuse tendance à farfouiller dans tous les placards. Cela risquerait de détruire la magie de Noël. Il peut encore se passer un an ou deux avant qu'elle connaisse la vérité sur le Père Noël. J'aimerais qu'elle garde sa naïveté le plus longtemps possible.

— Il faut aussi faire confiance aux enfants, dit Nicolas. Evelyn s'inquiétait de laisser entrer un autre homme dans la vie de Michelle, mais Bodie s'y est si bien pris qu'ils se sont très bien entendus. Evelyn avait divorcé et son ex est parti, mais Michelle séjourne chez son père pendant toutes les vacances scolaires. Puis Kent est arrivé, et Michelle a conservé toute sa place dans la famille.

Et elle, que ressentirait-elle dans une situation semblable ?

Mia s'était bien entendue avec le dernier compagnon de Claire. Et l'homme en face d'elle ? Trop tôt pour le dire. Mais avec lui, elle se sentait heureuse et pleine d'entrain.

— C'est ce que j'aimerais pour Mia et moi, commenta-t-elle. Trouver quelqu'un qui partage notre vie.

Elle en avait déjà trop dit.

— Je ne peux pas imaginer un homme - ou une femme, selon le cas - qui n'accepte pas les enfants de son conjoint. Il y a tant à y gagner...

Bien répondu.

— Je suis de cet avis.

Plus tard, pendant qu'ils marchaient pour regagner son véhicule, Nicolas lui prit la main.

— Cela faisait longtemps que je n'avais pas passé un aussi bon moment... à part samedi, chez moi, dit-il.

— Je ressens la même chose.

Ils étaient sur la même longueur d'onde. Tout de même, il avait dû fréquenter d'autres femmes. Il était séduisant et n'avait pas que des qualités physiques.

— Tu n'as pas dû rester célibataire très longtemps...

— Tout dépend de ce que tu entends par célibataire. Je suis sorti avec quelques femmes, mais il n'y a rien eu de sérieux depuis des années.

Pourquoi ? Une histoire dont il ne s'était pas remis ? Ou était-il trop pris par son travail et son vignoble ?

— Je trouve ça difficile à croire.

— Même chose pour toi. En même temps, je ne te vois pas t'emballer pour un homme qui ne s'adapterait pas à ta situation de mère seule.

Une fois devant la voiture, il la prit dans ses bras et plongea le regard dans le sien.

— Je suis content que tu aies déménagé. Très content.

Il se pencha sur elle, les yeux toujours rivés aux siens.

— Merci d'être sortie avec moi ce soir.

S'il te plaît, embrasse-moi.

— Nicolas ?

— Ah, Claire...

L'attirant contre lui, Nicolas posa la bouche sur la sienne et fit une pause, comme s'il attendait sa permission pour continuer.

Sa réaction fut immédiate. Glissant les bras autour de sa taille, elle s'abandonna contre lui. Ils échangèrent un long baiser plein de fougue et le désir s'empara d'elle quand il glissa la langue entre ses lèvres.

Elle avait perdu la notion du temps quand il mit fin à leur étreinte.

— On ferait mieux de partir avant que le personnel du restaurant intervienne pour nous séparer au nom de la décence, dit-il d'une voix rauque.

Claire se redressa, recouvrant enfin la raison. Entre eux, cela ne ressemblait pas à une brève aventure. Si elle devait devenir intime avec lui, elle ne voulait pas se précipiter, et s'assurer qu'il partageait ses sentiments. Mieux valait éviter de se tromper, cette fois. Sinon, tout le monde serait touché. Elle, Mia, et peut-être aussi Nicolas.

Elle poussa un long soupir.

— Ramène-moi chez moi...

Il ne pourrait pas prendre ça pour une invitation puisqu'il devrait ensuite raccompagner Michelle chez elle. Elle le regretta presque, tout en se sentant soulagée qu'il ne puisse pas y avoir d'équivoque quant au reste de la soirée.

Pendant le trajet, elle se surprit à sourire dans la pénombre du véhicule. Elle se sentait heureuse.

— Si on sortait pendant le week-end ? proposa-t-elle. On pourrait emmener Mia pique-niquer à la plage.

Il ne pouvait pas refuser et s'arrêter là, alors qu'il venait de l'embrasser comme si sa vie en dépendait... Elle n'eut pas à attendre longtemps.

— J'en suis, répondit-il en souriant.

— Je me charge du pique-nique.

— Et moi, j'apporte les serviettes, plaisanta-t-il.

Une autre journée très agréable en perspective.

Que s'était-il passé ? se demanda Nicolas tout en conduisant.

Claire l'avait complètement chamboulé. Avec un baiser. Si elle avait suggéré qu'ils se revoient le week-end, alors sans doute voulait-elle encore d'autres baisers. Ça tombait bien, car lui aussi. Il voulait même davantage. Mais comme une certaine petite fille serait avec eux, c'était plutôt hors de question. Ils trouveraient quand même un moyen. Mia serait sûrement fatiguée après quelques heures de plage, à nager et construire des châteaux de sable. Et il les ramènerait chez elles...

Arrivé dans l'allée de Claire, il coupa le moteur et se tourna vers elle. Il lui caressa le bras du bout de l'index, sentant la chaleur monter en lui. Il détacha leurs ceintures de sécurité, puis se pencha et la serra fort contre lui. Il chercha ses lèvres et ils s'embrassèrent de nouveau. Cette fois, il y eut plus que l'incroyable sensation physique et la joie qu'il ressentait. Il avait l'impression de rentrer chez lui, d'avoir trouvé quelqu'un qui se souciait réellement de lui et de ses sentiments.

Peut-être croyait-il voir trop de choses, juste dans quelques baisers. Il n'était pas prêt à s'engager sur le long terme, même s'il voulait un futur avec une femme aimante et qu'il pourrait aimer – et une famille. Depuis qu'il connaissait Claire, il commençait à se sentir de nouveau entier.

Il approfondit leur baiser, plus rien n'importait que le goût de Claire. C'était comme s'ils se trouvaient dans leur propre espace, où rien ne pouvait les atteindre. Sauf qu'il faudrait bientôt descendre de voiture et aller chercher Michelle pour la raccompagner chez elle.

Serrant Claire contre lui, il lui effleura la joue de ses lèvres.

— J'ai passé un merveilleux moment.

Claire l'embrassa une dernière fois, mais il commençait à la connaître et savait qu'elle se montrerait prudente. Elle ne voudrait pas que Mia se réveille la nuit et le trouve dans le lit de sa mère s'ils n'avaient pas une relation sérieuse. À supposer qu'ils en arrivent là.

— Je ferais bien d'y aller, soupira-t-elle.

Il lui tint la main jusqu'à la porte d'entrée, ne la lâchant qu'une fois à l'intérieur. Puis il la suivit dans le salon, où Michelle était blottie sur le canapé, en train de consulter son ordinateur portable.

Elle sursauta en les voyant.

— Vous êtes là depuis longtemps ?

— On vient d'arriver, répondit Claire.

— Tu peux finir ce que tu faisais et qui était si passionnant que tu ne nous as pas entendus arriver, ajouta Nicolas d'un ton ironique.

Voilà qu'il parlait comme un père. Il était temps qu'il rentre chez lui et réfléchisse à sa relation avec Claire. Et s'il n'était pas assez bon pour elle ? Il ne l'avait pas été pour Valérie, ni pour ses parents qui estimaient qu'il les avait laissés tomber en ne faisant pas ce dont ils le jugeaient capable.

Et s'il ne saisissait pas sa chance et ne trouvait jamais l'amour ? Ce serait encore pire que de tomber amoureux et de perdre ensuite la personne aimée.

— Nicolas, toujours d'accord pour le pique-nique ? demanda Claire, une lueur d'inquiétude dans ses beaux yeux marron.

— Rien ne pourrait m'en empêcher. On se reparlera plus tard pour décider des horaires.

Le lendemain, il ne travaillait pas au centre médical. C'était une journée dans les vignes. Au grand air, et sans problèmes avec des patients difficiles. Ni de femme sensuelle pour le distraire chaque fois qu'il la croisait dans un couloir.

Une fois couché dans sa chambre, Nicolas appela Claire sur son téléphone.

— Alors, déjà au lit ?

Il s'efforça de ne pas imaginer sa tenue.

— Depuis dix minutes, répondit-elle d'une voix qui lui sembla étrangement éraillée.

— Tu étais éblouissante dans cette robe, ce soir.

Elle était bleu turquoise et épousait ses formes à la perfection. Il sentit son membre durcir rien qu'en y repensant.

— Merci, dit-elle en gloussant comme une petite fille.

Il se gratta la gorge.

— Kent pourrait se joindre à nous samedi, suggéra-t-il. Mia et lui s'amuseraient ensemble.

— Bonne idée.

Quant à eux, ils pourraient s'allonger au soleil et parler, ou... Non, il ne se passerait rien d'autre. Les deux enfants agiraient comme un seau d'eau froide s'il s'intéressait à Claire d'un peu trop près. Sortir avec une femme qui était en même temps maman était décidément différent. Il ne s'inquiétait pas pour ça. Mia était super et il n'avait pas de problèmes avec le fait qu'elle soit là. D'ailleurs, ils ne seraient pas allés à la plage si ça n'avait été pour elle. Mais il ne manquerait pas de se rappeler que Claire et lui n'étaient pas seuls quand il se sentirait d'humeur folâtre – ou qu'il aurait juste envie de l'embrasser.

Son corps se rappelait encore les baisers brûlants qu'ils avaient échangés plus tôt, ce qu'il valait mieux éviter s'il voulait pouvoir dormir cette nuit.

— Je crois que je vais piquer un somme. Dors bien. On se voit samedi.

Il coupa la communication avant qu'elle ait eu le temps de lui répondre de sa voix un peu trop suave...

6

— Claire, voudrais-tu te joindre à nous, avec Mia, le jour de Noël ? demanda Evelyn le lendemain pendant leur courte pause au centre médical. Nicolas sera là aussi.

Comme carotte, ce n'était pas mal, pensa Claire.

— On serait ravies.

C'était aussi simple que ça. Ses nouveaux amis étaient très agréables. Quant à Nicolas, il était déjà plus qu'un ami et devenait plus proche de jour en jour.

— Venez vers 9 heures pour le petit déjeuner. Plus tard, nous partagerons un copieux repas de Noël.

— Qu'est-ce que j'apporte ? Et ne me réponds pas « rien ». J'ai fait un cake de Noël, que je n'ai plus qu'à glacer.

C'était une recette familiale, qui se transmettait de génération en génération. Elle avait préparé ce délicieux gâteau en pensant l'apporter au travail, pour que tout le monde en profite.

— C'est parfait, dit Evelyn. Je n'en fais jamais, ce n'est pas mon truc.

— Je peux aussi apporter du saumon, si tu veux.

— D'accord.

Claire attendit, se doutant qu'Evelyn n'en avait pas fini avec elle.

— Alors, comment ça se passe avec Nicolas ? Vous devez bien vous entendre pour aller pique-niquer ensemble en emmenant mon fils.

Et voilà.

— Il est super.

À bien des égards.

— Allez ! Je suis sûre que ce n'est pas tout !

Claire fit courir deux doigts le long de sa bouche.

— Mes lèvres sont scellées.

— Celles de Nicolas aussi, ce qui m'en dit suffisamment. Ce n'est pas un grand bavard, mais il lui arrive de laisser échapper quelques indices. Honnêtement, je ne l'ai encore jamais vu fréquenter quelqu'un comme toi et se comporter comme il le fait.

Claire haussa un sourcil, intriguée.

— Il prend son temps, poursuivit Evelyn. Comme s'il voulait vraiment mieux te connaître.

— C'est pareil pour moi, reconnut-elle. Je crains de refaire les mêmes erreurs que par le passé.

— Je comprends que l'enjeu soit important pour toi, et sans doute aussi pour Nicolas. Sache que c'est quelqu'un de très loyal envers ceux qui comptent pour lui. Il a subi des revers, ce qui lui a appris la prudence.

Evelyn finit sa tasse et se leva.

— Je n'en dirai pas plus, si ce n'est que je suis contente que vous vous entendiez. J'aimerais le voir se fixer avec quelqu'un. Il le mérite, et je pense que c'est la même chose pour toi.

— C'est la première fois que je me sens aussi pleine d'espoir, et heureuse, avoua Claire. Merci de m'inviter pour Noël.

Une autre belle journée s'annonçait. Qu'est-ce que la nouvelle année lui apporterait ? Plus de magie ? Pour la première fois depuis sa liaison avec Anthony, elle regardait devant elle, et non en arrière. Le nouvel an devait être porteur de promesses. L'année suivante lui apporterait-elle tout ce qu'elle souhaitait ? Ces jours-ci, elle avait la sensation que tout était possible.

De l'amour, une famille agrandie, le bonheur, la confiance... Ce n'étaient que quelques-uns de ses souhaits.

Une nouvelle année. Et une nouvelle vie.

La sensation de bonheur était toujours là le lendemain après-midi. Assise sur la plage, elle regardait Mia et son petit copain courir dans l'eau, poursuivis par Nicolas, les bras tendus comme les ailes d'un avion. Il avait l'air aussi gamin qu'eux.

— Je ne vais pas tarder à vous mettre tous au lit si vous continuez à ce rythme, lâcha-t-elle.

— Vraiment ? dit Nicolas en riant. Est-ce qu'on aura droit au bisou du soir ?

Il se laissa tomber à côté d'elle sur la serviette et prit une bouteille d'eau fraîche dans la glacière.

— Ce sont de vraies boules d'énergie, soupira-t-il.

S'allongeant sur le côté, il appuya sa tête dans sa main. Le regard de Claire allait de lui aux enfants, qui avaient entrepris de construire un château de sable aussi haut que Mia.

— Et si vous passiez la soirée chez moi ? proposa-t-il. Je pourrais préparer un barbecue vite fait, les enfants regarderaient une vidéo et on admirerait le coucher de soleil depuis le porche.

Ce serait la parfaite conclusion pour ce merveilleux après-midi. Il avait trouvé les bons arguments.

— D'accord. Dépose-moi d'abord chez moi, je vais prendre une douche, préparer une salade et je viendrai avec ma voiture pour que tu n'aies pas besoin de nous raccompagner plus tard.

Elle crut voir une lueur de déception dans ses yeux, bien vite remplacée par un sourire.

— Si c'est ce que tu veux... Je pourrai ramener Mia chez moi avec Kent. Si ses parents sont d'accord, il restera aussi un peu. Ils pourraient même se joindre à nous.

Claire se pencha pour lui toucher la main.

— Merci, dit-elle doucement.

Il lui saisit le bout des doigts.

— Je comprends. Allons-y doucement. Une partie de moi est d'accord, mais il y a des moments où j'ai juste envie de me jeter à l'eau, et advienne que pourra.

Elle ouvrit la bouche pour répondre, mais il leva la main.

— Nous étions d'accord pour prendre notre temps, et rien n'a changé. Ou pas grand-chose... Tu embrasses divinement bien.

— Je peux te retourner le compliment, dit-elle en riant.

En une seconde, elle se retrouva sur le dos, avec Nicolas penché sur elle, qui la fixait de son regard brillant.

— Attention, les enfants sont là, avertit-elle entre deux gloussements.

— Ils sont occupés.

Sa bouche était impatiente et il glissa la langue entre ses lèvres. Le monde autour cessa d'exister et une vague de sensations envahit Claire, la rendant folle de désir. Elle prit une profonde inspiration, ivre de la peau de Nicolas qui sentait le sel et le soleil. Il aurait pu faire d'elle ce qu'il voulait.

Soudain, il s'arrêta, leva la tête et regarda vers la plage avant de s'asseoir.

— Ils se dirigent vers nous. Alors, les enfants, prêts à rentrer à la maison ?

— Non ! Il le faut vraiment ?

— On pourrait s'arrêter en route pour prendre des burgers et des frites...

— Oui ! s'écria Kent en sautant en l'air. C'est mon dîner préféré.

— On peut, maman ? demanda Mia.

Pour elle, c'était une aubaine.

— Bien sûr.

Même s'il n'était encore que 17 heures...

— Et si je cuisinais pour toi et moi plus tard ? suggéra Nicolas. À moins que tu préfères les burgers ?

— Je ne suis pas contre quelque chose à emporter à l'occasion quand je n'ai pas envie de faire la cuisine, mais franchement, actuellement, ça ne me tente pas, répondit-elle.

— Parfait. Les enfants, ramassez vos affaires, on y va, dit-il en pliant sa serviette. Kent, tu as laissé tes sandales au bord de l'eau.

— Et... ?

— Tu veux vraiment un burger avec frites ?

Le garçon courut chercher ses sandales sans discuter.

— Tu ferais un super papa, nota-t-elle en riant. Tu connais les bons arguments.

— Ce sont ceux que mes parents utilisaient avec moi...

— Mia, va rincer ton seau et ta pelle au bord de l'eau, dit Claire à sa fille. Ils sont encore pleins de sable humide. Je viens avec toi.

Cela créerait un peu d'espace entre elle et son voisin au sourire si craquant. Nicolas avait une façon d'être et un charme qui le rendaient irrésistible. Mais plus ils passaient de temps ensemble, plus elle s'inquiétait de savoir où cela allait la mener. Il semblait posséder toutes les qualités qu'elle recherchait chez un partenaire de vie. Équilibré, gentil, tendre, il faisait jaillir la joie en elle. Claire était tentée de se fier à Nicolas et à son propre instinct. Mais s'il partait lui aussi, Mia le vivrait comme un rejet. Elle ne souffrirait pas seulement sur l'instant ; cela resterait en elle pour toujours.

Elle regarda par-dessus son épaule et son estomac se serra quand elle vit qu'il la fixait avec des yeux remplis de désir. Des ennuis en perspective, ou de l'espoir ?

Ce soir, ils trouveraient sûrement un moment tranquille, rien que pour eux, se dit-elle, souriant toute seule.

— Bien installée ? demanda Nicolas en s'installant dans le fauteuil en rotin sur la terrasse.

— Je ne pourrais pas être mieux, répondit Claire en sirotant son vin.

Le dîner avait été une réussite et ils prenaient un second petit verre pour célébrer la fin de la journée.

— Encore cinq minutes, et je suis sûr que Mia sera profondément endormie. Sa tête n'arrête pas de dodeliner.

— La journée a été dense pour elle. Merci d'avoir permis à Kent de se joindre à nous.

— C'était plus amusant pour eux, et plus simple pour toi. De leur côté, Evelyn et Bodie ont pu profiter d'un peu de temps en tête en tête.

Là où allait Claire, il y avait Mia – la plupart du temps. Aujourd'hui, il avait eu l'impression qu'ils étaient une famille, et il avait adoré ça. Une autre fois, il inviterait Claire pour une soirée entre adultes.

— Quand je pense que Noël est la semaine prochaine, soupira-t-il. L'année est passée si vite...

Surtout depuis que Claire était entrée dans sa vie.

— Evelyn t'a-t-elle dit que nous venions chez elle le jour de Noël ?

— Oui.

— Ce sera super de se réunir pour fêter l'événement. Espérons que Mia sera si occupée qu'elle aura oublié ce qu'elle avait demandé en premier lieu au Père Noël. Je n'ai pas d'explication à lui donner pour l'instant.

La voix de Claire tremblait légèrement, comme si elle était au bord des larmes.

— J'attendrai qu'elle soit en âge de comprendre, au moins un peu. Je sais que tu lui ferais un câlin si elle le demandait, mais cela pourrait susciter d'autres attentes chez elle.

Apparemment, Claire n'était pas prête pour cela. Et lui ? Il lui prit la main, la sentit trembler et la serra brièvement entre ses doigts.

— Tu es une bonne mère. Tu comprends ta fille et tu ne feras rien pour gâcher votre relation. Naturellement, je pourrais faire un câlin à Mia, mais je comprends ta réticence. Ce n'est pas facile...

Pourtant, il voulait être là pour elle, la soutenir, et pouvoir apprécier sa compagnie aussi souvent que possible.

— Et si toi et Mia passiez la nuit ici la semaine prochaine ? J'ai deux chambres d'amis, s'empressa-t-il d'ajouter.

C'était une chose d'avoir des rapports sexuels avec une jolie femme qui l'attirait, c'en était une autre de devenir intime avec une femme belle à l'intérieur comme à l'extérieur.

Claire ne répondait pas.

— Pas de problème, tu peux très bien refuser, dit-il.

Il serait déçu, mais pas contrarié.

— L'idée me plaît bien, répondit-elle enfin. Du moment que tu es prêt à te lever tôt...

— J'ai l'habitude de me lever avec le soleil, assura-t-il, ravi.

Claire passerait la nuit chez lui la semaine prochaine. Peut-être dans une chambre d'amis, mais en tout cas sous son toit. C'était plutôt bon signe.

Elle le regarda droit dans les yeux.

— J'avoue que je suis encore un peu prudente. Chaque jour, nous nous rapprochons un peu plus l'un de l'autre, et je trouve ça excitant. Jusqu'à ce que je me calme et me demande ce que je fais.

— Est-ce que je précipite trop les choses ? s'inquiéta-t-il.

— Pas plus que moi, et ce n'est pas mon habitude.

Elle se mordilla la lèvre.

— Je suis tellement rouillée quand il s'agit de relations... Mia a été le résultat d'une brève aventure, pas d'une longue histoire.

Nicolas avait du mal à y croire. Claire était tellement charmante qu'il aurait pensé que les hommes faisaient la queue devant chez elle.

— On pourrait acquérir de l'expérience ensemble, dit-il. Tu me plais beaucoup, Claire. Je n'ai pas l'intention de m'en aller. De mon côté, j'ai du mal à croire que l'on m'accepte tel que je suis, plutôt que comme on voudrait que je sois. J'ai été marié il y a quelques années. Elle m'a quitté pour aller vivre dans une autre ville, avec un autre homme, alors que je croyais qu'on allait fonder une famille.

Il se tut. Il avait ouvert son cœur un peu trop facilement. Les mots étaient sortis tout seuls... Il ne voulait pas que Claire le plaigne, il suffisait qu'elle lui apporte un peu de soutien et de compréhension.

Elle hocha lentement la tête.

— C'est moche. Je comprends que tu aies du mal à faire confiance. Nous n'avons plus vingt ans, et nous n'avons pas la naïveté de croire qu'en amour, tout est toujours pour le mieux dans le meilleur des mondes. Mais j'ai rarement passé une journée aussi agréable qu'aujourd'hui. Sans doute parce que tu étais avec nous...

Nous... Il n'avait jamais considéré Claire comme seule. Son rôle de mère faisait partie d'elle.

— Merci.

— Je suis contente d'être chez toi la veille de Noël. Je n'ai pas le souvenir d'avoir vécu une fête heureuse depuis longtemps. Et c'est merveilleux de passer toute une journée avec toi, Evelyn, Bodie et Kent. J'ai hâte d'y être.

Il sentit son cœur fondre. Claire était heureuse d'être avec lui.

— J'achèterai un sapin et des décorations.

Il n'en avait pas chez lui, n'en ayant jamais eu besoin.

Claire jeta un coup d'œil de côté.

— Cette fois, Mia a eu son compte.

La petite fille était blottie contre les coussins, les yeux fermés.

— Elle a résisté longtemps...

— Nicolas, murmura Claire.

Il se tourna vers elle. Son beau visage était si près qu'il distinguait des paillettes dorées dans ses yeux. Et du désir pour lui. Il ressentait la même chose pour elle. Du désir, de la tendresse – et une pulsion d'amour.

— Claire, murmura-t-il à son tour.

Instantanément, il fut perdu. À peine avait-il touché ses lèvres qu'il ne put plus s'empêcher de l'embrasser, tout en l'étreignant pour être aussi près d'elle que possible. Mais ils étaient toujours assis sur des chaises, ce n'était pas assez près. Il se leva et l'attira contre lui, mais il y avait encore la barrière des vêtements. Ils devaient se fondre l'un dans l'autre, ne faire plus qu'un.

Elle l'enlaça, comme si elle ressentait le même besoin. Il sentit son cœur chanter, et sa tête était légère comme une bulle. Il ne se rappelait pas avoir jamais éprouvé de telles sensations. Claire avait touché son cœur alors qu'il n'y prenait pas garde, et il ne pourrait pas redevenir comme avant en un claquement de doigts, même s'il le voulait.

— Nicolas...

— Maman ? Où es-tu ? appela une petite voix.

Ils s'écartèrent brusquement l'un de l'autre. Mia était assise sur le canapé et regardait autour d'elle, les yeux encore pleins de sommeil.

— Je suis ici, mon cœur, dit Claire en la rejoignant dans le salon. Qu'est-ce qu'il y a ?

— Je veux rentrer à la maison.

— On ne va pas tarder. Maman et Nicolas finissent leur verre et je vais l'aider à ranger. Recouche-toi et essaie de dormir encore un peu, ma chérie.

— Je veux partir maintenant.

— Mia, allonge-toi et ferme les yeux. Je ne serai pas longue. Nicolas nous a reçues et on ne va pas s'en aller sans l'aider.

Il y avait une fermeté dans sa voix qu'il n'avait pas encore entendue et cela le fit sourire. Claire savait faire preuve d'autorité avec sa fille si nécessaire.

— Vous pouvez partir, dit-il. Il n'y a pas grand-chose à faire dans la cuisine. Et Mia est très fatiguée.

Son corps réclamait un autre baiser, mais ce ne serait pas pour ce soir.

— Demain, c'est dimanche, elle pourra dormir aussi longtemps qu'elle voudra. Elle n'a pas l'habitude de s'activer dehors comme ça.

— Eh bien, nous allons lui donner d'autres occasions de s'entraîner, suggéra-t-il.

Allait-il trop loin, trop vite ?

— Si tu es d'accord, bien sûr.

Elle déposa un rapide baiser sur ses lèvres encore gonflées.

— Plus que d'accord...

C'était la fin d'une merveilleuse journée, soupira Nicolas en refermant la porte après leur avoir dit au revoir. Il y en aurait d'autres, il en était certain.

Et s'il allait chez elle le lendemain pour lui dire bonjour ? C'était ce qu'on faisait avec la famille et les amis. Pourquoi ne pas passer voir la femme qui était en train de changer sa vision de l'avenir ?

— Comment s'est passé ton week-end, Claire ? demanda Joachim le lundi matin.

— Fabuleux ! Plage et barbecue le samedi, et on est allés déjeuner dans les vignes le dimanche.

Il y avait tant de gaieté dans sa voix que Nicolas sourit tout en parcourant la liste des patients en attente de triage, tandis que les deux médecins discutaient devant un des bureaux. Apparemment, Claire avait apprécié autant que lui le temps qu'ils avaient passé ensemble.

— Nous ? Tu as un partenaire ? demanda Joachim. Je croyais que tu étais célibataire et que c'était pour ça que Nicolas t'avait emmenée à la fête l'autre jour.

— Je veux dire... Mia et moi, et Nicolas, répondit-elle d'un ton toujours aussi joyeux.

— Ça ne me surprend pas. Toi et Nicolas étiez inséparables, l'autre soir.

Le sourire de Nicolas s'élargit. Claire n'avait pas peur de mettre en avant leur amitié. Ils n'étaient pas encore intimes, mais c'était en bonne voie. Elle comptait tellement pour lui à présent qu'il n'envisageait pas de ne pas la voir en dehors du travail, que ce soit pour partager un repas ou pour l'embrasser.

Ils ne se jetaient pas l'un sur l'autre comme deux ados fous d'amour. Leur relation naissante s'élaborait avec sérieux, dans la compréhension du passé de l'autre et des paramètres que tous les deux devaient considérer. Il y avait aussi beaucoup de joie et de rires, et de nombreux échanges sur leur carrière et leur vie en dehors du travail. Ils évoquaient leur passé, mais sans approfondir les passages délicats.

— Venir m'installer à Blenheim a été une idée merveilleuse, l'entendit-il dire à Joachim. J'aime cet endroit, ainsi que les gens que je découvre peu à peu.

Elle aimait les gens... Nicolas se mordit la lèvre pour ne pas rire et cliqua sur le premier nom de sa liste avant d'aller chercher la patiente en salle d'attente. Jody White, trente-deux ans, rougeurs et irritations sur le dos et l'abdomen.

— Jody ?

Une femme se leva, l'air fatigué, le visage rouge et gonflé, et le suivit dans le bureau où il l'invita à s'asseoir.

— Je suis Nicolas, l'infirmier chargé du triage. Avez-vous déjà eu des problèmes d'éruptions cutanées ou des réactions à certains aliments ?

— Non, jamais.

La journée était lancée. Il adorait son job, mais aujourd'hui, c'était encore mieux. Quand il n'était pas en train d'évaluer un patient derrière une porte fermée, il entendait souvent Claire parler ou rire.

Avec elle, il se sentait vivre davantage et était rempli d'espoir. Tout le ramenait à elle. Depuis qu'il la connaissait, il n'avait pas eu de baisse de moral, et ces derniers jours il se sentait un homme nouveau.

— Nicolas, est-ce que tu peux m'aider avec Archie ?

Claire se tenait sur le pas de la porte, l'air inquiet. Il s'agissait du petit garçon qu'il avait fait passer en priorité quelques minutes auparavant à cause de sa tension élevée et de son visage enflammé.

— Je n'aime pas ce que j'entends et je voudrais que tu m'aides à le mettre sous moniteur. D'après son père, il a le souffle court quand il s'agite et n'est pas très intéressé par la nourriture.

Ils se trouvaient dans un moment calme, où personne n'attendait son tour pour le triage.

— Archie a attrapé un virus respiratoire il y a deux semaines, dit-il. Et les virus peuvent être la cause de myocardite.

— C'est ce que j'ai vu. Peux-tu installer le moniteur pendant que j'écoute encore ses poumons ?

— Bonjour, Archie. On va te mettre sur le lit.

Le petit de deux ans se blottit contre son père, les yeux ternes.

— Viens, Archie. Nicolas va trouver pourquoi tu n'as pas mangé ton petit déjeuner préféré.

Le papa allongea son fils sur le lit et lui tint la main pendant que Nicolas soulevait son T-shirt et posait les attaches de l'appareil sur son petit torse.

La peau de l'enfant était brûlante et, quand Claire réécouta son cœur au stéthoscope, il chercha de l'air, ses poumons ne se remplissant pas assez avec ses brèves inspirations.

— Papa ?

— Oui, Archie. Tout le monde est là pour que tu ailles mieux.

— Comment était Archie à la maison ces derniers temps ? demanda Claire après avoir terminé.

— Il était fatigué, grognon et sans énergie, répondit son père. C'était pire ces deux derniers jours.

Claire ajouta quelques notes au dossier d'Archie, puis elle fit face au papa.

— Je crois que votre fils souffre d'une myocardite, c'est-à-dire une inflammation des muscles du cœur. C'est probablement une conséquence du virus.

Nicolas vit le père pâlir.

— Est-ce que c'est grave ?

— Asseyez-vous, je vais vous expliquer. Le plus souvent, les personnes atteintes de myocardite modérée sont soignées chez elles. Mais en raison de l'âge d'Archie et de sa léthargie, je vais le faire admettre à l'hôpital pour plus de sécurité.

Le papa était visiblement dévasté.

— Est-ce que j'aurais dû réagir plus tôt et l'emmener aux urgences hier soir ?

— Vous n'aviez pas de raison de le faire, puisque vous n'aviez rien remarqué.

Claire lui adressa un sourire plein d'empathie.

— C'est parfois dur d'être parent, pas vrai ? Dites-vous bien que vous n'êtes ni médecin ni infirmier. Vous avez fait de votre mieux, et Archie ne va pas plus mal parce qu'il a passé la nuit dernière dans son lit.

Le cœur de Nicolas se serra. Claire était très douée pour calmer les patients et traitait toujours tout le monde avec sollicitude.

Il se tourna vers le moniteur et, comme il s'y attendait, il ne remarqua pas de changement dans le rythme cardiaque. Mais on n'était jamais trop vigilant.

— Merci, docteur, dit le père d'Archie. Je ne me sens pas très rassuré, mais je vous suis reconnaissant de votre gentillesse et de votre honnêteté.

Pendant qu'il retournait près de son fils, Claire prit son téléphone.

— Nola ? C'est Claire McAlpine, du centre médical de soins d'urgence. Je vous envoie un petit garçon de deux ans atteint de myocardite.

Nicolas se tourna vers le jeune patient.

— Je vais t'emmener faire une balade dans le lit, Archie. Ton papa vient avec nous.

Il prévint rapidement les autres infirmières qu'il serait absent un moment afin qu'elles prennent le relais pour le triage. Cet enfant n'irait nulle part sans lui...

À son retour, Claire lui tendit une feuille de papier.

— Voici la feuille d'admission. Nous avons de la chance, le pédiatre de Nelson, le spécialiste du cœur, est là en train de faire des visites.

Ils échangèrent un sourire soulagé. Archie n'en avait peut-être pas besoin, mais mieux valait éviter d'autres problèmes cardiaques dans les années à venir.

7

Leur rendez-vous eut lieu deux jours avant Noël. Claire sourit en s'étudiant dans son miroir en pied. Une nouvelle fois, elle et Nicolas sortaient dîner et Michelle faisait office de baby-sitter pour Mia. Cette fois, elle prendrait sa voiture, et il ne serait pas nécessaire de la reconduire chez elle.

Cela faisait une énorme différence de sortir seule avec Nicolas, car cela signifiait qu'ils pourraient passer du temps chez elle ensuite sans aucune autre compagnie. Ils pourraient s'embrasser à en perdre haleine – ou plus. Tout dépendrait de l'humeur dans laquelle elle serait en rentrant du restaurant.

Le mini-slip en dentelle et le soutien-gorge échancré noirs étaient nouveaux. Pour l'occasion, elle avait choisi de porter une robe à bretelles vert olive, avec un décolleté en V dévoilant le haut de ses seins, qu'elle avait trouvée dans la boutique la plus chic de Blenheim à l'heure du déjeuner. Dès qu'elle l'avait vue, elle avait su qu'elle était pour elle.

Pour le coup, elle était retournée travailler avec vingt minutes de retard, mais même le regard ennuyé de Ryan n'avait pas calmé son excitation. Elle faisait des heures supplémentaires très souvent et ce jour-là avait été le seul où elle avait prolongé sa pause, parce qu'elle avait rencard le soir. Elle n'avait jamais eu autant envie de danser !

Tout en travaillant dans son bureau, elle entendit la voix de Nicolas qui parlait à ses patients et sentit l'adrénaline monter en elle. Toutes les émotions qu'elle éprouvait n'avaient rien à voir avec une aventure ordinaire. Tous deux avaient le même désir de découvrir l'autre, de le tenir dans leurs bras. Elle savait qu'elle avait encore beaucoup à découvrir et avait de moins en moins envie d'attendre.

Un rendez-vous le soir était beaucoup plus intéressant et troublant qu'à midi. Chaque fois qu'elle pensait à Nicolas, ses genoux tremblaient, une vague de chaleur la parcourait et son cœur palpitait.

Mia se rua dans sa chambre.

— Maman, Michelle est ici !

— Super, je viens.

Elle entendre un autre véhicule se garer dans l'allée et son cœur fit un bond. Nicolas était arrivé. Un dernier coup d'œil dans le miroir et elle sortit de sa chambre, prête à passer de nouveau un bon moment.

— Entre, Michelle. Merci de me rendre ce service.

— Quand tu voudras. Je m'amuse avec Mia, et j'aime m'occuper d'elle.

L'ado suivit la petite fille qui partait déjà en courant dans le salon.

Puis Claire se retourna et elle trouva Nicolas debout sur le pas de la porte. Il portait une chemise à col ouvert couleur crème et un pantalon marron clair. Avec ses cheveux peignés en arrière dégageant son visage, il était complètement craquant.

— Hello, articula-t-elle d'une voix sans timbre.

— Bonsoir. Tu es... renversante, dit-il, l'air sérieux.

— M-merci. Tu veux boire un verre avant de partir ?

— Il ne vaut mieux pas, on est attendus au restaurant dans une demi-heure.

— Nicolas ! s'écria Mia en courant vers lui depuis le salon.

— Alors, comment s'est passée la garderie ?

— Bien. J'ai fait un dessin de ma future cuisine et je vais le mettre dans la boîte aux lettres du Père Noël.

Il jeta à Claire un coup d'œil plein de complicité et elle sut qu'il avait eu la même pensée. Sa fille était persévérante, elle tenait ça d'elle.

— Je suis sûre qu'il le trouvera, mon cœur.

Du moment qu'elle ne dessinait pas un père en train de lui faire un câlin...

Elle et Nicolas étaient si souvent en osmose que cela lui donnait presque la chair de poule.

— Il est sur la table, dit Mia à Nicolas. Viens voir.

Il frôla la main de Claire en passant.

— Le voilà !

Mia lui tendit le dessin représentant des couverts et des assiettes qui flottaient dans l'air.

— C'est super, dit-il. Je vois que tu es une future artiste. Est-ce que j'ai ta permission pour emmener ta maman dîner ?

— Oui.

— Tu pourras avoir un chocolat de Noël avant d'aller au lit, dans une demi-heure, miss, et c'est tout, ajouta Claire en serrant sa fille dans ses bras avant de l'embrasser sur les deux joues. Sois gentille avec Michelle. Je passerai te voir quand je rentrerai.

— Amuse-toi bien, maman.

— Commençons par un verre de vin, proposa Nicolas.

Le restaurant était bondé et les serveurs couraient dans tous les sens pour suivre le rythme.

— Qu'est-ce que tu as fait aujourd'hui ? demanda Claire.

C'était une de ces journées où il était occupé dans ses vignes et il lui avait manqué au travail. Mais ça, elle n'en parlerait pas.

— J'ai aidé Bodie à tailler certains bourgeons. Ses grappes poussent bien. C'est la période la plus calme de l'année, où on est plus en phase d'observation, à espérer que le temps ne tourne pas trop à la pluie.

— Quand est-ce que la récolte commence ?

— En général, début mars.

— Donc, tu seras très occupé jusqu'en automne ?

— Tu n'as pas idée. Peu de sommeil, beaucoup de cueillettes tests et de décisions à prendre sur la période la plus favorable pour vendanger. Comme mon vignoble est petit, je travaille aussi sur celui de Bodie.

— Je suppose que tu ne travailles pas du tout au centre médical pendant les vendanges...

Difficile d'imaginer le centre sans lui. Déjà, les deux journées par semaine pendant lesquelles il était absent semblaient interminables. Alors comment survivrait-elle pendant un mois, voire davantage ?

— Ça fait partie de mon contrat, dit-il. J'ai le droit de prendre plusieurs semaines de congé à cette période de l'année. La direction trouve quelqu'un pour me remplacer afin que je ne culpabilise pas de ne pas être là.

— Evelyn dit qu'elle aussi travaille moins parce qu'elle doit se substituer à Bodie qui n'a pas le temps de s'occuper de Kent quand il n'est pas à la garderie.

— À cette période, beaucoup d'entreprises en ville doivent jongler avec leur personnel. Chardonnay, ou autre chose ? demanda-t-il en voyant le serveur s'approcher.

— Chardonnay, merci.

Ils dînaient dans un autre vignoble, dont elle était curieuse de goûter le vin. Elle parcourut le menu et soupira.

— Comment suis-je censée choisir un plat, alors qu'il y en a au moins trois que je voudrais essayer ?

Une fois la commande passée, elle se détendit et regarda Nicolas. Il était vraiment superbe.

— Quelle chance tu as de pouvoir t'éclater dans deux métiers si différents ! Combien de gens peuvent dire ça ?

— Pas beaucoup, je suppose. Et toi ? Pourquoi la médecine ? Est-ce que c'est quelque chose que tu as toujours voulu faire ?

— Pas du tout. Je voulais devenir vétérinaire. J'adorais les animaux et, pendant les vacances scolaires, je travaillais dans le centre de soins local, m'occupant essentiellement de chiens et de chats.

— Qu'est-ce qui t'a fait changer d'avis ?

— J'ai vu un vétérinaire faire piquer un magnifique chien que j'adorais. Je n'arrêtais pas de demander à ma mère qu'elle me permette de l'adopter. Il a été attaqué par un autre chien qui s'était échappé de sa cage parce qu'un des bénévoles ne l'avait pas attaché correctement. Les blessures étaient terribles. Les deux chiens ont été euthanasiés ce jour-là. J'ai pleuré pendant des heures, et pour finir j'ai décidé de devenir médecin plutôt que véto.

Il la fixa sans rien dire avec un sourire pensif.

— C'est encore pire de perdre des patients, ajouta-t-elle. Mais avec le temps j'ai appris à faire face – comme tout le personnel médical, sinon on ne tiendrait pas le coup très longtemps.

Le sourire de Nicolas s'effaça.

— Tu as raison. C'est l'inconvénient de notre métier.

Le vin arriva à cet instant, et tous deux levèrent leur verre.

— À d'autres rendez-vous, et à une conversation moins sombre, dit-il en choquant son verre contre le sien.

— Je suis d'accord.

Après quelques gorgées, ils poussèrent un soupir de bien-être.

— C'est si bon…

— N'est-ce pas ? Et je ne t'ai pas encore fait goûter *mon* chardonnay.

— Est-ce qu'il t'en reste de l'année dernière ?

— Il y a toujours quelques bouteilles que je garde dans ma cave pour le repas de Noël. Je te préviens, Bodie va vouloir que tu essayes aussi ses vins. Tu risques d'être un peu submergée.

— C'est peu probable. Je n'ai pas tendance à abuser de la boisson. Pas avec Mia à surveiller.

De même, avoir la gueule de bois le lendemain n'avait rien à voir pour elle avec l'idée de s'amuser.

— Mais j'ai hâte de goûter le tien.

Son large sourire la fit craquer une fois de plus.

— As-tu déjà vécu une relation sérieuse ? demanda-t-il soudain. Je veux dire, une relation de longue durée ?

La première réaction de Claire fut de se fermer, mais Nicolas faisait déjà partie de sa vie et il comptait beaucoup pour elle.

Elle prit une profonde inspiration.

— Il y en a eu un. Nous sommes restés ensemble trois ans

avant qu'il s'en aille. J'ai tendance à avoir du mal à faire confiance depuis cet épisode, et avec l'abandon de mon père...

Les yeux de Nicolas ne la quittaient pas.

— C'est compréhensible, dit-il. Te crois-tu capable de surmonter ces difficultés ?

Avec lui, elle le pourrait, mais... Il y avait toujours un mais. Si lui aussi la laissait tomber, après qu'elle lui aurait donné son cœur ? Il briserait aussi celui de Mia. Elle devait lui parler, si elle voulait qu'il comprenne.

— Je pense que c'est possible, mais...

Son regard bleu s'adoucit.

— Tu t'inquiètes pour Mia, acheva-t-il. C'est tout à fait normal.

Le vin était frais sur sa langue.

— Pas seulement. Je ne veux pas souffrir à nouveau. Alors je m'en tiens à de brèves aventures. Quand je pense que l'homme qui a conçu Mia s'est enfui quand il a su que j'étais enceinte... Tout ce que j'espérais, c'était qu'il reconnaisse son enfant et prenne un peu part à sa vie.

Le serveur réapparut avec des assiettes pleines, mais elle n'était plus sûre d'avoir très faim. Parler de ce sujet lui faisait toujours des nœuds à l'estomac.

Nicolas prit sa main et lui embrassa la paume.

— Merci de m'avoir parlé. Cela m'aide à mieux te comprendre.

— Merci à toi. Je suis devenue très prudente en amour, et pourtant j'ai envie d'aimer, avoua-t-elle en s'efforçant de sourire.

Il avait toujours sa main dans la sienne et la serra doucement.

— Maintenant, consacrons-nous à notre dîner, nous sommes venus pour ça. Et profitons d'être ensemble.

Le saumon était délicieux et la compagnie agréable. Ils bavardèrent gaiement pendant tout le repas, sans plus évoquer le moindre sujet sérieux. Nicolas paraissait détendu. Elle ne tarda pas à s'abandonner au plaisir du moment, laissant ses inquiétudes de côté. Oui, elle pouvait encore connaître l'amour et avoir un avenir heureux.

— Tu viens ? demanda Claire quand il arrêta le véhicule devant la maison.

Mais au lieu d'ouvrir la portière, il l'attira contre lui.

— Après ceci.

Et il se mit à l'embrasser avec fougue. Plus rien n'importait que Nicolas, ses mains qui lui caressaient le dos, son torse appuyé contre ses seins, son odeur de grands espaces, sa force et sa gentillesse, et elle se perdit dans son baiser.

Lorsqu'il s'écarta et plongea les yeux dans les siens, elle sut qu'il était temps d'oublier le passé et d'aller de l'avant. De prendre le risque et de saisir ce qui se présentait en la personne de Nicolas.

Lui prenant la main à son tour, elle déposa un baiser léger sur ses lèvres.

— Entre, nous serons bientôt seuls.

Michelle allait repartir aussitôt et, avec un peu de chance, Mia était profondément endormie. Il n'y aurait qu'elle et Nicolas, libres de donner suite à ces baisers.

Il lui caressa doucement la joue.

— Tu es sûre ? Je ne veux pas te presser.

Tout son corps était tendu, comme elle avait pu le constater pendant leur étreinte. Pourtant, il lui offrait la possibilité de s'arrêter là. Quel homme...

— On ne peut plus sûre. Et toi, tu es d'accord ?

— O-oui.

Il fut hors de la voiture en moins de temps qu'il n'en fallait pour le dire.

Une fois rentrée, elle s'enquit de sa fille.

— Pas de problème avec Mia, Michelle ?

— Tu plaisantes ? Elle n'est *jamais* un problème.

Claire se mit à rire.

— J'essaie juste de ne pas ressembler à la mère qui est persuadée que son enfant ne fait jamais rien de travers, dit-elle en la payant.

— À bientôt à Noël, dit Michelle en partant. Salut, Nicolas.

— À bientôt...

Il referma la porte derrière lui et se tourna vers Claire.

— Va voir Mia, je t'attends.

Naturellement, c'était la première chose qu'elle comptait faire. Elle savait que sa fille allait très bien, mais devait vérifier par elle-même et l'embrasser.

— Je reviens dans une minute.

— Prends ton temps.

— Vraiment ? répliqua-t-elle en riant avant de disparaître.

À son retour, Nicolas la prit dans ses bras et l'entraîna en dansant à moitié jusqu'à la chambre, l'embrassant tout le long. Sa gorge, ses épaules, ses bras... Elle avait tout le corps en feu.

Refermant la porte derrière eux, elle l'attira contre elle et commença à lui déboutonner sa chemise, chaque bouton libéré déclenchant un baiser sur son torse et son ventre ferme. Elle se sentait remplie de désir et d'amour.

Tout en l'enlaçant, elle l'attira vers le lit, pressée de se retrouver nue contre lui.

— Claire...

Il lui jeta un regard affamé avant de se pencher sur elle. Avec lui, elle se sentait quelqu'un de spécial. D'un geste impatient, elle se débattit avec la fermeture Éclair de sa robe.

— Laisse-moi faire.

Lentement, très lentement, il la fit descendre.

— Nicolas, murmura-t-elle contre sa bouche. Je n'en peux plus d'attendre.

Ses yeux brillèrent et il lui sourit.

— Oh ! nous avons tout notre temps.

Et soudain, mus par un même élan, ils se déshabillèrent mutuellement pour se retrouver en contact avec la peau de l'autre. Il était dur contre elle et elle le caressa avant de se pencher pour le prendre dans sa bouche, mais il posa les mains sur sa tête.

— Non, non. Nous le ferons ensemble. Je ne veux pas jouir avant toi, chérie.

Il s'allongea sur le lit avec elle au-dessus et lui titilla les seins jusqu'à ce qu'ils deviennent si durs qu'elle crut qu'ils allaient exploser.

— N'arrête pas, haleta-t-elle, le caressant à son tour.

Puis elle s'accroupit sur lui et ils s'unirent enfin, chacun se remplissant du désir de l'autre. Lentement, sans se quitter des yeux, ils atteignirent l'orgasme avant qu'elle se laisse tomber dans ses bras.

Elle venait de découvrir un monde jusqu'alors inconnu, un endroit merveilleux et excitant où elle aurait envie de revenir encore et toujours. Elle avait trouvé ce qu'elle n'avait pas cru possible : ils n'avaient pas couché ensemble, ils avaient fait l'amour. Elle s'était complètement abandonnée à lui et avait tant reçu en échange.

Blottie contre Nicolas, elle poussa un soupir de pur bonheur. Tout était possible quand elle se sentait si bien dans ses bras.

Il se redressa, étirant les jambes et écartant les bras de son corps. Elle retint son souffle. Il n'allait pas déjà repartir ? Ou bien en avait-il assez ? Pas cette fois. Pas Nicolas.

S'appuyant sur son coude, il laissa courir un doigt sur sa joue, le long du cou et plus bas, entre ses seins qui n'avaient jamais connu une telle tension érotique.

— Claire, je ne sais pas comment le dire… C'était fantastique. Tu *es* fantastique.

Elle se remit à respirer normalement.

— Pas plus que toi, dit-elle avec un sourire soulagé. Je n'avais jamais connu ce que nous venons de partager.

Pourquoi ne pas être sincère ? S'il comprenait combien ce qui venait de se passer signifiait pour elle, il ne partirait peut-être pas ?

— Détends-toi, ma chérie. Je n'ai pas l'intention de partir. C'est un début, ce n'est pas la fin.

Une fois de plus, Nicolas avait lu en elle. Mais cette fois, elle n'avait pas peur. Elle avait besoin d'entendre ces paroles. Prenant son visage dans ses mains, elle l'embrassa avec une intensité qui parlait pour elle.

Que pouvait-elle faire d'autre ? Il avait mis sa vie sens dessus dessous pendant des semaines, et maintenant elle était prête à courir le risque avec lui – à miser sur eux. Elle voulait plus, beaucoup plus, et elle avait beaucoup à donner en échange. Elle se sentait libérée. Elle, Claire McAlpine, voulait partager sa vie avec cet homme merveilleux, au point de mettre son cœur dans la balance.

S'allongeant de nouveau près d'elle, Nicolas l'attira contre lui.

— Merci, murmura-t-il.

— Pourquoi ?

— Merci de me faire confiance. De te donner à moi, et de m'accepter.

Elle n'était donc pas la seule à avoir des doutes. Il y avait eu toutes sortes de questions, mais pour finir :

— C'était facile.

Il l'étreignit tendrement avant de poser la tête contre la sienne.

— Très.

8

— Enfin…, soupira Claire.

Ce soir, Mia s'était montrée plus excitée que jamais. Le Père Noël allait venir.

— Elle est vraiment endormie ? Enfin ? demanda Nicolas, les yeux remplis d'espoir.

Claire se laissa tomber sur le canapé près de lui et poussa un soupir de soulagement.

— Oui. Mais je vérifierai bientôt pour être tout à fait sûre. Elle était épuisée.

— Peut-être même qu'elle dormira un peu plus que prévu demain matin ?

— Le matin de Noël, avec une chaussette pleine de surprises qui l'attendra au pied de son lit ? Tu rêves.

— Sans parler du cadeau qu'elle espère. Elle n'a pas oublié que le Père Noël le lui apporte, n'est-ce pas ?

— Non.

Mais elle n'avait pas reparlé du câlin qu'elle avait demandé en premier.

— Espérons qu'elle ne pensera plus qu'à ce cadeau, dit Nicolas en entourant les épaules de Claire de son bras.

Elle croisa mentalement les doigts.

— Mia n'avait jamais parlé d'un câlin auparavant. Elle mentionne rarement son père et ne me demande pas où il est.

Maintenant qu'elle était plus détendue avec Nicolas, elle

s'ouvrait plus facilement à lui de ce qui la tracassait. C'était une expérience toute nouvelle.

Du bout des doigts, il traça de petits cercles sur son épaule.

— Il est certain qu'elle posera davantage de questions à mesure qu'elle grandira et comprendra que la plupart des autres enfants ont un père dans leur vie.

— Du moment qu'elle ne pense pas que c'est sa faute si Hank n'est pas là pour elle...

La peine de Mia risquait d'être très semblable à celle qu'elle-même avait connue. À moins que sa mère tombe amoureuse et s'installe avec un homme qui l'adore...

— Tu as encore un peu de temps pour réfléchir à la façon dont tu vas répondre à ses questions. Malgré cela, elle risque de te poser quelques colles.

— Je n'en doute pas.

Elle sourit à l'homme qui avait gagné son cœur si facilement, par sa compréhension et son empathie.

— Que dirais-tu d'un verre de vin ? suggéra-t-elle. J'espère que tu n'as pas préparé la chambre d'amis pour moi.

Il n'y avait pas si longtemps, elle n'aurait jamais osé dire ça, mais elle se sentait tellement en confiance avec Nicolas qu'elle laissait plus souvent parler son cœur que sa tête.

— Je ne voulais pas être présomptueux, répondit-il en riant. Mais non, je ne l'ai pas préparée. Je m'occupe du vin. Repose-toi, tu as l'air épuisée.

— J'ai eu une journée chargée au travail, aujourd'hui. Je m'étais bêtement imaginé que ce serait plus calme parce que les gens feraient leurs achats de dernière minute pour Noël.

— Quand on y réfléchit, beaucoup de patients que nous avons vus étaient plutôt âgés et seuls, ils ne vont sans doute pas retrouver de la famille ou des amis demain, dit Nicolas.

Il sortit deux verres à pied de la vitrine.

— Je n'y avais pas pensé...

Pourtant ils avaient fait admettre deux cas sérieux à l'hôpital. Des patients dont la famille était restée à leur côté pendant tout le temps qu'ils avaient passé au centre médical.

— Je n'arrive pas à croire que j'ai quatre jours de congé, soupira-t-elle.

En tant que médecin le plus récent, elle avait été agréablement surprise que Ryan lui propose de la remplacer si elle voulait faire une pause. Cela lui permettait de passer plus de temps avec Mia – et aussi, elle l'espérait, avec Nicolas quand il serait disponible.

— Tu as de la chance, répondit-il. Je suis d'astreinte les 27 et 28.

Elle l'avait déjà noté.

— Je pourrais me mettre aux fourneaux.

— Essaie-moi ça, dit-il en lui tendant un verre de sauvignon blanc. C'est un vin de Bodie et, quoi qu'il m'en coûte, je dois reconnaître qu'il est sacrément bon.

— Mmm... Exceptionnel.

— J'étais certain que tu dirais ça.

Retournant s'asseoir près d'elle, il posa sa main libre sur sa cuisse.

— On est bien...

— Très.

À la pensée d'avoir un moment tranquille avec Nicolas, en attendant de passer Noël avec lui et des amis, elle se sentit le cœur léger comme une bulle, ce qui ne lui était pas arrivé depuis bien longtemps.

— Où étais-tu à cette époque, l'année dernière ?

— Assis ici, un verre de vin à la main, en train de regarder une bêtise à la télé.

Pas très différent de ce qu'elle avait fait – à part le vin. C'était plutôt du thé.

— Tu ne retrouves pas ta famille à cette époque de l'année ?

— Papa n'est plus là et maman est dans une maison de repos. Mon frère va dans la famille de sa femme et y emmène notre mère. Ils aiment les grands rassemblements, dans lesquels je me sens un peu à part. Cela vient sans doute de moi, mais quoi qu'il en soit je préfère rester en dehors. Je prends l'avion pour aller voir maman tous les deux ou trois mois. C'est difficile, car elle est atteinte de démence.

C'était triste. Les rares fois où il avait mentionné sa famille, Nicolas n'avait paru proche d'aucun de ses membres.

— En fait, si je me souviens bien, l'année dernière j'étais un peu mélancolique au sujet de ma vie, ajouta-t-il. Je me sentais seul et la télé ne me distrayait pas beaucoup.

Il avala une gorgée de vin, les yeux baissés.

— Je sais ce que c'est, murmura-t-elle, posant la tête sur son épaule.

Même en sachant que s'apitoyer sur soi ne servait à rien, parfois on ne pouvait s'empêcher de se sentir seul en pensant à ceux qui avaient une famille ou des proches.

— J'ai de très bons amis près de chez moi, que je peux retrouver quand j'en ai envie, poursuivit Nicolas. Mais parfois je préfère rester à l'écart et j'apprécie même ces moments solitaires. Cela leur laisse aussi un peu d'espace.

Claire hocha la tête.

— C'est ce qui rend plus fort, dit-elle en choquant son verre contre le sien. Je te souhaite un joyeux Noël et une très bonne année.

Plus qu'une semaine et ce serait le début d'une autre année. Pour la première fois, elle avait hâte d'y être.

— Pareil pour toi, Claire.

Le sourire de Nicolas lui fit chaud au cœur.

— Si on allait se coucher ?

La proposition alluma un feu dans tout son corps : au bout des doigts, entre ses jambes, partout sur la peau... C'était décidément un Noël qui ne ressemblait à aucun autre.

Nicolas roula sur le côté avant de s'asseoir sur le lit. Des gloussements excités lui parvenaient de la chambre voisine.

À côté de lui, Claire cligna des yeux.

— Quelle heure est-il ?

Il consulta son téléphone et poussa un grognement.

— 5 h 10. Un peu tôt pour un matin de Noël.

— Super, marmonna-t-elle. Je ferais bien de me lever avant que Mia vienne me chercher.

La veille, ils avaient décidé d'un commun accord qu'il était trop tôt pour que Mia les trouve au lit ensemble, même si elle ne comprenait pas réellement ce que cela signifiait. Claire et lui étaient devenus amants très vite, et il sentait au fond de lui qu'il y avait bien plus entre eux qu'une histoire de sexe, même s'ils restaient prudents.

— Je vais faire chauffer la bouilloire pour une infusion.

— Et moi, je vais aller voir ce que le Père Noël a apporté, dit-elle avec un sourire fatigué, mais heureux.

— Vas-y, *maman*.

Avant de se coucher, ils avaient installé la cuisine de poupées dans le salon, près de l'arbre de Noël. Mais il y avait aussi des petits paquets cadeaux au pied du lit de Mia.

Enfilant son peignoir de satin sur son corps magnifique, Claire secoua la tête.

— Tu vas voir que, dans quelques minutes, Mia va dire que le Père Noël l'a laissée tomber parce qu'elle n'a pas sa cuisine.

Elle déposa un baiser sur sa joue.

— En tout cas, cette nuit, il m'a apporté beaucoup de choses que j'ai appréciées.

Il lui rendit son baiser et revêtit rapidement un short et un T-shirt.

— C'est parce qu'il a eu un merveilleux assistant, assura-t-il.

— Prétentieux, répliqua-t-elle en souriant.

— Maman ! cria Mia dans le couloir. Le Père Noël a oublié ma cuisine.

Claire rit doucement.

— Qu'est-ce que j'avais dit ? Mia, elle était peut-être trop grande pour qu'il la mette dans ta chambre, dit-elle à voix haute. Tu devrais regarder près de l'arbre de Noël.

Nicolas gagna le couloir.

— Joyeux Noël, Mia. Le Père Noël ne t'a sûrement pas oubliée. Tu viens, maman ?

— Je ne voudrais surtout pas rater ça, répondit-elle en saisissant son téléphone.

Mia se précipita dans le couloir. Nicolas prit la main de Claire et ils la suivirent. Il se sentait presque aussi excité que la petite fille. C'était ce que l'on devait ressentir quand on avait une famille. Un sentiment d'émerveillement.

Des petits cris de joie leur parvinrent du salon.

— Ma cuisine est ici ! Maman, regarde tout ce que le Père Noël m'a apporté !

Le petit meuble était entouré d'autres cadeaux.

Il vit que Claire avait les yeux humides et lui-même eut du mal à contenir son émotion. Elle était une mère si aimante... L'entourant de ses bras, il l'embrassa sur le sommet de la tête.

— Tu es super.

D'un geste impatient, Mia déchira les papiers entourant les cadeaux et gloussa de plus belle.

— Tu as vu, Nicolas ? Le Père Noël est cool.

— Claire, passe-moi ton appareil, je vais prendre des photos.

Elle le lui tendit.

— Prends-en des tas. Ensuite, je ferai du thé.

— Bonne idée. Nous sommes attendus à 9 heures pour le petit déjeuner. Si j'en crois mes souvenirs, il sera très copieux. Puis il y aura les cadeaux et le café, et le déjeuner sera servi en milieu d'après-midi. Habituellement, un ou deux voisins qui n'avaient nulle part où aller viennent également. Evelyn les appelle les laissés-pour-compte de Noël.

— Est-ce que Mia et moi entrons dans cette catégorie ?

— Tu es son amie. Et la mienne aussi. Une amie très spéciale, ajouta-t-il avec un sourire coquin. À propos, je prends mon thé noir.

— Je t'ai vu le faire assez souvent au centre médical pour le savoir.

Ainsi elle se rappelait les gestes les plus ordinaires à son sujet. Qu'avait-elle noté d'autre ? Qu'il ne cherchait pas à l'impressionner en l'accueillant dans une maison reluisante de propreté de la cave au grenier ? Il avait préféré se montrer sous son jour habituel plutôt que de passer des heures à traquer la poussière.

— Tu veux manger quelque chose, Mia ? demanda Claire. Le petit déjeuner est encore loin.

— Le Père Noël a mis des chocolats dans mon bas, alors je vais en manger.

Il ne put s'empêcher de rire devant l'air résigné de la maman.

— Mia, tu ne manges pas tout. Gardes-en pour Kent.

— Ça m'étonnerait, murmura-t-il en se dirigeant vers le petit sapin décoré qu'il avait installé la veille, avant l'arrivée de Mia. Si on allait voir ce qu'il y a dessous ?

— Il y a encore des cadeaux pour moi ?

Elle se rua sur les paquets, oubliant momentanément la cuisine.

Avant de se coucher, Claire avait déposé les autres cadeaux sous l'arbre pour Mia, de la part de ses amis, avait-elle dit. Il avait trouvé un peu triste qu'il n'y en ait pas de la part de la famille, puisqu'il n'y avait pas de famille en dehors de la maman. Et une grand-mère à Perth, en Australie, qui apparemment n'avait pas envoyé de cadeau.

Je veux un câlin de mon papa.

Ces mots résonnaient toujours dans la tête de Nicolas. Les oublierait-il un jour ? Mia semblait être une enfant si heureuse de vivre que cela rendait sa demande encore plus surprenante, depuis qu'il la connaissait un peu.

— Fais-moi voir… Qu'est-ce qui est écrit ?

Il se gratta le menton.

— « Pour Mia, grosses bises de maman. »

Il n'eut pas le temps de lui tendre le cadeau qu'elle le lui avait littéralement arraché des mains.

— Mia, ne fais pas ça et dis merci à Nicolas.

La mère était toujours attentive à l'éducation de sa fille.

— Merci, Nicolas.

L'emballage fut déchiré en un clin d'œil.

— Maman, c'est super ! s'écria-t-elle en montrant un bikini rose et une serviette de plage assortie. Je l'adore.

Sautant au cou de Claire, elle lui planta une bise sonore sur la joue.

— Merci, maman.

Il prit un petit paquet.

— Joyeux Noël, Claire.

Elle le fixa de ses beaux yeux d'un brun chaud.

— C'est vraiment Noël, dit-elle avec un sourire hésitant.

Comme Mia était distraite par son bikini, il en profita pour déposer un baiser léger sur sa joue.

— C'est merveilleux de partager cette journée avec vous deux.

— Je ne pourrais pas rêver mieux, murmura-t-elle.

Elle défit soigneusement le papier cadeau, découvrit un petit écrin et le regarda longuement avant de l'ouvrir. À l'intérieur, il y avait la délicate chaîne en or qu'il avait choisie.

— Oh ! Nicolas, elle est magnifique, dit-elle d'une voix un peu tremblante en étalant la chaîne sur sa main.

— J'espère que c'est le style que tu aimes.

Il ne l'avait pas vue porter beaucoup de bijoux, en dehors de l'anneau qu'elle avait au doigt.

Le regard qu'elle lui lança fit battre son cœur plus vite.

— C'est tout à fait ce que j'aime. Veux-tu me faire l'honneur… ?

Elle lui tendit la chaîne en or. Son cou était chaud contre ses doigts quand il l'attacha.

— Voilà.

Le bijou ressortait parfaitement contre sa peau légèrement bronzée. Il n'eut qu'une envie : la prendre dans ses bras et l'emmener dans la chambre à coucher. Au lieu de cela, il fit un pas en arrière. C'était le seul inconvénient d'avoir la fille de Claire avec eux. Cela ne le dérangeait pas vraiment, si ce n'est qu'il ne pouvait pas toujours satisfaire son désir d'elle quand il le voulait.

Ils échangèrent un long sourire.

— Maman, je peux voir ?

Mia se glissa entre eux et regarda la chaîne.

— Elle est jolie, Nicolas.

— Je suis gâtée, pas vrai ? dit Claire.

Elle murmura quelques mots à l'oreille de sa fille, qui courut chercher un paquet sous l'arbre. Claire en profita pour effleurer ses lèvres.

— Merci beaucoup…

— Nicolas, c'est pour toi. De la part de moi et maman.

— Qu'est-ce que c'est ? demanda-t-il en prenant le cadeau.

— Une surprise, répondit Claire.

En effet. C'était une copie reliée en cuir d'un livre dont il lui avait parlé deux semaines auparavant. Il n'avait pas réussi à en trouver un exemplaire en ligne ni dans les magasins de livres d'occasion.

— Où as-tu déniché ça ? demanda-t-il, épaté.

— C'est mon secret.

Il se pencha et toucha légèrement l'épaule de la petite fille.

— Merci beaucoup pour mon cadeau, Mia.

Bien entendu, il n'était pas question de câlin depuis la rencontre avec le Père Noël. Mais il pouvait prendre sa mère dans ses bras.

— Merci à toi aussi. Je n'arrive toujours pas à croire que tu aies réussi à trouver une copie de ce livre. J'en prendrai toujours grand soin.

— Tu as intérêt, répondit-elle en riant. Si on prenait le thé ?

Le reste de la journée chez Evelyn et Bodie fut tout aussi agréable, tout le monde étant ravi de découvrir de petits cadeaux et de se régaler de saumon, de jambon et de salades composées, suivies de salades de fruits frais et de chocolats qui disparurent à toute allure, en partie gobés par deux jeunes enfants qui jouant avec leurs nouveaux jouets.

— Quelle journée, soupira Nicolas quand ils rentrèrent chez lui dans la soirée, suivis par une Mia épuisée.

— Je ne me rappelle pas avoir vécu un Noël pareil, reconnut-elle. Tout le monde était si détendu, il n'y avait pas de disputes et personne ne râlait.

Nicolas comprit ce que cela signifiait. Même dans sa propre famille, Noël avait toujours été une fête pleine de joie quand il était enfant. L'ambiance avait changé à partir du moment où son frère et lui étaient devenus de jeunes adultes avec leurs propres projets, et le sien n'était plus rentré dans le moule de celui du fils parfait.

— Nicolas, je veux un câlin, dit soudain Mia.

Elle était debout devant lui, la tête en arrière, et le fixait de ses grands yeux.

Le cœur de Nicolas se serra et il regarda la fille de Claire, qui lui demandait quelque chose qu'il n'était pas certain de pouvoir lui donner car il n'était pas préparé aux conséquences. La serrer dans ses bras, oui, si elle n'attendait rien de plus. Sinon, il risquait de la faire souffrir un jour, ce qu'il ne voulait surtout pas.

Il n'était pas le père de cette enfant. Même s'il la trouvait adorable, il n'endosserait pas ce rôle juste pour lui faire plaisir. Pas avant de savoir où il en était avec Claire, et ils avaient encore du chemin à faire, même s'ils s'entendaient bien. Il sentait qu'il était en train de tomber amoureux d'elle, mais pas au point de risquer son cœur – ni le leur.

Visiblement choquée, Claire tendit les bras à sa fille.

— Viens-là, ma chérie. Je vais te faire un câlin.

— J'en veux un de Nicolas. Il te serre dans ses bras tout le temps. Pourquoi pas moi ? Tu ne m'aimes pas, Nicolas ?

Pour le coup, il n'y tint plus.

— Bien sûr que si. Viens par ici...

Il la serra affectueusement contre lui, s'efforçant de ne pas regarder du côté de sa mère. Après tout, cela ne signifiait pas qu'il allait remplacer son père. Et si lui et Claire se séparaient ? Ils n'étaient même pas officiellement un couple.

Sans le regarder, Claire lui prit sa fille des bras pour lui donner un câlin de maman.

— Il se fait tard, il est temps qu'on rentre chez nous, déclara-t-elle en se dirigeant vers la chambre où se trouvait son petit sac de voyage.

Il la suivit.

— Vous n'avez pas besoin de partir, vous pouvez très bien rester pour la nuit, suggéra-t-il.

— J'ai besoin d'espace, répondit-elle en jetant ses quelques affaires dans son sac. La journée a été très chargée.

En même temps, elle avait été fantastique – de même que la nuit précédente. Mais...

— Rien à voir avec la peine que je vois sur ton visage ?

Cela voulait-il dire qu'elle ne lui faisait pas assez confiance ? Ou qu'en fait elle ne l'aimait pas assez pour rester davantage ?

— Rien à voir du tout, mentit-elle. Mia m'a surprise, une fois de plus. Je crois qu'elle a besoin d'être chez elle et de se reposer.

Elle venait de vivre l'intimité d'une nuit en plus d'une journée exceptionnelle, avait passé des moments merveilleux avec Nicolas. Des heures étonnantes et drôles, pendant lesquelles ils avaient tout partagé et goûté le simple bonheur d'être ensemble. À tel point qu'elle avait parfois oublié de faire passer Mia d'abord.

Sans même s'en rendre compte, elle était tombée amoureuse de Nicolas. Son cœur était plein d'amour pour lui. Si elle voulait être sûre de ne pas souffrir, elle devait partir.

Elle n'était pas prête, et Mia non plus. Certes, sa fille voulait un père, mais ce n'était pas à Nicolas de remplir ce rôle. Avec ce câlin, il avait juste voulu lui faire plaisir, mais Mia risquait d'y voir beaucoup plus et l'espoir allait grandir en elle.

Refermant son sac, elle sentit son cœur se serrer douloureusement. Qu'avait-elle fait ?

— Je vais porter la cuisine de poupées dans ta voiture, dit doucement Nicolas.

Il sortit sans attendre de réponse. Sans doute comprenait-il réellement maintenant où leur relation l'entraînait.

Pour elle, il était trop tard, mais peut-être pas pour Mia. Était-elle en train de se servir de sa fille pour éviter de risquer son propre cœur et d'exposer sa vulnérabilité ?

Et ensuite ? Nicolas et elle devaient travailler ensemble et se comporter calmement l'un envers l'autre. Mais comment pourrait-elle s'abuser elle-même en prétendant qu'il n'était rien de plus qu'un infirmier avec qui elle avait passé quelques jours merveilleux ?

Claire attacha Mia sur son siège.

— Bonne nuit, Nicolas, murmura-t-elle.

Pour elle, cela voulait dire adieu – adieu à d'autres jours et d'autres nuits comme ceux qu'ils venaient de vivre ensemble.

— Bonne nuit, Nicolas ! cria Mia. Je me suis bien amusée, aujourd'hui.

Il passa la tête par la fenêtre de la voiture.

— Bonne nuit, petite fille. Moi aussi, je me suis amusé.

Puis il regarda Claire dans les yeux.

— Je suis sincère.

Au moins, il ignorait ce qu'elle ressentait pour lui. Tant mieux, car à l'évidence il n'éprouvait pas la même chose pour elle. Ils avaient eu une brève aventure, point. Discrètement, elle s'essuya les joues avant de monter dans sa voiture.

— Je te verrai au travail.

Rencontrer Nicolas avait été ce qui lui était arrivé de mieux depuis très longtemps. Les semaines et les mois à venir allaient être bien mornes.

Le cœur lourd, Nicolas regarda la voiture de Claire descendre la longue allée menant à la route. Elle était partie sans avoir aucune idée de ce qu'elle représentait pour lui, alors qu'il commençait à peine à voir clair dans ses sentiments.

Tout ça parce que tu n'as pas eu le cran de lui parler.

Elle était partie sans se retourner, comme si elle en avait assez de lui, alors qu'il se rendait compte qu'il avait confiance en elle, ce qu'il ne croyait plus possible. Il avait bien vu sa réaction, et son attitude protectrice envers Mia.

S'ils devaient ne plus se voir qu'au centre médical, ce serait douloureux pour lui. Pourraient-ils encore travailler en équipe ? Il le fallait. Et s'ils se rapprochaient de nouveau ? Mais il avait appris à connaître Claire. Les barrières étaient de nouveau en place, solidement dressées. Il faudrait davantage que quelques paroles pour les faire retomber. Elle n'avait pas été longue à s'en aller. Avec le passé qu'il lui connaissait, peut-être ne lui faisait-elle pas confiance. Pourtant, ne serait-ce pas merveilleux s'ils passaient ensemble le reste de leur vie ?

Après les vingt-quatre heures fabuleuses qu'ils avaient vécues, difficile de croire que tout s'arrêtait là.

Allait-il vraiment renoncer aussi facilement ? Il n'était pas dans sa nature de fuir les problèmes. Il avait fait face à l'insistance de son père qui le voulait meilleur à l'école, en prouvant qu'il pouvait être bon dans d'autres domaines. Quand son ex l'avait quittée, il lui avait montré qu'il n'en était pas affecté en suivant sa formation d'infirmier et en achetant la propriété dans laquelle il vivait. Il n'avait pas eu besoin d'elle pour réaliser ses rêves.

Mais laisserait-il Claire s'éloigner sans tenir compte de l'amour qu'il éprouvait déjà pour elle ? Non. Elle méritait qu'il se batte pour conquérir son amour et sa confiance. Même s'ils se connaissaient depuis peu, il savait maintenant qu'elle était celle qu'il lui fallait.

Au sujet de Mia, il n'y aurait pas de compromis. Il savait combien Claire souffrait de voir sa fille sans père.

Il avancerait doucement pour gagner sa confiance jour après jour, lui laissant le temps et l'espace pour réfléchir à ce qu'ils avaient commencé. Peut-être qu'il lui manquerait autant qu'elle allait lui manquer. Ce serait difficile de travailler avec elle, mais il y arriverait.

Et si Claire n'éprouvait pas la même chose pour lui ? Il aurait du mal à s'en remettre. Mais rester sans rien faire alors que son cœur était si plein d'elle serait bien pire.

Tournant le dos à la route, il regagna sa maison, accueilli par les lumières de l'arbre de Noël qui ne clignotaient plus que pour lui, et par les bouts de papier cadeau froissé que Mia avait laissés. Il revit son sourire émerveillé en découvrant ce que le Père Noël avait apporté, et le regard brillant de Claire quand il lui avait attaché la chaîne en or autour du cou.

Je n'aurais jamais dû laisser Nicolas devenir aussi proche, songea Claire en bordant Mia dans son lit avec sa poupée préférée près d'elle.

— Bonne nuit, mon ange, murmura-t-elle en écartant quelques mèches de cheveux du visage de sa fille, visiblement épuisée.

— Pourquoi on n'est pas restées avec Nicolas ?

— Nous vivons ici, ma chérie. On doit rentrer à la fin de la journée.

— On est restées la nuit dernière...

— Parce que c'était Noël.

S'il te plaît, Mia, ne fais pas de caprice, je n'ai plus assez d'énergie après cette journée.

Elle avait découvert combien Noël pouvait être un jour spécial en le partageant avec ceux qui l'avaient invitée.

Elle soupira en pensant à Mia et Nicolas, dont les prénoms avaient commencé à être liés dans son cœur – jusqu'à ce que tout s'effondre. À cause d'elle. Parce qu'elle avait paniqué quand Mia avait demandé un câlin. Elle avait craint que Nicolas ne prenne alors conscience de ce qui l'attendait. Car elle avait soudain réalisé qu'elle l'aimait profondément, et que plus rien ne serait pareil. Donner son cœur signifiait implicitement lui faire confiance – ce qu'elle avait cru. Mais elle avait toujours peur que Mia soit blessée. D'être elle-même blessée.

— C'est pas juste, déclara Mia en bâillant.

Elle avait raison, ce n'était pas juste. Mais avec Claire, c'était tout ou rien – les deux ou personne. Nicolas était celui qu'il lui fallait, mais il n'était pas prêt et ne le serait peut-être jamais à accepter les conditions qui étaient les siennes.

Malgré sa méfiance envers les hommes, il ne lui avait pas fallu longtemps pour tomber amoureuse. Elle n'était pas près d'oublier la nuit passée dans ses bras. Désormais, elle serait seule, sans le corps chaud et sexy de Nicolas contre le sien, sans sa peau à caresser, son torse à embrasser. Il lui avait ouvert les yeux sur la possibilité d'un futur dans lequel elle n'élèverait pas Mia toute seule, et où elle pourrait aimer et être aimée.

Tout en remplissant la bouilloire, elle jeta un coup d'œil par la fenêtre donnant sur la cour arrière. Elle semblait petite et ordinaire, après le paysage étendu et verdoyant qui entourait la propriété de Nicolas. Sa cuisine était exiguë mais pratique, comme le reste de son domicile flanqué d'autres maisons sur trois côtés. Elle n'avait pas beaucoup d'intimité. Au moins n'y resterait-elle pas indéfiniment, mais juste le temps de trouver un logement où elle aimerait vivre. Jusqu'à présent, elle n'avait pourtant rien vu de comparable à la demeure rurale de Nicolas, et à celle d'Evelyn et Bodie.

Peut-être pourrait-elle trouver une petite propriété sans beaucoup de terrain ? Pour une citadine comme elle, ce serait agréable de vivre un peu à l'écart de la ville, avec des routes plus tranquilles et des voisins à une certaine distance.

Mais il fallait qu'elle arrête de rêver. L'essentiel des fonds qu'elle possédait devrait être utilisé pour monter son propre cabinet l'année suivante.

Elle versa du liquide bouillant sur son sachet de thé et regarda l'eau de son mug se colorer de brun. Une fois de plus, elle s'était montrée vulnérable quand elle avait envisagé la possibilité d'un nouveau bonheur avec un homme bien, qui lui permettrait d'avoir une vie de famille avec Mia. Dès que le rêve avait commencé à se concrétiser, elle s'était défilée de crainte de souffrir à nouveau.

Trop tard, Claire. Tu souffres déjà.

Comment avait-elle fait pour tomber amoureuse aussi facilement alors qu'elle était si méfiante ? Ils ne se connaissaient pas encore assez bien, et elle était toujours agitée de sentiments contradictoires. Pour elle, l'amour devait être inconditionnel, dans les bons comme les mauvais moments. En fait, elle craignait de ne pas compter pour Nicolas autant qu'il comptait pour elle. Mais elle n'avait pas envie de passer des jours sans le voir, sans échanger des idées et plaisanter, sans partager un repas avec lui.

Ce serait dur de continuer à travailler ensemble, de discuter des cas des patients et des traitements comme si de rien n'était, songea-t-elle en sirotant son thé.

Une semaine plus tard, ce serait le nouvel an. On était censé former des vœux pour les douze mois à venir. Elle avait osé rêver d'une année pleine d'amour avec lui à ses côtés, et d'un avenir grand ouvert devant eux.

Et qu'en restait-il ?

Ses doigts jouèrent avec la chaîne en or autour de son cou, qui était précieuse pour elle. En peu de temps, Nicolas lui avait beaucoup donné. Les hommes qu'elle avait connus avant lui étaient oubliés.

Elle vit la bague de sa mère briller à son doigt. *Je suis si fière de toi.* Elle devait continuer à être forte et ne pas céder au plaisir de l'instant. Mia ne souffrirait pas parce que sa mère avait envie d'aimer et d'être aimée.

9

Claire se laissa tomber sur sa chaise de bureau pour taper les dernières notes de la journée. Elle était de retour au centre médical après Noël et la journée avait traîné en longueur – tout comme les jours de congé qui l'avaient précédée, même si elle avait emmené Mia à la plage. Nicolas lui avait encore plus manqué qu'elle ne l'aurait cru possible, comme si une partie d'elle s'en était allée pour de bon.

Jusqu'à ce matin, ils ne s'étaient pas parlé depuis Noël, ce qui avait été difficile à supporter. Plusieurs fois, elle avait saisi son téléphone pour l'appeler, avant de le reposer. Elle continuait à avoir envie de le voir, de passer du temps avec lui.

Au travail, Nicolas était égal à lui-même – si l'on exceptait la disparition des sourires sexy et du contact occasionnel de sa main sur son épaule. Quand elle avait réussi à faire une pause de cinq minutes, il lui avait tout de même apporté un mug de café.

— Pour toi, avait-il dit de sa voix grave qui la faisait fondre.

Bon sang. Il aurait été si simple de lui dire ce qu'elle ressentait et d'oublier le passé. Mais chaque fois qu'elle croyait pouvoir le faire, sa poitrine se serrait d'angoisse.

— Tu vas rester ici toute la nuit ? demanda-t-il depuis la porte.

— J'ajoute quelques notes au dossier de mon dernier patient, c'est tout, répondit-elle.

— À demain, alors.

Mais il ne bougea pas, la fixant de ce regard bleu qu'elle

s'était rappelé chaque nuit au fond de son lit, lorsque le sommeil tardait à venir.

— Est-ce que tu travailles toute la semaine ? lui demanda-t-elle.

— Oui. Cela permet à d'autres de passer du temps avec leur famille.

Même si lui était seul, c'était généreux de sa part, mais elle n'était pas étonnée.

— Je vais faire des brownies que j'apporterai demain, annonça-t-elle.

C'était son anniversaire, mais personne n'avait besoin de le savoir. Elle raconterait que c'était pour consoler ceux qui devaient travailler entre les deux week-ends de congés.

— Mmm. J'ai hâte d'y être, dit-il avec son sourire craquant.

Je t'en prie, Nicolas, rentre chez toi. Je n'ai pas besoin de toi ici pour me rappeler ce qui me manque tant.

Se tournant vers l'écran, elle compléta ses notes et éteignit son ordinateur. Mais elle ne pouvait pas rester indéfiniment devant un écran noir. Elle se leva en prenant ses clés.

Nicolas était parti. Ils n'avaient pas parlé d'autre chose que de travail, mais elle avait apprécié chaque minute passée à échanger avec lui. Le simple fait de respirer le même air que lui la chavirait, et elle se demandait si elle ne faisait pas une énorme erreur en voulant le garder à distance. Ses émotions semblaient vouées à jouer indéfiniment aux montagnes russes.

Nicolas rentra chez lui avec la tête remplie d'images de Claire.

Claire aidant la femme d'un certain âge qui s'était cassé trois doigts en refermant la portière de sa voiture.

Claire esquissant un sourire fatigué en se frottant les lombaires avant d'aller chercher le patient suivant.

Claire le remerciant d'un sourire surpris quand il avait posé un mug de café sur son bureau parce qu'elle avait été trop occupée pour aller le chercher elle-même. Mais il savait qu'elle n'était pas habituée à ce qu'on s'occupe d'elle, puisqu'elle lui avait confié qu'une des meilleures décisions qu'elle ait jamais prises avait été de venir s'installer dans la région, où tout le monde était amical et bienveillant. Sa vie à Dunedin avait dû être bien morne. Le peu qu'elle avait dit de sa mère laissait penser qu'elle n'avait pas été entourée de beaucoup d'amour.

Excepté depuis l'arrivée de Mia. L'amour que Claire lui portait était beau à voir. Pourrait-elle aimer quelqu'un d'autre, ne serait-ce que moitié autant ? Lui, par exemple ? Car il l'aimait tant que c'en était presque douloureux.

Il voulait qu'elle l'aime aussi, et qu'elle partage sa vie. Elle était devenue distante au travail, lui parlant seulement si nécessaire, et son sourire était réservé. Elle lui manquait tellement...

Il voulait avoir Claire à ses côtés, pour longtemps. Pour toujours ? C'était là le hic. Comment pouvait-on connaître la réponse à cette question ? Il avait aimé Valérie, avait cru que c'était pour la vie, et ça avait mal tourné. Quelle que soit sa relation avec Claire, ils devaient en parler. Il ne s'agissait plus des patients, il s'agissait d'eux.

Sans s'en rendre compte, il était arrivé à l'entrée de sa propriété. Il se gara près de la remise et alla vérifier le niveau d'eau, pour s'assurer que les vignes avaient eu assez d'eau pendant cette journée particulièrement chaude.

Ensuite, il boirait une bière bien fraîche tout en préparant son dîner. Il devait encore faire au moins vingt-cinq degrés dehors. La nuit serait chaude, mais pas à cause du corps magnifique de Claire mêlé au sien.

Il était plus de minuit quand il réussit enfin à s'endormir pour quelques heures. Et le lendemain matin, la simple vue de Claire suffit à allumer le feu en lui.

Elle était en train de parler à Ryan et, pour une fois, avait les cheveux lâchés, ses boucles étant ramenées derrière ses oreilles. Une boîte de brownies était posée sur la banquette. Il lui trouva l'air fatigué. Seule Claire pouvait le faire fondre ainsi, et lui donner l'envie de la bercer dans ses bras pour effacer toutes ses inquiétudes.

— Bonjour. Ces brownies ont l'air délicieux, même si tôt dans la journée.

— Faut-il vraiment attendre l'heure du thé ? demanda Ryan en soulevant le couvercle de la boîte pour respirer l'odeur du chocolat. C'est meilleur que ce que j'ai eu au petit déjeuner.

— Servez-vous, dit Claire en riant. Mais laissez-en pour les autres. J'espère qu'on ne sera pas trop occupés, aujourd'hui, ajouta-t-elle en préparant les mugs de thé.

Lui au contraire espérait qu'ils seraient surbookés pour que le temps passe plus vite.

Claire lui tendit un mug, puis elle prit le sien et sortit de la pièce. Il la regarda s'éloigner, le dos raide. Elle faisait visiblement des efforts pour avoir l'air d'aller bien, avec son petit sourire crispé. Avait-elle passé une mauvaise nuit ? Mia l'avait-elle empêchée de dormir suffisamment ? Ou bien se sentait-elle frustrée et confuse à propos de lui – et d'eux –, tout comme lui… ?

Il la suivit dans la salle de consultations.

— Est-ce que ça va ?

— Pourquoi est-ce que ça n'irait pas ?

Il aurait dû ressortir et aller boire tranquillement son thé ailleurs, mais il n'en fit rien.

— Tu as l'air fatigué et on dirait que tu n'as pas envie d'être ici.

Elle écarquilla les yeux d'un air surpris.

— Super. J'aurais dû forcer un peu plus sur le maquillage, ce matin.

— Je suis sérieux, Claire. Je voudrais être sûr que tu vas bien, c'est tout.

Il aurait pu en dire beaucoup plus, mais ce n'était pas le moment.

Elle trébucha contre la chaise placée devant l'ordinateur et un peu de thé se répandit sur sa main.

— Désolée. Il est vrai que j'aurais apprécié de dormir un peu plus.

— Où est Mia aujourd'hui ?

— Jess et Joachim ont proposé de s'occuper d'elle. Mia s'entend bien avec une de leurs filles.

Apparemment, Claire n'avait pas de problème avec Mia.

— Je suis content qu'elle se fasse des amis aussi facilement. C'est une petite charmeuse.

Un vrai sourire apparut enfin sur le visage de Claire.

— Elle a toujours été comme ça. Cela me rend la vie plus facile quand il s'agit de la faire garder.

Et quand elle monterait son propre cabinet de médecine générale ? Elle aurait encore moins de temps à consacrer à sa fille...

— En fait, elle ressemble beaucoup à Michelle, elle est heureuse de vivre et s'entend avec tout le monde, dit-il.

— Ça ne me déplairait pas que Mia soit comme Michelle quand elle sera ado.

Quelqu'un avait ouvert la porte de la salle d'attente et les gens commençaient à entrer.

— Et c'est parti !

Nicolas se dirigea vers le bureau de triage, notant au passage qu'il n'y avait que trois adultes à l'accueil. La journée commençait tranquillement.

Il avait douze heures de travail devant lui et serra les dents. Claire et lui devaient pouvoir se parler à cœur ouvert, sans être interrompus par des membres du personnel ou des patients. Mais avoir une vraie conversation avec lui semblait être la dernière chose qu'elle recherchait actuellement.

— Je passe juste au centre médical pour récupérer mon téléphone, Mia.

Claire l'avait oublié la veille au soir et s'en était rendu compte seulement une fois de retour chez elle.

— Nicolas est là ? Je veux le voir, dit Mia.

— Oui, il est là.

Le parking était plein. Que se passait-il ? C'était la veille du nouvel an et le personnel de garde n'était pas censé être très occupé.

— Il va falloir qu'on marche un peu, Mia.

Elles étaient arrivées devant la porte d'entrée quand Ryan les vit et leur ouvrit.

— Claire, je suis content que tu sois là.

— Que se passe-t-il ?

La salle d'attente était bondée, ainsi que la pièce équipée des moniteurs.

— Le département des urgences ne peut plus prendre de patients. Il y a eu un important carambolage à l'intersection des routes de Jackson et de Rapaura, et de nombreux patients sont dans un état sérieux, dont une famille entière qui est arrivée il y a quelques minutes.

— Je suis disponible, déclara-t-elle aussitôt.

Comment aurait-elle pu repartir sans apporter toute l'aide qu'elle pouvait ?

— Je m'occupe de Mia, déclara Diane, la réceptionniste. Suis-moi, Mia. Tu vas pouvoir m'aider ici.

— D'accord. Je peux taper sur ton ordinateur ?

Claire se mit à rire.

— Bonne chance, Diane ! Où veux-tu que je commence, Ryan ?

— Avec la famille. Nicolas est déjà là-bas, il pourra te briefer. Quant à moi, j'ai un enfant qui m'attend pour une appendicite.

Nicolas se redressa quand elle entra dans la pièce, le regard visiblement tendu.

— Claire, content de te voir. Tout d'abord, on a John Cooper.

Il lui désigna l'homme qui se tordait de douleur sur son lit, tandis qu'une infirmière tentait de relier des moniteurs à son torse nu.

— La famille était dans son petit canot pneumatique quand une énorme vague les a frappés. John a pris le choc sur les épaules et le dos, mais il a réussi à attraper Troy, raconta-t-il en montrant un petit garçon couché sur un autre lit et câliné par une femme, probablement sa mère. Troy a avalé beaucoup d'eau et a cessé de respirer. Heureusement, des témoins de l'accident se sont précipités et lui ont fait recracher l'eau pour qu'il puisse respirer de nouveau. Voici Pip Cooper, la maman, et cette petite fille s'appelle Gina. Elle a eu beaucoup de chance. Elle a seulement été trempée et a eu une belle frayeur.

Claire s'efforçait d'assimiler les informations tout en se dirigeant vers John. La femme avait l'air choqué mais maîtresse d'elle-même.

— Où en es-tu des évaluations ? demanda-t-elle.

— Je m'occupe de Troy. On l'a enveloppé dans des couvertures pour faire monter sa température, car il y a une légère hypothermie. Peux-tu examiner John ? Il est blessé à la jambe, il se peut que ce soit l'hélice.

Elle réprima un frisson en pensant à ce qui aurait pu arriver et enfila des gants avant de poser une main sur la poitrine de John. Il tremblait de la tête aux pieds.

— Il faut des couvertures pour lui aussi. John ? Je suis médecin et je vais m'occuper de vous.

Puis elle s'adressa à Karen, l'infirmière.

— Besoin d'un coup de main ?

— Oui, merci.

Il fallait que ces moniteurs puissent faire leur travail.

— Tu peux me laisser, Nicolas. Occupe-toi de Troy, il a besoin de toi. Quant à John, je vais arrêter ce saignement et il faut aussi le réchauffer.

Le lit était trempé de sang sous la jambe.

— Laissez-moi, occupez-vous plutôt de mes enfants, grogna John.

Sa femme intervint, s'écartant momentanément de son fils.

— John, mon chéri, calme-toi, s'il te plaît. L'infirmier sait ce qu'il fait. Troy est entre de bonnes mains et il va bien à présent. Tu l'as sauvé. Alors allonge-toi tranquillement pour qu'on puisse te mettre sous moniteurs.

L'homme fixa sa femme du regard et, peu à peu, se détendit.

— Si tu le dis...

Claire et Karen retirèrent les derniers vêtements mouillés de John. Pendant que Karen le séchait avec une serviette, Claire examina sa jambe.

— Il vous faut de nombreux points de suture, mais je crois que vous avez échappé à un sérieux accident.

Elle pouvait voir les os et aucun n'avait été abîmé.

— On va vous faire une radio pour s'assurer qu'il n'y a pas de fracture, mais je pense qu'il y aurait d'autres dommages si c'était le cas.

Karen alla chercher des couvertures et divers équipements, et Nicolas la rejoignit.

— Karen va prendre le relais auprès de Troy, et je viens t'aider.

— J'ai besoin de voir son dos pour vérifier s'il a été frappé par le bateau.

— Vous entendez, John ? dit Nicolas sans perdre de temps. Claire et moi allons vous rouler sur le côté. N'essayez pas d'aider ni de résister, ou ce sera plus pénible pour vous.

John acquiesça d'un hochement de tête suivi d'un grognement de douleur.

— Vous êtes certains que Troy va bien ?

— Oui. Il va avoir besoin d'être dorloté pendant un jour ou deux, puis ce sera comme si rien ne s'était passé.

Nicolas posa fermement les mains sur la hanche et la jambe de John, pendant que Claire lui tenait l'épaule.

— Un, deux, trois.

Un énorme hématome couvrait presque tout le dos et le cou.

— Pourquoi personne n'a-t-il posé une minerve ?

— La famille a été amenée directement par les passants qui ont sauvé Troy. Ils sont allés directement aux urgences, qui étaient déjà saturées et les ont envoyés ici. John avait beaucoup bougé. J'ai suggéré la minerve, mais Ryan ne l'a pas jugée nécessaire.

— Il a sans doute eu raison.

Peu à peu, Claire se détendait. Nicolas avait la situation sous contrôle. Il était en train d'installer les moniteurs que John avait refusés et ne se laissait pas perturber.

— A-t-on donné des analgésiques ? voulut savoir Claire.

— Une dose de Tramadol environ deux minutes avant ton arrivée.

— John, pouvez-vous m'indiquer l'intensité de votre douleur sur une échelle de un à dix ?

— Quatre.

— Il faut que vous preniez quelque chose de plus fort, vous souffrez plus que vous ne le laissez paraître.

Elle avait remarqué chez lui des élancements de douleur chaque fois qu'il bougeait.

— Je vais le chercher, proposa Nicolas.

Elle lui donna le nom du médicament et continua à examiner John. Des hématomes et des gonflements apparaissaient partout sur son torse.

— Le bateau vous a-t-il touché plusieurs fois ?

— Je ne saurais pas vous répondre. J'ai senti un coup très puissant et après, je ne me souviens plus de rien, sinon qu'il fallait que j'attrape Troy. J'ai vu que Pip tenait Gina.

Sa femme ne lâchait pas Claire du regard, observant tous ses mouvements.

— Est-ce que mon mari va s'en tirer ? demanda-t-elle, le visage tendu.

— Il doit passer un scanner et une radio. Il a reçu un coup à la tête et l'os est mou à un endroit. L'épaule ne bouge pas dans son articulation. Peut-être s'est-elle déboîtée et mal remise.

Mais quand pourrait-il passer ces examens ? Avec les victimes du carambolage qui faisaient déjà la queue, l'hôpital de Blenheim montrait combien sa capacité était limitée.

En attendant, Claire et Nicolas soignèrent John de leur mieux. Elle sutura le muscle de son mollet pendant que Nicolas tamponnait régulièrement la zone et lui passait les instruments qu'elle réclamait.

Ils étaient une équipe. Quoi qu'il se passe entre eux, ils avaient au moins ça.

Troy fut emmené en salle de pédiatrie, accompagné de Pip qui assista à son installation avant de revenir auprès de son mari.

— Où est Gina ? s'inquiéta-t-elle.

Claire lui toucha doucement le bras.

— Suivez-moi.

Elle la conduisit à l'accueil, où Mia et Gina étaient assises par terre, le dos contre le mur, en train de jouer à un jeu sur une tablette en poussant des gloussements de joie.

— Elle s'amuse bien, murmura Pip. Qui est l'autre petite ?

— Mia, ma fille.

Sans le savoir, Mia était en train d'aider Gina à traverser une expérience difficile.

— Elle est adorable…

Les larmes ruisselaient sur son visage. Elle avait fini par craquer.

— Gina est la fille de John, expliqua-t-elle. J'ai eu Troy avant de le connaître. Mais personne ne pourrait s'en douter. Il le traite comme son fils, et aujourd'hui n'a pas fait exception. Il a sauvé notre garçon en le faisant passer avant lui.

Incapable de se retenir, Claire serra Pip dans ses bras. Cette femme avait ce qu'elle souhaitait : de l'amour pour elle et ses enfants.

— Il n'y en a pas deux comme John, renifla Pip en s'essuyant les yeux.

Non. Il existait un autre homme comme lui.

— Bon, dit Claire. On s'est occupés de tout le monde, sauf de vous. Maintenant, c'est à vous d'être examinée. J'ai remarqué que vous ne pouviez pas lever votre bras gauche, et vous faisiez la grimace chaque fois que vous teniez Troy. Je soupçonne une fracture.

— Il y a deux fractures à environ deux centimètres l'une de l'autre, annonça Nicolas une heure plus tard en regardant l'écran. Je prépare le plâtre pendant que tu parles à la patiente. Ensuite, tu ferais peut-être bien d'emmener Mia prendre l'air.

— Si on n'a pas besoin de moi…

Mia avait été super, mais cela faisait presque trois heures qu'elle était ici.

— Je crois qu'elle mérite du poulet pané et des frites, décréta Claire.

— N'est-ce pas le cas de nous tous ?

Cela lui donna une idée.

— Viens, Mia. Toi et moi avons quelque chose à faire.

Combien de morceaux de poulet devrait-elle commander pour nourrir tout le personnel ?

— Dieu merci, c'est terminé, soupira Claire en jetant ses clés sur la banquette avant d'ouvrir toutes les fenêtres pour laisser circuler l'air.

Travailler avec Nicolas pour la première fois depuis Noël lui avait fait du bien. Elle s'était sentie plus calme, comme régénérée. Ses dernières journées de travail, au contraire, avaient été éreintantes, tant il lui avait manqué. Elle avait eu envie de nouer les bras autour de son cou et de lui dire combien il était unique pour elle.

Aujourd'hui, ils avaient de nouveau été connectés, chacun sachant ce qu'il fallait à l'autre sans qu'ils aient besoin de se parler. Chacun savait que l'autre ferait tout son possible pour aider leurs patients.

Comment allait-elle faire à l'avenir ? Une nouvelle année commencerait quelques heures plus tard. Pendant cinquante-deux semaines, elle devrait passer de nombreuses journées à travailler aux côtés de Nicolas.

— Maman, Nicolas est ici !

— Quoi ? Où ?

— Sa voiture est dans l'allée.

Mia avait couru jusqu'à la porte.

— Hello, Nicolas. Tu es venu voir maman ?

— Oui. Et toi aussi.

Elle remarqua de la tension dans ses épaules et son visage.

— Je vais aller jouer avec ma cuisine, et je vais vous faire du thé, décida Mia.

Claire sourit.

— Entre, Nicolas.

Il tenait une bouteille à la main.

— Voudrais-tu un peu de vin ?

— Je préférerais qu'on parle.

— Bien sûr, mais un verre de vin ne nous ferait pas de mal.

Elle ouvrit la vitrine pour prendre des verres qu'elle remplit un peu trop, mais ça n'avait pas d'importance. Ils allaient parler, et un peu de vin lui faisait du bien.

Nicolas te fait du bien.

Même si elle ne savait pas exactement où ils en étaient, il lui faisait sentir qu'elle n'était plus seule. Son cœur battait plus vite et elle avait commencé à croire qu'ils avaient une chance. Si elle ne la saisissait pas, elle le regretterait toujours.

— Comment va notre famille ? s'enquit-elle en lui tendant son verre.

— John va plutôt bien, mais ils le gardent sous moniteur pour la nuit. Troy a été transporté dans la même chambre pour qu'il se sente rassuré.

— Ils ont tous l'air très proches.

Vas-y, demande-lui. Laisse tomber le masque, Claire. Sois la femme que tu voudrais tant être.

— Tu avais tout de suite compris la relation de John avec Troy, n'est-ce pas ?

Le regard bleu intense plongea dans le sien.

— Oui.

— Et tu ferais la même chose pour Mia.

— Oui.

Elle prit une profonde inspiration, retenant ses larmes. Nicolas aurait risqué sa vie pour sauver sa fille. Il était du genre « tout ou rien », et elle pouvait tout risquer avec lui.

Elle lui sourit. Il fallait qu'elle le dise. Si ce n'était pas maintenant, elle n'en aurait peut-être plus jamais le courage.

— J'en suis persuadée. C'est une des raisons pour lesquelles je ne peux pas vivre sans toi, Nicolas. L'autre raison, c'est que je t'aime. J'aime tout de toi, assez pour vouloir qu'on tente un futur ensemble, avec aussi des enfants de toi.

Elle avait tout déballé d'une traite, mais ne reçut aucune réponse. Le silence était assourdissant. Il la fixait, l'air stupéfait.

S'était-elle trompée ? Elle s'était jetée à l'eau, et si elle avait commis une erreur, elle devrait vivre avec. Elle aimait Nicolas. Si lui ne l'aimait pas, qu'il en soit ainsi.

— Claire...

— Nicolas...

Ils se turent et restèrent immobiles, les yeux dans les yeux.

— Tu disais... ?

Elle esquissa un sourire de ses lèvres tremblantes.

— Je... je crois que j'ai déjà tout dit. Je t'aime.

Claire m'aime.

Nicolas avait les yeux fixés sur le verre qu'elle tenait dans sa main tremblante. Elle venait de lui prouver qu'elle avait beaucoup plus de cran que lui, alors qu'elle avait plus à perdre. Mais il n'était pas surpris. C'était une des raisons pour lesquelles il l'aimait.

Se rapprochant d'elle, il lui prit son verre des mains et entrelaça leurs doigts.

— Tu m'as manqué ces derniers jours, commença-t-il. Moins aujourd'hui, parce qu'on fonctionnait comme une équipe soudée.

Elle ne réagit pas.

— Peu à peu, tu t'es mise à compter tellement pour moi qu'il me devenait difficile de penser à autre chose qu'à ce à côté de quoi nous étions passés.

Claire lui lâcha la main.

Allez, vas-y, mec.

Il n'avait pas l'habitude de dire ce genre de choses, même si les mots n'attendaient que l'occasion de sortir.

— Je t'ai raconté que mon mariage raté m'avait rendu très méfiant - tout comme toi, ton passé.

Elle hocha brièvement la tête.

— Seulement... depuis le moment où j'ai posé les yeux sur toi pour la première fois à la fête du Père Noël, j'ai lutté contre l'envie de tenter ma chance avec toi...

— Alors, pourquoi es-tu ici maintenant ? demanda Claire, une lueur d'espoir naissant dans ses yeux.

— C'est simple. Je suis tombé amoureux, et je veux vivre avec toi le restant de mes jours. Naturellement, Mia fait partie du tableau... si vous voulez bien de moi.

Elle le fixa, immobile, pendant si longtemps qu'il crut que son cœur allait éclater en mille morceaux.

— Comment sais-tu que ce sera pour toujours ? demanda-t-elle enfin.

— Je n'en sais rien. Et toi non plus. Mais si nous n'essayons pas, nous aurons définitivement perdu. Je préfère vivre en t'aimant, et faire tout ce qui est en mon pouvoir pour que ça marche jusqu'à un âge avancé. Claire, je...

Elle posa un doigt sur ses lèvres.

— À mon tour, dit-elle, un sourire illuminant son visage. Je comprends tout ce que tu me dis. À cause de ma propre méfiance, j'ai tendance à trop retenir mes sentiments. Mais je t'ai connu, et j'ai eu envie d'en savoir toujours plus sur toi, d'être avec toi. Je n'ai pas pu faire autrement que de tomber amoureuse de toi, Nicolas. Je ne peux plus imaginer ma vie sans toi.

— Sois certaine que je suis ici pour toi, avec toi, pour toujours.

Alors seulement, il fit ce qu'il voulait faire depuis des jours. La prenant dans ses bras, il l'embrassa, encore et encore.

Quand ils s'arrêtèrent enfin pour chercher de l'air, Claire se mit à rire.

— Je ferais bien d'aller voir ce que fait Mia.

Il lui prit la main et ils s'arrêtèrent à l'entrée de la chambre où la fillette était occupée à faire semblant de préparer le thé.

— Tout ça, c'est de l'amour. C'est ce que nous avons, murmura-t-elle.

— Voulez-vous venir vous installer avec moi, toutes les deux ? demanda-t-il.

— J'aimerais beaucoup, répondit Claire avec un large sourire. Je ne pourrais pas rêver de meilleur début d'année.

Il manquait encore quelque chose pour que tout soit parfait.

Nicolas prit les mains de Claire et plongea les yeux dans les siens.

— Claire McAlpine, veux-tu m'épouser, et avoir d'autres enfants avec moi ?

Le sourire de Claire était resplendissant.

— Oui, Nicolas Reid. Oui, répéta-t-elle contre sa bouche.

— Maman, pourquoi tu embrasses Nicolas ?

Ils s'abandonnèrent dans les bras l'un de l'autre en la regardant.

— Parce que je l'aime, Mia.

— Tu aimes maman, Nicolas ?

— Oui, mon petit cœur. Si fort que nous allons nous marier.

Mia se précipita vers eux, les bras grands ouverts.

— Je peux venir aussi ?

— On ne le fera pas sans toi, répondit-il, sentant un nœud se former dans sa gorge.

— Je peux avoir un câlin, Nicolas ?

Il sentit ses yeux se mouiller.

— Oh ! mon ange. J'ai tellement de câlins en réserve pour toi, tu n'imagines pas !

Prenant Mia dans ses bras, il attira Claire contre lui pour qu'elle se joigne à eux.

— Je vous aime toutes les deux.

— Tu sais ce que ça veut dire, Mia ? murmura Claire. Nous allons vivre avec Nicolas, et on sera une famille.

Le regard sérieux de Mia alla de l'un à l'autre.

— Est-ce qu'il sera mon papa ?

Le cœur de Nicolas se serra douloureusement.

— Oui. Tu es d'accord ?

— Fais-moi encore un câlin et je dirai oui.

Cette fois les larmes coulèrent sur ses joues et il s'exécuta de bonne grâce. Lui qui avait cru qu'il n'y arriverait pas, c'était si simple...

— Câlin numéro deux, annonça-t-il.

TINA BECKETT

Celui qu'elle aimait encore

Traduction française de
CÉCILE LOMBARD

BLANCHE

HARLEQUIN

Titre original :
THE MAN WHO WOULDN'T MARRY

Ce roman a déjà été publié en 2018

1

Qu'était-il venu faire ici ? Être le témoin de Blake pour son mariage…

Bon sang !

Pour la centième fois, les yeux de Mark Branson se posèrent sur le petit garçon qui se tenait à côté de lui devant l'autel. Costume sombre et cravate rouge, une version miniature de sa propre tenue… Ils auraient presque pu être père et fils.

Mais ils ne l'étaient pas.

Son regard glissa vers la gauche, vers Sammi qui était témoin de la mariée. Sammi, qu'il avait eu l'intention d'épouser dans cette même église avant que la vie n'en décide autrement et qu'elle ne s'unisse à un autre, ne l'avait pas regardé depuis leur arrivée.

Le fils de Sammi, si près de lui… C'était une torture. Cette pulsation, sous les tempes…

— Avez-vous les alliances ?

Mark sursauta et reporta son attention sur l'officiant ; vêtu d'une chasuble brodée d'or et d'une cape assortie, celui-ci paraissait aussi ancien que les ornements sculptés de la petite église russe orthodoxe. Des cierges de toute taille et de toute forme ornaient l'autel, fournissant l'unique éclairage, et les lueurs tremblotantes ajoutaient au merveilleux et au mystère du lieu. Cette absence de lumière électrique lui avait paru étrange chaque fois qu'il avait assisté à un service ici.

La dernière, c'était pour la messe de commémoration de la mort de son père. Il se souvenait encore des larmes de sa mère.

Ce chagrin semblait si... déplacé ! Il n'était jamais allé sur la tombe de ce type.

Il y eu un raclement de gorge.

— Les alliances ?

Le ton anxieux du prêtre, dont les mots résonnèrent sous les hautes voûtes, le tira de ses souvenirs moroses. Le marié lui jeta un regard interrogateur.

Il s'éclaircit la voix avant de répondre :

— Oui, oui, je les ai.

Ouf ! Son mal de crâne n'avait pas affecté son élocution. Fouillant dans sa poche, il en sortit deux anneaux, les tendit au petit garçon qui grimpa les marches pour en remettre un à chacun des nouveaux époux.

La mariée, Molly, venue l'an dernier d'Anchorage pour assister Sammi au cabinet médical, se pencha pour embrasser l'enfant et le regarda repartir. Puis elle sourit à son fiancé qui lui lança un regard enamouré.

Mark se retint à grand-peine de ne pas lever les yeux au ciel. Blake était bien accroché...

Pourquoi ce petit ne rejoignait-il pas sa mère ? Il poussa un soupir irrité en le voyant revenir s'appuyer à lui, et ses crampes au ventre s'en accrurent.

C'était pire que pendant ses années d'armée, pire que ce qui l'attendait à son retour, six mois plus tôt...

— Blake Taylor, acceptez-vous Molly McKinna pour épouse fidèle...

La voix faiblit tandis qu'un voile rouge descendait soudain sous les paupières de Mark. Quand Blake lui avait demandé d'être son témoin, il avait su tout de suite que ce serait une épreuve.

Le mariage, ce n'était plus pour lui. Il s'était habitué à passer d'une conquête à l'autre avant que les choses ne deviennent sérieuses, se gardant de tomber amoureux pour ne plus souffrir. Depuis qu'il avait découvert que la femme qu'il aimait en avait épousé un autre dont elle avait eu un enfant... Certes, c'était sa faute, mais à ce moment-là il n'avait pas eu le choix.

— M'sieur Mark ?

Il baissa les yeux vers l'enfant.

— C'est bientôt fini ? Z'ai soif.

Le léger zézaiement lui arracha un très bref demi-sourire. Le garçon devait avoir près de six ans et, la première fois qu'il l'avait vu, un espoir avait surgi en lui : si, par hasard, c'était son fils... Mais, comme au moment de sa conception il se trouvait à bord d'un porte-avion en mer d'Arabie pour des missions aériennes en Afghanistan, il n'y avait aucune chance.

Il ravala la bile qui montait dans sa gorge. La quitter sans explications équivalait à lui suggérer de faire sa vie, et elle avait obéi. Ce qui le ramena à sa question initiale. Qu'était-il venu faire ici ?

« Ici », non seulement au mariage de son meilleur ami, mais aussi dans sa ville natale, Dutch Harbor. Il avait juré que, une fois son père mort, il ne remettrait plus les pieds en Alaska ; mais sa mère avait paru si... fragile, terrifiée d'être seule au monde pour la première fois de son existence d'adulte, qu'il avait voulu encore une fois tenter de la protéger, bien qu'il ne soit pas plus doué à présent que pendant son enfance.

Il jeta un coup d'œil au garçon qui devait être à peu près à l'âge où lui-même avait compris que sa famille n'était pas normale, qu'elle était différente de celle de ses camarades d'école et de ses copains. D'où les bagarres qu'il provoquait à tout bout de champ par besoin de prouver qu'il était un dur plus fort que tous les autres. Et pour éviter qu'on s'intéresse de trop près à ses bleus et à ses contusions...

Presque malgré lui, sa main se posa sur la tête du petit garçon et caressa un instant ses cheveux noirs soyeux, semblables à ceux de sa mère.

Soudain, il se rappela qu'il n'avait pas répondu à sa question.

— Patiente encore quelques minutes, chuchota-t-il.

L'enfant leva vers lui un regard confiant. Bon sang, pourvu que Sammi soit capable de protéger cette innocence...

En tournant de nouveau les yeux vers elle, il s'aperçut qu'elle le fixait, les sourcils froncés avec anxiété. Il eut l'impression que si elle pouvait récupérer son rejeton sans être remarquée, elle n'hésiterait pas une seconde.

En lui lançant un regard de défi, il ôta sa main de la tête de l'enfant et croisa les bras. Elle se mordit la lèvre et, détournant les yeux, fit face aux jeunes mariés.

Aujourd'hui, elle n'avait pas tressé ses cheveux ; son épaisse chevelure noire brillante couvrait ses épaules nues et lui descendait jusqu'au milieu du dos. Il ne connaissait que trop bien les sensations que provoquaient ces mèches soyeuses sous sa main... sur son corps.

Il chassa ce souvenir ; ce n'était ni le moment ni le lieu. Plus tard, quand il aurait avalé son premier verre de whisky pour tenter de refouler les horreurs de ces huit dernières années, il pourrait bercer ses regrets...

Malgré tout, si c'était à refaire, il referait la même chose parce qu'il n'avait pas vu d'autre solution. Son père avait fait en sorte qu'il n'ait pas le choix, lorsqu'il avait découvert son secret en ouvrant le petit écrin de velours qui contenait la bague de fiançailles.

« — Eh bien, mon garçon ! Qu'est-ce que tu caches là-dedans ?

En voyant l'affreux sourire apparaître sur son visage, Mark avait senti ses entrailles se nouer.

— Ne t'inquiète pas, je te garantis que ta poupée aura droit à un accueil Branson en règle ! »

Le lendemain, il était parti pour Anchorage, la bague dans la poche et un sac à l'épaule, pour se présenter au premier bureau de recrutement qu'il avait trouvé... et on connaissait la suite.

Des applaudissements le rappelèrent à la réalité : les mariés, enlacés, s'embrassaient avec passion.

Incapable de se joindre à cette manifestation de liesse, il se détourna. Son regard se posa de nouveau sur Sammi qui, semblant changée en statue, serrait si fort son bouquet que les jointures de ses phalanges étaient blanches...

Il espérait pouvoir sortir d'ici au plus vite. Par chance, comme aucune réception n'était prévue, il n'aurait pas à feindre de se réjouir de cette nouvelle union ni de regretter que les mariés partent s'installer sur le continent, à Anchorage. Pourtant, il n'aurait jamais cru que son copain quitte un jour l'île où il était né.

« L'amour est un magicien », disait-on. Hmm... Parfois, il se limite à vous transformer en victime.

En même temps, la désertion de Blake, comme lui pilote confirmé, signifiait qu'il serait désormais chargé des évacuations médicales d'urgence. Avec Sammi. Pourquoi diable avait-il accepté ce poste ? Il aurait dû arguer qu'il n'était que pilote de tourisme, un travail tranquille où l'on se contente de sourire et de prononcer toujours le même discours. Rien à voir avec ses périlleuses missions précédentes dont les terribles images continuaient à le hanter et à le réveiller la nuit. Cependant, il savait qu'en refusant de remplacer Blake, il aurait compromis son bonheur puisque Molly devait retourner travailler à l'hôpital d'Anchorage. Et son ami avait toujours été très fort pour jouer sur le sentiment de culpabilité que Mark éprouvait...

Des rires le tirèrent de ses amères pensées : les jeunes mariés s'écartaient l'un de l'autre. Devant leurs familles et amis réjouis, ils pivotèrent et se mirent à redescendre l'allée centrale au son de l'orgue qui entonnait la *Marche nuptiale*. Avant qu'ils aient parcouru deux mètres, Blake enlaça sa femme et l'attira plus près, s'arrêtant pour l'embrasser une nouvelle fois.

Écœuré, Mark ne songeait plus qu'à une chose : s'échapper au plus vite.

Le reste du « cortège officiel », à savoir Sammi, son fils et lui-même, leur emboîta le pas. Comme il avait fini par le promettre à Blake — sous menace de mort —, il leva le coude pour inviter Sammi à lui prendre le bras, mais ce fut l'enfant qui lui agrippa la main.

Après un regard meurtrier, sa mère lui passa devant, ses courbes parfaites moulées dans une robe vert émeraude qui bruissait à chaque ondulation de ses hanches. Il lui fallut quelques secondes et la sensation qu'on le tirait par la main pour s'apercevoir qu'il n'avait pas bougé, comme s'il avait pris racine, alors que devant lui Sammi s'éloignait.

Il se força à se mettre en marche en accordant son pas sur celui de l'enfant. Lorsqu'ils la rattrapèrent, elle était arrivée près des portes de l'église pour féliciter les mariés. Pour la troisième fois, Mark se demanda ce qu'il faisait là.

Samantha Grey Trenton prit une profonde inspiration, s'efforçant de ne pas se laisser gagner par la panique. Toby ne lâchait plus la main de Mark ! Elle se persuada que cette subite attirance pour son ex-petit ami était due à la ressemblance physique qu'il présentait avec son père, son ex-mari, grand et brun comme lui. Toutefois, ce n'était pas le genre d'homme qu'elle avait envie de voir auprès de son fils. Un homme capable de vous faire la cour aussi longtemps que cela l'arrangeait et de vous quitter un jour pratiquement sans un mot d'adieu...

— Je crois que j'ai là quelque chose qui t'appartient.

Grave et profonde, la voix l'enveloppa, et le souffle chaud de Mark lui balaya la nuque.

Elle déglutit, se tourna pour lui faire face et, soulagée, comprit qu'il parlait de Toby et non de quelque relique de leur passé commun. Pourtant, elle sentit les larmes lui picoter les yeux et fit son possible pour les refouler.

La grande main se leva, les petits doigts de son fils toujours agrippés à elle. Que faire ? Elle espérait bien parvenir à le récupérer sans toucher Mark.

Mais ce fut impossible, car Toby refusait de lâcher prise, et elle dut lui desserrer les doigts un à un. Le contact de la peau chaude de son ex-petit ami la fit frissonner et, durant une seconde, leurs trois mains parurent scellées : la sienne, celle de Toby et celle d'un étranger...

Le picotement reprit derrière ses paupières. Bon sang, elle allait craquer ! Ici, devant tous ces gens...

L'image du drôle de garçon qui l'avait priée d'être sa cavalière pour la fête de leur promotion, et dont les baisers passionnés avaient éveillé en elle un sentiment profond, surgit à l'arrière-plan de son esprit. Mais celui-là avait disparu à jamais. Il s'était détruit le jour où il était parti pour l'armée sans crier gare. Une décision inopinée, venue quelques semaines après qu'il lui eut déclaré son amour en rougissant de façon charmante...

Alors, elle avait compris que cette déclaration n'était qu'un mensonge, un moyen de l'attirer dans son lit, car il n'avait jamais parlé d'avenir. Il l'avait laissée seule et sans nouvelles du jour au lendemain. Lorsqu'elle revivait son humiliation, son cœur se serrait, comme pris dans un étau.

L'homme buriné qui était revenu à Dutch Harbor huit ans plus tard, lui, était un étranger. Insolent, sûr de lui et coureur de jupons.

Soudain, elle sursauta et s'aperçut qu'il la regardait, leurs mains toujours jointes. D'un coup sec, elle libéra la main de Toby et recula en l'entraînant.

Pourvu qu'elle se sorte vite de ce mauvais pas... Elle devait mettre de la distance entre elle et lui.

Peine perdue ; elle entendait ses pas derrière elle. Il s'était rapproché...

Il lui fallait l'ignorer, comme elle le faisait depuis six mois. Elle en était parfaitement capable.

Mais ce n'était pas si facile, car Toby, qui les observait tour à tour comme s'il assistait à un match de tennis, poussa un soupir d'aise. Comme chaque fois qu'il soupirait, elle guetta le sifflement avertisseur de la crise, mais rien ne se produisit. De nouveau, une violente colère l'envahit à la vue de la fascination que son ex-petit ami exerçait sur son fils. Pas question qu'il s'attache à Mark qui ne saurait que le faire souffrir comme il l'avait fait souffrir, elle.

Elle se pencha.

— Patiente encore quelques minutes, Toby.

Puis elle se rendit compte qu'elle venait de répéter les mots exacts qu'elle l'avait entendu murmurer un peu plus tôt...

Bien lui en avait pris de ne pas l'attendre, car, depuis son retour, il faisait tout pour l'éviter. Et elle lui rendait la pareille, autant qu'elle le pouvait sur cette île exiguë ; les seules fois où il s'était montré au cabinet médical ces derniers mois, c'était pour amener un touriste couvert d'écorchures ou d'hématomes...

Un mouvement devant elle la tira de ses pensées. Son tour venait de féliciter le jeune couple.

Elle plaqua un sourire sur son visage en tendant une main à Blake.

— Ainsi, c'est fait !

Tout en sentant que sa voix tremblait un peu, elle tentait de garder un ton léger.

— Je n'arrive pas à croire que tu quittes Unalaska en emmenant Molly !

Blake et elle étaient inséparables depuis l'enfance, et Molly était devenue la meilleure amie de Sammi durant l'année qui venait de s'écouler. Même si elle faisait de fréquents séjours à Anchorage pour accompagner Toby chez son père, leur amitié s'effilocherait sans doute peu à peu...

Blake éclata de rire, inconscient de la tension qui l'habitait.

— Tu sais bien que si elle avait le choix, elle resterait à Dutch Harbor !

Toute cette année, Molly avait été assistante au modeste cabinet médical de l'île jusqu'à ce que sa subvention soit épuisée, la forçant à regagner l'hôpital d'Anchorage. Elle avait rencontré Blake lors d'évacuations d'urgence et, après un début un peu compliqué, avait compris qu'ils étaient faits l'un pour l'autre. Quand elle ne serait plus là, Sammi devrait procéder aux évacuations avec Mark, une idée qui ne l'enthousiasmait pas outre mesure. Qui la terrifiait, pour être sincère.

Elle rassembla ses esprits et tenta de se concentrer sur les jeunes mariés.

— Traite-la bien, Blake, sinon tu auras de mes nouvelles !

— Ne t'en fais pas !

Puis elle se tourna pour embrasser Molly.

— Sois heureuse, murmura-t-elle.

Blake s'avança pour saluer Mark. En les voyant se donner de grandes tapes dans le dos, elle dut réprimer un sourire. En fait, ils étaient trois inséparables dans leur enfance, Mark faisait partie de la bande...

Elle s'efforça de ne pas écouter les paroles qu'ils échangeaient, mais elle ne put s'empêcher de saisir le « tu es bien accroché, frangin ! », lancé sur un ton sec et plus insolent que jamais.

— Bon, vous deux, intervint Molly, je suis fatiguée, j'ai faim, et à l'idée de ces trois heures de vol pour Anchorage...

Sammi se mit à rire. Les contraires s'attiraient, disait-on... Son amie, qui avait épousé un pilote, détestait voyager en avion. De nouveau, elle la prit dans ses bras.

— Tu n'as pas à t'inquiéter...

Molly sourit.

— Non, mais j'aime bien qu'il me rassure.

À ces mots, le cœur de Sammi se serra. Bien qu'elle soit ravie du bonheur de ses deux amis, elle déplorait de ne pas avoir trouvé le même. Son ex-mari s'était comporté de son mieux, mais ils avaient compris assez vite que leur union était une erreur. Toby avait à peine un an quand ils s'étaient séparés, et leur divorce avait été prononcé deux semaines avant le deuxième anniversaire de leur fils. Son ex, qui vivait à présent à Anchorage, s'était remarié et semblait très heureux avec sa nouvelle femme. Même Toby l'aimait.

Un toussotement derrière elle la fit sursauter. Elle comprit qu'elle bloquait le passage à Mark, qui ne pouvait accéder à l'étroit espace entre la porte et Molly sans la frôler. Non sans frémir, elle émit un bref « pardon » et, agrippant la main de son fils, sortit.

2

Sammi actionna la pompe de l'aérosol et attendit.

À demi endormi, Toby était allongé sur un nid d'orcillers. Le raclement terrifiant de sa poitrine s'arrêta quand la Ventoline pénétra dans ses poumons, permettant à l'air de passer.

En tant que médecin généraliste, elle ne devrait pas s'affoler, mais il s'agissait de son fils… Elle ferma les yeux. Comment garder son sang-froid ?

De toute façon, elle avait du mal à rester sereine. Molly ne cessait de lui reprocher de se précipiter d'une maison à l'autre pour revoir les patients qu'elle avait déjà examinés la veille…

À présent que Hannah était sa seule assistante au cabinet, elle n'en aurait tout simplement plus le temps, d'autant qu'elle devrait désormais accompagner les vols médicaux pour Anchorage. Avec Mark au poste de pilotage… Blake continuerait à se charger des cas moins urgents, qui pouvaient patienter pendant les trois heures de plus qu'il mettait à rallier Dutch Harbor.

— Tu te sens mieux, Toby ?

Son fils hocha la tête en essayant de se pelotonner dans ses couvertures.

— Pas si vite. Attends encore une minute.

Son soupir d'impatience la fit sourire. S'il était capable de soupirer, elle pouvait le laisser se rendormir. Elle le borda puis l'observa un instant. Avant de ranger l'inhalateur sur l'étagère à côté du lit, elle le secoua pour voir combien il restait de produit.

Ne se vidait-il pas un peu plus vite qu'avant ? Elle avait

l'impression que les crises étaient plus fréquentes. Après avoir vérifié le moniteur installé dans la chambre de son fils, elle éteignit la lumière puis retourna se coucher en espérant pouvoir s'endormir aussi. Elle en avait vraiment besoin si elle voulait tenir le coup demain…

— Mme Litchfield, salle 1. Une articulation très enflée, dit la réceptionniste en lui tendant un dossier.

En rejetant sa tresse derrière son épaule, Sammi remarqua que quelqu'un passait devant la porte vitrée.

Mark. Les mains dans les poches de son bomber, il se dirigeait vers l'aéroport à grandes enjambées souples ; une démarche assurée qui annonçait au monde entier que l'opinion des autres lui était indifférente. Et, au contraire d'elle, incapable de détacher les yeux de sa silhouette, il n'eut pas un regard pour le cabinet ni pour elle. En soupirant, elle se retourna à regret et se rendit dans la salle d'examen.

En voyant Barbara Litchfield dans cet état, elle oublia aussitôt Mark.

— Désolée de vous déranger ! s'exclama celle-ci en sautant sur ses pieds pour la saluer.

— Que voulez-vous dire ? Je vous ai demandé de revenir dès que vous auriez un problème. L'arthrite n'est pas une plaisanterie, et vous avez besoin d'avoir les doigts agiles.

Pianiste de concert à la retraite, Barbara était venue s'installer à Dutch Harbor avec son mari deux ans auparavant, préférant à la chaleur du Sud le climat et le paysage rudes des Aléoutiennes. Comme elle donnait bénévolement des leçons à quelques enfants de l'île, c'était aussi important pour elle que pour ses élèves qu'elle puisse se servir de ses doigts.

Sammi enfila des gants.

— Laissez-moi jeter un coup d'œil.

Elle remarqua aussitôt la phalange rouge et enflée à l'annulaire gauche.

— Cela nécessite une injection de cortisone, mais je veux que vous alliez consulter un rhumatologue à Anchorage. Je l'appelle pour demander un rendez-vous le plus tôt possible.

— Je ne pourrais pas plutôt continuer à prendre un anti-inflammatoire ?

Sammi secoua la tête.

— Non, nous pensions que c'était un bon traitement, mais la recherche a montré que l'articulation se dégrade très tôt, bien avant que ça ne devienne évident à la radio.

Tout comme sa relation avec Mark... Depuis le début, des courants invisibles sapaient leurs sentiments à la base. Au moment où elle avait compris qu'il était tout pour elle, les mystérieux agents corrosifs avaient accompli leur tâche.

Alors pourquoi avait-elle réagi ainsi en le voyant marcher dans la rue ce matin ?

Elle chassa ces pensées importunes. Plus rien n'existait entre Mark et elle.

— Je vais téléphoner avant de vous faire l'infiltration. J'arrive tout de suite.

Quand elle revint, le rendez-vous était pris pour dans deux semaines... Ce qui était exceptionnel, mais par chance Chris Masters, né dans l'île, était un ami de longue date autant qu'un rhumatologue de renom, et elle possédait un stock important de gelée de framboise sauvage. Elle fit le compte du nombre de pots qu'elle avait promis à ses collègues en échange d'une faveur. Au moins trente... Si jamais Toby l'apprenait... Au fait, Toby !

Elle passa à la réception pour demander l'heure, et Lynn fronça les sourcils.

— Il est 2 heures, et tu as manqué le déjeuner une fois de plus.

— Bon. Je viens, dès que j'ai raccompagné Mme Litchfield.

— Tu as intérêt ; j'ai fermé à clé, pour que plus personne n'entre.

— Merci ! dit-elle en riant.

— Je vais faire réchauffer notre repas au four à micro-ondes. Dépêche-toi, je meurs de faim.

Elle se sentit coupable : lorsqu'elle s'attardait, sa réceptionniste en pâtissait puisqu'elle devait l'attendre pour déjeuner...

— Pardon, Lynn. J'arrive tout de suite, promis !

Pour permettre à sa patiente de sortir, elle tira le verrou et entrouvrit la porte en la maintenant à cause de la violence du vent. Mais lorsqu'elle la repoussa, le lourd battant refusa de se refermer. Elle pesait dessus de tout son poids quand, soudain, un cri et une ribambelle de jurons colorés l'arrêtèrent.

Elle rouvrit en grand, et ses yeux s'arrondirent de surprise : Mark se tenait sur le seuil, et...

Bon sang, elle venait de lui écraser la main !

— Ça refroidit ! cria Lynn de la cuisine.

— Oh ! mon Dieu, Mark ! Je suis navrée, je ne t'avais pas vu. Je ne t'aurais jamais...

Il secoua sa main blessée.

— Claqué la porte au nez ?

C'était vrai, elle l'avait fait. Quand il était passé chez elle, son sac à l'épaule, pour lui annoncer son départ, elle lui avait claqué la porte au nez.

Mais c'était du passé.

— Viens, je vais examiner ta main. Je t'ai peut-être cassé un os ou deux.

Il eut un rire amer.

— Tu crois vraiment que je te laisserais me soigner si c'était le cas ? Je n'ai pas envie de finir ma vie avec des doigts crochus !

— Il y en a au moins un qui est bien droit... Celui que tu brandis en permanence à la face du monde !

Il éclata de rire. Un rire spontané, cette fois, qui atteignit ses yeux... Ses magnifiques yeux verts... Elle en eut le souffle coupé.

— Je suis si méchant que ça ?

Pire, songea-t-elle. Mais, avant qu'elle ait pu répondre, Lynn surgit dans la pièce et se figea, surprise. Ayant grandi sur l'île, elle connaissait leur histoire.

— Désolée, Lynn, commence sans moi. Mark est blessé, je vais m'occuper de lui.

Mark adressa un large sourire à la réceptionniste qui rougit jusqu'aux oreilles, puis hocha la tête et sortit sans répliquer.

Mon Dieu ! Faisait-il cet effet à toutes les femmes qui le voyaient ? Elle avait intérêt à se tenir sur ses gardes ; même si, bien entendu, tout danger était écarté à présent qu'elle était mère puisqu'elle devait protéger Toby avant tout.

Les mâchoires serrées, elle conduisit Mark vers une salle d'examen.

— Assieds-toi sur la table.

Il se contenta de s'y appuyer.

— Tu mets des gants ? Vraiment ?

— Oui. C'est le règlement.

Elle ne lui montrerait pas à quel point elle était terrifiée à l'idée de le toucher. Hier à l'église, quand elle avait ôté la main de son fils de la sienne, elle en avait été malade.

— Où as-tu mal ?

— Sincèrement ?

— Cesse de plaisanter, Mark... Tu peux avoir quelque chose de cassé.

Son sourire narquois disparut, et une lueur sombre et effrayante passa dans ses yeux.

— Tu crois, Sam ? Quelque chose de cassé ?

Pendant un moment, elle fut incapable de reprendre sa respiration et de détourner son regard de lui. Personne ne l'appelait « Sam », à part lui...

Et elle avait la nette impression qu'il ne parlait pas de sa main.

Non, impossible... À l'époque de son départ, il ne s'était pas préoccupé une minute des dégâts qu'il faisait.

Elle secoua la tête.

— Montre-moi.

Il obéit, et elle fit la grimace en voyant la longue diagonale blanche qui se formait juste sous le métacarpe. Sa main devait être appuyée au chambranle quand elle avait fermé la porte.

— Bouge tes doigts.

Il s'exécuta et elle guetta sa réaction. Il n'y en eut pas.

— Tu n'as pas mal ?

— Elle a été écrasée dans la porte. Alors, à ton avis ?

Le ton sarcastique avait réapparu. Mieux valait ne pas mordre à l'appât cette fois.

— Fais-moi voir ta paume.

Quand il tourna la main, elle s'aperçut qu'elle ne l'avait pas encore touché. Elle devrait pourtant s'y résoudre puisqu'il avait besoin de radios...

Glissant les doigts sous le dos de sa main, elle mesura l'enflure de la paume à l'aide de son pouce.

— Je ne pense pas que ce soit cassé, mais je vais quand même faire une radio.

Elle fronça les sourcils, surprise : même si son visage demeurait impassible, un muscle de sa mâchoire pulsait.

— C'est si douloureux que ça ?

— Tu n'as pas idée.

— Bien... Suis-moi.

Elle le conduisit dans la petite salle de radiologie, lui fit poser la main à plat sur la table puis actionna le bras flexible.

— Ne bouge pas.

Le cliché pris, elle le rejoignit.

— Voyons ça.

Alors qu'elle appuyait sur les touches du clavier de l'ordinateur, une pensée lui traversa l'esprit.

— Au fait, qu'est-ce qui t'amenait ici ? Tu es malade ?

Elle examina le négatif qui venait d'apparaître sur l'écran. Au premier abord, rien n'indiquait une fracture. Elle s'apprêtait à pousser un soupir de soulagement lorsque son attention fut attirée par plusieurs zones de calcification qui formaient une ligne sur les phalanges médianes. Des fractures. En apparence guéries. Anciennes.

Comment avait-il pu se casser une telle succession d'os ?

La réponse de Mark la ramena à la réalité.

— Non, je ne suis pas malade. Je passais prévenir que je...

Sa voix s'étrangla quand il croisa son regard. Elle devait avoir l'air horrifié.

— Oh ! Mon Dieu, Mark ! C'est ton père qui t'a fait ça ?

3

Il fallut à Mark une seconde pour que les mots de Sammi pénètrent son esprit et une autre pour remarquer l'horreur qu'exprimaient ses yeux. Comment avait-elle…

Son regard glissa sur le cliché et il comprit. Bon sang, les colères de son père étaient loin, et il avait vécu des choses pires depuis ! Mais il ne voulait pas de sa pitié, ni de celle de personne.

— Alors, c'est cassé ou non ?

— Pas cette fois, mais…

— Merci, c'était tout ce que j'avais besoin de savoir.

Pas question de revivre le moment où, jeté à terre, maîtrisant sa fureur et trop buté pour se mettre à courir, il avait eu la main écrasée par la botte à talon d'acier de son père. Sammi l'avait questionné sur lui une fois, au lycée, mais il avait bluffé comme avec les autres.

— Comme je te le disais, je passais ici parce que j'emmène des clients à Anchorage, cet après-midi ; à tout hasard, je venais voir si ça vous arrangerait que je rapporte des fournitures du Magasin Régional d'Alaska, pendant que j'y suis. Je croyais… que c'était Hannah qui était de service aujourd'hui.

Il se maudit aussitôt d'avoir prononcé ces mots ; pourquoi reconnaître qu'il l'évitait ? Depuis le mariage de Blake et Molly, c'était encore pire : il avait eu un aperçu de ce que sa vie aurait pu être si les choses avaient été différentes… S'il lui avait donné cette fameuse bague de fiançailles.

Mais, puisqu'il ne l'avait pas fait, il n'avait plus qu'à mettre un pied devant l'autre et avancer, comme il le faisait depuis huit ans. Et tenir en respect les cauchemars qui étaient revenus le hanter après qu'il eut marché main dans la main avec Toby à l'église...

— Hannah est à Akutan pour la journée, je la remplace.

Bien qu'elle ait parlé sur un ton de défi, il aurait juré percevoir une lueur douloureuse dans ses yeux.

Bon sang, elle avait la faculté de le culpabiliser ! Très opportun pour se rappeler qu'il devait garder ses distances avec elle.

— D'accord. Tu vois quelque chose que je pourrais vous rapporter ?

Elle se leva.

— Rien. Le cabinet et moi n'avons besoin de rien.

De quoi le remettre à sa place. Elle venait de lui signifier que la dernière chose qu'il lui fallait, c'était lui.

Le ferry de l'État fendait les eaux sombres du Golfe de l'Alaska, et le grondement de son moteur envoyait des trépidations le long de la coque. Un bruit familier, réconfortant, songea Sammi. Elle prenait ce bateau tous les quinze jours depuis des années d'Unalaska à Anchorage pour emmener Toby en visite chez son père.

Accoudée au bastingage, bravant la bise glaciale qui lui fouettait le visage, elle jeta un coup d'œil à son fils.

— Tu n'as pas froid ?

Pour la centième fois, elle fouilla dans sa poche pour s'assurer que le petit aérosol était à portée de main. Craignant que l'air glacé n'irrite les bronches de Toby, elle réservait toujours une cabine pour la nuit qu'ils passaient à bord.

— Non, j'aime bien rester sur le pont !

Ses paroles étaient étouffées par l'écharpe qui protégeait son nez et sa bouche.

Elle redoutait chaque fois ce voyage qui la privait pendant deux jours de contact avec un médecin ou un hôpital, mais son ex-mari payait les billets, et elle n'avait pas les moyens de prendre l'avion.

Elle aurait pu demander à Mark de l'emmener, mais après la façon dont il avait réagi au cabinet deux semaines plus tôt...

Sans doute avait-elle eu tort de lui parler de son père... Les mots étaient sortis avant qu'elle ait réfléchi. Peu de gens devaient être au courant de ce qu'il avait enduré dans son enfance, et il ne l'avait jamais admis devant personne. Même du temps où ils étaient amants, il évitait d'évoquer son géniteur, mais elle avait compris la situation à de minuscules indices, çà et là, et elle était certaine de ne pas se tromper.

De là à le lui dire carrément...

Elle fit la grimace. Si leurs relations n'étaient pas vraiment bonnes avant cet épisode, à présent elles étaient bien pires.

Elle revit le cliché et se remémora son horreur en constatant ces anciennes fractures. Une fois le choc passé, pourtant, son esprit avait envisagé d'autres éventualités : il avait pu se casser la main de différentes façons. Par exemple, en la coinçant dans une porte comme c'était arrivé au cabinet médical, mais dans ce cas il n'aurait sans doute eu qu'un os fracturé, pas quatre.

S'était-il blessé pendant son séjour à l'armée ? Probable.

Il n'avait jamais rien dit à personne sur l'île de ces huit ans dans la marine, sinon elle en aurait entendu des échos. Blake, qui l'avait accompagné dans son aventure militaire, devait être au courant ; cependant, il était aussi muet que lui sur cette période. Tous deux avaient servi en Afghanistan, un endroit dangereux, mais Mark n'avait jamais rien raconté, pas même pour impressionner l'une de ses nombreuses conquêtes. En fait, il n'évoquait jamais son passé, et, en y réfléchissant, elle trouvait cela plutôt étrange, car elle-même parlait assez fréquemment de son enfance et de son adolescence...

— Maman, tu crois qu'il neigera, au zoo ?

Elle sourit à Toby.

— J'espère que non.

Surtout que Brad avait toujours paru un peu irrité des limitations imposées par l'asthme de son fils ; ce sportif invétéré avait souvent laissé entendre que si elle n'élevait pas Toby dans du coton, sa maladie serait moins grave.

Il se trompait, car c'était un handicap sérieux. Que faire quand son fils haletait en luttant pour recouvrer son souffle ? Lui dire « haut les cœurs » ! et attendre que cela cesse ?

C'était aussi ce qui la conduisait à l'accompagner à chaque voyage plutôt que de prier son ex, qui en avait les moyens, de venir le chercher à Unalaska en avion. Non qu'elle redoute les moments que Toby passait avec lui, un type bien et un bon père, mais elle voulait être proche au cas où son fils aurait une crise. Elle préférait rester assise toute la journée dans une chambre d'hôtel, les yeux fixés sur son téléphone, même si Toby était toujours revenu le soir en forme, heureux, inconscient de l'enfer qu'elle vivait jusqu'à ce qu'on le lui ramène.

Eh bien, au moins cette fois, elle pourrait déjeuner avec Molly, si son amie n'était pas de service et pouvait se séparer de Blake le temps de partager un repas avec elle…

— On arrive, maman !

En effet, on apercevait au loin une bande de terre qui signalait qu'ils ne tarderaient pas à accoster.

— Tu as toutes tes affaires ?

Il vérifia les poches de son sac à roulettes.

— C'est bon. Qu'est-ce qu'on fera ce soir ?

— On regardera un film.

— Oh oui ! Un qui fait peur, avec des zombies et tout !

Elle haussa les sourcils.

— Je ne crois pas, non. Tu as autre chose à proposer ?

— Maman, s'il te plaît !

— Et cette histoire de pingouins que tu aimes tant ?

— On l'a vu au moins trois mille fois !

Elle lui jeta un regard amusé.

— Hmm, c'est beaucoup, je le reconnais. Si nous décidions quand tu rentreras ?

La demi-heure suivante, ils vérifièrent qu'ils n'oubliaient rien à bord. Voyant que Toby allait se précipiter lorsqu'ils accostèrent, elle le retint par le bras de crainte de se faire bousculer dans la cohue, et ils patientèrent jusqu'à ce que le gros des passagers ait débarqué.

Son ex-mari, sa nouvelle épouse et leur fille, Jessie, les attendaient dans le parking. Brad se pencha pour embrasser Toby en l'entourant de ses bras. En voyant Maribel faire de même, Sammi éprouva un petit pincement de jalousie ; cependant, la femme de Brad, qui avait toujours été aimable avec elle, semblait éprouver une affection sincère pour Toby, et c'était tout ce qui comptait.

Sans lâcher la main de son fils, Brad se redressa.

— À ce soir, alors, à l'hôtel !

Elle acquiesça, le cœur emplit d'amertume. Il ne demandait jamais à quel hôtel, car elle se rendait chaque fois dans le même ; et elle était seule, invariablement seule.

Quel mot affreux...

Elle devrait peut-être se trouver un compagnon. Toby grandissait vite... Brad, lui, n'avait pas hésité à aller de l'avant. En fait, elle n'avait jamais été amoureuse de lui, mais elle s'était persuadée que c'était l'homme stable et équilibré dont elle avait besoin. En fin de compte, ces qualités n'avaient pas suffi à faire durer leur union...

Elle se pencha pour embrasser Toby, s'assurant en même temps que son sac était bien fermé.

— Voilà, je crois que tout est prêt.

— En route pour le zoo ? demanda Brad.

Sa femme et sa fille lui répondirent avec enthousiasme, alors que Toby, l'air vaguement mal à l'aise, restait impassible.

Bizarre... Pourtant, sur le bateau, elle avait eu l'impression qu'il attendait avec impatience cette visite. Avait-il perçu son humeur à elle ? Elle espérait que non, car elle ne voulait pas lui gâcher son plaisir.

— Oh ! Une minute !

Elle fouilla dans sa poche, en sortit l'inhalateur et le tendit à Brad, qui saisit l'objet avec une légère grimace. Décidément, il acceptait mal la maladie de son fils...

Lorsqu'ils se mirent enfin en route, elle leur fit signe de la main en souriant bravement puis se dirigea vers l'agence de location de voitures, souhaitant arriver au plus vite à l'hôtel.

Par chance, quand elle appela Molly, elle l'eut tout de suite au bout du fil et apprit que, Blake étant parti en mission pour deux jours, celle-ci était libre pour le déjeuner.

Après que son amie fut passée la chercher, elles décidèrent d'aller dans un restaurant réputé pour ses produits de la mer.

En humant l'arôme d'ail et de poisson frais, Sammi se détendit un peu.

— Eh bien, ça me changera des plats à emporter que je mange dans ma chambre d'habitude !

Elle ouvrit le menu avec enthousiasme, sans éprouver de sentiment de culpabilité. Après tout, Toby était avec Brad, et elle n'aurait peut-être pas souvent le plaisir de retrouver Molly pour déjeuner.

— Comment va Blake ?

— Bien. Très bien, même.

Molly se pencha en avant et jeta un regard à la ronde avant de poursuivre :

— Nous n'avons pas l'intention de le claironner pour l'instant, mais... je suis enceinte.

— Ah ? C'est vrai ?

Voilà pourquoi elle l'avait trouvée si rayonnante lors de son arrivée à l'hôtel tout à l'heure...

— J'ai cru que je ne réussirais jamais à entrer dans ma robe de mariée. Promets-moi de ne pas en parler. C'est encore un secret, mais tu es si loin à présent... Et je tenais à ce que tu sois la première à le savoir.

Sammi sentit les larmes lui picoter les yeux. Elle avait été comblée à la naissance de Toby...

— Oh ! Molly, je suis si heureuse pour vous ! Tu seras une mère épatante.

— Tu crois ? Je n'étais pas très sûre de vouloir des enfants, mais... c'est comme ça.

— Tu verras, c'est fantastique. Toby a changé ma vie. Tu auras des moments de grande fatigue, de colère ou de terreur, mais tu apprécieras chaque seconde.

Son amie lui saisit la main par-dessus la table et la serra fort.

— Merci. Je t'appellerai pour te demander des conseils.

Le garçon vint prendre leur commande puis les laissa bavarder. Elles en étaient à peu près au milieu du repas quand Blake entra. Ses yeux se fixèrent sur Molly qui se leva aussitôt, semblant à la fois surprise et ravie.

— Blake ! Je pensais que tu ne revenais que demain !

Avec un large sourire, il l'embrassa sur la bouche avant d'étreindre Sammi puis il prit place sur une chaise à côté de sa femme, un bras autour de ses épaules.

— Comme tu me manquais trop, j'ai décidé de rentrer plus tôt. De quoi parliez-vous ?

Molly rougit.

— Je sais que je n'aurais pas dû lui annoncer la nouvelle, mais... elle fait un peu partie de la famille.

— Félicitations à tous les deux ! intervint Sammi.

— Merci, sœurette ! plaisanta Blake. C'est vrai que tu nous as bien cassé les pieds quand nous étions enfants !

— À l'école primaire, j'avais la réputation d'être une teigne, je l'avoue.

Molly sourit et regarda son mari.

— Tu as envie de te joindre à nous ?

Il saisit une énorme crevette dans l'assiette de sa femme, la mâcha et l'avala avant de répondre :

— Non, j'ai mangé en route. Je suis repu, ajouta-t-il en reprenant un second crustacé.

— Eh bien, pour quelqu'un qui n'a pas faim...

Il se mit à rire.

— En fait, je ne peux pas rester, car je dois retrouver un copain au pub tout à l'heure. Je voulais juste te dire bonjour d'abord.

— Quel copain ?

Le bourdonnement du portable de Sammi lui indiqua qu'elle venait de recevoir un message. Elle fronça les sourcils.

— Désolée, je sais que ce n'est pas poli, mais si jamais c'est Brad...

— Pas de problème, ne te gêne pas pour nous.

Elle sortit l'appareil de son sac à main. L'éclairage tamisé de la salle l'obligea à plisser les yeux pour lire le message, et, quand elle l'eut déchiffré, elle sauta sur ses pieds en jetant sa serviette sur la table.

— Oh ! Mon Dieu !

Ses amis se levèrent aussi.

— Que se passe-t-il ?

Elle rangea son téléphone.

— Toby a une crise ! Ils l'emmènent à l'hôpital.

4

Tandis que Molly garait la voiture, Sammi poussa en trombe les portes du service d'urgence. Blake, qui était resté au restaurant pour payer l'addition, les suivait dans son propre véhicule.

Brad était à la réception, seul.

— Où est-il ? demanda-t-elle, hors d'haleine.

— Calme-toi, il est avec un médecin.

— Pourquoi n'es-tu pas avec lui ?

Les yeux de son ex s'assombrirent.

— J'y étais, mais je ne voulais pas que tu sois accueillie par un étranger.

— Pardon, Brad. C'est son asthme ?

— Oui. Il n'avait jamais eu de crise pendant qu'il était avec nous...

Elle se remémora sa petite grimace lorsqu'elle lui avait remis l'aérosol. Sans doute avait-il avait pensé qu'elle traitait son fils comme un bébé.

— Tu as laissé la Ventoline dans la voiture, n'est-ce pas ?

— Je ne l'ai pas fait exprès. Je l'avais dans ma poche en montant dans la voiture, mais ensuite j'ai demandé à Toby de la ranger dans son sac pour plus de sécurité. Et, lorsque je m'en suis souvenu, une fois au zoo... eh bien, je n'avais pas envie qu'il se promène avec son sac toute la journée.

— Je vais voir dans quelle salle il est ! annonça Molly qui les avait rejoints.

— Et pourquoi n'es-tu pas retourné tout de suite chercher l'inhalateur quand la crise a commencé ?

— C'est arrivé si vite ! Il ne pouvait plus respirer. Je ne savais pas combien de temps ce truc mettrait à agir. J'ai… Je me suis affolé, Sammi.

Envahie par la compassion, elle lui posa une main sur le bras. Elle connaissait la frayeur que pouvaient provoquer les crises de Toby…

— Tu as eu raison de l'amener ici le plus vite possible.

— Il va bien ! dit Molly qui revenait. Suis-moi.

— Merci.

Elle se tourna vers Brad.

— Tu viens ?

— Je vous rejoins… J'attends Maribel qui a emmené Jessie chez sa nounou.

Quand elles entrèrent dans la salle d'examen, son fils était assis sur la table, un masque nébulisateur sur la bouche et le nez. Elle se pencha pour le scruter et haussa les sourcils. Habitué à son langage muet, il répondit en levant un pouce. Même si sa respiration semblait encore un peu sifflante, son visage était normalement coloré. Brad n'avait pas menti, il n'avait pas perdu de temps. Elle embrassa son fils sur le front, vérifia le niveau du produit, qui était à la moitié, puis regarda Molly.

— Tu as vu le médecin ?

— Oui. C'était sérieux…

Elle jeta un coup d'œil à Toby, hésitant à parler devant lui.

— Mais gérable. Le Dr Donnelly le garde en observation quelques heures. Il a appelé le pneumologue qui devrait être là bientôt.

— J'ignore si Brad a toujours l'aérosol. Pourrais-je avoir une ordonnance pour en racheter, au cas où ?

— Je suis sûre que nous en avons à l'hôpital. Je t'en procurerai un. Ventoline, c'est ça ?

— Oui, merci.

Emplie de gratitude et d'amour, elle s'approcha de Toby pour l'entourer de ses bras.

— Je m'en vais dans un instant, ton père arrive. Il est très inquiet.

Toby ôta son masque.

— Je veux rentrer à la maison !

Elle remit le masque en place.

— D'accord, dès que le médecin nous y autorise. Calme-toi, nous avons un long voyage à faire demain.

— Le Dr Donnelly est dans le couloir, intervint Molly.

Après un dernier baiser, elle laissa son fils.

— Toby, je sors une minute avec Molly, mais je suis juste devant la porte.

Elle put parler au médecin qui lui assura que le pire était passé ; il tenait cependant à faire un test respiratoire dès que la nébulisation serait terminée.

Sammi sourit.

— C'est la partie qu'il préfère. Il considère ça comme un défi, et essaie toujours de battre son record.

— C'est aussi ma partie favorite, dit le Dr Donnelly. Croyez-moi, j'ai autant envie que lui qu'il batte son record.

— Merci de vous être occupé de lui, docteur. Je vais chercher son père, d'accord ?

— Bien sûr.

Sans en être certaine, elle pensait avoir détecté dans le regard du médecin un intérêt pour elle, un homme assez séduisant, aux cheveux bruns coupés court. Rien à voir avec les boucles folles de Mark qui semblaient aussi libres et nonchalantes que le reste de sa personne…

Pourquoi diable pensait-elle encore à lui ?

De toute façon, bien qu'elle ait songé un peu plus tôt à se retrouver un compagnon, ce n'était pas le moment. Pas quand son fils luttait pour recouvrer son souffle.

— Merci, docteur.

Elle se dirigea vers la salle d'attente, où Brad, debout devant une fenêtre, regardait dehors pendant que Maribel, penchée vers lui, lui murmurait quelque chose à l'oreille. Après une hésitation, elle finit par s'approcher pour lui poser une main sur le bras.

— Tu peux le rejoindre, maintenant. Il va mieux.

— Dieu merci !

Il se tourna à moitié et croisa son regard.

— Je pense que, désormais, je garderai un ou deux aérosols supplémentaires à portée de main. Tu pourrais me les procurer ?

— Bonne idée ! Oui, Molly m'a assurée qu'ils en avaient en réserve ici.

Elle laissa retomber sa main.

Il t'attend, Brad.

Quand il fut sorti avec Maribel, elle resta un instant immobile, essayant de se persuader que tout s'arrangerait au mieux pour Toby. Sans grande conviction.

— Comment va-t-il ?

La question fit se hérisser ses cheveux sur sa nuque. Plus que la question, la voix qui l'avait posée. Grave et douce, et qui glissa sur elle comme du miel...

Elle se retourna pour se trouver face à Mark.

— Que fais-tu ici ?

— J'ai déposé des clients en ville et je devais rejoindre Blake au pub, mais il m'a appelé pour me dire qu'il serait en retard parce qu'il était en route pour l'hôpital.

Ainsi c'était lui, le copain évoqué au restaurant...

— Et alors ?

Elle vit sa mâchoire se crisper.

— Ne t'inquiète pas, je ne veux pas m'immiscer dans ton intimité.

— Ce n'est pas ce que j'ai pensé.

Qu'avait-elle pensé, alors ? Que c'était surprenant qu'il s'intéresse au sort de son fils, mais comment le lui expliquer sans amertume ? Mieux valait répondre à sa première question.

— Toby va mieux, Brad est avec lui.

— Je sais, je l'ai vu en entrant.

Les deux hommes ne s'appréciaient pas beaucoup... Leur inimitié datait de leurs années de lycée ; Brad avait toujours regardé Mark de haut, sans que Sammi comprenne trop pourquoi...

Elle croisa les bras.

— Où est Blake ? Il devrait être arrivé à présent !

— Il attend Molly à la cafétéria. Nous avons annulé le pub, ce sera trop tard.

Donc, il n'était pas venu pour tuer le temps avant son rendez-vous… Peut-être valait-il mieux s'esquiver.

— Tu rentres demain ?

— Si Toby peut sortir d'ici, oui.

— Que veux-tu dire ? demanda-t-il.

— Ont-ils l'intention de le garder pour la nuit ?

— Non, juste quelques heures en observation pour s'assurer que la crise est bien passée.

— Bon. Nous pourrions partir dans la matinée, alors.

— Nous ?

— Oui. Je vous ramène.

— Mais nous avons nos billets pour le ferry et…

Les mots s'étranglèrent dans sa gorge lorsqu'il s'approcha pour arranger une mèche de cheveux échappée de sa tresse.

— Hors de question que je vous laisse monter sur ce bateau si Toby n'est pas en forme.

La chaleur de ses doigts se communiquait à sa peau, et elle eut la tentation de se décharger sur lui d'une partie de son fardeau. Mais était-ce prudent ? Il avait prouvé qu'il était capable de partir sans un regard en arrière, et Toby, déjà fasciné par lui, le serait encore plus quand il l'aurait vu piloter un avion… Elle se raidit.

— Nous nous en sortirons très bien.

— Tu as raison.

Il lui posa une main sur l'épaule.

— Surtout si c'est moi qui vous ramène.

En raccompagnant Sammi et son fils à l'hôtel, Mark se demandait pourquoi elle semblait si réticente à l'idée de rentrer avec lui. Elle savait pourtant que l'air glacé pouvait être néfaste à la santé de Toby et aggraver son état. Et pourquoi, aussi, elle avait avancé le visage imperceptiblement vers sa paume, une seconde, pendant qu'il lui caressait la joue…

Mais ils avaient mûri, ce qu'elle admettait plus facilement que lui parce qu'elle avait fini par le repousser alors qu'il éprouvait une irrépressible envie de l'embrasser.

Il avait prévenu Molly et Blake qu'il s'occupait de la reconduire à son hôtel où l'attendait sa voiture de location. Bien qu'elle n'ait pas protesté, elle n'avait pas paru apprécier non plus. Il jeta un coup d'œil vers le siège passager : elle avait le regard tourné vers la vitre. Avait-il eu raison d'insister pour qu'elle accepte sa proposition ? Enfin, elle devrait comprendre qu'elle ne pouvait pas ramener Toby par ce ferry !

— Tout va bien, derrière ? dit-il en regardant dans le rétroviseur.

Toby était appuyé à la vitre arrière, les yeux fermés, la bouche ouverte. Avec un frisson d'angoisse, Mark revit un autre petit garçon, ailleurs, couvert de sang et d'horribles blessures : celui qui hantait la plupart de ses cauchemars depuis des mois.

Mais Toby n'était pas cet enfant. Et il n'était pas blessé, juste endormi. Il se secoua, serrant plus fort les mains sur le volant, et la vision s'évanouit.

Il jeta un coup d'œil à Sammi pour s'assurer qu'elle n'avait rien remarqué.

— On dirait qu'il dort.

— Bien sûr... Il doit être épuisé.

Elle se détourna et sa natte forma une boucle sur son épaule. Au lycée, lorsqu'ils n'étaient encore que des amis, il l'avait souvent taquinée en tirant cette longue tresse. Après... quand ils étaient devenus amants, il se rappelait s'en être entouré la main pour la retenir près de lui pendant qu'il l'embrassait, ou avoir ôté l'élastique et défait ces mèches lustrées pour que sa chevelure se répande sur ses épaules...

C'était une erreur de se rapprocher d'elle. Et de Toby qui, sans y être pour rien, réveillait en lui des horreurs qu'il tentait de chasser de sa mémoire. Mais avait-il le choix ? Il était temps de penser à quelqu'un d'autre qu'à lui-même.

C'était ce qui l'avait fait quitter Dutch Harbor des années plus tôt. Dans ce cas, pourquoi était-il revenu ? Il aurait pu s'installer n'importe où ailleurs... Mais il s'était persuadé, à tort ou à raison, que sa mère avait besoin de lui.

Quand il se gara devant l'hôtel, Sammi se tourna vers lui.

— Merci, Mark. Je n'ai pas dû te paraître très reconnaissante tout à l'heure à l'hôpital, mais tu as raison, c'est mieux pour Toby que nous rentrions en avion. Nous ne prenons pas la place de tes clients, au moins ? Je n'aimerais pas que tu sacrifies ton travail pour nous...

— Pas du tout. Je n'ai plus de voyage réservé jusqu'à mardi, et encore, juste un petit tour de l'île.

— Après t'avoir aidée à monter Toby, j'irai demander une chambre. Je t'appellerai de là.

— Tu ne comptes pas retourner chez Blake et Molly ?

— Si j'ai bien compris, ils ont prévu de faire la grasse matinée. À mon avis, nous avons plus de chances de partir tôt si je reste ici. Je voudrais décoller avant la tempête de neige.

Il lui jeta un regard en biais.

— Et s'il arrivait quelque chose, je ne serais pas loin...

Sans répondre, elle détacha sa ceinture de sécurité et descendit avant d'enfiler son manteau. Était-elle heureuse ou fâchée qu'il dorme à l'hôtel ? Il n'en avait aucune idée. Peu importe, d'ailleurs, il était certain que c'était la meilleure chose à faire.

Il sortit à son tour de la voiture, ouvrit la portière arrière du côté de Toby, déboucla doucement sa ceinture pour ne pas le réveiller, puis le souleva dans ses bras. Il ne pesait rien, à peine plus que le jeune garçon qu'il avait porté jusqu'à son avion, une éternité plus tôt...

Ou était-ce seulement l'année dernière ? C'était du passé, de toute façon, et on ne change pas le passé.

Il se servit de son corps comme d'un rempart contre le vent et marcha à reculons jusqu'à la porte que Sammi tenait pour eux.

Ils s'engouffrèrent dans le couloir, prirent l'ascenseur et arrivèrent enfin à la chambre.

— Il préfère le lit du fond, murmura Sammi après avoir tourné la clé dans la serrure.

Il s'y dirigea tout en observant le visage paisible de l'enfant et ses longs cils noirs. Sa vue se brouilla, et il eut soudain du mal à respirer...

Faisant un effort sur lui-même, il allongea Toby sur le couvre-lit bleu puis ouvrit fébrilement son blouson. Après le froid du dehors, il faisait très chaud à l'intérieur. Si chaud... Il se crut retourné à leur camp, dans la chaleur du désert afghan où régnait une odeur de sang et de peur, balayant tout, telle une tempête de sable ; une odeur qu'il sentait encore à présent...

— Mark ?

Il sursauta et se tourna vers elle.

— Oui ?

— Merci encore pour tout. J'apprécie vraiment.

Avant qu'il ait pu s'y préparer, elle se haussa sur la pointe des pieds et l'embrassa sur la joue. Un baiser léger comme une plume, mais qui déclencha chez lui une violente réaction. De peur... et de quelque chose de beaucoup plus fort.

Il dut reculer d'un pas pour ne pas lui enlacer la taille et l'attirer à lui.

— Aucun problème, je ferais la même chose pour n'importe qui.

En voyant la lueur qui passa dans ses yeux, il s'en voulut d'avoir parlé sans réfléchir. C'était vrai, mais dans ces circonstances c'était presque insultant pour elle...

Lorsqu'elle eut refermé la porte derrière lui, il soupçonna pour la première fois qu'il avait mis le doigt dans un dangereux engrenage. Il avait déjà eu l'occasion de constater qu'il ne pouvait pas sauver le monde. Quand il avait quitté Dutch Harbor huit ans plus tôt, il n'était qu'un gamin troublé et effrayé, et il était revenu encore plus perturbé, à peine capable de se prendre en charge lui-même. Il ferait mieux de s'en souvenir avant de faire de grandes promesses qu'il ne pourrait tenir, comme celles qu'il avait déjà faites.

Par exemple, promettre à un petit garçon qu'il ne mourrait pas comme sa mère...

Exténué, déprimé, il se dirigea vers sa chambre. Il avait appris que les promesses étaient des trucs de contes de fées qui ne valaient pas grand-chose dans la réalité.

Après avoir ôté ses vêtements, il se glissa entre les draps glacés qui le firent frissonner.

Plus de promesses pour lui. Ni à Toby ni, encore moins, à Sammi.

Regardant l'air vibrant du désert, Mark fronça les sourcils : le souffle violent des moteurs de son avion bousculait violemment la chevelure noire d'une femme, l'enroulant autour de son visage tandis qu'elle courait en direction de l'appareil. Quand elle fut assez près, il eut un sursaut en la reconnaissant : c'était l'épouse de leur interprète, fusillé quelques jours plus tôt par les rebelles ! Il posa les yeux sur le paquet qu'elle tenait dans ses bras.

Une bombe !

Une sueur glacée lui mouilla le dos, et il eut l'impression de se liquéfier sous l'effet de la peur. Les secouristes venaient de se précipiter pour aider des soldats pris dans le feu, et il était seul.

Il lui fit signe de s'éloigner, mais elle continua à avancer, obstinée. Soudain, une bourrasque fit tomber le tissu qui recouvrait son fardeau ; il vit apparaître une petite tête à la tempe et la joue ensanglantées.

Ahmed ! Sans réfléchir, il s'élança pour la rejoindre et la protéger du souffle violent, comme il l'avait fait pour Toby, ce soir.

Mais Toby n'était pas là, à ce moment-là…

Avant qu'il puisse les atteindre, elle déposa en hâte son fils sur le sol et, faisant demi-tour, s'éloigna à toutes jambes.

Au moment où il se précipitait vers l'enfant, une explosion retentit, et il eut la sensation de recevoir un coup de poignard effilé dans la poitrine. Un éclat de shrapnel… Il regarda dans la direction de la femme qui s'éloignait : elle avait disparu, et, à la place où elle s'était tenue, de la fumée sortait d'un trou…

En fin de compte, il s'agissait bien d'une bombe. Humaine.

Ahmed ! Il le souleva et, tirant sur la couverture, eut un hoquet d'horreur en voyant les blessures sur son torse.

Il tenta de parler, mais sa voix semblait venir d'outre-tombe.

— N'aie… pas… peur… Je… suis… là.

Oubliant la brûlure de l'éclat qu'il avait reçu, il prit l'enfant dans ses bras, remonta à bord de l'avion et l'installa sur le siège à côté de lui. Puis les choses se précipitèrent, des gens envahirent le cockpit, emplissant tout l'espace. Des bruits d'impacts retentirent contre la carlingue : ils étaient attaqués.

Tandis qu'il était avalé par l'obscurité, il s'efforça d'imaginer que faire, où se réfugier… Les chocs persistaient, de plus en plus violents.

Pas des impacts de balle, non.

Il inspira profondément plusieurs fois pour se délivrer de la terreur. Quelque chose pesait sur lui, qu'il repoussa d'un coup de pied : un morceau de tissu. Un frisson le secoua. Il était trempé de sueur, et nu.

Où était son uniforme ? Et son avion ? Disparus, comme la femme et son fils.

Il cligna des paupières et commença à distinguer ce qui l'entourait. Il n'était pas dans le désert, mais dans un lit ; il n'entendait aucun cri, mais quelque chose heurtait la vitre à sa gauche.

De la pluie mêlée de neige.

Soudain, tout lui revint : il était dans un hôtel à Anchorage, loin du carnage. Toutefois, la mère et l'enfant avaient existé. Et la promesse qu'il leur avait faite avait été balayée en quelques secondes, le laissant vide et désespéré, incapable d'autre sentiment que le regret.

5

— Super ! Je vais voler dans l'avion d'oncle Mark ?

« Oncle » ? Qu'est-ce que c'était que cette lubie ?

— Oui, alors dépêche-toi de te préparer.

Une poussière de neige était tombée après minuit, recouvrant les branches d'une couche scintillante, comme si la nature avait ouvert une boîte de paillettes argentées et laissé au vent le soin de les répandre. En se réveillant ce matin, Sammi avait trouvé le décor magnifique...

Ce qui ne l'empêchait pas d'être angoissée par les conditions météo. Mark avait dit vouloir décoller avant la tempête. Certes, il disposait d'un hydravion, mais il ne serait d'aucune aide au décollage puisqu'il était à présent stationné à l'aéroport de Merrill Field.

Elle observa le ciel d'un gris sombre, menaçant. Que faire, sinon prier que la piste reste dégagée encore un moment ? Bien entendu, on ne l'attendait pas au cabinet aujourd'hui, mais elle était de service lundi et ne tenait pas à s'éterniser à Anchorage jusqu'à ce que le temps s'améliore. Elle laissa retomber le rideau pour se tourner vers son fils : vautré sur le lit, il se passionnait pour un jeu vidéo, les joues rouges d'excitation, mais respirant normalement. En le voyant, on n'aurait pu imaginer qu'il venait d'être victime d'une sévère crise d'asthme.

Elle fouilla son sac à la recherche de l'aérosol qu'elle fourra dans la poche de sa veste pour plus de sûreté.

— Je parie que ton père est content que tu ailles mieux...

Brad avait appelé ce matin pour avoir des nouvelles, et demandé à parler à son fils.

— Oui, je crois.

Elle sortait le manteau de Toby du placard quand on frappa. Elle consulta sa montre : c'était l'heure.

Avant qu'elle ait pu esquisser le moindre geste pour l'arrêter, Toby se précipita pour ouvrir.

Elle le rejoignit.

— Tu te rappelles ce que j'ai dit l'autre jour ? On n'ouvre jamais la porte avant de s'être assuré de l'identité de la personne qui est derrière. Et si c'était quelqu'un qui n'est pas gentil ?

— Pardon, maman.

Elle regarda Mark, dont les cheveux encore humides bouclaient légèrement à la pointe. Toby s'avança vers lui et lui saisit la main.

Les lèvres de Mark se pincèrent.

— Ta maman a raison, petit. Tu aurais pu laisser entrer quelqu'un qui n'est pas gentil. Comme moi.

— Mais toi, tu es gentil !

Mark tourna le regard vers elle.

— Il ne faut pas se fier aux apparences.

Elle percevait une curieuse âpreté dans sa voix... Mieux valait trouver un sujet de conversation moins périlleux.

— Que dit la météo ?

Lorsque Toby lâcha la main de Mark pour prendre son sac, elle aurait juré que ce dernier se détendait. Que pouvait-il avoir contre son fils ? Il semblait se crisper quand il était en sa présence. Elle haussa les épaules. Sans doute faisait-il partie de ces gens qui n'aimaient pas les enfants, voilà tout.

Pourtant, il avait proposé de les ramener à Dutch Harbor pour que Toby ne prenne pas froid...

— La météo ? Nous allons pouvoir partir, si c'est ce qui t'intéresse.

Il se déplaça, comme pour mettre de l'espace entre Toby et lui.

— Mais nous devrions nous dépêcher si nous voulons décoller avant la neige.

— Je suis d'accord pour éviter la tempête autant que possible.

— Moi aussi.

Elle ressentit un pincement au cœur. Encore une fois, les mots qu'ils échangeaient semblaient pleins de sous-entendus.

— Tu as pris le petit déjeuner ?

— Oui, et vous ?

— Nous mangerons en arrivant.

— Il y a des jus de fruits et des en-cas dans l'avion, si vous avez faim en route.

— Merci.

Ils se regardèrent encore quelques secondes, tels deux danseurs en train de se livrer à un exercice délicat et tentant à tout prix de ne pas rompre un équilibre fragile.

Toby brisa ce silence embarrassé.

— Maman, où est ma Ventoline ?

L'affolement dans la voix de son fils lui fit oublier ses difficultés de communication.

— C'est moi qui l'ai. Tu en as besoin, Toby ?

— Non, mais je voulais savoir où elle était, au cas où...

Son cœur se serra. Pauvre enfant, déjà angoissé à six ans... Le pédiatre lui avait assuré que la maladie passerait probablement avec l'âge, comme dans beaucoup de cas, et elle espérait que Toby aurait cette chance.

Mark souleva le rideau pour jeter un coup d'œil à l'extérieur.

— Le ciel s'assombrit. Vous êtes prêts ?

— Oui, je pense.

Elle tendit la main vers sa valise, mais Mark la devança. Puis il saisit le sac de Toby en le présentant de façon que le garçonnet puisse y placer son jeu.

En un temps record, ils étaient à l'aéroport où Mark remplit sa feuille de vol. Quand il ouvrit la portière de l'avion, Toby grimpa et se dirigea vers le siège du copilote, mais il l'arrêta.

— Installe-toi plutôt derrière moi ; c'est plus sûr, et la vue est aussi bonne.

La mine boudeuse, Toby obéit néanmoins et, tirant sa console de son sac, mit les écouteurs sur ses oreilles.

Sammi eut un léger haussement d'épaules. Très certainement,

une fois qu'ils auraient décollé, il oublierait son jeu et profiterait au maximum de son baptême de l'air.

Elle regarda autour d'elle : l'intérieur lui parut très exigu, ce qui la surprit. Autant que la soudaine excitation qui s'empara d'elle, car voyager en avion était un luxe qu'elle n'avait jamais pu s'offrir, sauf pour accompagner des patients.

Trois heures de vol au lieu de deux jours à bord du ferry… Comment était-ce possible ?

Mark, derrière elle, attendait visiblement qu'elle ait terminé son repérage des lieux. Outre les sièges du pilote et du copilote, il y avait quatre places supplémentaires, et, au fond, un rideau gris qui cachait le reste du cockpit.

— Qu'est-ce qu'il y a là-bas ?

— J'ai fait enlever deux sièges pour pouvoir assurer les évacuations. L'endroit n'est pas encore installé, car j'attendais d'en savoir un peu plus sur ce qu'il me fallait exactement.

Elle hocha la tête et s'avança pour tirer le rideau : l'espace était vide, à part un chariot roulant fixé à l'un des côtés. Aucun équipement médical, du moins visible.

— Où est ton matériel ?

— Blake avait prévu de m'aider, mais je suppose qu'il a eu d'autres chats à fouetter…

Elle vit son cou rougir.

— Je veux dire…

— J'ai compris.

Elle tenta de repousser la pensée qui lui venait à l'esprit, mais la chaleur qui envahit son corps lui signala qu'elle n'y était pas parvenue.

— J'ai pensé que je pourrais toujours me procurer ce qu'il fallait au cabinet si nous avons une évacuation à faire avant que ce soit prêt.

Il ne se rendait pas compte… En cas d'urgence, tout était si confus qu'il était difficile de songer à autre chose qu'à parer au plus pressé avec le patient et à décoller le plus vite possible.

— Je peux m'en occuper pour toi, si tu veux.

Le voyant hausser les sourcils, elle se hâta de poursuivre :

— Quand tu as l'habitude, tu sais qu'il vaut mieux que tout soit installé longtemps avant d'en avoir besoin.

Il devait la prendre pour une donneuse de leçons, mais elle n'avait pas envie de se retrouver dans la pagaille si une urgence se présentait.

— Je suppose que tu as raison. Si tu pouvais me faire une liste...

— D'accord. Je vais devoir commander du matériel supplémentaire à Anchorage.

Une fois assise à sa place, elle se mit à réfléchir : et si elle lui proposait son aide ? En organisant l'espace réservé sur le modèle d'une salle d'examen du cabinet et en rangeant les instruments à la même place, elle serait certaine de tout trouver le plus vite possible en cas de nécessité.

— Si tu es libre ce week-end, nous pourrions faire un inventaire et tout installer.

La tête de Toby surgit derrière le dossier du siège.

— Je peux venir vous aider ?

Elle regarda Mark pour observer sa réaction.

Il se raidit un instant puis se détendit.

— Pourquoi pas ? En fait, c'est une super idée.

Elle perçut du soulagement dans sa voix. Comme s'il préférait que Toby soit là plutôt que...

Elle éprouva un pincement douloureux au cœur : il n'avait pas envie d'être seul avec elle.

De quoi avait-il peur ? Qu'elle lui fasse des avances ?

Il pouvait toujours rêver...

Elle n'avait aucune intention de lui rappeler des souvenirs, et s'il pouvait utiliser un enfant comme bouclier, elle aussi.

— C'est convenu. Toby et moi serons au hangar samedi matin à l'aube.

Après avoir jeté un coup d'œil par le hublot, Mark constata que la neige tombait déjà. Puis il considéra le menton levé de Sammi et son air de défi, et, en dépit du poids persistant laissé par son cauchemar, il se mit à rire.

— D'accord, si tu veux.

Il posa la main sur l'accoudoir du siège de Toby.

— Tu gardes ta ceinture de sécurité pendant tout le voyage, O.K. ?

— On en a pour combien de temps ?

— Tu n'es jamais rentré d'Anchorage en avion ?

— Non, n'est-ce pas, maman ?

Sammi secoua la tête.

Sans trop savoir pourquoi, Mark sentit son cœur se serrer, comme s'il venait d'abandonner une mère et son fils une nouvelle fois.

Ridicule ! Il n'avait jamais promis de s'occuper d'eux.

— Environ trois heures et demie.

— Alors je voudrais aller aux toilettes avant.

— C'est au fond, derrière le rideau.

Toby ôta ses écouteurs puis rangea son jeu dans son sac. Un comportement très adulte, se dit Mark. La plupart des enfants de son âge se seraient contentés de le laisser sur le siège.

Quand Toby fut hors de vue, il se tourna vers Sammi.

— Tu as peur de l'avion ?

— Non. C'est juste que... je n'ai pas les moyens.

— Bon sang, tu es médecin !

— Oui, mais fonctionnaire. Tu sais que le cabinet a un budget très réduit, et c'est bien ce qui a forcé Molly à rentrer à Anchorage jusqu'à ce qu'elle puisse redemander une nouvelle subvention à l'hôpital.

Son malaise augmenta encore.

— Si tu me préviens chaque fois que tu dois aller à Anchorage, je pourrai t'emmener, et ça ne te coûtera rien.

Pourquoi avait-il fait cette proposition ?

Il vit son menton se relever davantage.

— Je préfère payer mon voyage, merci.

— Même si ça risque de mettre en danger la santé de ton fils ?

Sa voix lui parut plus sèche qu'il ne l'aurait souhaité, et il regretta aussitôt ses paroles, d'autant qu'elle semblait frappée de stupeur.

— Pardon, Sam, ce n'est pas ce que je voulais dire.

Sans répondre, elle se détourna, mais il aurait juré avoir vu ses yeux se mouiller. Il se leva et lui posa les mains sur les épaules avant de se pencher vers elle.

— Je sais que tu adores Toby... Que tu ferais tout pour lui. Laisse-moi t'aider. Si tu penses que tu dois me payer quelque chose, tu peux.

— Pourquoi t'occuper de nous ?

— Parce que c'est facile pour moi, et que ça me fait plaisir.

Il n'ignorait pas qu'il s'engageait en terrain miné. Entre autres, son rêve de la nuit dernière aurait dû être un avertissement. Mais était-il aussi soucieux de son propre confort, ou préférait-il faire le bien ?

En outre, même si cela ne devait les mener nulle part, il pourrait peut-être mettre certaines choses au point avec elle, lui expliquer pourquoi il lui avait brisé le cœur.

En même temps, il se jugeait stupide de s'être tant approché d'elle : son parfum lui rappelait des souvenirs qui auraient dû rester enfouis au plus profond de sa mémoire. Mais il était en train de proposer son aide à un être humain qui avait beaucoup compté pour lui autrefois. Qui avait tant compté... Qu'il avait laissé tomber.

Il posa le menton sur le sommet de son crâne, sachant qu'il n'aurait plus guère d'autre occasion de le faire.

— Concluons un marché, Sam. Si tu m'aides à transformer l'avion en ambulance volante, je t'emmènerai à Anchorage aussi souvent que tu le voudras.

6

En sentant le souffle chaud de Mark sur son oreille, Sammi frissonna.

C'était très risqué d'accepter, mais la pression de ses mains sur ses épaules et la chaleur de son corps si proche du sien l'empêchaient de réfléchir.

— D'accord.

Elle prenait une profonde inspiration quand il la fit se tourner pour qu'elle soit face à lui. Son pouce essuya une trace de larme inattendue sur sa joue.

— Excuse-moi pour ce que j'ai dit tout à l'heure. Ce ne doit pas être facile de l'élever seule, de le protéger…

Le poids d'une indicible angoisse pesa soudain sur elle. De nombreuses femmes étaient mères célibataires et semblaient s'en sortir très bien, mais certains jours l'impression que le fardeau était trop lourd à porter se faisait plus forte.

Ses yeux scrutèrent les siens comme pour y lire la plus secrète pensée. Avait-il pitié d'elle ?

— Nous nous débrouillons.

À sa grande horreur, sa voix s'étrangla.

— Sam…, murmura-t-il.

La paume chaude de Mark descendit de sa joue à sa nuque. Il avait les yeux fixés sur sa bouche ! Il allait l'embrasser.

À ce moment-là, le rideau s'ouvrit sur Toby.

Elle s'écarta avec une telle hâte qu'elle se cogna et étouffa un cri de douleur. Ses mains tremblaient.

— Assieds-toi et boucle ta ceinture, Toby, dit-elle.

À travers le hublot, la neige tombait plus fort et elle s'affola.

— Tu es sûr que nous allons pouvoir décoller ? demanda-t-elle sans regarder Mark.

— Sans problème, mais nous partons tout de même un peu plus tard que je l'espérais.

Parce qu'il avait été sur le point de l'embrasser ? Et qu'elle aurait répondu à son baiser, comme une idiote ?

Elle s'assura que Toby était bien installé et se cala dans le siège du copilote.

En professionnel expérimenté, Mark effectua les dernières vérifications, inspecta les jauges et les commandes, et entra en contact avec la tour de contrôle.

Avait-elle eu raison d'accepter son offre ? C'était un engagement à long terme... Elle avait l'impression qu'il lui faisait la charité.

D'autre part, il avait vraiment besoin de préparer l'avion pour les évacuations d'urgence, et il ne voulait peut-être rien lui devoir... Elle devait considérer cela comme un simple échange de bons procédés, sans plus.

Mark était un play-boy capable de séduire toutes les femmes sur qui il posait les yeux, mais pas elle. Pas cette fois. Plus question de contact avec lui, ni de phrases chuchotées susceptibles de démolir ses défenses.

Pendant qu'il faisait rugir les réacteurs et roulait sur la piste, elle se concentra sur sa résolution. Rien d'intime avec lui, car tout ce qui pourrait arriver finirait mal de toute façon pour tous les deux. Elle devait penser à son fils.

Quelques minutes plus tard, ils étaient dans les airs. Se laissant envahir par le ronronnement des moteurs, elle ferma les paupières.

Mieux valait faire semblant de dormir, ce qui lui éviterait de proférer d'autres inepties. Elle avait besoin d'un peu de temps pour mettre ses pensées en ordre et préparer un plan d'attaque.

Exactement ! Il fallait qu'elle soit offensive, plutôt que d'être inquiète à propos de sa propre réaction lorsqu'elle verrait Mark et Toby ensemble...

Quand la voix de Mark résonna dans son casque pour annoncer qu'ils atterrissaient dans dix minutes, elle se redressa en sursaut. Si elle avait su qu'elle allait s'endormir, elle aurait ôté cet appareil qui amplifiait tous les bruits ! Mark la regardait, les sourcils haussés, l'air moqueur.

— Coucou !

— Euh... J'espère que je n'ai pas...

— Ronflé ?

Honteuse, elle secoua la tête.

— Désolée de t'avoir infligé ça pendant trois heures !

Son large sourire la réveilla complètement.

— J'ai toujours plutôt trouvé ça agréable, tu te rappelles ? Un chaton qui ronronne...

Ce n'était pas ainsi que Brad, son ex, la décrivait... Mark était décidément galant. Pas étonnant que toutes les femmes soient à ses genoux.

— J'ai entendu d'autres comparaisons moins flatteuses, mais merci quand même.

— On te l'a déjà dit ?

— Oh ! oui... Plusieurs personnes, en fait.

Comme Toby aussi la taquinait, elle lui avait offert une boîte de boules Quies multicolores pour Noël.

Le sourire de Mark s'effaça, et un muscle tressauta dans sa joue.

— D'accord.

Pourquoi ce ton sec ? Il plaisantait une minute plus tôt...

En le voyant détourner le regard, elle sut soudain ce qu'il avait compris : que plusieurs *hommes* lui avaient parlé de ses ronflements.

La colère monta en elle. Et alors ? Ce qu'elle faisait ne le regardait pas ! Lui-même ne se cachait pas pour sauter du lit d'une femme à celui d'une autre... Croyait-il qu'elle n'était pas assez séduisante pour trouver d'autres partenaires que lui ou son ex-mari ? De toute façon, il n'avait strictement rien à dire.

Si leurs relations avaient été normales, elle aurait peut-être rectifié ce malentendu, mais dans ces conditions elle ne lui devait aucune explication.

Par chance, ils seraient bientôt arrivés, et elle pourrait s'éloigner de lui le plus vite possible. Elle se retourna et constata avec soulagement que Toby, absorbé par son jeu, n'avait pas fait attention à leur conversation.

Malgré le casque, le grondement des moteurs emplit l'espace, sans doute bien plus fort que son ronflement.

Elle espérait que Mark appréciait ce bruit, car ce serait tout ce qu'il entendrait jusqu'à ce qu'ils descendent de cet appareil.

De toute façon, il ne fit aucune tentative pour lui parler et garda le silence jusqu'à ce que les roues du train d'atterrissage touchent la petite piste de Dutch Harbor.

Dès qu'ils eurent ralenti pour se diriger vers le hangar, elle déboucla sa ceinture et se leva.

— Merci pour le voyage.

— Tu voudrais rattacher ta ceinture et te tenir tranquille encore une minute ?

— Pourquoi ? Je ne pense pas que...

Comme l'avion freinait subitement, elle fut projetée contre le tableau de bord, et son coude heurta violemment un objet métallique.

— Aïe !

Elle se rassit en se frottant le bras.

— Voilà pourquoi...

Il n'avait pas l'air désolé le moins du monde.

— Tu l'as fait exprès !

— Je t'ai demandé de ne pas bouger pour l'instant.

— Maman, ça va ? s'enquit Toby, les sourcils froncés. Tu ne dois pas te lever avant l'extinction du signal rouge !

Ici, pas de signal. Juste un pilote prétentieux qui se prenait visiblement pour Napoléon, même s'il était sans doute beaucoup plus grand que lui.

Elle lui jeta un regard en coulisse avant de répondre :

— Je vais bien, Toby. Tu as raison. On ne doit pas bouger avant l'arrêt complet de l'avion.

Mark poussa un bref soupir en éteignant les moteurs.

— Si je te présente mes excuses, j'ai droit à une trêve ?

— Tout dépend de quoi tu t'excuses.

— De t'avoir presque fait tomber ?

Maintenant, ou des années auparavant ? La première option était préférable.

Quoi qu'il se passe dans sa vie, il était hors de question qu'elle retombe amoureuse de lui.

7

Sammi sourit en entendant un clappement de langue derrière elle. Hannah, son assistante, venait de découvrir une autre faille.

— Vas-y, j'écoute.

Hannah tapota la feuille posée sur le comptoir entre elles.

— Je vois trois poches de solution saline sur la liste, mais pas de sac chauffant.

— Ah oui ! je n'y avais pas pensé ! L'hypothermie est une menace constante ici, et envoyer du liquide froid à un patient déjà glacé ne lui fait aucun bien.

La rousse pétillante ouvrit la bouche un instant, paraissant estomaquée, avant de répondre :

— Je ne t'ai pas accusée d'injecter des fluides gelés ! Je t'expliquais juste que c'est mieux de les chauffer.

— C'est très cher, ces trucs là… Peut-être que je pourrais me servir du chauffe-lingettes qu'on m'a offert pour la naissance de Toby.

— Quoi ?

Sammi éclata de rire. Hannah avait sans doute raison, mais, avec un budget serré, il fallait faire avec les moyens du bord. L'assistante, qui avait grandi dans l'Idaho, arrivée à Unalaska six mois plus tôt pour remplacer la précédente partie à la retraite, avait encore deux ou trois choses à apprendre sur la pratique de la médecine à Dutch Harbor.

— Je vais le chercher et voir s'il est assez grand. Qui sait, il pourrait être à la bonne taille... Ou, sinon, je peux peut-être forcer un peu...

Hannah leva les yeux au ciel.

— Et si tu le casses ? Tu as envie de t'électrocuter ?

Elles étaient si concentrées que Sammi n'entendit pas la porte s'ouvrir, mais elle perçut un mouvement quelque part derrière elle.

— Je meurs d'envie de demander ce qui se casse quand ce n'est pas à la bonne taille, mais franchement je n'ose pas.

Le rouge aux joues, elle se retourna. Mark était appuyé au mur près de l'entrée ; son sourire malicieux disait assez à quoi pensait.

Elle passa sa langue sur ses lèvres, tentant de se reprendre, mais un rire nerveux lui échappa.

— Nous parlions de... Nous essayions de nous figurer...

La rousse flamboyante vint à la rescousse.

— Nous nous demandions si nous devions acheter un vrai sac chauffant pour poches à perfusion pour votre avion.

— Et quelle était l'autre solution ?

— Utiliser un chauffe-lingettes.

Les yeux de Mark s'arrondirent, et sa bouche s'ouvrit comme celle d'un poisson hors de l'eau. Puis il éclata de rire. Un grand rire joyeux qui emplit tout l'espace et la fit frissonner, lui rappelant un Mark plus jeune et moins cynique...

Elle le fixa quelques instants avant de jeter un regard en coulisse à Hannah, qui souriait aussi, la main plaquée contre la bouche.

Ce n'était pourtant pas si drôle... Elle soupira.

— Nous verrons bien qui rira le dernier quand j'apporterai l'objet pour faire un test, demain.

— Je veux absolument assister à ça !

Il souriait toujours, comme si c'était l'idée la plus ridicule qu'il ait jamais entendue.

— Vous allez voir ce que vous allez voir, tous les deux.

Hannah leva les yeux au ciel et s'avança vers Mark, la main tendue.

— Hannah Lassiter, assistante mais pas économe, à en croire Sammi.

Il serra brièvement la main de la jeune femme avant de se présenter. Le voir si professionnel intrigua Sammi.

Allait-il laisser passer cette occasion ? Il avait pourtant commencé à faire la cour à Molly dès son arrivée...

— Tu avais besoin de quelque chose ?

— Je suis venu voir si c'était toujours d'accord pour samedi. Je pars avec des touristes à Akutan et, comme je ne rentre que demain après-midi, je ne voulais pas que tu t'inquiètes.

Comme c'était gentil de sa part ! Pourquoi s'inquièterait-elle ?

La première fois, elle avait espéré, prié qu'il change d'avis. En vain et cela lui avait servi de leçon. S'il disparaissait d'une minute à l'autre, elle lèverait à peine le sourcil.

— Ne t'en fais pas, je ne m'en ferai pas !

Il ignora ce trait d'esprit.

— Tu as besoin de quelque chose ?

— Non, je ne vois pas. Et toi, Hannah ?

— Vendent-ils du café digne de ce nom, là-bas ?

— Euh... C'est la même lavasse qu'ici, je suppose.

— Tu passes par Anchorage au retour ? reprit Sammi.

— Oui, pourquoi ?

— Demande à Molly si elle peut me dénicher ce fameux sac chauffant pour poches à perfusion, à l'hôpital.

— D'accord...

Devant ses yeux verts chaleureux et sa présence solide, Sammi se surprit à regretter de ne pas posséder une machine à remonter le temps qui la ramène à un moment plus facile avec un Mark très différent.

Elle se mordit la lèvre. Dans ce cas, elle n'aurait pas eu Toby qui représentait tout pour elle.

De toute façon, ils ne pouvaient revenir en arrière ni l'un ni l'autre. Mais peut-être pouvaient-ils faire une croix sur leur passé et, sans doute, devenir collègues, voire, avec un peu de chance, un jour, amis.

Il perdait la main, et aussi sa maîtrise de lui-même, songea Mark en s'engageant dans l'allée qui menait à la maison de sa mère. Il y avait une nouvelle venue sur l'île, et il ne l'avait même pas regardée. Elle n'était pas mal, avec ses boucles rousses, ses pommettes hautes et son nez retroussé. Il avait tenté de se forcer à lui sourire, mais savoir que Sammi était là, en train de guetter ses travaux d'approche, l'en avait empêché.

À moins que ce ne soit la nostalgie qu'il avait ressentie en l'entendant rire...

Mais, quand elle l'avait vu, la lumière de ses yeux s'était éteinte, et elle avait relevé le menton comme si elle s'attendait qu'il lui fasse mal. Une fois de plus.

Son père avait si souvent déçu sa mère, sans parler de ce qu'il lui avait fait subir de pire. À cette simple pensée, il serra les poings d'instinct et dut s'obliger à déplier les doigts.

À la seconde où son père avait vu la bague, Mark avait su qu'il devait quitter l'île plutôt que d'entraîner Sammi dans ce mauvais rêve. En même temps, il s'était senti terriblement coupable d'abandonner sa mère.

Non, ce n'était pas tout à fait vrai. Depuis l'âge de dix-huit ans, il la suppliait de le laisser partir... ou d'aller porter plainte contre son père. Mais elle avait toujours refusé et lui avait trouvé des excuses jusqu'au moment de sa mort.

Toutefois, en échappant à cette situation dramatique, Mark s'était retrouvé dans un autre cauchemar qui ne le lâchait pas...

Parvenu à la porte de la maison de son enfance, il frappa puis passa la tête dans l'encadrement.

— Maman ? Tu es là ?

— Dans la cuisine ! cria-t-elle.

Il la trouva en train de couper des pommes en tranches avant de les déposer dans un saladier plein d'eau citronnée. Il se pencha pour l'embrasser.

— Tu fais une tarte aux pommes. ?

— Oui.

Ils ne parlaient jamais de son père. Au moment de sa mort,

Mark s'était senti soulagé que sa mère soit enfin en sécurité et qu'elle puisse désormais vivre sans avoir peur.

Pendant quelques jours, il s'était bercé de l'idée qu'il pouvait rentrer et mettre les choses au point avec Sammi à présent que la menace n'existait plus, et qu'elle pourrait lui pardonner de l'avoir abandonnée. D'ailleurs, il avait toujours la bague...

Mais la nuit de son arrivée, il avait fait un cauchemar, et la nuit suivante, un autre. Puis en voyant Toby, il s'était rappelé la scène de l'enfant blessé, et, à présent, il lui arrivait de confondre en rêve le visage de Toby et celui d'Ahmed agonisant. Que penserait Sammi si elle s'apercevait de l'effet produit sur lui par son fils ?

Il détestait que son esprit lui joue ce genre de tours, mais il n'y pouvait rien. Le mieux qu'il ait réussi à faire, c'était de se tenir à l'écart, entretenant avec elle des relations aussi cordiales que superficielles, en espérant qu'elle comprenne que tout était fini entre eux.

Bien entendu, le fait qu'ils doivent travailler ensemble réduisait cet espoir à néant...

Il plongea une main dans l'eau glacée et en sortit une tranche de pomme.

— Mark, je n'ai pas encore mis le sucre ! Je les fais tremper dans le citron pour qu'elles ne noircissent pas.

L'acidité lui brûla la langue et il fit la grimace.

Depuis son retour, il avait adopté une attitude de joyeux drille pour éviter d'être hanté par ses sombres souvenirs. Ou de détruire des vies, car qui voudrait se réveiller le matin à côté d'un homme qui se recroquevillait sous les couvertures au moindre craquement d'une branche cédant sous le poids de la neige ou revivait en boucle la mort d'un petit garçon ?

— Je suis venu te dire que j'étais occupé ce week-end. J'ai promis à Sammi que j'allais préparer l'avion pour les évacuations d'urgence.

— Sammi ?

Il y avait tant d'espoir dans ce simple mot qu'il dut serrer les dents pour ne pas la détromper aussitôt ; elle souhaitait qu'il se marie et qu'il ait des enfants, mais ce n'était pas prévu pour l'instant, et peut-être jamais...

Il se força à sourire et replongea la main dans le saladier pour prendre une autre tranche qu'il examina avant de la manger : sa mère avait raison, le citron empêchait la pomme de noircir.

S'il pouvait garder ses véritables sentiments au fond de son cœur, il avait une chance de sortir indemne de la situation.

Mais, plus important encore, Sammi en sortirait indemne.

8

— Maman, je peux essayer le lit ? demanda Toby, les mains posées sur le mince matelas du chariot.

Ils étaient arrivés au hangar chargés de médicaments et de matériel. Hannah avait insisté pour les aider à tout ranger dans sa petite voiture, et Sammi avait été tentée de la prier de les accompagner, mais y avait renoncé : son assistante avait eu une semaine éprouvante et elle avait besoin de repos. De toute façon, elle avait son fils avec elle.

Elle ouvrait la bouche pour refuser quand Mark, qui entrait avec une boîte de pansements, répondit à sa place :

— Oui, bien sûr ! Il n'est pas très confortable, tu vas voir.

En avait-il fait l'expérience ? Mieux valait ne pas demander...

Toby grimpa sur le matelas et s'assit au bord du chariot, les jambes pendantes.

— Si je suis gravement blessé ou que je m'étouffe, c'est ici qu'on me mettra ?

Sammi sentit une grosse boule lui bloquer la gorge. Elle avait déjà envisagé ce cas dans ses cauchemars. Le jour où la crise s'était déclenchée au zoo d'Anchorage, Toby était à une demi-heure de l'hôpital, mais l'emmener ensuite en avion en sachant que le trajet durait trois heures et demie... Tant de choses pouvaient arriver entre-temps !

Elle regarda Mark : le sang s'était retiré de son visage et ses mains étaient agrippées au dossier d'un siège, si fort que ses phalanges en blanchissaient. Avant qu'elle puisse s'enquérir de ce qui n'allait pas, il sembla reprendre ses esprits.

— Exactement. Mais tu n'as pas à t'inquiéter parce que nous ferons en sorte que tu sois toujours en bonne santé.

« Nous » ? La boule dans sa gorge augmenta de volume.

— J'ai de l'asthme, tu sais.

— Oui, je sais.

Il n'essayait pas de minimiser la gravité de sa maladie, il constatait. Ce dont Toby parut satisfait, car il changea aussitôt de sujet.

— Maman t'aidera à transporter les patients, n'est-ce pas ?

— De temps en temps.

Mark était de nouveau totalement détendu et à l'aise, comme à son habitude. Si elle n'avait pas été si attentive, Sammi n'aurait pas remarqué ce fugace changement dans son attitude...

Toby la regarda.

— Je resterai avec mamy pendant que tu iras avec lui ?

— Oui.

Sa mère, qui avait depuis longtemps admis cette éventualité, était ravie d'avoir son petit-fils à la maison. Sammi lui avait déjà confié maintes fois Toby avant l'arrivée de Molly sur l'île, mais elle était toujours anxieuse à l'idée de le laisser dormir ailleurs que chez elle... Elle s'était habituée à l'avoir en permanence auprès d'elle au cas où il aurait besoin d'un transport d'urgence à Anchorage, dans la nuit.

Elle posa les yeux sur un carton, de la taille d'une boîte à chaussures, que Mark était en train d'ouvrir à l'aide d'un couteau. Il en sortit ce qui ressemblait à un sac isotherme rectangulaire.

Elle ne se rappelait pas avoir commandé quoi que ce soit de ce genre...

— Qu'est-ce que c'est ?

— Ma contribution personnelle.

— Un sac chauffant pour poches à perfusion... C'est Molly qui te l'a trouvé ?

— Non, mais il paraît que l'argent manque, alors...

— Tu l'as acheté ? Je t'avais dit que j'avais une solution de rechange avec ce chauffe-lingettes dont je ne ferai plus rien car Toby est grand...

— On ne sait jamais.

Une lueur passa dans ses yeux, si rapide qu'elle cru l'avoir imaginée.

— Rien ne garantit que tu n'auras pas d'autres enfants, ajouta-t-il.

Bien sûr. Mais on ne se précipitait pas pour l'inviter à sortir, et, après son mariage raté, elle ne se voyait pas nouer une nouvelle relation...

Au contraire de Mark, elle était incapable d'avoir des aventures. Elle avait besoin d'un lien déjà fort avant de s'engager. C'est pourquoi elle s'était crue mariée pour la vie, et force était de reconnaître qu'elle s'était trompée...

Elle ressentit un pincement au cœur. Elle rêvait d'un homme qui l'écoute vraiment, qui fasse des efforts pour l'assurer de son amour.

Et ce n'était pas Mark, même si en ce moment elle avait envie de l'entourer de ses bras pour lui montrer sa gratitude et absorber sa chaleur.

En fait, c'était peut-être la chose la plus gentille qu'on ait jamais faite pour elle...

Une fois de plus, elle sentit ses yeux se mouiller.

— Je sais que le cabinet n'a pas les moyens de se l'offrir, et Hannah a eu l'air de dire que c'était important.

— C'est vrai.

Elle réfléchit un instant à une façon de le remercier qui ne paraisse ni trop mièvre ni trop pathétique.

— Merci, Mark, je suis certaine que les patients apprécieront.

— Oh ! je n'en doute pas ! Mais toi, Sammi ? Tu penses que j'ai bien fait ?

Il était si émouvant... Elle s'efforça de ne pas montrer qu'il l'attendrissait.

Mais comment mentir ?

— Oui, tu as eu une excellente idée, murmura-t-elle.

Il se redressa, trop proche d'elle pour qu'elle se sente en

sécurité. Le sac isotherme toujours à la main, elle remit en place une mèche de cheveux échappée de sa tresse.

— C'est quoi, ce sac ?

Toby avait sauté du lit et se tenait près d'eux.

Sammi eut envie de l'embrasser pour l'avoir ramenée à la réalité. Elle s'éloigna un peu.

— C'est pour garder les poches de fluide au chaud, car il ne faut pas les injecter trop froides aux patients.

Mark fixait sa main où la trace de l'hématome était encore visible à l'endroit où elle l'avait coincée dans la porte.

Soudain, elle se sentit fâchée contre elle-même et son attitude ridicule. Elle n'avait plus dix-huit ans ! Hors de question de le regarder avec des yeux de merlan frit chaque fois qu'il était gentil. Sans doute ferait-il la même chose pour n'importe quelle autre femme. Elle n'était rien pour lui.

Cependant, cette marque jaunâtre sur sa main lui rappela ses anciennes fractures. Elle effleura l'endroit de l'hématome.

— Comment vas-tu, au fait ? Tu n'as pas de séquelles ?

Aussitôt, son expression se fit plus dure. Il se détourna.

— Aucune, j'avais presque oublié.

Toujours ce manque de confiance... Elle éprouva une douleur au niveau du cœur.

— Bon, je pense que nous avons à peu près terminé...

Le vibreur de son téléphone mobile l'arrêta. Elle regarda l'écran : Hannah.

— Salut, Hannah ! Qu'est-ce qui t'arrive ?

— Je...

La voix était très faible, et le ton hésitant.

— Tout va bien ?

— Je ne sais pas...

— Tu as un patient ?

— Hmm... Oui.

Sammi n'entendit plus que le bruit de sa respiration.

— Hannah ? Qui est-ce ?

— Je... Euh... je crois que c'est moi, la patiente.

Le regard de Mark survola les gyrophares de la police pour voir la voiture accidentée. L'avant était enfoncé, et deux policiers s'efforçaient d'ouvrir la portière côté conducteur.

À côté de lui, Sammi eut un hoquet d'horreur.

— Mon Dieu ! Hannah !

Empoignant sa mallette, elle bondit du véhicule avant qu'il ne soit complètement arrêté.

— Qu'est-ce qui se passe ? cria Toby.

Envahi par un sentiment d'impuissance, Mark gara la voiture et se tourna vers le garçonnet pâle et effrayé ; aussitôt, il eut une vision d'Ahmed, dans la carlingue... Il se raidit.

— Ta maman est partie soigner Hannah. Tout va bien.

Ils n'avaient pas terminé l'installation. S'ils devaient emmener Hannah tout de suite, Sammi le pourrait-elle ?

Sans aucun doute. Elle s'était montrée compétente, inventive, et avait tout pris en main.

Pas comme lui. Il n'aurait sans doute pas dû accepter de remplacer Blake. Pourtant, son entraînement militaire de pilote aurait dû le préparer à toute éventualité : il avait ramené des soldats blessés de lointains champs de bataille et regardé mourir un enfant alors que sa mère, bardée d'une ceinture d'explosifs, s'était enfuie à la dernière minute pour épargner son fils... et lui.

Un goût amer monta dans sa gorge.

Ces souvenirs avaient le pouvoir de lui faire oublier où il se trouvait... et avec qui.

Il n'était plus dans son avion, mais à Dutch Harbor avec un petit garçon qui avait besoin de son soutien, même si la couleur était revenue sur son visage.

— Toby ? Tu connais le numéro de téléphone de ta grand-mère ?

— Bien sûr, j'ai pas trois ans !

Mark lui tendit son portable.

— Je voudrais lui demander de venir te chercher. Tu peux composer le numéro ?

L'enfant acquiesça de la tête et obéit, puis il lui rendit l'appareil.

Mark attendait en écoutant les sonneries quand, soudain, un grincement de métal lui écorcha les oreilles : les policiers avaient réussi à décoincer la portière. En un clin d'œil, Sammi fut auprès de Hannah.

— Allô ?

— Madame Trenton ? Ici Mark Branson.

Après un bref silence, la voix répondit :

— Hmm, comment allez-vous ?

Il décida d'ignorer le ton glacial ; il y avait plus urgent.

— Pourriez-vous venir chercher Toby ? Nous sommes sur les lieux d'un accident et...

— Sammi ?

La froideur avait laissé place à la frayeur.

— Rassurez-vous, elle n'était pas dans la voiture, c'est son assistante, Hannah, qui a été blessée. Nous serons sans doute obligés de l'évacuer vers Anchorage. Sammi m'a dit que, dans ce cas-là, vous étiez convenues de prendre Toby chez vous.

— J'arrive tout de suite. Indiquez-moi où vous êtes.

Il s'exécuta puis raccrocha.

— Prépare tes affaires, Toby.

— J'en ai pas.

Mark fronça les sourcils.

— Et ton inhalateur ?

— Je l'ai laissé dans l'avion, mais je crois que mamy en a toujours un en réserve.

— Parfait.

Il se promit de s'en assurer puis, ayant remarqué que les secouristes étaient sur le point d'extraire Hannah du véhicule accidenté, il s'efforça de détourner l'attention de l'enfant.

Enfin, une petite Toyota grise s'arrêta derrière eux, et il vit avec soulagement que c'était bien la voiture qu'ils attendaient.

— Je reviens tout de suite, d'accord ?

Il descendit et fit un signe. La mère de Sammi s'approcha.

— Oh ! mon Dieu, qui est-ce ?

— Hannah Lassiter. Elle travaille au cabinet avec votre fille.

Grace Trenton hocha la tête.

— Je la connais. Pauvre enfant... Est-ce qu'elle va s'en tirer ?

— Je ne sais pas. J'ai laissé Sammi et la police faire leur boulot. Toby est dans ma voiture.

Il lui posa une main sur le bras.

— Il a oublié sa Ventoline dans mon avion où nous avons installé le matériel médical d'urgence tout à l'heure, mais il prétend que vous gardez toujours un aérosol en réserve.

— C'est vrai, soyez tranquille, dit-elle tout en jetant un coup d'œil à la voiture accidentée. Bien, je l'emmène pour la nuit. Je pars tout de suite pour que Sammi ne s'inquiète pas.

Puis elle le regarda d'un air grave.

— Je vais vous dire ça une fois, Mark, et vous ne l'entendrez plus après. Je sais que vous devez travailler avec Sammi, qui vous semblera peut-être un peu dure… En réalité, elle ne l'est pas, et Toby non plus. Je vous en prie, ne commencez pas avec elle quelque chose que vous n'avez pas l'intention de terminer.

Avant qu'il ait pu saisir exactement la portée de ses paroles, elle s'éloigna et ouvrit la portière arrière. Quand Toby bondit de la voiture, sa grand-mère l'attrapa par la main. L'enfant se retourna, un large sourire aux lèvres, pour faire signe à Mark.

Celui-ci faillit lui répondre de la même façon, mais l'avertissement de Grace qui résonna dans son esprit prit tout son sens, et il se contenta d'un bref hochement de tête.

Bien entendu, il comprenait. Et il comptait bien se tenir loin de Sammi… et de Toby.

Autant que possible.

9

— Mark, viens m'aider, maintenant !

Pourquoi restait-il immobile à côté de la porte fermée de l'avion, les yeux dans le vague ? Pourquoi ne bougeait-il pas lorsqu'elle l'appelait ?

Ils étaient parvenus jusqu'au terrain d'aviation, et elle ne l'avait pas laissé entrer dans le cockpit, car la respiration de plus en plus laborieuse de Hannah n'était pas stabilisée. Sammi n'entendait pratiquement rien quand elle auscultait le côté gauche : le volant, la clouant à son siège, avait dû enfoncer une côte qui avait perforé le poumon. La tension baissait aussi... Et Mark qui était changé en statue de sel !

— Mark ! J'ai besoin de toi !

Il sembla se réveiller et s'approcha.

— Désolé. Que veux-tu que je fasse ?

Espérant ne pas se tromper, elle arracha le corsage blanc de Hannah et aspergea de Bétadine la seconde zone intercostale de sa poitrine.

— Je dois faire cesser la compression de son poumon pour qu'elle respire mieux. Il devrait y avoir une boîte d'aiguilles dans l'un des tiroirs. Elles ne sont pas triées, alors fouille pour en trouver une de 14. Sinon, donne-moi la plus grosse et la plus longue possible.

Ayant apparemment recouvré ses esprits, il s'exécuta pendant qu'elle cherchait un kit de perfusion.

— Pardon, ma chérie, murmura-t-elle à Hannah en enfonçant le cathéter. Je n'ai pas le temps de sortir le sac chauffant...

La température extérieure chutait rapidement, et il faisait de plus en plus froid dans l'habitacle. Un frisson lui parcourut le dos tandis qu'elle fixait la poche de solution saline à un crochet, et elle dut se raidir pour que le tremblement n'atteigne pas ses mains.

Les larmes aux yeux, elle se souvint de leur fou rire quand elles avaient évoqué les désagréments d'une perfusion de liquide non chauffé. À ce moment-là, elles étaient loin d'imaginer que l'une d'entre elles...

Elle se ressaisit. Inutile de se lamenter. Hannah ferait exactement la même chose à sa place.

— J'en ai une !

— Ouvre l'emballage stérile et tends-le-moi, surtout sans toucher l'aiguille, s'il te plaît.

De l'autre main, elle chercha la clavicule d'Hannah, descendit vers la seconde côte et tâta l'espace entre les deux.

— Recule-toi.

Pas le temps de mettre un masque, ni de réfléchir.

Pourvu que ce soit l'air qui compresse le poumon et non le sang d'une blessure interne...

Les dents serrées, elle enfonça le cathéter, sentit le léger claquement lorsqu'il pénétra dans la plèvre puis entendit le sifflement de l'air qui s'échappait.

Un son merveilleux à ses oreilles.

Le thorax se dégonfla peu à peu et, une minute plus tard, Hannah respirait normalement. Sammi tira doucement sur l'aiguille.

— Bon sang ! Sam... Tu as fait ça !

Elle leva la tête. Mark la fixait, le visage effroyablement pâle.

— Sinon, elle serait morte.

— Je sais, mais...

Il déglutit.

— C'est juste que... tu as changé.

— Ah ? Eh bien, toi aussi.

Quand elle l'avait vu paralysé tout à l'heure, il lui avait fait peur. Et son expression hagarde pendant qu'il la regardait travailler... Elle frémit. Que lui était-il arrivé ?

Mais l'heure n'était pas aux questions.

Elle vérifia les constantes : la tension avait remonté.

— Allons-y, nous pouvons décoller !

— D'accord.

Sans un mot de plus, il s'éloigna. Du coin de l'œil, elle remarqua qu'il se passait une main dans les cheveux et que ses gestes étaient saccadés.

Lui qui était toujours si maître de lui...

Quelque chose l'avait secoué, et pas seulement l'état de Hannah.

Mais ce n'était pas le moment de s'en inquiéter.

Mieux valait oublier, se concentrer sur son amie en priant que tous trois tiennent le choc jusqu'à Anchorage.

L'aiguille, peu adaptée, ne laissant pas sortir assez d'air, elle dut pratiquer deux nouvelles décompressions urgentes pendant le trajet. Mais c'était trop tard pour regretter de ne pas avoir eu le matériel adéquat...

— Tu te sens mieux, Hannah ? Pardon de t'infliger ça.

Son amie avait repris connaissance quelques minutes après le décollage ; à présent qu'elle était consciente, Sammi, bien qu'un peu rassurée, avait plus de difficulté à enfoncer l'aiguille pour soulager la pression.

— Oui.

L'assistante lui toucha la main.

— Ce n'est pas pire que de suffoquer, je t'assure !

Serrant les dents sans répondre, Sammi entreprit de vérifier les constantes, qui étaient stables.

— Tu as mal aux côtes ?

— Hmm, comme si on m'avait frappée avec une batte de base-ball !

— C'est un peu ça. Le volant t'avait littéralement clouée au siège. Je me demande encore comment tu as pu m'appeler !

Hannah bougea légèrement la tête.

— Je savais que si je n'essayais pas...

Nul besoin qu'elle termine sa phrase pour en connaître la fin.

— En effet, tu as bien fait, murmura Sammi en tapotant l'épaule de Hannah.

Une tempête de neige les accompagnait, rendant le vol difficile. Sammi se dirigea vers l'avant où Mark tenait les commandes d'une main plus sûre qu'au départ.

— Tu vas mieux ? Je t'ai trouvé bizarre, tout à l'heure.

Sa mâchoire se contracta.

— Pas de problème ! Et Hannah ?

— Aucun signe d'hémorragie interne ni de trauma crânien. Tu peux me dire dans combien de temps on arrive ?

Il leva la tête. Plus trace de ce regard hanté qu'il avait eu en la regardant travailler un peu plus tôt.

— Dans environ dix minutes.

— Bon. J'espère qu'elle s'en tirera avec des côtes cassées et un poumon perforé. Impossible de connaître l'étendue exacte des dégâts avant d'avoir fait un scanner thoracique.

— Un quoi ?

— Un scan-ner tho-ra-cique... Désolé, j'oublie toujours que tu n'es pas de la partie.

— Ce n'est sans doute pas plus mal.

Elle sourit.

— Au moins, tu ne t'es pas évanoui, même si tu m'as fait peur un instant !

Cette seconde tentative pour provoquer des confidences se solda par un autre échec.

Elle surprit une brève lueur dans ses yeux avant qu'il ne détourne le regard vers le ciel devant lui.

— Par contre, toi, tu m'as épaté. Si j'étais blessé, j'aimerais que ce soit toi qui t'occupes de moi.

Si elle n'avait pas vu son visage, elle aurait cru qu'il plaisantait, mais il semblait tout à fait sérieux. Pourquoi avait-il éprouvé le besoin de dire une chose pareille ? L'imaginer étendu là, souffrant, sur ce brancard, la torturait.

— Espérons que ça n'arrivera pas.

Il hocha la tête.

— Je te laisse retourner à ta blessée.

Elle étudia un instant son profil dur avant de se tourner vers Hannah et fronça les sourcils. Ses yeux étaient fermés...

— Hannah ?

Son amie gémit.

— On ne peut pas dormir une minute ?

— Non. Pas question. Tu ne t'endors pas avant notre arrivée à l'hôpital.

Enfin, Mark les pria de se préparer à l'atterrissage. Après avoir vérifié que le frein était mis au chariot, Sammi s'assit sur le siège à côté de Hannah pour lui tenir la main.

La blessée jeta un coup d'œil par-dessus son épaule à la poche à perfusion qui se balançait sur son crochet.

— Je suppose que je n'ai pas eu droit au chauffe-lingettes.

Heureuse de la voir plaisanter, Sammi s'esclaffa.

— On n'a pas eu le temps de le tester, si tu te rappelles bien.

Quand les roues touchèrent le sol avec un ou deux violents cahots, le sourire de son amie se changea en grimace.

— Tu tiens le coup ?

— Fais-moi penser... à porter plainte... contre le pilote.

— D'accord. Quand tu seras de nouveau sur pied.

Mark stoppa les moteurs puis il vint l'aider à préparer Hannah pour son transfert. Dès que la porte fut ouverte, ils aperçurent un petit contingent de médecins et d'infirmières.

Après avoir installé la rampe d'accès, ils descendirent la blessée jusqu'au niveau du sol, et Molly accourut à leur rencontre.

— Que se passe-t-il ?

— Hannah Lassiter, vingt-neuf ans, accident de voiture, probable côte cassée avec pneumothorax gauche. J'ai décompressé trois fois, mais le thorax se remplit d'air de nouveau. Il faudra sans doute intuber et faire un scanner. Constantes stables, tension 12/8, pouls 85. Je n'ai pas pu mesurer la saturation pulsée en oxygène.

Molly hocha la tête en se penchant au-dessus du brancard avec son stéthoscope.

— Comment te sens-tu, Hannah ? Tu as mal ?

— Qu'est-ce que tu crois ?

L'assistante aspira une goulée d'air avec difficulté.

— Je pense que je vais avoir besoin d'être intubée très vite.

— Pas de problème, répliqua Molly avant de se tourner vers un aide-soignant. Amenons-là à l'intérieur !

Puis elle regarda Sammi en souriant.

— Tu connais la coutume : à partir de maintenant, nous la prenons en charge...

Sammi se pencha pour embrasser Hannah.

— Tu as intérêt à rentrer bientôt ! Et toi, tu as intérêt à m'appeler dès que je peux la voir, ajouta-t-elle en lançant un regard faussement sévère à Molly.

— Compte sur moi.

Molly suivit le chariot en réclamant déjà des examens et des médicaments.

— Ouf, mission accomplie ! dit Sammi en la regardant s'éloigner. Un peu rapide, non ?

— Hmm...

Les mains sur les hanches, Mark semblait peu désireux de faire la conversation.

Si chaque évacuation d'urgence se déroulait ainsi, songea-t-elle, ce serait sans doute difficile à supporter...

— Tu dois emmener l'avion jusqu'au hangar ?

— Bien sûr...

Mais il ne bougea pas. Pourquoi était-il soudain si hésitant ? Peut-être était-il en train d'essayer de trouver un prétexte pour rentrer tout de suite à Dutch Harbor.

Pourtant, d'habitude, il était plutôt direct...

Soudain, il lui prit le bras.

— Écoute, je voudrais que tu m'excuses pour tout à l'heure.

— Quand ?

— Avant le décollage. J'étais... distrait.

Ce n'était pas tout à fait le mot qu'elle aurait choisi... Plutôt « horrifié » ? « Effrayé » ?

Non, aucun de ces deux ne convenait non plus.

À cet instant, une infirmière, grande et mince, ses cheveux blonds attachés en chignon, tourna la tête vers eux en passant puis elle revint sur ses pas et s'arrêta devant eux.

Sammi toucha sa tresse, regrettant de ne pas avoir le temps de se coiffer autrement. Mark lui lâcha le bras.

— Mark... D'après Molly, on risque de te voir beaucoup plus souvent ici !

La belle blonde avait une voix profonde et rauque et un sourire parfait.

Il lui adressa un bref sourire.

— Je l'ignore. Tout dépend du nombre de patients que nous devrons transporter...

Sammi hésita. Ils avaient l'air de bien se connaître. Devait-elle s'esquiver discrètement ?

Par-delà les portes vitrées, elle regarda l'avion.

— Si tu dois rentrer tout de suite à Dutch Harbor, tu peux, Mark. Je vais à la cafétéria pour attendre des nouvelles de Hannah.

Elle se détournait quand elle sentit les doigts de Mark lui saisir le poignet.

— Non, j'avais prévu de passer la nuit ici. Si je peux l'éviter, je n'aime pas faire l'aller-retour le même jour. Dès que j'ai garé l'appareil, je te rejoins.

Elle ressentit un frisson qui ne devait rien au froid. Il n'avait pas essayé de se débarrasser d'elle ! En fait, il semblait plutôt l'utiliser pour se débarrasser de la belle infirmière...

Bien entendu, celle-ci saisit l'allusion, et ses sourcils soigneusement épilés se haussèrent.

— Je te verrai sans doute la prochaine fois, dans ce cas. Bonne chance ! ajouta-t-elle en lançant à Sammi un regard dur.

Son ton acide était éloquent... Pendant qu'elle s'éloignait en balançant des hanches avec ostentation comme pour signaler à Mark ce qu'il manquait, Sammi imaginait très bien ce qu'elle avait voulu dire. Jamais elle ne pourrait se mesurer à une telle femme.

De toute façon, elle ne le souhaitait pas.

Elle dégagea son poignet.

— D'accord. À tout à l'heure.

— Dans une demi-heure à peu près.

— Dès que j'aurais parlé à Molly et bu un café, je viendrai t'aider à mettre de l'ordre dans le cockpit. On ne peut pas le laisser dans cet état.

— C'est vrai, je n'y avais pas pensé.

Il se passa une main dans les cheveux comme s'il hésitait à ajouter quelque chose, mais, finalement, il secoua la tête.

— J'arrive dès que possible.

— Inutile de te presser.

Après lui avoir jeté un regard énigmatique, il se dirigea vers les portes vitrées.

Depuis l'accident de Hannah, son comportement était bizarre. Ou plutôt, en y réfléchissant, depuis qu'il était rentré de l'armée six mois plus tôt...

Mal à l'aise, elle chassa cette idée.

Pour l'instant, il y avait plus urgent que d'imaginer les causes de cette attitude. Il fallait qu'elle appelle sa mère au plus tôt pour lui dire qu'ils avaient atterri à Anchorage et demander des nouvelles de Toby.

Elle se rendit à la salle d'attente des urgences, curieusement déserte à cette heure, et s'affala sur une chaise. Lorsqu'elle eut sa mère au bout du fil, elle entendit des rires en fond sonore.

— Vous vous amusez bien, on dirait !

— On joue au jeu de l'oie.

— À deux ?

— Non, il y a aussi Woody, un pingouin, et une espèce de requin.

Sammi éclata de rire.

— Ne le laisse pas te fatiguer trop.

— Pas du tout ! Je me rattrape... J'aurais dû le faire quand tu avais son âge.

Comme chaque fois que sa mère évoquait ce sujet, elle sentit son cœur se serrer.

— Mais tu l'as fait, maman. Tu travaillais, et tu avais beaucoup de choses à penser...

— Merci, Sammi.

— Merci à toi, maman.

Ce n'était pas la première fois qu'elles avaient ce genre d'échange, car leur relation était basée sur la confiance et le respect.

— Tu me passes Toby ?

Une seconde plus tard, elle entendait la voix de son fils.

— Coucou, maman ! Comment va Hannah ?

— Elle guérira vite, les médecins la soignent bien.

— Oh ! super ! Tu rentres bientôt ?

Avait-elle perçu de la déception dans le ton ?

— Je dois rester ici ce soir, hélas !

— Oh ! pas de problème ! Je veux dire...

Visiblement, il s'efforçait de ne pas avoir l'air trop content de pouvoir jouer avec sa grand-mère toute la soirée.

Elle sourit.

— D'accord. Repasse-moi mamy. Je t'aime.

Après avoir coupé la communication, elle soupira, leva les yeux vers la télévision et la regarda distraitement, heureuse de ce moment de répit avant de revoir Mark. Elle consulta sa montre. Hannah était entrée au bloc depuis près d'une heure.

Juste au moment où elle décidait d'aller aux nouvelles, elle vit Molly arriver dans le couloir, le visage grave.

Elle ressentit un affreux pincement au ventre. Hannah semblait pourtant stabilisée... Qu'est-ce qui avait pu mal tourner ?

S'approchant, Molly lui posa une main sur le bras.

— Pardon de t'avoir fait attendre. J'ai eu un autre cas sérieux juste après Hannah, et je viens de finir.

— Comment va-t-elle ?

— Bien. L'opération est presque terminée, et elle ne devrait pas tarder à sortir.

— Ouf !

— Vous l'avez amenée à temps. La perforation du poumon était plus importante que prévu et, à une heure près, elle aurait pu mourir !

Elle revit Mark, appuyé à la carlingue, son terrible regard absent. S'il ne s'était pas ressaisi, que se serait-il passé ?

— Oui, je pense que nous avons eu de la chance.

10

Bravant les gros flocons de neige qui tourbillonnaient, Mark roula sur le tarmac. La tempête qui les avait suivis pendant le vol était arrivée à terre pour y rester apparemment. Une tempête qui ne pouvait toutefois être pire que celle qui faisait rage en lui-même.

Comment avait-il pu songer être capable de procéder à des évacuations d'urgence sans en être affecté ? Sans se souvenir de ce qu'il avait vécu en Afghanistan ? À cet instant précis, il aurait volontiers tué Blake qui l'avait mis dans ce pétrin.

Et son ami avait eu le culot de parler de thérapie ! De lui assurer que ces évacuations étaient moins impressionnantes que celles qu'il avait effectuées à l'armée parce ce qu'elles se faisaient en milieu stérile...

L'environnement dans lequel Sammi avait travaillé était tout sauf stérile, et il n'avait pu bouger un muscle, obsédé par les visions de massages cardiaques et de membres blessés qui défilaient sous son crâne. Et Ahmed, ce garçon qu'il avait fini par ramener à l'hôpital... Il entendait toujours les cris des médecins qui tentaient à toute force de l'exhorter à respirer, mais les dégâts étaient trop importants pour qu'il survive.

Encore maintenant, il en avait le cœur soulevé à tel point qu'il lui était difficile de regarder le fils de Sammi sans se rappeler ces horribles moments.

Et si jamais l'état de Toby s'aggravait ? Une fois déjà, il avait dû être emmené aux urgences...

Il redressa le menton. Même s'il n'avait pas pu sauver Ahmed, il pouvait au moins faire en sorte que Toby ne reste pas deux jours sur le pont d'un bateau. Surtout par un temps pareil.

Les gars, dans le hangar, disaient que la tempête allait empirer dans la soirée. C'était donc une sage décision que de passer la nuit à Anchorage. Mais, apparemment, le temps ne s'améliorerait pas le lendemain...

Le vol d'aujourd'hui l'avait secoué et épuisé, et la rencontre avec cette infirmière n'avait rien arrangé : elle l'avait obligé à prendre du recul sur son style de vie actuel et à se demander si courir après tous les jupons qui se présentaient était vraiment le bon moyen d'en finir avec ses cauchemars. Peut-être ne les chasserait-il jamais, quelle que soit l'échappatoire qu'il recherche.

De toute façon, il n'agirait jamais ainsi sous le nez de Sammi. Il ne se souvenait même plus du nom de cette fille... Comment en était-il arrivé là ? se demanda-t-il, avec l'envie soudaine de devenir ermite.

Une chose était sûre : il ne pouvait plus continuer ainsi.

Il franchit la porte pour se diriger vers la cafétéria et, avant d'y être entré, reconnut Sammi à sa tresse noire. Elle lui tournait le dos, les épaules un peu affaissées.

Il s'approcha de la table et attendit qu'elle lève les yeux.

— Pas trop fatiguée ?

— Non.

Cette trop brève réponse le rendit nerveux. Elle avait vu l'état dans lequel il était avant le décollage et devait se demander quel genre d'aide il pouvait lui apporter. Blake s'en était sorti, alors que lui...

— Des nouvelles de Hannah ?

— Elle est toujours au bloc, mais Molly pense qu'elle s'en tirera sans problème.

Il s'assit en face d'elle.

— Super !

Elle remua son café en soupirant.

— Il y avait longtemps que je n'avais pas fait ça. Et sur quelqu'un de proche, c'est encore plus terrible...

— Je sais.

Il lui prit la main, soulagé qu'elle ne fasse pas allusion à son attitude au moment du départ.

— Il y a deux jours, nous plaisantions à propos de ces sacs chauffants pour les poches à perfusion, et quand je l'ai vue sur ce brancard, entre la vie et la mort...

Il savait exactement ce qu'elle ressentait pour avoir vu des amis sortir de son avion sur une civière et s'être demandé s'il les reverrait vivants.

— Elle va se rétablir, Sammi.

Elle serra les doigts autour des siens.

— Je sais.

Il baissa les yeux vers leurs mains jointes en s'efforçant de ne pas trouver ce geste naturel. Comme s'il rentrait à la maison. Comme s'il était chez lui...

Faux. Il habitait ailleurs, à une certaine distance de ceux qui comptaient pour lui, il l'avait prouvé. Et si Sammi avait été allongée sur ce brancard et qu'il n'ait pas pu l'aider ?

Il aurait dû retirer sa main, mais il en était incapable. Après tout, il était juste en train de lui signifier qu'il comprenait ce qu'elle ressentait.

— Vas-tu appeler les parents de Hannah pour les mettre au courant ?

Elle croisa son regard.

— Je n'ai pas leur numéro. Peut-être dans son dossier...

Elle se mordit la lèvre.

— Comment est-ce possible ? Je ne sais même pas si elle a une famille...

— De toute façon, elle t'a, toi, Sammi. Et c'est déjà bien.

Il le pensait sincèrement. S'il était né ailleurs, à un autre moment, il aurait pu avoir ce dont il rêvait...

Elle lui pressa la main avant de la lâcher.

— Merci, Mark.

— Tu veux toujours attendre ici ?

— Oui, Molly me préviendra quand Hannah sera visible.

Les doigts autour de sa tasse, elle frissonna.

— Mon café est froid.

— Je vais t'en chercher un autre. De la crème et du sucre ?

— Oui, comme d'habitude...

Il frémit. Après toutes les femmes qu'il avait connues, comment se souvenait-il de ses goûts ? Alors qu'il avait oublié le nom de cette infirmière qui l'avait accosté tout à l'heure, il se rappelait comment Sammi buvait son café...

Sans doute parce qu'il était encore jeune à l'époque... Ou alors parce qu'il avait gardé plus de souvenirs qu'il ne croyait... En même temps que la bague.

Il se leva en hâte pour chasser cette dernière pensée et se dirigea vers le distributeur. Quand il revint à la table, il s'était en partie ressaisi.

Il s'assit et posa la tasse devant elle.

— Dis-moi si c'est assez sucré.

Elle avala une gorgée en détournant le regard.

— Parfait, merci.

Il goûta le sien, savourant le liquide chaud glissant le long de sa gorge, espérant que la caféine le réveillerait et lui ferait recouvrer son bon sens.

— Sais-tu s'il y en a encore pour longtemps ? Tu ne comptes pas rester ici toute la nuit !

— Bien sûr, mais je ne peux pas partir sans l'avoir vue.

Enfin, elle le regarda dans les yeux.

— Va te coucher, si tu veux, inutile que nous attendions tous les deux... Tu as besoin de te reposer avant de repartir.

Devrait-il lui parler du gros temps annoncé ? Pas la peine de l'inquiéter davantage.

— Tu as pu avoir ta mère ?

Elle fit un signe d'acquiescement.

— Elle était en train de jouer avec Toby.

— Ce n'est pas la première fois qu'il dort chez elle ?

— Oh ! non ! Ils sont très copains. Depuis que le père de Toby est... loin, cela m'a bien rendu service qu'elle le prenne de temps en temps.

— Je la trouve très sympathique.

— C'est vrai qu'elle est super.

Elle haussa un sourcil.

— La tienne aussi, d'ailleurs. Je me suis toujours demandé pourquoi elle n'était pas partie.

Il soutint son regard et soupira.

— Je l'ignore. J'aurais aimé qu'elle le fasse.

— Toi, tu l'as fait. Tu es parti, je veux dire.

Ainsi, c'était ce qu'elle croyait ? Qu'il s'était enfui pour sauver sa peau ? Qu'il avait préféré sa sécurité à ce qu'ils vivaient tous les deux ?

Et alors ? Peut-être était-ce mieux de ne pas la détromper.

— C'était très compliqué, Sammi.

Il avala le reste de son café avec difficulté.

— Tu en bois un autre ?

— Non, merci, répondit-elle en se levant. Je retourne dans la salle d'attente pour voir s'il y a des nouvelles.

— Ne t'en fais pas trop pour Hannah, elle s'en tirera.

Il hésita avant d'ajouter :

— Mais toi ?

— Que veux-tu dire ?

— Si elle doit rester une semaine ici, comment feras-tu au cabinet médical ?

— Je me débrouillerai.

Il fronça les sourcils.

— Tu travailles déjà trop. Et Toby ?

Elle se mordit la lèvre.

— De toute façon, je n'ai pas le choix. Je ne peux pas fermer la porte du cabinet et renvoyer mes patients. Ce ne sont pas de simples touristes en quête d'aventure, mais des gens qui ont des problèmes sérieux.

Aussitôt, elle mit une main devant sa bouche et le regarda avec des yeux ronds.

— Oh ! Mark, ce n'est pas ce que je voulais dire !

Si, pourtant, et, bien qu'il soit blessé par sa remarque, elle avait raison. Il avait volontairement choisi un métier qui ne présentait aucun risque, où l'on n'était pas obligé de se noyer dans le whisky pour oublier.

Bon sang, il avait bu comme un trou le soir de la mort d'Ahmed qu'il avait dû ramener jusqu'à sa tente.

C'était à partir de là que les cauchemars avaient commencé.

Il avait fait son possible pour les surmonter, et cru y être parvenu… Mais depuis qu'il avait vu Toby, la spirale descendante l'avait aspiré de nouveau.

— Pas de problème…, dit-il en ramassant leurs deux tasses. Tu es prête ?

— Oui, mais vraiment, tu pourrais aller te…

— Non, cette fois, je ne m'enfuirai pas.

Elle lui posa une main sur le bras. Ses doigts étaient chauds sur sa peau.

— Je regrette ma réflexion idiote. Le stress me fait perdre mes moyens.

En souriant, il couvrit sa main de la sienne.

— Tu plaisantes ? Tu es solide comme un roc, alors que moi, j'ai toujours été un trouillard.

Il lui prit son manteau puis la suivit dans la salle d'attente où ils s'assirent. Une trêve pesante semblait s'être installée entre eux qu'il ne tenait pas à rompre, aussi se contentèrent-ils de parler de choses et d'autres en chuchotant pour ne pas déranger les autres. Ce fut au beau milieu d'une phrase qu'il sentit un poids sur son épaule.

Il tourna lentement la tête, et son menton entra en contact avec… le front de Sammi.

Elle dormait !

Il en profita pour humer l'effluve de citron qui émanait d'elle… Puis, se penchant davantage, il posa une joue sur ses cheveux soyeux.

— Votre femme est épuisée, on dirait !

Le murmure venait d'une dame âgée, assise à quelques mètres de lui.

Gêné, il ouvrit la bouche pour la détromper, dire qu'ils n'étaient que collègues, mais dans ce cas comment expliquer qu'ils se tiennent si près l'un de l'autre ?

Bien entendu, Sammi n'avait pas fait exprès de s'endormir, mais il n'aurait pas dû se coller à elle ainsi... Il se contenta de hocher la tête et de se rencogner dans son fauteuil en fermant les paupières, espérant s'assoupir lui aussi, de façon à éviter de nouveaux malentendus.

Mais il avait une autre raison : fuir la pensée de ce qui aurait pu exister si aucun cauchemar ne hantait ses nuits, aucune guerre. Et s'il avait vraiment épousé Sammi comme il en rêvait.

11

Elle sentit quelque chose sur son visage.

Mark ?

Se forçant à émerger d'une mare glauque, elle cligna des yeux puis regarda autour d'elle. Des murs blancs, l'air imprégné d'une odeur astringente, un comptoir de réception.

Elle était à l'hôpital. Mais pourquoi ?

Soudain, tout lui revint. Hannah prisonnière de sa voiture, les décompressions dans l'avion.

Mais cela n'expliquait pas pourquoi elle ne pouvait pas bouger la tête...

Puis elle avisa la cuisse d'homme proche de la sienne à la toucher. Ses propres doigts s'agrippaient à un biceps musculeux. C'était bien Mark, dont la mâchoire était appuyée contre sa joue...

Son visage s'empourpra sous l'effet d'une chaleur soudaine, jusqu'à ce qu'elle comprenne qu'il n'avait sans doute pas conscience de leur position. Elle se rappelait vaguement avoir bavardé à voix basse de choses et d'autres, ce qui l'avait détendue au point qu'elle avait dû finir par s'assoupir... sur son épaule.

Soulagée de voir qu'il dormait, elle essaya de se dégager avant de s'apercevoir qu'elle allait le réveiller...

Au moment où elle tentait d'effectuer le mouvement en douceur, il se redressa et se passa une main dans les cheveux.

Valait-il mieux faire semblant de dormir encore ?

Elle décida que non, car ce contact prolongé lui devenait trop difficile à supporter. Elle se frotta les yeux.

— On dirait que nous nous sommes endormis !

Une dame assise un peu plus loin les regardait en souriant.

— Selon votre mari, vous étiez épuisée, mais visiblement il l'était aussi !

Son « mari » ?

Sans doute conscient de sa surprise, Mark se pencha vers elle.

— C'était un peu compliqué à expliquer, sur le moment.

Elle se força à sourire à la vieille dame.

— Oui, la nuit a été fatigante.

— Je pense qu'elle l'a été pour tout le monde.

Un vieux monsieur arrivait derrière elle, lui tendant un manteau, attendant qu'elle se lève.

Il aida sa compagne à enfiler le vêtement puis le couple se dirigea vers la porte, la vieille dame s'appuyant sur une canne.

Quand ils furent hors de vue, Mark se tourna vers elle.

— Elle a cru... Ce n'était pas si grave.

« Pas si grave. » Peut-être pour lui, mais elle en avait eu un coup au cœur.

Quelle en était la cause ? L'espoir ?

Non, les regrets, plus probablement. De l'échec de son mariage. Du fait que son fils n'ait pas son père à proximité en permanence. De ses rêves de jeunesse anéantis avant d'avoir été réalisés...

— En effet, nous avons peu de chances de les revoir.

Elle se redressa sur sa chaise.

— Y a-t-il eu des nouvelles de Hannah ?

— Non.

— Combien de temps faut-il pour réparer des côtes cassées ?

— Peut-être son état était-il un peu plus complexe que prévu.

Elle sentit la panique la gagner.

— Selon Molly, la perforation est plus grave que ce qu'on pensait. C'est pour ça que j'ai dû procéder à plusieurs décompressions pendant le vol : à chaque inspiration, le poumon se vidait plus vite qu'il ne se remplissait.

Il lui passa un bras autour des épaules.

— Pas de conclusions hâtives. Nous aurons bientôt des nouvelles. Tu boirais un café ? Je vais en chercher.

Elle secoua la tête.

— Merci, je suis assez énervée comme ça.

Elle consulta sa montre : il n'était que 22 h 30.

— En fait, s'ils avaient du décaféiné, ou un cappuccino, je veux bien. Tiens, je te donne l'argent.

— Laisse, j'ai de la monnaie.

Il tourna les talons en direction de la cafétéria.

Elle examina la salle d'attente. Tout était calme. Peut-être devrait-elle rappeler sa mère ? Non, elle risquait de réveiller Toby, au contraire de sa mère qui se couchait toujours très tard, une habitude prise lorsqu'elle attendait son mari...

Car même si elle n'ignorait pas qu'il lui était infidèle, elle était restée à ses côtés... Sammi se rappelait avoir demandé à Mark pourquoi sa mère n'était pas partie, alors qu'elle pouvait se poser la même question au sujet de la sienne : pourquoi ne s'était-elle pas séparée d'un homme qui la trompait ? À l'école, ses camarades, qui savaient avec qui son père avait couché semaine après semaine, la taquinaient à ce sujet. C'était pourquoi elle était horrifiée par le comportement de Mark depuis son retour. Il n'était pas ainsi avant... En fait, elle était certaine qu'il avait été sur le point de lui proposer de l'épouser.

Mais il ne l'avait pas fait.

À présent, il passait d'un lit à l'autre sans états d'âme... Qu'est-ce qui avait changé en lui ?

Dommage, il avait tant de qualités... Cependant, elle plaignait celle qui tomberait amoureuse de lui.

Était-il homme à tromper la femme à qui il aurait donné sa parole ?

Non. C'était peut-être pour cette raison qu'il évitait de la donner, et qu'il l'avait quittée autrefois. Sachant qu'il était incapable d'être monogame, il préférait ne pas s'engager.

Une attitude moins condamnable que celle de son père qui se posait en mari protecteur et pilier de la société, songea-t-elle. Il avait fini par partir s'installer avec une autre... Quant au père de Mark, il était mort d'un infarctus quelques mois avant son retour de l'armée.

Les deux femmes étaient enfin libres de mener leur vie comme elles l'entendaient.

Elle regarda Mark qui arrivait au bout du couloir en portant deux gobelets en carton, totalement concentré sur sa tâche, ce qui lui laissait le loisir de l'observer.

Démarche souple et aisée, large carrure, une allure pleine d'assurance qui faisait tourner les têtes... Une barbe naissante bleuissait ses joues, bien qu'il ait été rasé de frais ce matin dans l'avion. Ses cheveux bruns retombaient sur son front, ce qui l'obligeait à les rejeter en arrière très souvent. Elle sentait encore ses boucles sous ses doigts...

Elle se secoua : même si sa beauté la fascinait toujours autant, elle était plus raisonnable et avisée que dans son adolescence.

Il s'approcha et lui tendit un gobelet. Une montagne de mousse recouvrait le liquide sombre, et la crème était parsemée d'une poudre de... de cannelle ?

— J'ignorais que les distributeurs étaient si perfectionnés !

— Euh... J'ai fracturé un placard de la cuisine.

— Quoi ? Tu n'as pas fait ça !

— Pas exactement... J'ai ouvert le cadenas, mais, ne t'inquiète pas, je l'ai refermé.

Malgré elle, elle se mit à rire puis goûta son café qu'elle trouva délicieux ; elle aurait parié qu'il avait aussi subtilisé un autre épice... De la vanille ? Elle se passa la langue sur les lèvres, et remarqua qu'il la scrutait... Son rire s'étrangla dans sa gorge.

Ainsi, elle l'intéressait plus qu'elle ne l'imaginait. En était-elle heureuse ou effrayée ? Impossible à dire.

— Et toi, qu'est-ce que tu as pris ?

Il lui tendit sa tasse.

— Un expresso.

Pas de mousse, ce qui signifiait qu'il avait ouvert ce placard juste pour elle. C'était typique du Mark qu'elle connaissait autrefois. Même si elle faisait tout son possible pour rester détachée, elle ressentit une bouffée de chaleur l'envahir.

— Super ! Tu ne vas pas fermer l'œil de la nuit, je te le garantis...

Les mots une fois prononcés, elle se rendit compte qu'elle

aurait mieux fait de se taire. Elle avala une gorgée de café qui lui brûla la langue, prit une profonde inspiration puis se tourna vers une fenêtre pour regarder la neige tomber ; un blanc manteau recouvrait à présent le parking et les allées.

— Elle est épaisse !

Il se rassit à côté d'elle, et elle en fut réchauffée.

— Je voulais te le dire plus tôt, mais je n'en ai pas eu le temps... On annonce une tempête avec des vents violents et de la neige pour les deux jours qui viennent.

— Tu plaisantes ?

— Pas du tout. Une chance que nous ayons amené Hannah avant, parce que l'aéroport risque d'être bloqué pour un moment.

— Il sera tout de même dégagé demain ?

Comme il ne répondait pas, elle scruta son expression, mais son visage était impénétrable.

— Mark, pourrons-nous partir comme prévu ?

— Je n'en sais rien.

La panique monta en elle.

— Il faut que j'aille chercher mon fils !

Il hésita puis arrangea du pouce une mèche échappée de sa tresse qui lui tombait dans les yeux.

— Avant notre départ, Grace m'a assuré qu'elle gardait un aérosol en réserve. Il ne devrait pas y avoir de problème. Il suffira de l'appeler pour la prévenir.

Elle se détendait un peu quand, soudain, une autre idée la frappa.

Toby était en sécurité chez sa mère, mais l'était-elle elle-même, bloquée ici avec Mark ?

De toute façon, elle n'avait pas le choix.

12

« Les fortes chutes de neige prévues pour les prochaines quarante-huit heures retarderont les communications aériennes, et les routes risquent d'être impraticables. »

Se retournant dans son lit d'hôtel, Sammi adressa un grognement au présentateur de la météo. L'hiver se refermait sur eux... Bien entendu, on était toujours prêt à subir ce genre d'intempéries en Alaska, mais cette dégradation du temps n'aurait-elle pas pu attendre qu'elle soit rentrée chez elle ? S'ils étaient repartis aussitôt après avoir débarqué Hannah, ils auraient peut-être pu regagner Dutch Harbor...

Mais Mark avait dit qu'il n'aimait pas faire l'aller-retour le même jour, et elle désirait avoir des nouvelles de Hannah.

Molly était apparue trois heures après le début de l'opération pour annoncer que tout s'était bien passé. Sammi était donc allée tenir la main à son amie pendant que celle-ci émergeait lentement de l'anesthésie dans la salle de réveil.

— Comment te sens-tu ?

Mark était debout derrière elle.

— J'ai l'impression qu'on m'a criblée de piqûres d'aiguilles...

— C'est certainement moi, avait-elle répondu en souriant. Il fallait que je fasse sortir cet air à tout prix.

— Oh ! merci !

Hannah s'était retournée en grimaçant.

— À mon avis, je suis coincée ici pour au moins une semaine...

— Tu avais besoin de vacances, de toute façon.

— Tu vas t'en sortir au cabinet ?

— Bien sûr !

Sammi s'était penchée pour l'embrasser sur la joue.

— Lynn et moi nous débrouillerons très bien.

— Mais...

— Ce n'est pas toi qui as écrit sur le panneau de la réception : « Ne vous en faites pas pour demain, car aujourd'hui apporte son lot de soucis » ?

Hannah avait acquiescé de la tête.

— Mon père était prêcheur.

— Eh bien, il avait raison. Tu as de quoi t'occuper pour plusieurs jours. Pour l'instant, contente-toi de t'efforcer de guérir.

Elle ferait bien d'écouter cette maxime, elle aussi : « Ne vous en faites pas pour demain ».

En fond sonore, le présentateur de la télévision continuait à annoncer des tempêtes, et ses pensées se tournèrent de nouveau vers Mark. Agacée, elle rejeta les couvertures et sortit du lit. Pourquoi était-il toujours présent dans son esprit ?

Parce qu'il devait la ramener à Dutch Harbor.

Dans la salle de bains, elle fronça les sourcils en voyant son reflet dans le miroir : nue, et les cheveux un peu ébouriffés ! Mais au moins les sous-vêtements qu'elle avait lavés étaient secs.

Elle reprit ses vêtements froissés de la veille qu'elle secoua pour les rendre présentables avant de les enfiler. Après s'être passé de l'eau sur le visage et frotté les dents avec une serviette, elle songeait à se recoiffer quand son estomac gargouilla.

Vite, quelque chose à manger. Peut-être lui restait-il une barre de chocolat dans son sac...

Elle alla fouiller dedans, en vain. Mais, si elle se rappelait bien, l'hôtel avait deux distributeurs de boissons et de gâteaux.

Elle s'immobilisa en entendant frapper.

— Sam ? Tu peux m'ouvrir, s'il te plaît ?

Mark, bien sûr. Elle courut à la porte. Il se tenait sur le seuil, emmitouflé dans son manteau, des flocons dans les cheveux, les bras pleins de paquets.

Elle s'écarta pour le laisser passer.

— Oh ! mon Dieu ! Entre vite. Qu'est-ce que tu apportes là-dedans ?

— À manger et des brosses à dents, entre autres.

Avait-il lu dans son esprit ?

En le débarrassant de quelques sacs en papier, elle remarqua qu'il portait aussi un gobelet de café coincé dans chacun de ses coudes repliés. Aussitôt, elle posa les paquets sur le lit et s'empara de ce qui lui paraissait en ce moment le bien le plus précieux.

Puis elle souleva un couvercle et but une gorgée.

— Mmm... Un délice ! Si chaud !

— Je suppose que tu parles du café ?

Il lui passa une main dans les cheveux.

— Je mérite quand même une récompense pour avoir bravé la tempête dans le but de te procurer de quoi garder tes dents blanches...

Elle rougit. Ainsi, il avait envie d'elle... Mais que lui importait ?

— Dix bons points pour le café, et si, par hasard, tu m'as apporté un beignet de Boston, il y en aura d'autres, c'est sûr !

Après lui avoir adressé un sourire éblouissant, il se dépouilla de son manteau de cuir qu'il accrocha au dossier d'une chaise. Il semblait très en forme ; sans doute avait-il dormi mieux qu'elle.

Il tira une boîte en carton de l'un des sacs posés sur le lit, l'ouvrit, et lui tendit un beignet nappé de chocolat.

— Et je peux t'assurer qu'il est frais !

Déglutissant, elle s'approcha et prit ce qu'il lui offrait.

— C'est à moi d'en juger.

Elle mordit dans la pâtisserie. Il n'avait pas menti, celle-ci sortait du four. Un régal, accompagné d'une gorgée de café à la vanille...

— Alors, ton verdict ?

La bouche pleine, elle hocha la tête et leva le pouce de sa main libre.

Il prit un autre beignet et l'entama tout en s'asseyant à la petite table. Il n'avait donc pas l'intention de lui laisser la boîte et de retourner dans sa chambre ?

Avec un léger haussement d'épaules, elle posa son gobelet sur la table en face de lui et s'installa sur l'autre chaise, où il avait accroché son manteau. Malgré le froid qui pénétra aussitôt le mince tissu de son sweater en coton jaune paille, l'odeur dont était imprégné le cuir mouillé — celle de son propriétaire — lui donna envie de s'en envelopper.

— Pardon, dit-il en se levant pour pendre le lourd vêtement au crochet fixé derrière la porte.

Elle poussa un profond soupir.

— Merci, Mark. Je ne m'étais pas aperçue que j'avais si faim.

Un tout petit mensonge...

Il se pencha pour prendre le carton de beignets et le posa sur la table devant elle. Il y en avait de toutes les tailles et de toutes les formes.

— Oh ! mon Dieu ! Je vais prendre cinq kilos !

— Ça m'étonnerait. Tu travailles assez pour brûler toutes ces calories.

— C'est gentil, mais tu te trompes. Tu n'as rien apporté d'autre à manger, j'espère !

— Non, juste ces trucs qui font grossir... J'ai pensé qu'une brosse à dents te ferait plaisir, et à moi aussi.

Elle haussa un sourcil.

— Et il t'a fallu tous ces paquets pour deux brosses à dents ?

— J'ai aussi trouvé un jeu vidéo pour Toby, et je t'ai acheté quelques magazines et un livre. Je ne sais pas s'ils te plairont...

— Oh ! merci !

Elle regarda par la fenêtre. La neige s'amoncelait dans la rue, mais le parking avait été dégagé.

— Tu as roulé là-dessus ?

— Ce n'est pas aussi difficile que ça paraît, en fait.

— On pourrait donc partir aujourd'hui ? demanda-t-elle, pleine d'espoir.

Il fit la grimace.

— Je ne crois pas, non. Conduire une voiture n'a rien à voir avec faire décoller un avion. De plus, le pire de la tempête, qui est encore sur l'océan, arrive sur nous, une perspective qui n'est pas très rassurante.

— Oh...

Elle se rencogna sur sa chaise en mordillant son beignet.

— J'ai apporté des cartes, au cas où tu aurais envie de faire un poker, ajouta-t-il.

Sammi sentit son cœur s'arrêter avant de repartir au galop. Autrefois, ils adoraient y jouer, et pas pour de l'argent...

Comment poser la question qui s'imposait, à savoir de quel genre de poker il s'agissait ?

— C'était toujours moi le perdant, si je me rappelle bien.

Il lui adressa un clin d'œil innocent qui ne répondit aucunement à son inquiétude.

En effet, il ne se trompait pas. Au début, elle s'était prise pour une championne avant de comprendre qu'il s'arrangeait chaque fois pour être celui à qui il restait un seul vêtement à la fin. Pour ne pas la gêner, bien qu'à l'époque il n'ait rien ignoré de son anatomie. En fait, ils parvenaient rarement à terminer la partie.

Pas le genre de souvenir à faire resurgir alors qu'elle se trouvait seule avec lui dans une chambre d'hôtel...

— Comme je n'ai pas joué depuis longtemps, je ne suis pas sûre de savoir encore.

— Tu crois qu'il est possible d'oublier ?

À quoi voulait-il en venir ? Il lui était impossible d'imaginer qu'il souhaitait recommencer une relation avec elle. Après tout, c'était lui qui l'avait quittée !

— Oui, tout à fait. Et, souvent, il est préférable de ne pas reprendre de vieilles habitudes.

Voilà de quoi lui clouer le bec, et lui signifier qu'elle n'avait pas l'intention de redevenir intime avec lui.

Hmm... Pourtant, elle devait reconnaître qu'elle en avait envie depuis qu'il s'était présenté sur son seuil.

En le voyant refermer la boîte de beignets, elle supposa que c'était sa façon de déclarer la discussion close.

— Alors que faisons-nous en attendant la fin de la tempête ? demanda-t-elle.

— Je t'ai proposé un jeu de cartes, mais apparemment ça ne te dit rien, et je suis à court d'idées.

Son téléphone portable, en vibrant, menaça de tomber de la table. Elle se précipita pour l'attraper et consulta l'écran. Zut ! Brad. Elle n'avait aucune envie de lui parler...

— Allô ?

— Samantha ? Où es-tu donc ? J'essaie de te joindre chez toi depuis hier après-midi !

Contrairement à son habitude, il ne tentait pas de dissimuler sa mauvaise humeur.

— Pourquoi n'as-tu pas appelé sur mon portable ?

— À ton avis, qu'est-ce que je suis en train de faire ?

— Navrée... Nous avons dû faire une évacuation d'urgence hier et je suis bloquée à Anchorage par la tempête. Ne t'inquiète pas, je n'ai pas oublié que tu as Toby le week-end prochain.

— Ah ? Tu es ici ? Je croyais que tu ne t'occupais plus des transferts de patients !

— Je te rappelle que, depuis son mariage, Molly est rentrée à Anchorage... Je t'en ai déjà parlé.

— Et que fait ton fils, pendant que tu cours la prétentaine ?

Quoi ? La colère lui noua le ventre. Elle jeta un coup d'œil à Mark puis détourna le regard, gênée. Comme Brad hurlait dans le téléphone, elle devait tenir l'appareil loin de son oreille, et Mark avait certainement entendu.

— Toby est chez ma mère, tout va bien.

— Tu n'as pas songé à l'amener avec toi ? Il serait resté chez nous. Au moins il aurait été avec un de ses deux parents !

Cette fois, elle sentit la moutarde lui monter au nez.

— J'accompagnais une blessée, Brad, une accidentée qui avait besoin de soins constants. Tu crois que c'était un spectacle pour Toby ?

Il y eut un silence à l'autre bout du fil.

— Si tu dois t'absenter souvent, il faudrait revoir le droit de garde, reprit Brad. J'en ai parlé à Maribel, elle n'aurait rien contre le fait d'avoir Toby à la maison. Ce serait peut-être mieux pour lui de vivre dans une famille normale. Ce n'est pas bon qu'il soit trimballé de droite à gauche, surtout avec son asthme. Et s'il avait une crise pendant que tu n'es pas là ?

Aussitôt, sa fureur se mua en terreur. Il venait de toucher le point sensible. Et si son fils avait besoin d'elle au moment où elle était loin de lui ?

De là à revoir le droit de garde... Elle n'aurait jamais cru que Brad l'envisage un jour. Toby était toute sa famille, alors qu'il avait une femme et une fille... Voudrait-il réellement lui enlever son fils ?

Bien qu'elle soit consciente de s'affoler inutilement, son cœur battait la chamade.

— Toby a besoin de stabilité, et de savoir qu'au moins l'un de ses deux parents sera là tout le temps, insista-t-il.

Elle tenta de maîtriser sa respiration.

— Il t'arrive aussi de voyager, Brad.

— C'est vrai, mais comme Maribel et Jessica ne m'accompagnent pas, Toby serait avec elles. Une occasion de l'inscrire dans une bonne école à Anchorage...

— Son école est parfaite, et ma mère est tout à fait compétente pour s'occuper de lui.

Brad haussa encore le ton.

— Ta mère n'a pas toujours fait les meilleurs choix... Et si elle s'amourachait d'un autre coureur de jupons comme ton père ? C'est le genre de fréquentations que tu souhaites pour ton fils ? L'exemple que tu veux lui donner ?

Oh ! mon Dieu... Les yeux de Mark se plissèrent, sombres et durs, et croisèrent les siens.

— On ne pourrait pas en rediscuter plus tard ? Je... Je ne suis pas seule.

Un nouveau silence s'installa sur la ligne, plein de menaces celui-là, et elle se rendit compte de l'interprétation que Brad pouvait faire de ses paroles.

— Et ça veut dire quoi, que tu n'es pas seule ?

Il avait hurlé si fort que, même en tenant le téléphone à distance, elle en eut mal à l'oreille.

— Je croyais que tu avais voyagé avec une patiente ! Si jamais j'apprends que tu as laissé Toby à Unalaska pour aller…

Mais Mark, qui s'était approché, lui prit l'appareil des mains.

— Brad ? Ici, Mark.

Au contraire d'elle, il ne semblait pas gêné par l'impressionnant volume sonore, car il tenait le portable collé contre son oreille. Même si elle n'entendait plus distinctement la voix à l'autre bout du fil, elle perçut nettement l'injure.

En réponse, Mark se contenta de sourire.

— Je te conseille de retirer tes accusations sordides qui ne font de bien à personne ; il se trouve que j'ai piloté l'avion qui a conduit Sammi à Anchorage avec sa patiente. Tu peux appeler l'hôpital pour vérifier, si tu imagines qu'elle te cache quelque chose. Par ailleurs, je te croyais bien placé pour savoir qu'elle ne ment jamais.

Son ton était calme et posé, mais il trahissait aussi une détermination sans faille.

En elle, quelque chose fondit, et elle se jeta sur le lit, submergée par le soulagement. Elle n'entendait plus la voix de Brad, mais, apparemment, il avait tenu compte du conseil de Mark et baissé le ton, et la conversation cessa très vite.

Mark reposa le téléphone.

— Quel sale type ! marmonna-t-il.

Elle se mordit la lèvre inférieure. Que dire ?

— Tu n'es pas obligée de supporter ça, tu sais ! ajouta-t-il.

— Je me demande ce qui lui a pris, car il est plus calme d'habitude. Bien sûr, c'est le père de mon fils, et j'aurais dû l'appeler pour le prévenir, mais j'ai oublié.

C'était vrai. Dans l'affolement qui avait suivi l'accident de Hannah, Brad lui était totalement sorti de l'esprit.

Mark s'assit sur le lit près d'elle et lui souleva le menton pour la forcer à le regarder.

— J'ignore ce qui s'est passé entre vous, mais je ne supporte pas de l'entendre te parler sur ce ton et t'accuser à tort. Il faut que je sache quelque chose, Sam… Il n’est jamais allé plus loin que ça ?

— Je ne vois pas ce que tu veux dire.

— Sammi, a-t-il déjà levé la main sur toi, ou sur Toby ?

13

« Protéger et défendre ».

Des mots qu'on avait imprimés en lui du temps où il était une nouvelle recrue et qui trouvaient un écho dans tout ce qu'il avait tenté de faire de sa vie. D'abord avec sa mère puis avec ses amis à l'armée. Enfin, avec Ahmed, qui avait agonisé dans son avion…

À présent, c'était le tour de Sammi.

En voyant la détresse qu'exprimait son visage, il comprit qu'il était allé trop loin.

— Si tu me demandes s'il nous a frappés, non, jamais. Comment peux-tu imaginer que je l'aurais laissé faire ?

Ses épaules se relâchèrent et elle sourit.

— Je peux m'occuper de mes affaires… Je n'ai pas besoin d'un garde du corps, Mark.

Sans répliquer, il lui caressa le menton et lui rendit son sourire. D'accord, il avait peut-être exagéré. Son pouce glissa jusqu'à son oreille, où il remit en place une mèche folle.

— J'aime quand ils ne sont pas tressés.

Il passa les mains dans ses cheveux satinés.

— C'est la chose la plus douce que j'aie jamais touchée.

— Merci, murmura-t-elle.

Elle était si belle, et si forte !

— Sam…

Il pencha la tête vers elle, et sa bouche effleura la sienne. Quelle serait sa réaction ? Allait-elle laisser tomber ses défenses ?

Elle ne bougea pas.

Et lui... Eh bien, il ne pouvait arrêter le flot d'émotions qui le submergeait et qui franchissait maintenant le mur érigé autour de son cœur après la menace de son père et le fait d'apprendre qu'elle s'était mariée... Ce baiser à peine esquissé venait de le faire voler en éclats.

Quand il sentit les mains de Sammi sur ses épaules, il sut qu'elle ne le repousserait pas. Au contraire, elle l'attira plus près.

Il caressa ses boucles brillantes puis, la main autour de sa nuque, il approfondit le baiser.

Ensuite, il s'abandonna à des sensations délicieuses en se persuadant qu'il pourrait s'arrêter au moment où il le voudrait. Mais pas encore...

Il passa la langue sur le sillon de sa bouche, sur sa lèvre inférieure, savourant le goût sucré laissé par le beignet. Il la sentit frissonner et, quand sa bouche s'ouvrit, il n'hésita pas à répondre à son invite. Le sang afflua dans ses veines et son corps entier se changea en brasier.

Rien n'était simple avec elle : elle provoquait en lui des émotions complexes, plus profondes que tout ce qu'il avait connu avec d'autres. Et il ne l'avait pas touchée depuis huit ans...

Presque assez longtemps pour avoir oublié le bien-être qu'il trouvait dans ses bras.

Pas tout à fait, cependant. Elle l'émouvait toujours plus intensément qu'aucune autre femme...

Inutile de chercher à comprendre pourquoi il se retrouvait avec elle en ce moment. Il aurait tout le temps de se poser des questions plus tard.

De sa main libre, il lui prit le visage en coupe et lui caressa la joue jusqu'à l'endroit où leurs lèvres étaient jointes. Comme s'il avait besoin d'une preuve tangible qu'ils étaient en train de s'embrasser.

La sensation était incroyablement érotique et, quand sa langue lui lécha le pouce avant qu'elle ne le prenne dans sa bouche, un désir fou s'empara de lui.

— Sam, arrête ! murmura-t-il.

Mais elle ne lui obéit pas, se contentant de gémir, visiblement aussi éperdue que lui.

Il fallait cesser tout de suite ! Il dégagea son pouce et lui caressa les lèvres avant de l'embrasser de nouveau, avec plus d'ardeur cette fois.

Il sentit qu'elle lui tirait sa chemise dans le dos pour la libérer de la ceinture de son jean puis ses doigts le caressèrent. Ses paumes étaient un peu fraîches, ce qui ne calma pas son désir pour autant. Il l'attira plus près, piégeant ses mains entre leurs deux corps pour les empêcher de se promener sur lui. Il lui suffisait pour l'instant de savourer sa bouche. Plus tard, elle pourrait explorer son corps à satiété...

Cependant, il se rendit compte que ses propres mains étaient parties en reconnaissance sur ses épaules, puis qu'elles glissaient le long de ses bras, de son torse toujours revêtu de son sweater en coton. Il en trouva le bas, se faufila dessous pour caresser sa peau nue, retenant son souffle, guettant sa réaction.

Un gémissement... Et son corps s'offrit à sa rencontre.

Se forçant à rester immobile, les pouces sur son soutien-gorge, aussi chaud que sa peau, il déglutit, la bouche arrêtée sur la ligne de son cou.

— Hmm...

Le soupir de Sammi embrasa ses sens et exacerba son envie d'elle. Il ressentait aussi autre chose, mais refusait d'y réfléchir. Mieux valait se concentrer sur le présent, son souffle haletant, le doux effluve de sa chair nue sous ses lèvres...

Tout à coup, il ne put plus attendre. Il la repoussa sur le lit et s'allongea sur elle, la regardant dans les yeux.

— Dis non, murmura-t-il.

Elle secoua la tête lentement.

— Impossible...

— De quoi ? De continuer, ou de me dire non ?

Même si son esprit préférait la seconde éventualité, son corps et son cœur attendaient autre chose, mais elle devait lui répondre, pour qu'il soit sûr. Si elle ne voulait pas de lui, il trouverait la force de la laisser...

Ses lèvres s'entrouvrirent comme si elle était en proie à une lutte intérieure. Puis, sans prononcer un mot, elle leva la tête pour lui caresser le cou de la langue, remontant jusqu'à son menton en un mouvement lent qui lui dit ce qu'il avait besoin de savoir.

Saisi de vertige, il s'assit pour se débarrasser de sa chemise, sentant les doigts de Sammi glisser de nouveau sur son torse et descendre… Les muscles de son estomac se contractèrent.

Ayant atteint la ceinture de son jean, elle ouvrit le bouton en un geste rapide. Il lui saisit les mains pour les maintenir pressées contre le matelas au-dessus de sa tête.

— Sam ! Ne bouge pas !

Quand il la lâcha, elle resta immobile. Il pensa avoir gagné la partie… jusqu'à ce qu'elle arque le dos en souriant.

De nouveau, il glissa les mains sous le sweater jaune paille mais, cette fois, il le releva pour le lui faire passer au-dessus de sa tête. Savourant la vision de sa peau de satin, il lui dégrafa son soutien-gorge en dentelle noire puis caressa doucement de ses paumes ses seins libérés.

Il l'embrassa encore puis ses lèvres descendirent sur sa gorge et se refermèrent sur un mamelon.

Il sentit les doigts de Sammi glisser le long de son torse et ouvrir la fermeture Éclair de son jean.

Bon sang ! Il lui était de plus en plus difficile de se maîtriser… À son tour, il lui défit le bouton de son pantalon avec des mains tremblantes, sachant qu'aucun retour en arrière n'était possible.

— Tu es sûre ?

Pour toute réponse, elle repoussa ses mains et se débarrassa de son shorty noir. Enfin, son corps splendide s'offrait totalement à lui…

— À toi de jouer !

Il eut un petit rire. Autrefois, il s'arrangeait pour perdre au poker parce qu'elle tenait à lui laisser l'initiative. À présent, elle savait exactement quoi faire pour le rendre fou. Quelqu'un d'autre lui avait appris… Une pointe de jalousie le traversa, qu'il chassa aussitôt. C'était sa faute. Puisqu'il avait choisi de la quitter, il n'avait pas à se plaindre.

— Attends une minute.

Il se pencha et tâta la poche arrière de son jean. Son portefeuille était bien là, et ce qu'il y gardait : un seul préservatif...

Enfin, il se rallongea sur elle, et le contact de sa peau contre la sienne accéléra son pouls. Tremblant, il se mit à la caresser.

— Mark...

C'était une supplique. Sans plus attendre, il vint en elle et commença un mouvement de va-et-vient régulier auquel elle répondit aussitôt. Perdu avec elle dans un océan de sensations délicieuses, il pensait ne plus pouvoir se contrôler quand elle se raidit soudain sous lui et, ses yeux rivés aux siens, s'abandonna à l'extase avec un gémissement rauque, lui permettant ainsi de se laisser emporter par une onde de plaisir inouï.

Submergé par un bien-être inhabituel, il l'attira à lui, puis roula sur le côté avec elle, tandis qu'elle enfouissait la tête au creux de son bras.

Ses paupières le picotaient... À l'évidence, il avait envie de pleurer, même s'il ne s'expliquait pas pourquoi.

Sans doute le stress, la tension emmagasinée au cours du vol avec Hannah gravement blessée, ou ce coup de fil de Brad, tout à l'heure... Il ne devait pas s'inquiéter, cela passerait vite.

Cependant, un souci persistait : il éprouvait rarement le besoin de recommencer, mais il la désirait de nouveau, malgré le risque, et il était terrifié.

Il n'avait jamais perdu le contrôle de lui-même. Jamais. Jusqu'à maintenant.

14

— Encore une minute, Sarah. Un petit pansement, et c'est fini !

Sammi colla les extrémités adhésives d'une compresse de gaze sur le front de l'enfant, dissimulant ainsi six points de suture. Semblables à ceux qu'elle avait à présent au milieu du cœur… Il y avait six jours qu'elle était rentrée à Dutch Harbor après son aventure avec Mark. La tempête s'était calmée plus tôt que prévu, et ils avaient pu repartir le jour même. Heureusement !

Elle s'était juré de ne jamais retomber à ses pieds, et pourtant, après l'avoir vu répondre à Brad pour défendre son honneur, elle s'était enflammée comme une torche.

— Elle aura une cicatrice ? demanda la mère de la fillette.

Perdue dans ses pensées, Sammi sursauta.

— Probablement une petite. Ne la laissez pas s'exposer au soleil pour l'instant, et couvrez la plaie avec un bandage ou un bon écran solaire quand vous sortez.

Par association d'idées, elle songea que des lunettes noires lui seraient utiles pour dissimuler à Mark combien elle était affectée par ce qui s'était passé à Anchorage. Au contraire de lui, elle n'avait pas l'habitude des aventures sans lendemain…

Peut-être continuerait-il à l'éviter, et tout redeviendrait normal. Cependant, il s'occupait encore des évacuations d'urgence… Pourquoi ne retournait-il pas promener ses touristes, de façon qu'elle n'entende plus parler de lui ?

Pour être sincère, ce n'était pas ce qu'elle souhaitait, mais elle savait que ce qu'elle désirait vraiment était hors de portée.

Elle se secoua : et si elle cessait de penser à lui ?

S'approchant du placard, elle en sortit un pot de verre rempli de friandises multicolores qu'elle tendit à la fillette.

— Choisis. Tu l'as bien méritée, car tu as été très courageuse.

Après un temps d'hésitation, Sarah prit une sucette bleue. Après l'avoir embrassée, Sammi les raccompagna, elle et sa mère, vers la sortie.

Curieusement, la salle d'attente était vide. Elle regarda Lynn qui haussa les épaules.

— Il fait si beau aujourd'hui que les gens n'ont pas envie d'être malades.

— Je passe voir comment va Mme Litchfield. Tu m'appelles, si quelqu'un me demande ?

— Tu veux dire un patient, ou n'importe qui ?

— Un patient, bien sûr ! Les autres peuvent attendre.

En se dirigeant vers sa voiture, elle songea qu'un peu d'air lui ferait du bien, car, Hannah étant toujours à l'hôpital, elle n'avait pas eu un moment de répit. Et cet après-midi, elle reprenait le ferry pour emmener Toby chez son père...

Alors qu'elle patientait au feu rouge, un véhicule qui venait en sens inverse stoppa à sa hauteur. Mark ! Elle se raidit en voyant la vitre se baisser. Trop tard pour faire autre chose qu'ouvrir la sienne... En tout cas, elle ne parlerait pas la première.

— Salut, Sam ! Je voulais t'appeler, mais j'ai travaillé toute la semaine. Tu vas bien ?

Et pourquoi pas ? Sans doute faisait-il référence à leur matinée fatale à l'hôtel...

Elle sentit la chaleur lui monter aux joues.

— Pas de problème.

En hochant la tête, il scruta son visage.

— Quand dois-tu emmener Toby à Anchorage ?

Elle se crispa. Mieux valait dire la vérité.

— Son père nous attend sur le quai demain.

— Je pensais que nous avions conclu un marché...

Sa voix était si basse qu'elle devait presque deviner ses paroles. Le même ton qu'avec Brad au téléphone...

Avant qu'elle puisse répliquer, il poussa un profond soupir, et elle vit ses jointures blanchir sur le volant.

— Tu as déjà les billets ?

— Pas encore, mais...

— Dans ce cas, je vous emmène. J'ai quartier libre ce week-end.

Tandis que ses yeux restaient rivés aux siens, elle chercha désespérément une excuse pour refuser et sentit un picotement sous ses paupières.

Brusquement, sa portière s'ouvrit et il descendit pour venir se pencher à sa vitre.

— Tu as cru que je ne voudrais pas t'emmener après ce qui s'est passé dimanche ?

— Euh... J'ai pensé que c'était plus simple comme ça.

— Tu t'es trompée.

Glissant une main sous sa nuque, il pressa ses lèvres sur les siennes.

Aussitôt, le désir l'envahit et elle poussa un gémissement. C'était un baiser sauvage, comme s'il s'était retenu depuis longtemps... et elle en avait tant envie aussi ! Elle avait beau s'efforcer de feindre l'indifférence, c'était impossible. Elle ouvrit la bouche, s'abandonnant, sans se soucier du fait que sa voiture devait bloquer le passage. Et, soudain, ce fut fini. Il recula avec un petit rire qui la fit frémir.

— Non, Sam, ce n'est pas plus simple. Pas du tout.

Les cauchemars avaient empiré, par la faute de Sammi... À présent, il rêvait qu'elle heurtait de plein fouet un engin explosif avec la Jeep qu'elle conduisait, et que celle-ci éclatait en mille morceaux.

Inutile d'être devin pour comprendre... Cette bombe, c'était lui et son imbécillité notoire. Alors qu'il lui avait déjà fait du mal par le passé, avait-il envie de recommencer ? Il n'était plus un enfant, la guerre l'avait marqué, et il ignorait s'il retrouverait un jour la voie de la normalité.

Le cœur plein d'émotions contradictoires, il passa le reste de la journée à préparer son avion. Pourquoi l'avait-il embrassée ? Il était incapable d'une relation suivie avec une femme. Mais quand elle avait dit que c'était « plus simple » pour elle de prendre le ferry, il n'avait pas supporté qu'elle ait si vite oublié leur aventure à Anchorage.

Il voulait donc voir sa réaction, et il la connaissait à présent : il ne lui était pas indifférent.

Par conséquent, il était piégé. Il aurait fallu qu'il se tienne à distance, mais comment faire, puisqu'il avait promis de l'emmener chaque fois que Toby allait chez son père ?

Ce qui signifiait qu'elle resterait encore à se morfondre dans une chambre d'hôtel toute la journée... Et lui, où passerait-il la nuit ? Une chose était sûre, ce ne serait pas dans son lit à elle.

15

— Tu as ton aérosol ?

Mark sentit une grosse boule monter dans sa gorge tandis que Sammi se penchait pour embrasser Toby. Plutôt que d'aviser le père de ce dernier qu'ils arrivaient à l'aéroport, elle avait tenu à se rendre sur le quai où le rendez-vous était déjà fixé. En dépit de sa discussion houleuse au téléphone avec Brad, Mark avait insisté pour être présent au cas où son ex-mari serait désagréable avec Sammi.

Dans le fond, celui-ci n'avait pas tellement tort de supposer une liaison entre eux... Bien qu'ils n'aient fait l'amour qu'une fois et ne comptent pas en faire une habitude. D'autant qu'aujourd'hui, si Hannah était autorisée à sortir de l'hôpital, elle dormirait dans la chambre de Sammi avant de rentrer avec eux à Dutch Harbor. Aucun espoir, donc... Bon sang, il avait pourtant décidé de ne plus l'approcher, et il devait s'avouer qu'il était déçu !

Mécontent de lui, il étouffa un soupir.

Pratiquement sans dire un mot, Brad chargea les affaires de Toby avant de le pousser dans la voiture, puis démarra.

Lorsque Sammi se tourna vers lui avec un large sourire, Mark se raidit.

— Je vais tout de suite à l'hôpital voir Hannah. On se retrouve à l'aéroport demain ?

— Tu as des nouvelles récentes ?

— Elle est presque rétablie. J'espère qu'ils la laisseront sortir cet après-midi après un dernier examen, mais elle devra se reposer encore quelques semaines.

Bien entendu... Il fronça les sourcils. Sammi était déjà si épuisée...

— Tu vas devoir travailler seule encore un moment... Je peux faire quelque chose pour t'aider ?

— Que veux-tu dire ? C'est l'affaire d'une quinzaine de jours, je me débrouillerai !

— Tu as un fils, Sammi.

Le menton levé, elle le fusilla du regard.

— Inutile que tu me le rappelles.

Contrit, il s'approcha et lui prit le bras.

— Pardon... Tout le monde sait que tu es une bonne mère. Je dis ça uniquement parce que je me fais du souci pour toi.

— Désolée, Mark, j'ai mauvais caractère en ce moment.

— Ce n'est pas grave. Et si je t'accompagnais à l'hôpital ? Si Hannah peut sortir, je vous emmène toutes les deux manger en ville et je vous dépose à l'hôtel après. Si tu n'as pas d'autres projets, bien entendu...

Elle se dégagea et recula d'un pas.

— Je doute qu'elle soit en état d'aller au restaurant.

En fait, il venait d'échapper à une corvée, et il aurait dû être soulagé, pourtant il se sentit perdu... Autant que le jour où il avait quitté Dutch Harbor, huit ans auparavant.

Le mercredi matin, dans la cuisine, le cœur rouge qui marquait une date sur son calendrier sembla faire signe à Sammi. Elle saisit son bol de céréales en haussant les épaules.

— Un jour, ça ne veut rien dire, marmonna-t-elle.

— Qu'est-ce qui veut rien dire, maman ?

— Mange, Toby. Tu parleras après.

— Pardon, dit-il d'une toute petite voix avant de terminer son petit déjeuner en silence.

Impossible qu'elle soit enceinte, car Mark avait pris des précautions. En était-elle certaine ? Oui, elle s'en souvenait ;

il était semble-t-il devenu très responsable... Toutefois, elle ne devait pas oublier qu'il l'avait quittée sans explications huit ans plus tôt, qu'il n'avait pas voulu d'elle.

Elle termina son bol en hâte. Elle devait emmener Toby à l'école avant de commencer sa journée au cabinet médical. Pas question d'être en retard...

Le mot « retard » réveilla la sourde inquiétude qu'elle tentait de chasser. Sans doute la fatigue de ces dernières semaines. Plus l'aventure avec Mark, qui avait bouleversé son univers... Mais impossible puisqu'ils avaient fait attention. Une sueur froide la fit frissonner. Elle était bien placée pour savoir qu'un préservatif sur cinquante était défectueux, et elle ne prenait pas la pilule, puisqu'elle n'avait pas de vie sexuelle, en principe.

Du moins... Son estomac se serra quand elle repensa au baiser de vendredi. Pour éviter de se retrouver seule avec lui, elle s'était empressée de proposer à Hannah de profiter du voyage de retour.

Pendant que Toby se lavait les dents, elle débarrassa la table. Depuis longtemps, elle rêvait d'un lave-vaisselle, mais ce n'était pas une dépense envisageable, avec tous les frais occasionnés par l'asthme de son fils. Et si jamais elle était enceinte... Oh ! mon Dieu...

Pourquoi cet espoir insensé ? Elle était folle ! Elle n'avait aucune envie de porter l'enfant de Mark.

Chassant ces angoissantes pensées, elle se précipita à l'école puis se gara enfin sur le parking du cabinet médical.

Quand elle entra, Lynn était déjà là, et Sammi eut un sursaut en voyant surgir Hannah derrière la réceptionniste.

— Que fais-tu ici ?

— J'ai besoin de m'occuper. Je m'ennuie chez moi, je broie du noir.

Bien entendu, elle comprenait... Elle-même en savait quelque chose, et le travail était un excellent moyen d'oublier ses soucis.

Et si elle était enceinte ? Allait-elle le dire à Mark ? Oui, c'était la meilleure chose à faire. De toute façon, lorsque son ventre grossirait, il n'aurait aucun doute sur sa paternité.

Elle pouvait aussi disparaître avec Toby, mais ce ne serait pas juste. Bien qu'elle soit certaine que Mark n'avait aucune envie d'être père, impossible de le laisser dans l'ignorance.

Machinalement, elle posa une main sur son ventre.

— Sammi, tu te sens bien ?

Lynn et Hannah la regardaient d'un air inquiet.

— Hmm, un peu fatiguée, c'est tout.

— Tu devrais prendre ta journée, puisque je suis là.

— Tu es folle ? Comment t'occuperas-tu des patients ? Et si un enfant turbulent te donne un coup de coude dans les côtes ?

— Je l'aiderai, intervint Lynn.

— S'il te plaît, Sammi. Laisse-moi au moins m'asseoir derrière le comptoir pour avoir quelqu'un à qui parler !

Bizarre, cette insistance... Elle crut avoir surpris entre Lynn et elle un regard entendu.

— Bon, d'accord. Merci. Vous pourrez toujours m'appeler sur mon portable, s'il y a un problème.

— Parfait. Nous n'y manquerons pas.

Au moment où un premier patient entrait, Hannah la prit par le bras pour la conduire vers la porte.

— Dépêche-toi avant de changer d'avis.

Tout en refermant sa veste, Sammi se dirigea vers le parking. Son cœur fit un bond dans sa poitrine lorsqu'elle vit la voiture de Mark s'arrêter à côté de la sienne. Hésitante, elle s'approcha.

— Tu vas bien ?

— Hmm, merci. Je passais te dire que j'emmène des touristes à Umnak pour la journée. Tu veux nous accompagner ?

Curieux... Comment avait-il deviné qu'elle ne travaillait pas ?

— Euh... Je ne sais pas.

— Tu es de service ?

— Non, mais...

— Alors, viens. Je n'ai que deux passagers... Et ça te changera les idées de faire un peu de tourisme.

— Je dois être rentrée pour la sortie de l'école, à 16 heures.

— Pas de problème, j'ai prévu de ramener mes clients dans l'après-midi. Appelle tout de même ta mère, au cas où nous aurions du retard.

Elle hésita. Il y avait si longtemps qu'elle n'était pas allée à Umnak !

— D'accord, si elle n'est pas occupée... Je la préviens.

Mark arrêta le moteur pendant qu'elle composait le numéro.

— Maman ? J'aimerais savoir si tu peux attendre Toby chez moi cet après-midi. Le car scolaire le ramène à 16 h 15 et je ne suis pas sûre d'être rentrée. Je vais à Umnak en avion avec Mark et deux clients.

— Oh ! quelle bonne idée ! Pars tranquille. Un peu de détente ne te fera pas de mal.

Sa mère paraissait bizarrement enthousiaste...

— Je tâcherai d'être là le plus tôt possible.

— Prends ton temps... Nous commanderons une pizza et regarderons un film en t'attendant. Je suis contente que tu sortes un peu avec des jeunes gens de ton âge.

— Euh... C'est une sortie en copains ! dit-elle en jetant un regard de biais à Mark.

Il fronça les sourcils et elle comprit pourquoi. Des « copains » un peu spéciaux, en effet... Après leur aventure à Anchorage, et avec ce qui pouvait être en train de grandir dans son ventre...

Après avoir promis de rappeler si elle rentrait vraiment plus tard que prévu, elle raccrocha.

— Tu laisses ta voiture ici, ou je te suis jusque chez toi ?

Mieux valait que son véhicule reste sur le parking, c'était plus sûr...

— Allons directement à l'aéroport, si tu veux bien me reconduire après.

— D'accord.

Les deux touristes les attendaient, un jeune couple, à l'évidence très amoureux, qui n'avait certainement pas envie de se séparer le temps du voyage. Elle devrait donc prendre le siège du copilote. Elle boucla sa ceinture en soupirant.

Mark se tourna vers elle avec un léger sourire.

— Nous allons amerrir, et un bateau viendra nous chercher dans la baie.

— Ah ? Il y a pourtant un terrain d'aviation...

Il actionna des commandes et jeta un coup d'œil vers ses passagers.

— Ils préfèrent ça, chuchota-t-il.

— Super... Ça va être amusant !

Son propre ton la surprit : pourquoi avoir dit cela d'une voix sinistre ?

Il prévint la tour de contrôle qu'il était prêt pour le décollage et, très vite, ils furent dans les airs.

Bien qu'elle n'en ait pas eu souvent l'occasion, elle avait toujours adoré voler. Elle admira les nuages qu'ils traversaient, puis contempla l'océan dont les eaux argentées miroitaient sous eux.

— C'est splendide !

Il lui répondit par un sourire éblouissant.

— Il paraît que le village est tout petit ? intervint la jeune femme de l'arrière.

— Environ quarante habitants qui se battent pour rester. Beaucoup de jeunes sont partis à Anchorage ou Unalaska, l'île ou nous vivons, Sammi et moi. Mais vous verrez, c'est magnifique et le volcan est impressionnant.

« L'île où nous vivons, Sammi et moi. » Elle ressentit un pincement douloureux au cœur. Ils auraient pu être ce jeune couple, et Toby aurait pu...

Non, il ne serait pas né.

Sous le regard intense de Mark, une bouffée de chaleur lui monta aux joues, et elle se détourna pour regarder par le hublot.

— Comme il n'y a pas de voitures, nous devrons visiter l'île à pied.

— Pas de problème. Merci de nous avoir emmenés !

— C'est un plaisir !

Elle frémit et appuya son front contre la vitre, espérant ainsi se rafraîchir. Malgré le silence qui régnait, le trajet passa vite, et ils furent bientôt en vue de la baie.

À l'amerrissage, les eaux tumultueuses les firent tanguer, et elle craignit d'avoir la nausée, mais un bateau arrivait déjà à leur rencontre.

— Quand nous aurons débarqué, j'aimerais que tu viennes avec moi. J'ai une course à faire.

Elle ouvrit de grands yeux. Sur cette île minuscule ?

— J'ai une amie ici qui pourrait avoir quelque chose qui intéresse Toby. Ne t'en fais pas, ta mère est au courant. Je lui ai promis que ce serait une surprise.

16

En voyant son expression, Mark espéra qu'elle n'allait pas se mettre à hurler. En même temps que leur faire plaisir à elle et à Toby, il aidait ainsi la veuve d'un camarade tombé au combat...

Grace, curieusement très cordiale au téléphone, lui avait assuré que Toby en avait toujours eu envie et que sa fille n'était pas contre l'idée, mais qu'elle n'avait pas les moyens... Mark avait donc décidé de profiter de l'occasion. Depuis quelques jours, il ne rêvait plus d'elle, et il espérait que cette excursion n'allait pas tout gâcher.

Enfin, le canot pneumatique accosta. Un habitant de l'île, resté à bord de l'avion muni d'un talkie-walkie en cas de problème, avait déjà prévenu Vonnie de leur arrivée. Sammi était silencieuse et un peu pâlotte. Il se pencha.

— Comment te sens-tu ?

— En pleine forme !

Ses yeux la démentaient : elle devait se demander ce qu'elle faisait là. Il avait tout préparé avec la complicité de Lynn et de Hannah, chargées de la dissuader de travailler aujourd'hui.

Lorsqu'ils débarquèrent, il fut heureux de constater qu'elle portait de bonnes chaussures de sport, car c'était l'unique chose qu'il avait oubliée de prévoir...

— Vous avez tout ce qu'il vous faut ? s'enquit-il auprès de ses clients.

— Oui, un pique-nique, une Thermos de café et... notre appareil photo.

— Parfait. Je vous laisserai un talkie-walkie pour que vous puissiez m'appeler en cas d'ennui.

Après le départ des tourtereaux, il se retrouva seul avec Sammi qui, les mains enfoncées dans les poches de sa veste, regardait son sac à dos avec suspicion.

— De quelle « course » s'agit-il ?

— Je dois passer chez la sœur de Donald Mosely. Tu te souviens de lui ?

— Donny, qui était à l'école avec nous ? Très bien.

— Vonnie est venue s'installer ici après son mariage. Son mari a été tué en Afghanistan il y a six mois.

— Oh ! comme c'est triste ! Mais... tu as parlé de Toby, tout à l'heure ?

— Hmm. C'est vrai, et j'ai aussi parlé de surprise. J'aimerais que tu sois patiente.

— Je déteste les surprises, tu devrais le savoir !

La perplexité l'envahit. Grace aurait dû le prévenir au lieu de s'enthousiasmer pour son projet... Si jamais Sammi ne voulait pas de son cadeau, il le garderait pour lui. Ainsi, Toby en profiterait quand même un peu...

Au moins, elle marchait à côté de lui sans rechigner, à présent. Il lui tenait la main, et elle ne faisait rien pour se libérer.

Enfin, ils arrivèrent chez Vonnie où ils furent accueillis par des aboiements et des jappements qui venaient de l'arrière de la maison. La porte s'ouvrit, et une jeune femme apparut sur le seuil, soutenant de ses mains un abdomen proéminent.

Mark éprouva un choc : il ignorait qu'elle était enceinte... Quelle tristesse ! Cet enfant ne connaîtrait jamais son père.

L'exclamation étouffée de Sammi qui porta la main à son ventre lui fit tourner la tête, et il déglutit, se la figurant sur le seuil à la place de la femme de son ami, attendant son enfant... Inutile de rêver, ce n'était pas pour lui.

— Bonjour ! Il paraît que tu as un lustre à suspendre ?

— En effet. C'est très gentil de me rendre ce service en échange du chiot.

Il se tourna vers Sammi qui le regardait bouche bée pour lui prendre la main et la presser.

— C'était ça, la surprise... Quand Vonnie m'a demandé si j'en voulais un, j'ai pensé à Toby...

Elle ébaucha un sourire qui s'effaça vite.

— Un chiot ? Mais comment pourrais-je...

Il lui effleura la joue d'un doigt.

— Ce sera très bien pour ton fils. S'il te plaît, ne dis pas non.

— D'accord. Merci.

Vonnie eut un large sourire.

— Venez le choisir. Ce sont des labradors chocolat, et il me reste deux mâles et une femelle.

— On peut les voir ? s'enquit Sammi d'une voix emplie d'émerveillement.

Rassuré, Mark suivit Vonnie qui les guida vers le fond de la cuisine et ouvrit une porte. Derrière le portail blanc d'un enclos, se tenait une splendide chienne marron foncé aux yeux doux qui remua la queue en les voyant.

La jeune femme passa le bras à travers la clôture pour lui caresser la tête.

— Voici Brenda. Elle est adorable avec les enfants.

Sammi s'approcha pour prendre la suite.

— Bonjour, ma fille ! Tu es une vraie beauté !

Vonnie ouvrit le loquet du portillon et Brenda pénétra tranquillement dans la cuisine.

— Vous pouvez entrer dans l'enclos pour choisir ; si les mâles ont une taille normale, la femelle est minuscule et elle a une oreille qui a un petit défaut.

Sammi se précipita, et, aussitôt qu'elle fut au milieu des chiots, Mark sut quel serait son choix : la petite femelle était déjà dans ses bras et lui léchait le visage en poussant de petits jappements excités.

Vonnie sourit.

— Elle ne sera jamais un standard, mais elle est si mignonne !

— Pour Toby, elle sera parfaite.

Mark en eut les larmes aux yeux. En effet, ce serait un

compagnon de jeu idéal ; le fils de Sammi, handicapé par son asthme, pouvait apprendre beaucoup d'un chien qu'elle considérait comme parfait.

Et d'un homme qui était tout sauf parfait, couvert de cicatrices et hanté par les cauchemars ? À tel point qu'il avait du mal à voir un petit garçon sans se souvenir d'un autre qui ne grandirait jamais ?

Il n'avait aucune chance...

— Est-elle assez grande pour quitter sa mère ?

Vonnie acquiesça de la tête.

— Pas de problème ; à deux mois, elle est sevrée... Trois de la portée sont déjà partis. Voulez-vous un café ? ajouta-t-elle avec un sourire.

Elle les regarda tous les deux.

— Tout à l'heure, merci, répondit Mark. Où est ce lustre ?

— Au salon. J'ai sorti la caisse à outils.

Mark se tourna vers Sammi.

— Tu t'occupes de la chienne ?

Vonnie soupira.

— J'espère qu'ils seront tous donnés avant que je rejoigne mes parents à Anchorage, où j'irai accoucher. Ils m'avaient proposé de partir vivre chez eux après la...

Sa voix s'étrangla.

— Mais je n'ai pu me résoudre à quitter cette maison. Nous y avons tant travaillé, Greg et moi !

— Je suis navré, Vonnie, murmura Mark.

Elle eut un sourire triste.

— Je savais ce qui m'attendait en l'épousant. Nous avons eu trois ans de bonheur...

Pas comme Sammi et lui qui n'avaient même pas eu un jour...

Il prit une profonde inspiration.

— Bien, je vais installer ce lustre.

Assise dans la cuisine, une tasse de café devant elle, Sammi sourit au chiot couché sur ses genoux.

— Ne t'imagine pas que je te traiterai ainsi à la maison ! Ce lustre va donner une lumière superbe...

Mark était dans le salon, juché sur une échelle, en train de fixer au plafond la suspension que les parents de Vonnie lui avaient offerte.

— C'est vrai. Cette ampoule nue n'était pas très esthétique.

Tout en parlant à Vonnie, Sammi s'efforçait de ne pas regarder son gros ventre. De quoi aurait-elle l'air, elle-même, à huit mois de grossesse ?

Elle se trouva ridicule. Impossible qu'elle soit enceinte. Mais, comme chaque fois qu'elle se le répétait, quelque chose semblait se briser en elle.

Que lui arrivait-il ? Si elle s'était imaginée attendant un bébé de n'importe qui d'autre, elle aurait été horrifiée. Mais il s'agissait de Mark, qu'elle connaissait depuis l'enfance, avec qui elle avait ri... Qu'elle avait aimé.

Sa gorge se serra.

Elle était toujours amoureuse de lui. Alors qu'il l'avait quittée sans un regard en arrière...

Elle écouta les bruits qui venaient du salon. Il ne pouvait pas être si mauvais puisqu'il tenait à aider la veuve de son ami... Et qu'il avait pensé à offrir un chiot à Toby, en prévoyant avec sa mère et ses collègues le jour où il lui en ferait la surprise.

Pour tenter de faire passer la boule qui l'étouffait, elle avala une gorgée de café.

Qu'allait-elle faire si elle était réellement enceinte ? Mark n'avait aucune envie de se charger d'un enfant et, de toute façon, souhaitait-elle lui imposer ce fardeau ?

Pas question. Elle l'élèverait toute seule, comme elle avait élevé Toby. Et comme Vonnie élèverait le sien.

À ce moment-là, un vacarme se fit entendre dans le salon, suivi d'un cri et d'un bruit de verre brisé.

Le chiot dans les bras, elle bondit sur ses pieds pendant que Vonnie se levait péniblement.

— Mark !

La lumière était allumée, transformant les dizaines d'éclats de verre qui jonchaient le sol en autant de petits diamants. Mark, assis au milieu des débris, se tenait le bras.

La table basse était brisée et l'échelle renversée.

— Oh ! Mark ! Que s'est-il passé ?

— Sam ! Il faut arrêter l'hémorragie... Il y a trop de sang...

Quelle hémorragie ? De quoi parlait-il ? Il avait la tête tournée vers elle, et, devant son regard fixe, elle frissonna.

— Ahmed ! Vite, il est blessé !

C'est alors qu'il lâcha son coude et qu'elle vit la blessure d'où le sang s'écoulait en gouttes épaisses sur le sol, formant déjà une petite mare. Enfin, elle reconnut l'odeur ferreuse. Du sang, beaucoup de sang.

17

— Je te dis que je n'ai pas besoin de points de suture ! répéta Mark d'un ton buté. Une coupure, tout au plus...

Ils étaient revenus à l'avion ; elle tenta de maîtriser l'exaspération qui avait suivi le soulagement de le voir reprendre ses esprits après cet étrange épisode. C'était sans doute le choc, avait-il expliqué, qui lui avait fait perdre la tête.

Plus que douteux... Qui était cet Ahmed dont il avait parlé ?

— Je suis tout de même plus apte que toi à en juger !

— C'est bon, mets-moi un pansement, et le tour est joué.

— Tu es vraiment ridicule ! À l'endroit où est placée ta blessure, chaque fois que tu plieras le bras, la plaie se rouvrira. Mieux vaut qu'elle cicatrise le plus tôt possible. D'ailleurs, je vais la regarder de plus près.

Le chiot, bien à l'abri dans la cage que Vonnie leur avait prêtée, poussa un gémissement.

— Tu vois ? Elle est d'accord avec moi. Assieds-toi.

Il s'exécuta en levant les yeux au ciel.

Après avoir déroulé le bandage sommaire, elle examina son coude.

— Tu appelles ça une coupure ? Un plateau de verre brisé peut provoquer des blessures très profondes.

— J'avais oublié qu'elle se trouvait juste derrière l'échelle. En descendant, j'ai posé le pied sur le coin et... elle a cassé.

Elle étudia l'entaille, relativement grave.

— Plie les doigts.

Il ferma le poing.

— Tu ne crois pas que tu exagères ?

— Pas du tout. Et si je soupçonne qu'un ligament ou un nerf est lésé, nous filons droit à Anchorage.

— J'ai des touristes à ramener à Dutch Harbor dans deux heures.

— Alors laisse-moi faire mon travail.

Ils pouvaient toujours contacter le jeune couple par talkie-walkie et les prier de rentrer plus tôt... Mais l'autoriser à piloter un avion avec une plaie profonde au coude n'était pas vraiment indiqué. Elle demanderait de l'aide. Blake pouvait être ici dans quatre heures si besoin était.

Elle plaqua une compresse propre sur la blessure et pressa dessus tout en vérifiant que les nerfs étaient intacts, puis elle lui pressa un index dans sa main.

— Tu sens quelque chose ?

Son visage était pâle et ses lèvres pincées.

— Tu veux dire la gaze que tu appuies sur ma coupure ? Oui, très bien.

— Pardon... Dans un instant, je te ferai une injection de Lidocaïne. Je vais suturer.

Elle s'efforça de garder un ton égal pour poser la question suivante.

— Qui est Ahmed ?

— Quoi ?

— Ahmed... Tu as prononcé ce nom tout à l'heure.

Il tenta de retirer son bras, mais elle lui saisit le poignet.

— Je ne vois pas de quoi tu parles.

Elle le scruta : ses mâchoires étaient contractées et ses lèvres encore plus pincées. Inutile d'insister, il ne lui dirait rien.

— Bien, ôte ta chemise.

— O.K.

Elle souleva la compresse pour examiner la plaie et poussa un soupir de soulagement : ce n'était pas aussi terrible que ce qu'elle avait cru. Il avait eu de la chance.

— Il te faudra au moins huit points de suture.

— Tu es sûre que c'est nécessaire ?

— Oui. Et toi, tu vas continuer longtemps à me mettre des bâtons dans les roues ?

Il eut un demi-sourire.

— Je suis doué pour ça, non ?

Cette phrase la rassura : s'il plaisantait, ce n'était pas si grave.

Après avoir injecté l'antalgique, elle sutura l'entaille. Blake n'avait jamais parlé d'un Ahmed, mais se racontaient-ils ce genre de choses entre soldats ? Peut-être devrait-elle l'appeler pour le lui demander ? Non, hors de question. Si jamais Mark l'apprenait, il n'apprécierait pas qu'elle fouille dans son passé.

— Voilà... Tu auras sans doute une légère cicatrice.

— Une de plus ou une de moins...

Cette fois, elle n'avait pas rêvé, sa voix était amère. En réalité, lors de leur matinée à l'hôtel, elle n'avait remarqué qu'une petite cicatrice sur son torse. À quoi faisait-il allusion ?

Aux malheurs de son enfance ? Il n'était pas du genre à s'appesantir dessus. Il avait eu un père abominable, certes, mais il avait tout de même fait son chemin dans la vie.

Tout à coup, elle se remémora son air tourmenté quand Hannah avait été transférée dans l'avion... Mais ce n'était pas le moment de poser la question.

Elle noua le fil et examina son travail.

— Dans une semaine, tu passeras au cabinet médical et je t'enlèverai les points.

— Je le ferai moi-même, répliqua-t-il avec un sourire en coin.

— Ne t'amuse pas à ça ! marmonna-t-elle en frottant le tour de la plaie et l'avant-bras souillé de sang séché avec une compresse imbibée d'alcool.

— Sam... Merci.

Elle leva la tête et croisa son regard. Ses yeux étaient brûlants de désir. Quand il passa les doigts de sa main valide dans ses cheveux, elle eut un mouvement de recul.

— Mes patients ne réagissent pas comme ça, d'habitude !

Il sourit.

— Ah ? Que font-ils ?

— Ils grognent, gémissent, jurent parfois.

Son sourire s'élargit.

— Eh bien, je m'imagine très bien faire tout ça pour une raison toute différente.

Puis il se pencha et approcha ses lèvres des siennes.

— Mais, pour l'instant, j'ai une meilleure idée. Je vais voir quelles seront tes réactions à toi...

Même s'il entendait les exclamations de joie de ses clients qui jouaient avec le chiot à l'arrière, toute l'attention de Mark était focalisée sur l'occupante du siège du copilote.

Sammi s'agitait sans cesse en évitant de le regarder, et il se sentait coupable : en l'attirant à lui, son but — du moins en partie — avait été qu'elle cesse de le questionner au sujet d'Ahmed... Et ensuite, les choses avaient échappé à son contrôle.

À présent qu'il lui avait fait l'amour, il se doutait de ce qu'elle pensait de son comportement...

— Hé ! Sam ! Tu vas bien ?

Au bout d'une interminable minute, elle tourna la tête.

— Hmm, très bien.

Il n'en croyait pas un mot... Comme il aurait voulu lui avouer maintenant, tout de suite, qu'il l'aimait ! Mais il craignait trop sa réaction.

Soudain, ses yeux se voilèrent, et elle repoussa sa tresse sur un côté.

— Inutile de tergiverser, Mark, parlons franchement. Notre première aventure s'est très mal terminée, et je n'ai pas envie de refaire les mêmes erreurs qu'autrefois.

Ainsi, elle considérait le temps qu'ils avaient passé ensemble comme une « erreur » ?

Eh bien, elle en avait le droit, puisqu'il ne lui avait jamais écrit ni expliqué la cause de son départ. Il pouvait lui avouer la vérité maintenant... En commençant par le passé le plus récent pour remonter vers le plus lointain, peut-être...

Il prit une profonde inspiration.

— Ahmed était un petit garçon afghan, le fils d'un homme qui avait accepté de nous servir d'interprète, et que les rebelles, pour cette raison, sont venus abattre sous les yeux de sa famille. Comme nous nous sentions responsables de la situation, nous nous sommes chargés de loger sa femme et son fils dans un quartier éloigné de la ville, par sécurité.

Il déglutit. Pourquoi continuer ? Autant la laisser croire que l'histoire s'était bien terminée...

Les yeux rivés sur lui, Sammi attendait la suite, tentant sans doute d'assembler les pièces du puzzle. Soudain, ses yeux s'écarquillèrent d'horreur.

— Mais Ahmed est mort aussi, n'est-ce pas ?

18

Le chiot endormi dans sa cage à ses pieds, Sammi patienta dans le hangar tandis que Mark prenait congé de ses clients et garait son avion.

Elle était bouleversée par l'histoire de ce pauvre enfant. Quand elle avait posé la question sur son sort, Mark n'avait pas démenti, se contentant d'une brève pression sur sa main. Il était visiblement au bord des larmes. Impensable ! Lui, qui était revenu de l'armée si désinvolte en apparence, n'était pas aussi insouciant qu'il voulait le faire croire. Avait-il parlé à quelqu'un des atrocités qu'il avait vécues ?

Enfin, il la rejoignit et tira sur sa tresse.

— Prête ?

Elle avait surtout envie de poursuivre la discussion avec lui, mais Toby arriverait de l'école dans une demi-heure, et elle tenait à le serrer dans ses bras en lui promettant qu'il serait toujours en sécurité. À l'idée qu'il puisse être blessé…

— Oui, allons-y.

Les yeux de Mark cherchèrent les siens un instant, et elle se raidit : pas question qu'il s'imagine qu'elle avait pitié de lui. Elle éprouvait une immense compassion.

En la ramenant au cabinet médical, comme il restait silencieux, elle s'efforça de trouver quelque chose à dire, mais rien ne lui vint. Comment guérir pareille blessure ?

Peut-être fallait-il seulement accepter cette cicatrice, sans tenter de la rouvrir…

Lorsqu'il arrêta la voiture sur le parking, elle appuya la tête sur son épaule. Elle le sentit se raidir puis il se détendit.

— Encore merci, Sam.

Elle avala sa salive. À présent, elle se trouvait à la croisée des chemins, mais quelle direction prendre ? Pouvait-elle lier sa vie et celle de son fils à celle d'un homme qui ne se remettrait peut-être jamais d'un grave traumatisme ?

Et dont il était possible qu'elle porte l'enfant... Elle serait fixée dans une semaine.

En tout cas, elle devait à tout prix lui dire la vérité.

— Mark... Accepterais-tu de venir dîner chez moi ? Poulet grillé et salade de pommes de terre.

Elle retint son souffle, attendant sa réponse.

— Royal ! Comment refuser un tel menu ? Quand comptes-tu m'inviter ?

— Pourquoi pas vendredi soir ? Toby n'a pas école le lendemain.

— Parfait.

Sammi fixait le test de grossesse.

La semaine avait passé en un éclair ; elle n'avait pas revu Mark, ce qui était aussi bien, car elle avait besoin de temps pour réfléchir. Voulait-elle vraiment avoir si vite une certitude ? Elle entra dans la petite salle de bains et se regarda dans le miroir. Qu'éprouverait-elle si elle attendait un enfant ? Elle sourit à son reflet. Surtout de l'espoir...

En attendant le résultat, elle se passa de l'eau sur le visage. En fait, elle n'avait guère besoin d'une confirmation, elle savait déjà. Elle était enceinte, et il ne lui restait plus qu'à l'annoncer à Mark.

Assis à côté de Sammi sur le sofa, Mark avait un pressentiment. Il ignorait ce qui clochait, mais il trouvait son sourire un peu trop large, et sous son rire pointait une gravité qui l'inquiétait un peu.

Regrettait-elle de l'avoir invité ? Elle aurait eu des raisons pour cela. Il avait beaucoup réfléchi durant la semaine, et n'avait pas fait un seul cauchemar. Peut-être avait-il besoin d'elle…

Comment lui prouver que, cette fois, elle pouvait avoir confiance en lui ?

Huit ans plus tôt, il aurait dû lui expliquer pourquoi il quittait Dutch Harbor. Ils auraient pu partir ensemble… Mais il voulait s'éloigner pour éviter que son père ne découvre l'identité de sa petite amie. Pour sa sécurité à elle.

Comme il avait éloigné Ahmed et sa mère « pour leur sécurité » ?

Il chassa ces angoissantes pensées et reprit de la salade de pommes de terre.

— C'est vraiment un régal !

— Il y a de la mayonnaise dedans, dit Toby. Je déteste ça.

— Toby ! intervint Sammi. Je t'ai déjà expliqué que nous n'avions pas tous les mêmes goûts !

— Je sais, maman.

L'enfant mordit dans son pilon de poulet en regardant sa petite chienne, installée dans le parc qui datait visiblement du temps où il était bébé.

Curieux, songea Mark. Espérait-elle avoir d'autres enfants ? Après son expérience dans l'armée, il avait été si certain de ne jamais en vouloir… Pourtant, il se sentait à l'aise avec Toby. Enfin, presque.

Il posa la main sur celle de Sammi.

— Tout va bien ? Tu ne regrettes pas de m'avoir invité ?

— Non, oh non ! Je sais que j'ai l'air distraite, mais tout ça est si difficile à comprendre… Il y a deux mois, au mariage de Blake, nous faisions tout pour ne pas nous regarder, et maintenant…

Sa voix s'étrangla, mais elle reprit :

— Mark… As-tu l'impression d'être chez toi sur l'île ?

— À mon retour, non ; mais à présent, oui.

— J'en suis heureuse. Bien, nous pouvons débarrasser et libérer Lara.

En l'aidant à rapporter la vaisselle dans la cuisine, il se sentit envahi d'un bien-être inconnu. Il commençait à tourner en rond chez lui, même s'il passait voir sa mère tous les jours…

D'ailleurs, que penserait cette dernière de la situation ? Certainement du bien, tant elle souhaitait qu'il se fixe quelque part. Elle n'avait jamais compris pourquoi il était parti quand son père, en fouillant dans les tiroirs de sa chambre, avait trouvé cet écrin…

Au fait, il l'avait ouvert plusieurs fois cette dernière semaine. Son cœur se gonfla d'amour ; ce serait peut-être plus facile qu'il ne se l'imaginait. Si elle l'avait invité chez elle, tout n'était peut-être pas perdu.

Toby avait sorti Lara de son parc. La chienne fit deux tours de la pièce en glissant sur le carrelage puis se stabilisa.

Il se pencha pour la caresser.

— Elle a déjà beaucoup grandi !

— C'est normal, murmura Sammi en posant la main sur la tête de son fils. Ils ne restent pas toujours petits…

La sonnette de l'entrée retentit, faisant sursauter Mark. Il regarda Sammi qui lui adressa un bref sourire.

— Toby, va chercher ton sac et les affaires de Lara. Ta grand-mère est là.

19

Enveloppée dans le drap, Sammi s'assit brusquement. Tout était sombre. Qu'est-ce qui l'avait réveillée ? Elle perçut un gémissement à sa gauche.

Mark ! Elle se tourna vers lui, mais se raidit aussitôt : ses jambes se détendirent d'un seul coup, et le gémissement se transforma en un cri sourd et sauvage, la faisant frissonner. Un animal qui luttait pour sa vie. Il devait rêver...

Hier soir, après le départ de Toby, ils avaient redécouvert leurs corps, sans hâte, et, comme il souhaitait s'en aller pour que Toby ne le trouve pas là le lendemain, elle avait précisé que sa mère le gardait jusqu'au samedi après-midi. Elle voulait avoir le temps et l'occasion de lui annoncer la nouvelle...

Espérant le calmer, elle lui posa une main sur le torse.

Aussitôt, il se jeta sur elle, la plaqua et lui saisit les bras, serrant à lui faire mal.

— Mark ! Lâche-moi, tu me fais peur !

L'air hébété, semblant sortir d'un cauchemar, il la libéra.

— Sam ! Je t'ai fait mal ?

— Que t'est-il arrivé ?

— Un mauvais rêve. Je croyais que c'était terminé, car je n'en avais plus fait depuis quelque temps. Je regrette de t'avoir effrayée.

Elle frémit : et si Toby avait été dans la maison ?

— Mark... Tu... Tu en as parlé à quelqu'un ?

— Pour quoi faire ? Ce ne sont que des cauchemars.

— Voyons, il y a des gens dont c'est le métier de...

— Pas question.

Il se leva et entreprit de s'habiller.

— Mark, il faut que nous ayons une discussion.

— À quel sujet ? Je n'aurais pas dû rester cette nuit, c'est tout. C'était une erreur.

Instinctivement, elle posa une main sur son ventre. Considérerait-il aussi le bébé comme une erreur ?

Il se dirigea vers la porte. Il allait partir...

— Mark ! Je suis enceinte.

Elle aurait voulu l'annoncer gentiment, par exemple après un petit déjeuner au lit, mais il ne lui laissait pas le choix.

Il se retourna.

— Qu'est-ce que tu as dit ?

— Je suis enceinte.

Elle l'entendit marmonner un juron puis il sortit et la laissa, plus seule que jamais.

Elle s'attarda longuement sous la douche, espérant que l'eau qui ruisselait pourrait provoquer les larmes qu'elle retenait. Mais ses yeux étaient secs quand elle s'habilla, se coiffa et se maquilla, de même lorsqu'elle gara sa voiture devant chez Mark.

Elle prit une profonde inspiration et descendit. La porte s'ouvrit, et il apparut dans l'encadrement, la regardant approcher.

— Je ne suis pas venue te réclamer quoi que ce soit. J'estimais juste que tu avais le droit de savoir.

— Merci de m'avoir mis au courant.

Elle soupira ; pourquoi exactement était-elle là ?

— Tu comptes beaucoup pour moi, Mark. Plus que de raison, peut-être. J'aimerais que tu repenses à ce que je t'ai dit ce jour-là, à Anchorage. Que je ne laisserai personne nous faire du mal, à Toby ou à moi.

— Oui.

— Or, ce matin, tu m'as fait très peur.

— Je t'ai déjà présenté mes excuses.

Son visage était un masque sans expression.

— C'est vrai. Tu comprendras que je ne peux pas risquer que mon fils, qui souffre d'asthme, assiste un jour à une scène semblable.

Il ne répondit pas, mais elle le vit pâlir.

— Je parle peut-être dans le vide, puisque j'ignore quels sont tes sentiments pour moi. Sache qu'il n'est pas question que je m'engage avec un homme qui refuse d'admettre qu'il est pour l'instant un danger potentiel non seulement pour lui, mais pour ses proches.

— Ma main à couper que tu vas me poser un ultimatum !

Bon sang ! Il se moquait d'elle, comme si elle n'avait aucune importance pour lui...

Elle recula d'un pas.

— Tu es malin, Mark, tu as bien deviné. Le voici : si tu ne consultes pas un spécialiste au sujet de tes cauchemars, je ne te reverrai jamais. Je refuserai de faire les évacuations d'urgence avec toi, et tu ne verras plus Toby non plus. C'est clair ?

Il avança un peu et sembla hésiter. Son regard sombre l'inquiéta, mais non, elle ne s'enfuirait pas, même si elle se sentait mal à l'aise : il lui avait fait des confidences dont elle se servait maintenant pour le menacer. Peut-être jugeait-il qu'elle faisait un chantage affectif avec sa grossesse ? Ce n'était pas le cas. Il s'agissait de lui et de sa santé mentale.

En le regardant refermer la porte sur lui sans un mot, elle sut ce à quoi elle renonçait.

À tout ce qui comptait pour elle.

20

À l'aéroport d'Anchorage, Blake l'attendait.

— Tu es sûr d'avoir envie d'y aller, Mark ?

— Ce n'est pas de gaieté de cœur, mais je n'ai pas le choix.

Depuis deux semaines, le coup porté par Sammi l'avait entraîné dans une spirale de doute.

Ainsi, elle ne voulait plus de lui ? Elle refusait qu'il voie son fils ? Après avoir annulé tous ses vols, il avait passé le plus clair de son temps à la taverne, à boire pour oublier ses malheurs. Jusqu'à ce qu'un autre ivrogne pose son verre un peu trop fort sur le comptoir, le faisant sursauter, et qu'il se mette aussitôt en position de combat. Quand il s'était aperçu que tout le monde le regardait au milieu d'un silence de mort, il avait compris ce que son comportement avait d'anormal. Si son corps était revenu indemne, son esprit, lui, était malade. Assez pour que Sammi lui intime l'ordre de se tenir éloigné d'elle.

Blake lui agrippa l'épaule et croisa son regard.

— Alors dépêche-toi. Il t'attend.

— Hannah ! Qu'est-ce qui t'arrive ?

Sammi tenait son portable d'une main tout en tournant le hamburger de son fils dans la poêle. Lara était assise près de la cuisinière, visiblement très intéressée, tandis que Toby assemblait dans le salon les Lego offerts par son père.

— Rien… J'avais envie de louer un film. Tu veux venir ?

— Quel genre de film ?

Il y avait un mois qu'elle n'avait pas de nouvelles de Mark qui avait dû la prendre au mot, car elle avait appris qu'il était parti à Anchorage, et personne ne savait pour combien de temps. Mais pas question qu'elle s'arrête de vivre en attendant...

— Qu'est-ce qui est interdit à Toby ?

— Le sang, les fantômes, et... les baisers passionnés.

— Les baisers passionnés ? Ah ? Mais alors ça exclut tous les films comiques !

Elle allait répliquer quand la sonnette de la porte d'entrée l'interrompit.

— Désolée, on sonne. Tu peux me rappeler un peu plus tard ?

— Pas de problème, Sammi.

— D'accord. Choisis bien et...

Elle ouvrit la porte, et laissa échapper l'appareil qui toucha le sol avec un bruit sourd.

Mark la regardait, un peu plus mince, les mains dans les poches.

— Je suis revenu.

— Je vois, murmura-t-elle.

— Sammi ? Sammi ? criait Hannah dans le téléphone.

— Pardon, Hannah, ne t'inquiète pas !

Elle croisa le regard de Mark : ses yeux riaient.

— Sauf que je pense que je dois annuler la séance de vidéo ce soir. Je t'expliquerai plus tard, d'accord ?

Elle raccrocha et attendit. Elle lui avait dit qu'elle ne voulait pas le revoir, sauf si...

Était-ce possible ?

— Comment va Toby ? Et le bébé ?

En l'entendant parler de leur enfant, elle fut envahie par une joie profonde.

— Ils sont en pleine forme.

— J'ai fait ce que tu souhaitais. J'ai pris rendez-vous avec un thérapeute spécialisé dans le stress post-traumatique, et que Blake a consulté à son retour de l'armée.

Elle éprouva un léger choc d'apprendre que Blake aussi...

— Et alors ?

— Il m'a expliqué que nous étions nombreux à avoir ce problème, et qu'on ne s'en sortait pas tout seul. Ce n'est pas une question de faiblesse.

Elle se blottit contre son torse.

— Tu es tout sauf faible, Mark ! Tu es l'homme le plus solide que je connaisse...

Il posa la joue sur son crâne.

— Je t'aime, Sam. Je t'ai toujours aimée et je t'aimerai toujours.

— Toujours ? Mais alors... pourquoi es-tu parti ?

Il fouilla dans sa poche et lui tendit une petite boîte, qu'elle ouvrit : la pierre luisait dans son écrin de velours.

— Mon père avait trouvé ça dans ma chambre, et a formulé une menace à peine voilée. J'ai eu l'impression que je te mettrais en danger en te l'offrant.

Ainsi, il avait acheté cette bague des années plus tôt !

— Mon Dieu ! Pourquoi ne m'as-tu rien dit ?

— Je savais que tu essaierais de me retenir. Maintenant, j'ai pris conscience que ce n'était pas très élégant, mais j'étais jeune, et je n'ai pas vu d'autre moyen à l'époque.

Elle ressentit un vertige ; n'était-ce pas un rêve ? Mark Branson était-il réellement sur le pas de sa porte en train de lui déclarer un amour éternel ?

— Tu l'as gardée tout ce temps ?

— Oui.

Elle se recula un peu pour le regarder. Toute sa souffrance et son amertume disparurent brusquement ; Mark était bien là et il l'aimait !

— Pourquoi me la montrer maintenant ?

— J'espérais que tu... Sam, je ne veux pas que tu croies que je t'ai obéi par principe. Je suis allé me faire soigner pour moi... pour nous.

— Je t'aime, Mark. Je n'ai pas cessé de t'aimer.

Il la serra contre lui un long moment et, cette fois, elle n'avait pas peur. La joie et l'espoir étaient dans son cœur.

— Je sais que c'est un peu tôt, mais... accepterais-tu l'idée d'être un jour ma femme ? J'ai encore pas mal de séances de thérapie, et j'aimerais t'avoir avec moi pour que tu m'aides à me remettre.

La vision de Sammi se brouilla.

— Je serai à tes côtés, à chaque pas.

Alors qu'il l'embrassait sur le front, elle se haussa sur la pointe des pieds pour lui rendre son baiser, ses lèvres cherchant les siennes. Quand il s'écarta d'elle, elle se mit à rire.

— Pas de baisers passionnés ! Je t'expliquerai plus tard... Entre, Toby doit être impatient de te voir.

— Attends une minute.

Il lui prit la main gauche et mit un genou à terre.

— Samantha Grey Trenton, bien que je ne te mérite pas, me ferais-tu l'honneur de devenir ma femme ?

La bague glissa à son doigt, faite pour elle.

— Tu es sûr de le vouloir ?

— Je le veux depuis toujours.

Souriante, le cœur battant la chamade, elle le releva.

— Bienvenue à la maison, Mark. Nous sommes heureux que tu sois rentré.

Épilogue

— J'en ai trouvé !

La voix de Toby émanait de l'autre côté du buisson de framboises, interrompant le baiser que Mark venait de voler à Sammi. Elle le regarda en souriant, son ventre abritant bébé Melody, le prénom de son arrière-grand-mère maternelle, appuyé à lui lui causant d'étranges et merveilleuses sensations.

Même à présent qu'elle était sur le point d'accoucher, il ne se rassasiait pas d'elle.

Il avait terminé sa thérapie depuis quelques mois ; Sammi, fidèle à sa promesse, l'avait accompagné à plusieurs séances. Les cauchemars avaient disparu, et ils avaient tous deux appris des mécanismes pour faire face à une éventuelle réapparition.

— Maman ! Viens voir !

— Je crois qu'il a besoin de quelque chose, Sam.

— Mmm, murmura-t-elle. Moi aussi.

— Ah ? Tu te rappelles que le médecin nous a conseillé de rester tranquilles avant la naissance du bébé ?

— Qu'est-ce qu'il en sait, lui ?

Il était fou de désir, mais décidé à se maîtriser, il prit une profonde inspiration et s'écarta d'elle.

En le regardant de biais, elle croisa les mains sous son ventre.

— Tu vois, Melody ? Ton père t'en veut parce qu'il ne peut pas...

— Ne dis pas ça !

Toby se précipita vers eux, la bouche et les mains barbouillées de rouge.

— Ne mange pas tout ! J'ai promis ces fruits à un spécialiste d'Anchorage.

— Pas de problème, il y en a plein d'autres !

Il repartit en courant, Lara sur ses talons.

— Sam… Combien dois-tu de pots de gelée, exactement ?

— Euh… Une trentaine.

— Et tu crois que tu vas pouvoir les faire avant ton accouchement ?

— Eh bien…

Elle l'observa, les yeux plissés.

— Oh non ! Ne compte pas sur moi, je n'ai aucun don pour les confitures.

— Je pourrais t'expliquer…

Il éclata de rire, éperdu d'amour pour la femme merveilleuse qu'il avait épousée un mois plus tôt.

— D'accord, et qu'est-ce que tu me donnes en échange ?

Elle lui passa un doigt sur le torse en descendant vers son nombril.

— Quelque chose de très spécial, réservé aux *happy few*.

Il sentit sa bouche s'assécher.

— C'est-à-dire ?

Elle eut un demi-sourire.

— Un pot de gelée de framboise.